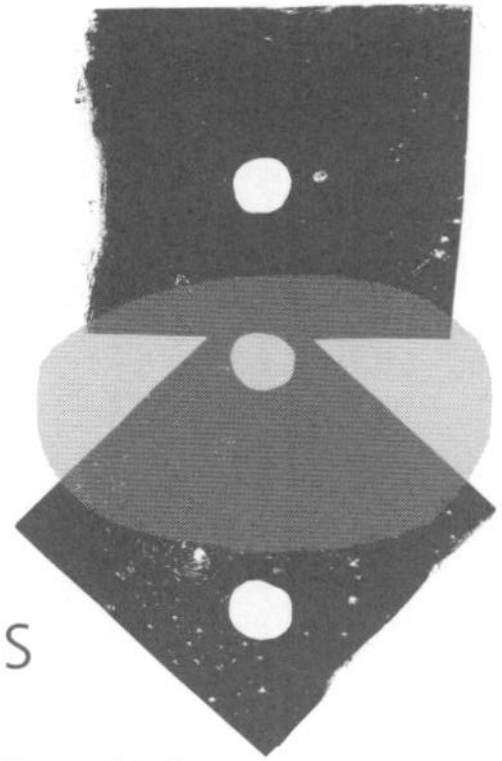

ALL THE BRIGHT PLACES

by Jennifer Niven Translation by Hiromi Ishizaki

僕の心がずっと求めていた最高に素晴らしいこと

ジェニファー・ニーヴン　石崎比呂美＝訳　辰巳出版

イラストレーション：朝光ワカコ
ブックデザイン：鈴木成一デザイン室

わたしの最高のブライト・プレイス
母のペネロペ・ニーヴンへ

この世はすべての者を打ちのめす。
多くの者はその経験を経て前よりも強くなる。
――アーネスト・ヘミングウェイ

僕の心がずっと求めていた最高に素晴らしいこと

第一部

フィンチ

目覚めてから6日目

今日は死ぬのにいい日だろうか。

朝、目が覚めるたびに、僕は自分に問いかける。三時間目、シュローダー先生の延々と続く退屈な話を聞きながら、必死で目をこじ開けているときも、夕食のテーブルで、サヤインゲンの皿を回しているときも、夜、考えることがありすぎて脳みそがうまくシャットダウンしてくれないときも。

今日がその日だろうか。

今日じゃないとすれば、いつだろう。

この瞬間も、問いかけている。今、僕がいるのは高校の鐘楼《ベル・タワー》の六階から張りだした、狭いへりの上だ。これほど高いところにいると、自分が空の一部になった感じがする。下の舗道に目をやると、世界がぐらりと揺れる。目を閉じて、めまいの感覚を楽しむ。今度こそうまくいく。プールに体を浮かべるみたいに、体を風にあずければいい。そうすれば、無の世界にたどり着ける。

ここまでどうやって上ってきたかは覚えていない。もっというと、日曜日よりまえのことはほとんど覚えていない。少なくとも、この冬になってからのことは何ひとつ記憶にない。これはいつものことだ——意識がなくなり、目が覚める。まるで、目覚めたら二十年たっていたという、おとぎ話のおじいさんのように、時間がすっぽり抜け落ちている。ただ、今回はこれまでとはわけが違う。数日でも一週間でも二週間でもなく、僕はホリデー・シーズンのあいだ、つまり感謝祭とクリスマスと新年のあいだじゅう、ずっと眠りつづけていたんだ。いつもとどう違うのか、はっきり言えないけど、ひとつ言えるのは、目覚めたときの気分が最悪だったことだ。目覚めているのに、体じゅうの血を誰かに吸いつくされて、空っぽになったような感じだった。今日は目覚めてから六日目で、僕は十一月十四日からずっと休んでいた学校に久しぶりに出てきた。

目を開けると、地面は揺れも傾きもせずそこにある。ベル・タワーの六階にあるのは、鐘とわずかなスペースだけで、周囲には石でできた落下防止の柵が張りめぐらされている。その柵をのり越えてここまできた。ときどきかかとを当てて、柵の存在を確かめる。

僕は両腕を広げ、説教師がこのちっぽけで退屈な町じゅうに向かって、神の教えを説くみたいに声を張りあげる。「紳士淑女の皆さん、ようこそ僕の死へ！」目覚めたばかりなのだから〝生〟のほうがふさわしいと思うかもしれない。でも、僕が死ぬことを考えるのは、目覚めているときだけなんだからしかたない。

昔ながらの説教師みたいに、頭を振りたてて熱弁をふるううちに、あやうくバランスをくずしそうになって、うしろ手に柵にしがみつく。誰にも見られていなくてよかった。はっきり言って、ニワトリみたいに柵にしがみつきながら、怖いもの知らずに見せるのは、むずかしい。

「健全ならざる精神の持ち主である、わたくしセオドア・フィンチは、所有する財産のすべてを、友人のチャーリー・ドナヒューと、ブレンダ・シャンク＝クラヴィッツと、ふたりの姉妹に遺贈することを宣言する。ほかのやつらは、クソでも喰らえ」最後の言葉で声が小さくなるのは、こういう言葉は使っちゃだめだと母さんに子どものころから言われてきたからだ。

ベルが鳴っても、まだうろついているクラスメイトもいる。十二年生の後期がはじまったばかりだというのに、もう学校から解放された気でいるらしい。僕の声に反応して、男子生徒がひとり顔を上げるが、ほかの連中はこっちを見ようともしない。単に気がついていないのかもしれないし、ここにいるのが僕だとわかっていて、どうせあの変人のセオドア・フィンチだと無視しているのかもしれない。

そのとき、男子生徒の視線がそれて、上を指さす。一瞬、僕を指さしているのかと思ったが、次の瞬間、塔に別の誰かがいるのがわかる。女の子だ。一メートルほど離れた塔の反対側で、僕と同じようにへりの上に立っている。ダークブロンドの髪が風になびき、スカートの裾がパラシュートのようにふくらんでいる。今は一月で、ここはインディアナ州だというのに、脱いだブーツを手に持ち、タイツの足元か地面のどちらかを見つめている。凍りついているみたいだ。

説教師のまねじゃないふだんの声で、できるだけ落ち着いて言う。「悪いことは言わない、下だけは見ちゃだめだ」

女の子は、ゆっくり、ゆっくり顔をこちらに向ける。見覚えのある顔だ。たまに廊下ですれ違う。冗談っぽく声をかける。「ここにはよく来るの？　僕はよく来るんだけど、君に会うのははじめてだと思ってさ」

彼女は笑いもせず、まばたきもせず、顔を覆うほど大きくて不格好な眼鏡越しに、こちらをじっと見ている。あとずさりしようとしたときに、足が柵にぶつかる。ふらつきかけた彼女がパニックを起こすまえに声をかける。「君がどうしてここに来たのかは知らないけど、僕がここに来るのは、ここから見る町や人が、実際よりもよく見えるからだよ。どうしようもない人間でさえ親切そうに見える。ただし、ゲイブ・ロメロやアマンダ・モンクみたいな、君がよく一緒にいる連中は別だけどね」

　彼女の名前は、ヴァイオレット・なんとか。チアリーダーで人気者で——要するに、地上六階の塔のへりで、ばったり出くわすなんて考えられないタイプだ。ダサい眼鏡をかけていてもかわいくて、まるで磁器の人形みたいだ。目が大きく、キュートな顔はハート型で、唇は、今にも完璧なほほえみを浮かべそうだ。野球部のスター選手のライアン・クロスみたいな男と付き合い、アマンダ・モンクやほかの目立つ女子グループと一緒にランチをとる、そんなタイプの子だ。

「でも、まじめな話、僕たちは景色を眺めにここに来たわけじゃない。君はヴァイオレット、だよね」

　まばたきをひとつ。イエスということだろう。

「僕は、セオドア・フィンチ。去年、代数のクラスで一緒だったね」

　まばたきをもうひとつ。

「数学は好きじゃない。でもそれが理由でここにいるわけじゃない。あ、でも君がそうだとしても気を悪くしないでくれよ。たぶん君は僕より数学ができるだろうから。なにしろ、僕より数学ができないやつなんてほとんどいないんだ。そんなことまったく気にしないけどね。もっと大事なことで、誰にも負けないことがいくつもあるからさ。たとえば、ギターだろ、女の子と寝ることだろ、あとは父さんの期待を裏切ること。ところで、あれって実生活ではほとんど役に立たないんだよね。数学のことだけどさ」

　話を続けるのも、そろそろ限界になってきた。ひとつには、猛烈に尿意が襲ってきたからだ。へっぴり腰になっているのは、高いところにいるせいだけじゃない。(自分へのメモ：自殺決行のまえには、トイレに行っておくこと)。もうひとつには、雨が降りだしてきたからだ。この寒さだと、地面につくころにはみぞれになっているかもしれない。

「雨が降ってきたよ。雨は血を洗い流してくれるから、雨じゃないときにくらべて自殺現場の悲惨さはマシになるかもしれない。だけど僕が気にするのは現場のほうじゃない。とくに見栄っぱりってわけじゃないけど、僕だって人間だし、君はどう思うかは知らないけど、葬式のときに木材粉砕機から出てきたばかりみたいに見えるのは、さすがに避けたいよね」

彼女が身震いをする。寒さのせいなのか、ぞっとしたせいなのかはわからない。僕はゆっくり、少しずつ彼女のほうに近づく。たどり着くまでに落ちませんように。この女の子にみっともないところを見られるくらいなら、死んだほうがましだ。「僕が死んだら火葬にしてほしいって言ってあるんだけど、母さんはとんでもないと考えている」父さんは、母さんの意見には反対しないだろう。ただでさえ自分に腹を立てている母さんを刺激したくないからだ。それにこう言うに決まっている。〝おまえはまだ若いんだから、そんなことは考えなくていい。おまえのおばあちゃんは九十八歳まで生きたんだぞ。今そんな話をしてどうする。セオドア、母さんをイライラさせるんじゃない〟

「棺《ひつぎ》のふたが開きっぱなしだとすると、飛び降り自殺の場合、とても見られたものじゃないってことだ。やっぱり、顔だけは無傷であってほしいよね。目がふたつ、鼻がひとつ、口がひとつ、歯もぜんぶそろった状態がいい。言わせてもらうと、歯は僕の数少ないチャームポイントのひとつなんだ」それを証明するように、にっこり笑ってみせる。あるべき場所にすべてが収まっている。心のなかとは大違いだ。

彼女が何も言わないので、話しながら少しずつ近づく。「それに何より、葬儀屋が気の毒だよ。ただでさえ、気が滅入る仕事だろうに、僕みたいなろくでなしのあと始末をしなくちゃならないなんてね」

　下から誰かが大声で叫ぶ。「ヴァイオレット？　そこにいるのはヴァイオレットじゃない？」「やだ」聞きとれないほどの小さい声。「やだ、どうしよう、どうしよう」スカートと髪が風にあおられ、今にも飛んでいきそうに見える。

　地上からざわめきが聞こえ、僕は叫ぶ。「僕にかまわないでくれ！　君まで死にたいのか！」そして、彼女にだけ聞こえる小さな声で言う。「僕の言うとおりにして」彼女まではあと三十センチだ。「まずそのブーツを鐘のほうへ投げるんだ、それから柵にしっかりつかまって、体をあずけたら、右足を振りあげて柵をのり越える。わかったかい？」

　彼女はうなずき、バランスをくずしそうになる。

「うなずいちゃだめだ。それから、どんなことがあっても、間違えずに足をうしろじゃなく前に進めること。三つ数えるよ、いいね」

　ヴァイオレットが投げたブーツが、どさっ、どさっと音をたてて塔の床に落ちる。

「ワン、ツー、スリー」

　彼女は石造りの柵をつかんで体をあずけ、片足を上げて柵をまたいで、柵の上にすわる。下を見おろし、また凍りついているように見える彼女に声をかける。「いいぞ、その調子。下を見ないように注意して」

　彼女はゆっくりこっちに顔を向け、右足でコンクリートの床をさぐり、ようやく足が床につく。「次は左足だ。どんなやり方でもいいからのり越えさせるんだ。手は柵から離さないで」彼女はがたがた震えていて、歯の鳴る音がここまで聞こえてくる。ようやく左足が床につき、彼女は安全になる。

つまり、へりに立っているのは僕ひとりになる。もう一度だけ、下を見る。まず目に入るのは、蛍光色の靴ひものスニーカーを履いた、まだまだ成長し続ける三十一センチの足。それから四階の窓、三階の窓、二階の窓。それから、甲高い声でしゃべりながら、校舎の正面玄関から出てくるアマンダ・モンク。ブロンドの髪を子馬《ポニー》のようにさっと振り、男子の気をひくのと、雨よけの両方の目的で、頭の上に本をかかげている。

最後に、視線は地面にたどり着く。しっとり濡れた地面に自分が横たわる姿を想像する。飛び降りようと思えばすぐにできる。何秒もかからない。〝セオドア・フリーク《へんなやつ》〟と呼ばれることも、傷つけられることもない。何もかもが終わる。

人助けという思いがけない中断があったが、ようやく自分の仕事に戻れる。一瞬、心のなかが無になり、もう死んだみたいに、穏やかで平和な気持ちになる。体はどこまでも軽い。怖いものもなければ、恐れる相手もいない。自分自身さえ怖くない。

そのとき、背後から声が聞こえる。「柵にしっかりつかまって、そうしたら柵に体をあずけて、右足を振りあげて柵をのり越えるの」

その声を合図に時間が動きだす。すると、今まで考えていたことが、急にばかばかしく思えてくる。ただ、アマンダの目の前を落ちていったとしたら、彼女がどんな顔をするか見てみたい気はする。そう考えるとおかしくてたまらなくなり、あんまり大笑いしたものだから、あやうく落ちそうになり、ぞっとする。心の底からぞっとする。僕が姿勢を立て直すと同時に、ヴァイオレットが僕の脚をつかみ、そのときアマンダがこちらを見上げる。「キモいやつ!」誰かが叫ぶ。アマンダの一群がくすくす笑う。アマンダは大きな口に手をメガホンのように当て、空に向ける。「ヴァイオレット、だいじょうぶ?」

ヴァイオレットは僕の脚をつかんだまま、手すりから顔を出す。「だいじょうぶよ」塔の最上階のドアが開いて、親友のチャーリー・ドナヒューが顔をのぞかせる。チャーリーは黒人だ。ちょっとやそっとの黒さじゃない、混じりっけなしの黒人だ。そして、僕の知る誰よりも、多くの女と寝ている。

「カフェテリアのランチ、今日はピザだってよ」親友が、地上六階のへりの上で両腕を広げていて、そのひざに女の子がしがみついているというのに、あわてる様子もない。

地上から声がする。「なんでさっさと飛び降りないんだ。早いことカタをつけちまえよ、変態《フリーク》」声の主はゲイブ・ロメロ、またの名をローマー、そのまたの名をうすら馬鹿という。どっと笑い声が起きる。

このあと、おまえの母ちゃんとデートの約束があるからだよ、そう頭に浮かぶが、口には出さない。どう考えても説得力がないし、もしそんなことを言えば、ローマーはここまでやってきて、僕をぶっ飛ばすだろう。そうなると、自分ひとりでやると決めたことが台なしになってしまう。

だからローマーにはかまわず、わざと大声で言う。「助けてくれてありがとう、ヴァイオレット。君が来てくれなかったら、どうなっていたか。きっと今ごろ死んでたよ」

ちらっと下を見ると、そこには、スクールカウンセラーのエンブリー先生の顔が見える。にらみつけるように、こっちを見上げている。まずい。非常にまずい。

ヴァイオレットの手を借りて、柵をのり越え、コンクリートの床に着地する。地上からぱらぱら拍手が起こる。僕にではなく、英雄《ヒーロー》のヴァイオレットに向けてだ。近くで見ると、彼女の肌はきめが細かく透きとおるようで（右の頬にふたつだけそばかすがある）、瞳はグレーがかった緑色で、どことなく湖を想像させる。僕はその目に釘づけになる。大きくて印象的で、すべてを見通すような目。今は落ち着きなく動いているけれど、温かみがあって、偏見なく人を見る目だということが、眼鏡ごしにもわかる。顔立ちはキュートで、背は高いけど高すぎない。長い脚、丸みのあるヒップ。女の子はこうでなくっちゃ。最近は男子みたいな体型の女の子が多すぎる。

「何をしてたわけじゃないの」ヴァイオレットが言う。「ただ、あそこに立ってみただけで、べつに――」

「ひとつ聞いてもいいかな。完璧な一日なんてものがあると思う？」

「え？」

「完璧な日だよ。はじめから終わりまで、ひどいことや、悲しいことや、つまらないことが何も起こらない、そんなことってあると思う？」

「わからないわ」

「これまでに、そんなことあった？」

「ないわ」

「僕もだ。でも、いつかそんな日が来ればいいと思っている」

ヴァイオレットがささやく。「ありがとう、セオドア・フィンチ」彼女は背伸びして僕の頬にキスをする。花を思わせるシャンプーの匂いが鼻をくすぐる。そして、耳元で言う。「誰かに言ったら、殺すから」そしてブーツを拾うと、雨から逃れるように、急いでドアの向こうへ消えていく。暗くてがたつく階段を下りたところには、どこにでもある、明るくて、混雑した学校の廊下が待っている。

ヴァイオレットが走り去り、ドアがばたんと閉まるのを見送って、チャーリーがこっちを向く。「なあ、どうしてあんなことするんだよ」
「誰でもいつかは死ななきゃならない。それに備えておきたいだけさ」もちろん、そんな理由じゃない。だけど、チャーリーにはそれでじゅうぶんだ。本当のところ、理由はいろいろあって、そのほとんどが日ごとに変わる。たとえば、今週のはじめに、どこかのろくでなしが小学校の体育館で銃を乱射して、十三人の四年生が犠牲になったこととか、僕よりふたつ年下の女の子がが死んで亡くなったこととか、モール・シネマを出たところで、犬を蹴っている男を見たこととか。それから、父さんのこととか。

チャーリーは内心はどう思っているにせよ、僕のことを〝キモいやつ〟なんて呼ばない。だから親友だと思っている。とくに気が合うわけじゃないけど、そういうところがやつのいいところだ。

実をいうと、僕は今年、謹慎期間中だ。そうなったのは、机と黒板がらみのちょっとしたできごとが原因だ（参考までに言っておくと、黒板を取り替えるのは意外と高くつく）。ほかにも、全校集会でギターをぶっ壊したことや、禁止されている爆竹を鳴らしたこと、けんかのひとつやふたつも関係している。その結果、僕は不本意ながら以下のことについて同意させられた。週に一度カウンセリングを受けること。全教科で平均B以上を取ること。少なくともひとつ、課外活動に参加すること（課外活動にマクラメ編みを選んだのは、二十人の女子部員のなかで男子は僕ひとりという状況は、けっこうおいしいと思えたからだ）。ほかにも、行動を慎むこと、協調性を持つこと、机やその他のものを投げないこと、それに〝暴力による問題解決〟をやめることを約束させられた。それともうひとつ、どんなときにも口をつぐんでいることも。というのも、いつだってよけいなひと言がトラブルの原因になるからだ。今後もし何か問題を起こしたら、僕は退学させられる。

カウンセリング・ルームに入り、スタッフに名前を告げて、堅い木の椅子に腰かけてエンブリー先生を待つ。もしブリッチョ（僕がつけたあだ名だ）が、僕の知るブリッチョなら、真っ先に聞かれるのは、ベル・タワーでいったい何をしていたのかということだ。運がよければ、今日のカウンセリングはそれで時間切れになる。

しばらくして、ブリッチョが僕を招きいれる。ずんぐりして、雄牛みたいにがっしりしている。ドアを閉めたとたん、先生の顔から笑みが消える。椅子にかけ、机に身を乗りだして、容疑者の口を割らせようとする刑事みたいに僕を見据える。「ベル・タワーでいったい何をしていたんだね？」

ブリッチョのいいところは、わかりやすいこと、それにまわりくどくないところだ。先生とは十年生からの付き合いだ。

「景色を眺めたかったんです」

「飛び降りようとしたんじゃないかね？」

「ピザの日にそんなことしません。ピザの日が一週間でいちばん楽しみなんです」自慢じゃないけど、話をはぐらかすことにおいて、僕の右に出る者はいない。あんまり優秀なので、全額支給の奨学金をもらって、大学で専攻することもできるくらいだ。だけど、どうしてわざわざ勉強する必要があるだろう。すでに熟練の域に達しているのに。

ヴァイオレットのことを聞かれるかと思ったが、それには触れずブリッチョは言う。「もし君が過去に自分を傷つけたことがあるか、その可能性があるなら、わたしは知っておく必要がある。これは非常に大事なことだ。もしワーツ校長が今日のことを知ったら、君は停学ではすまない。それに、わたしが注意を怠ったせいで、君がまた塔に上って飛び降りるようなことがあれば、わたしは告訴されかねない。こんなことは言いたくないが、わたしの給料で裁判は戦えない。君が飛び降りるのがベル・タワーであっても、ピュリナ・タワーであっても同じことだ。学校の敷地内かどうかは関係ない」

僕はあごを撫でて、考えこむふりをする。「ピュリナ・タワー。その手があったか」

ブリッチョは身を固くして、顔をしかめる。中西部の人の多くがそうであるように、ユーモアというものをまったく理解していない。こういうデリケートな話題のときはなおさらだ。「ミスター・フィンチ、冗談にできる問題ではないんだよ」

「わかってます。すみません」

「自殺者が考えないのが、自分の葬式のことだ。そこには両親やきょうだいだけでなく、友達、ガールフレンドたち、クラスメイトや先生たちがたくさん集まってくる」僕にそれほど多くのつながりがあると考えているのが気に入った。とくにガールフレンド〝たち〟というのがいい。

「ただサボってただけです。一時間目の過ごし方としてふさわしくなかったことは認めます」

ブリッチョはファイルを取り、自分の前にどさっと置く。ぱらぱらとめくりながら目を通し、僕にもう一度目を向ける。僕が卒業するまでの日数を数えているのかもしれない。

立ちあがり、テレビドラマの刑事みたいに、机の周りを一周して、僕の前に立ちはだかる。机にもたれ、腕を組む。思わず先生の背後に目を走らせる。マジック・ミラーはどこにあるんだろう。

「お母さんに連絡する必要はあるかね」

「いいえ、そんな必要はまったくありません」何があっても、それだけは、ぜったいにだめだ。

「本当に馬鹿なことをしたと思っています。あそこに立って、下を見たらどんな感じがするか確かめたかっただけなんです。ベル・タワーから飛び降りるなんてことは、これからもぜったいにありません」

「今度こんなことがあったり、少しでもそんなそぶりがあったりしたら、お母さんに連絡する。それと、君には薬物検査を受けてもらう」

「心配していただいて感謝します」できるだけ本心からの言葉に聞こえるよう努力する。学校の廊下を歩いているときであれ、それ以外のプライベート（かなりしょぼいが）であれ、今以上に大きく派手なスポットライトを当てられるのは何がなんでも避けたい。それに、ブリッチョに感謝しているのはうそじゃない。「薬物検査なんて、やるだけ無駄です。本当です。煙草は別として、ドラッグに興味はありません。信じてください」優等生のように両手の指をきちんと組む。「ベル・タワーのことについては、先生が考えているようなことではないんです。でも、二度とあんなことはしないと約束します」

「二度とあってもらっちゃ困るよ。それから、カウンセリングは週二回に変更だ。月曜と金曜に来るように。君が問題なくやっているか確かめたい」

「うれしいです――つまり、なんというか、先生とお話しするのは本当に楽しいし――でも、ご心配いただかなくてだいじょうぶです」

「交渉の余地はないよ。さて、次のテーマは、まえの学期のことだ。君は最後の四週間、いや五週間近く学校に来なかったね。お母さんからは、風邪をこじらせたと聞いているが」

　先生と話したのは母さんじゃなくて姉のケイトだが、先生は気づいていない。僕が部屋にこもっているあいだ、学校には姉さんが連絡してくれた。母さんは自分のことで手いっぱいで、それどころじゃない。

「母の言ったとおりです。何か問題がありますか？」

本当のところ、具合が悪かったのは、風邪とかなんとかで簡単に説明できるようなものじゃない。僕の経験では、わかりやすい病気のほうが、人に同情されやすい。はしかとか天然痘とかだったらよかったのにと、何百万回思ったかわからない。そのほうが、僕にとっても他人にとっても話がシンプルでわかりやすい。どんな病気でも真実よりはましだ。真実はこうだ。僕は、また意識が飛んで、空っぽになった。最初はめまいに襲われて、それから考えが同じところをぐるぐる回りはじめた。まるで、関節炎を患《わずら》った老犬が寝床をさがすみたいに。やがてスイッチが切れて、眠りに入った。だけどそれは、夜に寝るたぐいの眠りじゃない。夢も見ない、長く暗い眠りだ。

ブリッチョはもう一度目を細めて、冷や汗が出るほどじっと僕を見据える。「今学期は、ちゃんと学校に来て、トラブルを起こさないと期待していいね？」

「約束します」

「授業にもちゃんとついていけるね？」

「はい、先生」

「ただし、薬物検査は受けてもらう」先生は空中に指を突き立てて、僕に向ける。「謹慎期間の意味は〝生徒の適性を確かめる期間／生徒が改善のために努力する期間〟だ。信じないのなら、調べてみなさい。それから、頼むから生きていてくれ」

僕だって生きたいんです、そう思うけど口に出さない。先生の前にあるファイルの分厚さを考えると、信じてもらえる見込みはない。それと、これも先生には信じてもらえないだろうけど、僕にとっては、このくだらない、でたらめな世界にいること自体が途方もない戦いなんだ。ベル・タワーのへりに立つのは死ぬためじゃない。正気を保つためで、二度と眠りに落ちないためなんだ。

ブリッチョは席を立ち、『十代のこころのトラブル』についてのパンフレットを集める。そして、「君はひとりじゃない。いつでも相談に乗るから、遠慮せずに来るように。それじゃあ、また月曜日」そう言いながら僕に手渡す。気を悪くしてもらいたくないんですが、そう言われてもちっとも安心した気持ちになれません、そう言いたいが、先生の目の下のくまと、煙草の吸いすぎでできた口元の深いしわを見ると、そんなことは言えずに礼を言う。先生はきっと、僕が部屋を出るとすぐに煙草に火をつけるんだろう。僕はパンフレットの束を受けとり、部屋をあとにする。先生の口からヴァイオレットの名前が一度も出なかったことに、ほっとする。

ヴァイオレット

卒業まであと154日

金曜日の朝、カウンセリング・ルーム。スクールカウンセラーのマリオン・クレズニー先生は、優しいつぶらな目をしていて、小さな顔には大きすぎるほほえみを浮かべている。壁の免許状によると、バートレット高校のカウンセラーになって十五年たつらしい。わたしたちの面談は、今日で十二回目だ。

さっきのできごとで、心臓はまだどきどきして、手が震えている。体が冷えきっていて、すぐにでも横になりたい。クレズニー先生がこう言うのを待ちかまえる。〝一時間目にあなたがどこにいたか知っていますよ、ヴァイオレット・マーキー。今ご両親がこちらに向かっています。最寄りの心の健康《メンタルヘルス》クリニックまで、校医の先生方が付き添ってくれますからね〟

けれど、第一声はいつもと同じだった。

「調子はどう？　ヴァイオレット」

「元気です。先生はいかがですか」型どおりに答える。

「わたしも元気よ。ではじめましょうか。今はどんな気分？」

「気分はいいです」何も言わないからといって、何も知らないとはかぎらない。先生は、どんなことも単刀直入にたずねるタイプではない。

「夜は眠れている？」

いやな夢を見るようになったのは、事故から一か月たったころのことだ。面談のたびにそのことを聞かれる。わたしがママに夢のことを話したせいで、ママが先生に相談し、それでここに来ることになった。それ以来、ママには何も話さないようにしている。

「よく眠れてます」

クレズニー先生は、どんなときも、何があってもにこにこしている。先生のそういうところはいいと思う。

「怖い夢は？」

「見ません」

見た夢を書き留めていたこともあったけど、今はやめている。書かなくても、細かいところまで思い出せるから。たとえば、四週間前に見たのは、文字どおり溶けてなくなる夢だ。夢のなかでパパが言った。〝終わりが来たんだよ、ヴァイオレット。これが君の期限だ。誰にでも期限があり、君の終わりは今だ〟そんなのいやだ、そう思っているうちに足が消えてなくなった。次は手だった。痛くはなかった。こう思ったのを覚えている。痛くないならどうってことない。ただ消えてなくなるだけだ。でも、手も足も消えて、残りの体もだんだん見えなくなると怖くなり、そして目が覚めた。

クレズニー先生は、顔に笑みを貼りつけたまま、椅子にすわり直す。先生は眠っているときもほほえんでいるのかも。

「大学のことを話しましょう」

去年の今ごろは、大学について話したいことはいくらでもあった。エレノアとわたしは、ママとパパが寝たあと、寒くなければ外にすわって、寒ければ家のなかで、ときおり話をしたものだ。この人口一万四千九百八十三人のインディアナ州バートレット――自分をどこか遠い惑星からやってきた異星人のように感じるこの町――から離れ、どんな場所に行って、どんな人たちに出会うのだろうと思いをめぐらせていた。

「あなたが願書を出したのは、ＵＣＬＡ《カリフォルニア大学》、スタンフォード、バークレー、フロリダ、ブエノス・アイレス、ノーザン・カリビアン、シンガポール国立大ね。とても多様な選択だけど、ＮＹＵ《ニューヨーク大学》はどうしたの？」

七年生のころから、ＮＹＵの文芸創作科に行くことは、わたしの夢だった。その年の夏に、ママに連れられてニューヨークに行った。ママは大学教授で、作家で、ＮＹＵが母校だった。わたしたち家族四人は、ニューヨークに三週間滞在して、ママの昔の先生やクラスメイトと交流を持った。小説家や劇作家、脚本家や詩人といった人たちだ。十月になったら、早期入学の願書を出すつもりだった。そんなときに事故が起き、わたしは考えを変えた。

「願書を出し忘れたんです」通常入学のための願書締め切りは、今から一週間前だった。必要なことはすべて書き込んで、小論文まで書いていたけれど、結局は出さなかった。

「じゃあ、書くことについて話しましょう。ウェブサイトは続けているの？」

エレノアとわたしが一緒に作ったウェブサイトのことだ。サイトを立ちあげたのは、インディアナ州に引っ越してきてから。ファッションやメイク、男の子や本や日々の生活について、まったく違うふたりの視点を並べてみせる雑誌のようなサイトを作りたかった。エレノアの友達で、大人気のウェブサイト〈ぶっちゃけハイスクール〉を運営するジェンマ・スターリングが、去年、インタビュー記事のなかで、わたしたちのサイトを紹介してくれて、わたしたちの読者《フォロワー》は三倍になった。でも、エレノアが死んでから、サイトは一度も更新していない。そんなことをしても意味がないから。あれは、わたしたち姉妹ふたりのサイトだから。いずれにせよ、エレノアと一緒にガードレールに突っこんだ瞬間に、わたしの言葉は死んでしまった。

「ウェブサイトのことは話したくありません」

「たしかあなたのお母様は作家だったわね。きっといいアドバイスをくださるんじゃない？」

「作家のジェサミン・ウェストはこう言っています。〝書くという作業は困難で、小説家はこの世の地獄を見る。それゆえ、今後すべての罰から逃れられるはずだ〟」

先生は、この言葉に飛びつく。「自分が罰を受けていると感じているの？」先生が言っているのは、たぶん事故のことだ。それとも、このカウンセリング・ルームにいること、この学校にいること、この町にいることだろうか。

「いいえ」わたしは罰を受けていると感じなくちゃいけないんだろうか。そうかもしれない。自分で前髪を切ったのはそのためかもしれない。

「事故のことは、自分に責任があると感じている？」

わたしは不ぞろいの前髪をぐいと引っぱる。「いいえ」

先生は何も言わない。ほほえみがほんの少しはがれ落ちている。わたしがうそをついているのを、先生もわたしも知っている。つい一時間前に、わたしがベル・タワーから飛び降りようとしたことを知ったら、先生はなんと言うだろう。先生が知らないのは、もう間違いない。

「車は運転している？」

「いいえ」

「ご両親の車に乗ることは？」

「いいえ」

「乗ってほしいと思っていらっしゃるわ」これは質問じゃない。パパかママか、その両方と話をしたような口ぶりだ。きっと話したんだろう。

「心の準備ができていないんです」これは魔法の言葉だ。そう言いさえすれば、たいていのことは大目にみてもらえる。

先生は身を乗りだす。「チアリーディング部に戻ろうと思ったことは？」

「いいえ」

「生徒会には？」

「いいえ」

「今もオーケストラでフルートは吹いているの?」

「いちばんうしろの席ですけど」これは事故のまえから変わらない。課外活動のオーケストラは続けているが、フルートは上手じゃないから、席はいつもいちばんうしろだ。

先生はまたすわり直す。一瞬、さじを投げたのかと思ったが、しばらくして先生は口を開く。

「あなたの経過が気になるの、ヴァイオレット。率直に言って、本来ならもっと回復が進んでいてもいいはずよ。このままずっと車に乗らないでいることはできないわ。とくに今は冬なんだし。いつまでも立ち止まっているわけにはいかない。これだけは忘れないでほしいの、あなたが生き残ったことの意味は……」

意味なんて知りたくない。〝生き残る〟という言葉を耳にした瞬間、わたしは席を立って部屋を出ていく。


四時間目の教室に向かう途中。学校の廊下。

少なくとも十五人の子に声をかけられる。顔見知りの子も、知らない子も、もう何か月も話していなかった子もいる。あなたって勇気があるのね、自殺しようとするセオドア・フィンチを救うなんて。学校新聞の女子生徒が、インタビューを申し込んでくる。

どうしてわたしは、よりにもよってセオドア・フィンチなんかを救っ〻てしまったんだろう。彼は、バートレット高校ではちょっとした有名人だ。本人のことはよく知らないけど、彼のうわさはよく知っている。知らない人はいない。

彼を嫌っている人たちがいる。理由は、彼が変わっていていてけんか早くて、何度も停学になっていて、やりたい放題だから。また別の人たちは、彼をクールだと言う。その理由も、彼が変わっていてけんか早くて、何度も停学になっていて、やりたい放題だから。彼は五つか六つのバンドでギターを弾いていて、去年CDを出したそうだ。だけど何というか……すごく変わっているのだ。たとえば、仮装週間《スピリット・ウィーク》でも何でもないふつうの日に、頭の先からつま先まで、全身赤の格好をしてきたことがあって、その理由を人種差別に抗議するためだとか、肉食に反対するためだと言ってたとか。それから、十一年生のときには、一か月ずっとマントを着てきたり、黒板に机を投げつけてまっぷたつにしたり、解剖したカエルを生物室から盗んで、お葬式をあげてから野球のグラウンドに埋めたりだとか。わたしの敬愛するアンナ・ファリスが言っていた。ハイスクールで生き残る秘訣は、目立たないでいることだ、って。フィンチはそれとまるで反対のことをしている。

ロシア文学の授業に五分遅れで入ると、マホーン先生が、『カラマーゾフの兄弟』についての十ページのレポートを宿題に出しているところだった。みんなが不満の声をあげる。でも、わたしには関係ない。だって、クレズニー先生の考えはどうであれ、わたしには〝考慮すべき事情〟があるんだから。

マホーン先生がレポートについて説明するのも聞かずに、スカートについた糸くずを指でつまむ。頭が痛い。度の合わない眼鏡のせいだ。エレノアはわたしより目が悪かった。眼鏡をはずして机に置く。エレノアがかけるとおしゃれに見えたのに、わたしがかけると全然似合わない。前髪を切ってからはとくにそう。だけど、かけ続けていれば、エレノアみたいになれるかもしれない。エレノアの見ていたものが見えるかもしれない。わたしとエレノアのひとり二役ができるようになるかもしれない。そうすれば、みんな寂しい思いをしなくてすむ。とくにわたし自身が。

本当のことを言うと、毎日落ちこんでいるわけではなくて、そのことに罪悪感をおぼえることがある。テレビを見ているときや、パパが冗談を言ったとき、それに授業中に誰かがおもしろいことを言ったときに、ふと声をあげて笑っていることがある。まるで何ごとも起きなかったみたいに。そんなとき、わたしは元の自分に戻ったように感じる。朝起きて身じたくをするときに、鼻唄を歌っていることもある。音楽のボリュームを上げて踊ったりすることもある。学校に行くのは、たいていは徒歩で、たまに自転車に乗ることもある。だけど、ときどき、自分が車に乗っても平気なごくふつうの女の子だと錯覚してしまうことがある。

エミリー・ウォードがわたしの背中をつつき、メモを手渡す。マホーン先生は、いつも授業がはじまるまえに全員の携帯電話を集めるから、伝言はノートの切れ端に書かれた昔ながらのスタイルだ。

自殺しようとしてたフィンチを助けたって、本当？　ライアン

ライアンといえば、このクラスにひとりしかいない。そう言うと女の子たちが反論するかもしれない。「違うわ、ライアンは、この学校で、この世界でたったひとりの存在よ」それが、ライアン・クロスだ。

顔を上げると、二列向こうにすわっているライアンと目が合う。ハンサムで、肩幅が広く、髪は明るいゴールド・ブラウン、瞳は緑色。そばかすがたくさんあるおかげで、親しみやすい雰囲気がある。十二月まで、わたしとライアンは付き合っていた。でも今は、少し距離を置いている。

しばらくメモを机に置いて、五分後にようやく返事を書く。

偶然その場にいあわせただけ。　V

一分もたたないうちに、またメモが回ってくる。だけど、今度は開けない。どれだけ多くの女の子が、ライアン・クロスからこんなメモをもらうのを夢見ていることだろう。去年の春までは、ヴァイオレット・マーキーもそのうちのひとりだった。

ベルが鳴ったあと、わたしは教室に残る。ライアンはしばらくぐずぐずしているが、わたしが席を立ちそうにないので、先生から携帯電話を受けとって出ていく。

マホーン先生が言う。「どうしたの、ヴァイオレット」

以前は、十ページのレポートなんてどうってことなかった。十ページと言われたら二十ページ、二十ページと言われたら三十ページ書いていた。誰かの娘や、ガールフレンドや、妹でいることよりも、書くことがいちばん得意だった。書くことはわたしの一部だった。だけど、あれ以来、まったく書けなくなってしまった。

「心の準備ができていないんです」そんな言いわけさえ、たいていの場合は必要ない。『生徒が大切な人を失い、九か月たっても心の傷から立ち直れないときの対処法』、そんなマニュアルはないけれど、どの先生も暗黙の了解で便宜をはかってくれる。

マホーン先生はため息をついて、携帯電話をわたしに返す。「一ページでも、一段落でもいいから、書けるだけ書いてみなさい」今日も〝考慮すべき事情〟が、わたしを救ってくれる。

教室を出ると、ライアンが待っている。どうすれば、元のヴァイオレットになってくれるのか、どうすれば以前の楽しいガールフレンドに戻ってくれるのか、あれこれ思い悩んでいるみたい。「今日の君、すごく素敵だ」わざと前髪を見ないようにしている。いい人だ。

「ありがとう」

そのとき、ライアンの肩越しに、セオドア・フィンチの姿が見える。意味ありげにわたしに目くばせして、気どった足どりで去っていく。

フィンチ

目覚めてから6日目（つづき）

　ランチタイムまでには、ヴァイオレット・マーキーが塔から飛び降りようとしていたセオドア・フィンチを助けたことは、学校じゅうに知れわたっている。地理の授業に向かう途中、廊下の前を歩く女の子たちは、うしろにいるのが、ほかならぬセオドア・フィンチだとは知らずに、僕のうわさ話を甲高い声で延々と続けている。

　ただし、どの話にも最後に必ずクエスチョンマークがついている。たとえばこんなふうに。「ねえ、彼、銃を持ってたんだって？」「彼女がそれをもぎ取ったんだって？」「ニューキャッスルにいる従姉《いとこ》のステイシーから聞いた話だけど、友達とシカゴに行ったときに、クラブで演奏していたフィンチにナンパされて、ふたりともお持ち帰りされちゃった、みたいな？」「彼が爆竹に火をつけた現場に兄貴がいあわせたんだけど、警察に連れていかれるとき、最高のパフォーマンスを見せてやるぜ、的なハイテンションだったんだって？」

　どうやら、僕は相当アブなくて悲惨なやつらしい。いいだろう、上等だ。なにしろ、ここにいるこの僕は、完全に眠りから目覚めて復活を果たした奇跡の男なんだから、みんな好きなだけうわさすればいい。僕は前にかがみこんで言う。「そのパフォーマンス、女の子のためだったらしいよ」そして肩で風を切って授業に向かう。

教室に入り、席につく。自分が悪名高く、無敵になったように感じる。妙に神経が高ぶって、気分が浮きたつ。たった今、死から逃れてきたような気分だ。だけど、あたりを見まわしても、僕やブラック先生に注意を払う者はいない。地理のブラック先生は、僕がこれまで見たなかで間違いなくいちばん大きな人間だ。いつ見ても熱中症か心臓発作を起こす寸前みたいに真っ赤な顔をして、ハァハァ息を切らしている。

先生の話によると、僕はインディアナ州に住んでいるあいだずっと（つまり生まれてからこれまでの試練の日々）、州でいちばん高い地点から二十キロも離れていない場所に住んできたらしい。家族も、先生も、誰ひとり教えてくれなかった。たった今、地理の授業の〈インディアナ見て歩き〉のパートで教わるまでは。これは、教育委員会の考案で本年度から実施されたプログラムで、その目的は〝自分たちの州の豊かな歴史を生徒たちに知らしめ、インディアナ州民《フージャー》としての誇りを呼びおこす〟ことだそうだ。

冗談ではないらしい。

ブラック先生は椅子に腰を下ろして、咳ばらいをする。「今学期をはじめるにあたっては……州の最高地点からはじめるのが……最もふさわしいのではないかと思う」途中でハァハァ言うものだから、あまり説得力があるようには聞こえない。「フージャー・ヒルは……標高三百八十三メートル……わが州の東端に位置し……二〇〇五年には、ケンタッキー州のイーグル・スカウトが……登山道とピクニックエリアを整備して……山頂を示す案内板を……設置した」

僕が手を挙げても、先生はかまわずしゃべり続ける。手を挙げたままで考える。そこに登って山頂に立ったら、どんな気持ちがするんだろう。標高三百八十三メートルからは、いろんなものが違って見えるんだろうか。たいして高いようには思わないけど、みんなは誇りに思っているようだし。だけど、三百八十三メートルをたいしたことないなんて思っているおまえは、いったい何様なんだってことだよな。

話を終えると、ブラック先生は僕を見てうなずく。あまりに口をきつく結んでいるので、唇がなくなったように見える。「なんだね、ミスター・フィンチ」そして百歳の人がつくようなため息をつき、不安と警戒の入りまじった視線を投げる。

「僕はフィールド・トリップを提案します。この教室にいる少なくとも三人は、今学期の終わりには、卒業と同時にこの偉大な州を離れるんだし、そのときに、国家の最悪の学校システムから見ても標準以下の公立高校の教育のほかに、誇れるものが何かあるでしょうか。それに、こういった場所の価値は、グランド・キャニオンやヨセミテ国立公園がそうであるように、実際に見てみないとわからないと思います。実際に足を運んで、その素晴らしさを味わうべきです」

「発言に感謝するよ、ミスター・フィンチ」その言い方には、感謝とはまるっきり反対のニュアンスが込められている。皮肉は二十パーセントくらいしか込めなかったつもりなんだけど。僕は、州の最高地点への敬意を込めて、ノートに山の絵を描いてみるが、それはどう見ても、できそこないのたんこぶか、空飛ぶへびか――自分でもわからない。

「たしかに、セオドアの言うとおり、君たちのうちの何人かは……今学期が終わったら、ここをあとにして……ほかの場所へ行くことになる。この偉大な州から旅立って……だからそのまえに……見ておかなきゃならん……」

教室のドアのほうで騒々しい音がして、先生の声をさえぎる。遅れて入ってきた誰かが本を落として、それを拾おうとしたときに持ち物を全部ばらまいてしまったのだ。どっと笑い声が起きる。なんたってここは高校で、生徒はみんな単純だから、どんなことも笑いの種になる。とくに自分以外の誰かが人前で恥をかいた場合は。何もかもばらまいてしまったのは、ヴァイオレット・マーキーだった。ベル・タワーにいた、あのヴァイオレット・マーキーだ。ビーツみたいに真っ赤になって、きっと死にたいと思っている。高い場所から飛び降りるタイプの死にたいじゃなく、穴があったら入りたいほうだ。

僕にとってその感覚は、家族よりも、親友よりもなじみがある。人生の道づれといってもいいくらいだ。たとえば、キックベースの最中に、スーズ・ヘインズの目の前で脳震盪《のうしんとう》を起こしたときとか、大笑いしすぎて鼻の穴から飛びだしたものが、ゲイブ・ロメロの肩に着地したときとか、八年生のはじめから終わりまでとか。

つまり、僕にとっては慣れっこだけど、このヴァイオレットって子は、鉛筆をあと三本落としただけで泣きだしそうだったから、僕は自分の本を大きな音をたてて床に落とす。全員の目が僕に移動する。本を拾おうとかがんだときに、ほかの本もわざと投げ飛ばす。本は壁や窓やみんなの頭に向かって散らばっていく。ちょっとしたおまけとして、椅子をうしろに傾けて、床に倒れる。クスクス笑いや拍手、ひとつかふたつの「キモっ」という声が聞こえる。ブラック先生が息を切らして言う。「もういいかね……セオドア、よければ……授業を続けよう」

立ちあがって、椅子を起こし、拍手に礼でこたえ、本を拾い、もう一度礼をして、椅子にすわり、ヴァイオレットに笑いかける。僕を見る彼女の目には、驚きと安堵、そしてほかの何か（たぶん不安）が入りまじっている。そこに少しの欲情がまじっていると言いたいが、それは希望的観測だろう。僕のほうはとっておきの笑顔を向ける。それは夜中まで家に帰らなかったときや、いつものようにおかしなことをしたときに、母さんが僕を許す気になるような笑顔だ。それ以外のとき、母さんは僕をこんな目で見る――おまえって子はどうしてそうなの。どうせ父親の遺伝なんだろうけど。

　ヴァイオレットが笑顔を返してくる。とたんに僕の心は軽くなる。彼女の心が軽くなったのがわかるから。そして彼女の笑顔が、はみだし者に向けるようなたぐいのものじゃなかったから。僕は、今日一日で彼女を二度助けたことになる。母さんはいつも言っている。「おまえは優しい子ね。あんまり優しすぎると、自分の首をしめることになるよ」それがほめ言葉じゃないことぐらいはわかる。

　ブラック先生は、ヴァイオレットに目をやり、それから僕のほうを向く。「さきほどの話の続きだが……君たちに取り組んでもらいたい課題は……インディアナ州のワンダーを……最低でも二か所、できれば三か所選んで、実際に訪れて……レポートにまとめることだ」素晴らしい《ワンダー》場所ってことですか、それとも見て歩き《ワンダー》ってことですか、と質問したかったが、唇の端にほほえみを残して黒板を見つめるヴァイオレットに気をとられて、質問どころじゃない。

　ブラック先生は、話を続ける。目的地は自分たちの興味のある場所を自由に選んでいいこと。有名な場所でなくても、離れた場所でもかまわないこと。そこに行って、写真や動画を撮ったり、歴史を深く調べたりして、どんな点がインディアナ人にとっての誇りなのかをレポートにまとめること。テーマに沿って、複数の場所を関連づけられるとさらにいいこと。今学期いっぱい期間を与えるから、真剣に取り組むようにということ。

「課題は……ふたり一組で取り組むのが……いいだろう。この課題の評価は……最終学年の単位の三十五パーセントとする」

　僕は、また手を挙げる。「パートナーは、自分で選んでいいんですか」

「いいとも」

「僕は、ヴァイオレット・マーキーを指名します」

「授業が終わってから……本人と……交渉しなさい」

椅子のうしろに肘をかけて、腰を浮かせてヴァイオレットに体を向ける。「ヴァイオレット・マーキー、僕のパートナーになってくれないか」

クラスじゅうの視線が集中し、ヴァイオレットの顔が真っ赤になる。彼女は先生に言う。「別の課題にしてもらえませんか。調べものをして、短いレポートを書くくらいならできると思います」抑えた声だが、少しむっとしているのがわかる。「まだ心の準備が……」

ブラック先生がさえぎる。「ミス・マーキー、これから言うことは……君にとって……厳しいことかもしれないが……それはだめだ」

「え？」

「特例は認められない。新しい年になったことだし……そろそろ……戻る時期ではないかね……ラクダの背中に」

その言いまわしに何人かが笑う。こっちを向いたヴァイオレットの顔は、完全に怒っている。そのときだ、事故のことを思い出したのは。ヴァイオレットは去年の春、お姉さんと事故に遭った。ヴァイオレットは助かり、お姉さんは死んだ。注目を浴びるのをいやがるのにはそんなわけがあったのか。

残りの授業時間は、先生が僕たちの興味を持ちそうな場所や、卒業までにぜひ見ておくべき場所、つまりありきたりの観光スポット——コナー・プレーリー、リーヴァイ・コッフィンの家、リンカーン博物館、ライリー記念館——について話す。この教室にいるほとんどが、死ぬまでこの町を出ないとわかっているにもかかわらず。

もう一度ヴァイオレットのほうを見るが、彼女はこちらを見ようとしない。体をこわばらせて、まっすぐ前を見つめている。


教室を出ると、ゲイブ・ロメロが僕の前に立ちふさがる。いつものように、仲間と一緒で、すぐうしろに腰に手を当てたアマンダ・モンク、その両隣にジョー・ワイアットとライアン・クロスを従えている。ライアンは性格がよく、気さくで、感じがよくて、スポーツ万能で、優等生で、副学級委員をしている。そして最悪なことに、自分が人気者だということを幼稚園のころからよく知っている。

ローマーが言う。「見てんじゃねーよ」

「べつに見てない。だってそうだろ、おまえなんて見なくても、ほかに見るものが山ほどあるんだから。たとえば、ブラック先生のでっかいケツとかさ」

「このオカマ野郎が」

ローマーは、中学のころからの天敵だ。やつは、僕の手から教科書をはらい落とすという、いじめっ子入門講座にでも出てくるようなまねをした。僕にとって、古い友人のようになじみのある怒りの手りゅう弾が、腹の底で炸裂《さくれつ》し、そこから黒い煙がもくもくと胸のなかに広がっていくのがわかる。去年、机を投げつけるまえに感じたのと同じだ。ちなみに、僕はギアリー先生の教室の黒板に向かって投げたつもりだが、ローマーは自分に向かって投げつけたと言いふらしている。

「拾えよ、ばーか」すれ違いざまに、ローマーが肩で僕の胸をドンと突く。こいつの頭をロッカーにたたきつけて、喉の奥に手を突っこんで心臓をひきずり出してやりたい。目覚めているときの僕は、エネルギーにあふれ、眠っていた時間を埋めあわせようと体がうずうずしているんだから。

だけど、ぐっと抑えて心のなかで六十まで数え、まぬけな顔にまぬけな笑みを貼りつける。今度呼びだされたら、退学にさせられる。じっとこらえて、おとなしく、いい子にしているんだ。

教室の戸口から顔をのぞかせたブラック先生に、僕は軽くうなずいてみせる。だいじょうぶです、何も問題はありません、すべて順調です、手は怒りに震えていないし、体はかっかしていないし、頭に血はのぼっていません、だからあっちに行っててください。

今年こそ問題を起こさないと、僕は自分に約束したんだ。いろんなこと(僕自身も含めて)をコントロールできれば、ずっと目覚めていられるし、ここにいられる。片足だけでじゃなく、両足でしっかりとこっちの世界にいられるはずだ。

雨あがりの駐車場で、チャーリー・ドナヒューと僕は一月のくすんだ太陽の下、彼の車にもたれて、チャーリーが自分自身のこと以外でいちばん好きな話題、セックスについて話す。仲間のブレンダは、肉付きのいい胸に教科書を抱え、ピンクと赤に染めた髪をきらきらさせて、僕らの話を聞いている。

チャーリーは、冬休みのあいだモール・シネマでアルバイトをして、かわいい女の子を片っぱしからタダで入れてやっていたそうだ。だけど、最後列でいちゃつくのは思ったよりたいへんだったらしく、なかでもいちばんやっかいな作業が、車椅子席のアームレストをはずすことだったらしい。

「で、おまえはどうなんだ」

「どうって何が」

「休んでるあいだ、どこに行ってたんだよ」

「いろいろさ。学校に来る気がしなかったから、ハイウェイをあちこち飛ばしてたのさ」眠りに落ちるなんてことを友達にうまく説明できないし、できたとしても説明する必要はない。チャーリーとブレンダのいいところは、自分のことを説明しなくてもいいってことだ。何を言っても、何をしても、〝おまえらしい〟のひと言ですませてくれる。

チャーリーはまたうなずく。「おれたちがしなくちゃいけないのは、おまえに相手を見つけることだ」暗に、ベル・タワーでのできごとのことを言っているらしい。セックスの相手さえ見つかれば、自殺なんて考えないだろうというわけだ。チャーリーに言わせれば、女と寝ればすべてが丸くおさまる。もし世界じゅうの指導者たちが、性生活にじゅうぶん満足していたら、世界じゅうの問題はあっという間に解決するんだそうだ。

ブレンダがにらみつける。「あんたって、ブタ野郎ね、チャーリー」

「おれが好きなんだろ」

「そう思いたいんでしょ。どうしてもっとフィンチみたいになれないの。彼は紳士よ」僕のことをそんなふうに言う人はめったにいない。だけど人生で素晴らしいのは、人は相手次第でどうとでも変われるってことだ。

「買いかぶりすぎだって」と僕。

ブレンダは首を振る。「まじめに言ってるの。本物の紳士なんて、めったにお目にかかれないもんよ。本物の処女や妖精くらい貴重かも。あたしがもし結婚するなら、そんな相手がいいわ」

思わずつっこむ。「処女か妖精と？」僕の腕にブレンダのパンチが飛んでくる。

「女遊びをしないからって、紳士とは言えないだろ」チャーリーが僕にあごをしゃくる。「気を悪くするなよ」

「気にしてないよ」たしかに、チャーリーとはくらべものにならないし、そもそもチャーリーが言いたいのは、僕の女運が悪いってことだ。これまで付き合った相手は、ただの男好きか、変わり者か、周りに人がいるときに他人のふりをする子ばかりだった。

でも、そんな話はどうでもいい。というのも、ブレンダの肩の向こうに、あの顔――ヴァイオレットが見えたからだ。胸が激しく高鳴る。この感じは、まえにも経験がある（スーズ・ヘインズのときもそうだった、ライラ・コールマンのときも、アナライズ・レムケのときも、ブリアナ・ハーレー、ブリアナ・ベイリー、ブリアナ・ブードローのブリアナ三人組のときも……）。さっきの笑顔のせいだ。あのほほえみにはまいった。今どきめったにお目にかかれない、本物の笑顔だった。とくに相手が筋金入りの変人《フリーク》でとおっている、このセオドア・フィンチの場合は。

ブレンダは、僕の視線に気づいてふり返る。そして、僕に首を振り、思わず腕をかばいたくなるような笑い方でニカッとする。「あーあ、男って、やっぱりみんなおんなじなんだから」


家に帰ると、母さんは姉貴のケイトがいつも週のはじめに作り置きしておくキャセロール料理を解凍しながら、電話でしゃべっている。僕に手だけ振って、また電話の話に戻る。ケイトが階段を駆け下りてきて、キッチンのカウンターから車の鍵をつかんで「行ってくるね」と言って出ていく。僕には姉と妹がいる。姉のケイトは僕よりひとつ年上で、妹のデッカは八歳だ。自分が間違って生まれてきたことを妹が悟ったのは六歳のときだ。だけど、本当に間違って生まれた人間がいるとすれば、それは僕だってことはみんなわかっている。

濡れた靴底を鳴らして二階に上がり、部屋に入ってドアを閉める。古いレコードを適当に一枚選び、地下室から引っぱりだしてきたターンテーブルにのせる。一九二〇年っぽい曲が流れてくる。今の僕は、スプリット・エンズっぽい気分で、だからこんなスニーカーを履いている。八〇年代バージョンのセオドア・フィンチがしっくりくるかどうか、お試し期間中だ。

机の引き出しをさぐって煙草を一本見つけだし、口にくわえ、ライターに手をのばしたところで思い直す。八〇年代小僧《エイティーズ》のセオドア・フィンチは、煙草を吸ったりしない。品行方正な優等生タイプ、まったく、いやなヤツだ。火をつけない煙草をくわえて、ニコチンだけ吸っているつもりになり、ギターを手に取って曲にあわせて弾く。だけど、すぐにやめて、椅子の背もたれを前に回してパソコンの前にすわる。これが物を書くときのいつものスタイルだ。

パソコンに打ちこむ。

1月9日。手段：学校のベル・タワー。死への到達度：10段階中の5。事実：飛び降り自殺は、満月の日と休日に増える。飛び降り自殺をした有名人に〈ヴィクトリアズ・シークレット〉の創設者ロイ・レイモンドがいる。関連事実：一九一二年、フランツ・ライヒェルトという男が、自作のパラシュート・スーツを身に着けてエッフェル塔から飛び降りた。自分の発明品を使えば、安全に降りられることを証明するための実験だったが、パラシュートは開かず、彼はそのまま墜落し、地面には隕石が落下したときのような深さ一五センチのクレーターができた。彼が自殺するつもりだったのか、真相はわからない。きっとただの自信過剰のまぬけだったんだろう。

インターネットで検索してみると、自殺全体に飛び降り自殺が占める割合は、せいぜい五パーセントから十パーセントだ（ジョンズ・ホプキンス大学調べ）。飛び降りが選ばれるのは、たいていの場合、その手軽さが理由らしい。ゴールデンゲート・ブリッジ（世界一の自殺の名所）のあるサンフランシスコが人気なのはそういうわけだ。この町だと、せいぜいピュリナ・タワーか、標高三百八十三メートルの山ぐらいだ。

さらに打ちこむ。

飛び降りない理由：現場が悲惨すぎる、人目につきすぎる、地上に人が多すぎる。

グーグルからフェイスブックのサイトへ移動する。まず、アマンダ・モンクのページをさがす。アマンダなら、実際に友達じゃないやつとだって〝友達〟になっているだろう。アマンダの友達リストにアクセスし、**ヴァイオレット**と入力する。

思ったとおり、彼女はそこにいる。クリックすると、さっき僕に見せてくれたのと同じほほえみを浮かべた写真が拡大される。プロフィールを見たり、ほかの写真を見たりするには、彼女の〝友達〟になる必要がある。画面をじっと見つめるうちに、知りたくてたまらなくなってくる。このヴァイオレット・マーキーという子は、いったいどんな女の子なんだろう。グーグルで彼女の名前を検索してみる。ひょっとしたら、彼女のフェイスブックにアクセスできる裏ワザ――特別なノックの仕方とか、三桁の暗証番号とか――が見つかるかもしれない。

けれど、検索結果のいちばん上に現れたのは、EleanorandViolet.comというサイトだった。そこには、共同制作者／エディター／ライターという肩書きで、ヴァイオレット・マーキーの名前がある。サイト自体は、ファッションや恋愛がテーマのよくあるブログで、最終更新日は、去年の四月三日になっている。そしてブログのほかに、こんなニュース記事が見つかる。

四月五日、深夜十二時四十五分、バートレット高校の十二年生で生徒会役員の、エレノア・

マーキーさん（18）の乗った車がスリップしてAストリート橋から転落し、エレノアさんは全身を強く打って死亡した。路面の凍結とスピードの出しすぎが原因とみられる。助手席に乗っていた、妹のヴァイオレット・マーキーさん（16）は軽傷ですんだ。

何度も記事を読み返すうちに、胸の奥にもやもやした感情が湧きあがってくる。そしてついに、自分ではぜったいにしないと誓っていたことをする。ヴァイオレットに友達リクエストを送るために、フェイスブックに登録したのだ。フェイスブックのアカウントを持てば、社交的でノーマルな人間だと思ってもらえるかもしれないし、飛び降り現場というふつうじゃない状況での出会いが少しは中和されるかもしれない。少なくとも危ない人間ではないと思ってもらえる気がする。まずは携帯でプロフィール写真を撮影する。だめだ、表情が硬すぎる。もう一枚。今度は馬鹿みたいに見える。三枚目はその中間くらい。これでいい。

五分おきに返信をチェックしなくてすむように、パソコンをログオフして、ギターを弾いたり、宿題に出された『マクベス』に目を通したりする。それから、階下に下りて、デッカと母さんと三人の夕食の席につく。去年両親が離婚して以来、夕食の顔ぶれはいつもこの三人だ。食べることにとくに興味はないけど、一日のうちではほっとできる時間だ。頭のなかを空っぽにしておける。

「デッカ、今日は学校でどんなことを勉強したの?」母さんは、親としての務めを果たすために、必ず学校のことをきく。第一声は、たいていこんな感じだ。

デッカは言う。「ジェイコブ・バリーがクソだってことがわかったわ」最近、言葉づかいが悪くなったのは、母さんが本当に話を聞いているか、反応を確かめるためだろう。

「デッカ」母さんはたしなめるが、真剣に聞いているわけじゃないのはわかる。

デッカの言うには、このジェイコブという少年は、理科の小テストを受けなくてすむように、手と机を接着剤で貼りつけて、いざ机から手をはがすときに手の皮まではがれてしまったのだそうだ。デッカは小動物のように目をキラリとさせて、いい気味だと言う。

母さんはとつぜん反応し、「デッカ」と言って首を振る。だけど親らしくふるまうのは、これが限界だ。父さんが出ていってからというもの、母さんは冷静な親であろうと必死に努力してきた。気の毒に思うのは、父さんが根っから自分勝手のろくでなしで、母さんを捨てて、ローズマリーなんていう、どこにアクセントがあるのかわからない名前の女のもとに走ったにもかかわらず、今でも父さんを愛しているってことだ。父さんが出ていった日に、母さんはこうつぶやいた。「四十でバツイチになるなんて思いもしなかった」この世の終わり、みたいな言い方がたまらなかった。

あれ以来、僕は母さんをイラつかせないように、なるべく気配を消しておとなしくしてきた。たとえ眠りに落ちたときでも（夜に寝るのじゃないほうだ）、学校に行っているふりをするとか。いつもうまくいくわけじゃないけど。

「セオドアは、どんな一日だった？」

「まあまあだよ」皿の上のもので、幾何学模様を作りながら答える。食事に関して言いたいのは、ほかにもっと楽しいことがあるんじゃないかということだ。寝ることもそうだけど、僕に言わせれば完全な時間の無駄だ。

興味深い事実：ある中国の男が、睡眠不足が原因で死んだ。ヨーロッパ選手権の全試合を見るために一一日間ぶっとおしで起きていた（僕みたいにウトい人のために補足しておくと、サッカ

ーの試合のことだ)。一一日目の夜、イタリアがアイルランドに2ー0で勝ったのを見とどけたあと、彼はシャワーを浴び、朝の五時ごろに眠りについた。そして死んだ。死者を皮肉るつもりはないが、サッカーの試合のために寝ないなんてどうかしている。

母さんは食事の手を止めて、僕の顔をじっと見ている。僕に注意を向けるのは、僕の〝悲しみ〟を理解しようと努力しているときだ。ケイトが朝帰りをしたときや、デッカが校長室に呼びだされたときに、冷静でいようと努めているのと同じだ。母さんは、僕たちの問題行動を、離婚と父さんのせいだと思っている。そして、のり越えるには時間が必要だと言っている。

僕は皮肉っぽさをおさえてつけ加える。「可もなく不可もなく。なんてことない、ぱっとしない、ごくふつうの一日だったよ」そこから話題は、あたりさわりのない天気の話とか、母さんがお客に売ろうとしている家の話に移る。

夕食が終わると、母さんは僕の腕にそっと手を重ねる。「お兄ちゃんが戻ってきてよかったわね、デッカ」まるで僕が、ふたりの目の前からまた消えてなくなるみたいな言い方だ。ほんの少し責めるような響きに、僕はいたたまれない気持ちになる。今すぐ部屋に戻って閉じこもりたい。母さんは、僕の悲しみを受けいれようとしてはいるが、この家でただひとりの男として頼りたがっており、あの四週間か五週間のあいだ、僕が学校に行っていた(母さんはそう思っている)にもかかわらず、夕食を何度もすっぽかしたことを責めている。母さんが手を引っこめると、それが合図のように、僕たち三人は、ばらばらの方向へ散っていく。

十時を過ぎ、みんな寝静まり、ケイトはまだ帰らない。もう一度パソコンを立ちあげ、フェイスブックをチェックする。

《ヴァイオレット・マーキーさんがあなたの友達リクエストを承認しました》

僕たちは正式に友達になった。
大声で叫んで、家じゅうを走りまわりたい。なんなら、屋根に上って両手を広げてもいい。だけど飛び降りたりはしない。そんな気分じゃない。とにかく僕は、パソコンの画面にかじりついて、ヴァイオレットの写真をスクロールしていく。両親らしき人たちと並んでほほえむヴァイオレット、たくさんの友達と一緒にほほえむヴァイオレット。スポーツ激励会でほほえむヴァイオレット、女友達と顔をくっつけてほほえむヴァイオレット、ひとりでほほえむヴァイオレット。
一枚の写真で手が止まる。ヴァイオレットと並んで写っているこの顔、新聞の記事で見たことがある。彼女のお姉さん、エレノアだ。ヴァイオレットが今日かけていた、ダサい眼鏡をかけている。
とつぜん、メッセージボックスに新しいメッセージが表示される。
ヴァイオレット：みんなの前で、いきなりあんなことを言うなんて、どういうつもり？
僕：ああでもしなけりゃ、僕と組まなかっただろう？
ヴァイオレット：あんなことがなければ、わたしは課題をしなくてすんだかもしれないのよ。いったいどうして、パートナーになってくれなんて言ったの？
僕：僕たちの山が待っているからだ。
ヴァイオレット：どういう意味？
僕：君は、インディアナ州を見てまわるなんて、考えたこともなかったかもしれないし、僕にいきなりパートナーに指名されて迷惑しているかもしれない。だけど僕は思うんだ。僕の車に積んである地図は、使われたがっているんじゃないかって。僕たちでなきゃ、わざわざ見に行こうと思わない場所や、良さを知ろうとしない場所があるんじゃないかって。誰も注目しない場所に

だって、きっと価値はあると思うんだ。少なくとも、僕らにとっては価値があるかもしれない。たとえそうでなくても、僕たちがここからいなくなるまえに、偉大なる州を見たという事実は残るんじゃないかな。だから出かけよう。僕たちの目で、その価値を見つけよう。外の世界に飛びだそう。

返信はない。

僕：言いたいことがあるなら、遠慮しなくていいよ。

しーん。

ヴァイオレットが完璧な唇に完璧なほほえみを浮かべて、パソコンの画面を見つめているところを想像してみる。今日一日いろんなことがあったけど、それはともかくとして。

〝ヴァイオレットのほほえみ〟、なんだか曲のタイトルみたいだ。僕はパソコンの画面から目を離さずにギターを取り、思いつきのメロディーに思いつきの言葉をのせて歌う。

僕はまだここにいる。そのことに感謝。だって、そうでなければこんな気持ちになれなかった。目覚めていると、たまにはいいこともある。

僕は歌う。〝今日はその日じゃなかった。だって君がほほえんでくれたから〟

・フィンチの〈見て歩き〉のルール

1. ルールはいっさいなし。人生はただでさえ、たくさんのルールでできている。
2. とはいえ、いわゆる〝ガイドライン〟は三つ存在する（これだと〝ルール〟ほどは堅苦しい感じがしない）。

a　目的地への行き方を調べるのに、スマートフォンを使わないこと。あくまで昔ながらの手段にこだわって、紙の地図を頼りにたどり着くこと。

b　目的地はふたりで交代に決めること。ただし、偶然の出会いも大切にする。選ぶ場所は、雄大でも、ちっぽけでも、風変わりでも、詩的でも、きれいでも、醜くても、意外でもかまわない。人生と同じだ。けれど、断固として、ぜったいに、ありきたりの場所であってはならない。

c　それぞれの場所で、何か置きみやげを残すこと。ジオキャッシングみたいなものだ（ジオキャッシングとは、ウェブ上に公開されたGPSの座標を用いて、隠されたものを見つけるレクリエーションのことだ）。ただし、これはどこにも公開しない個人的なものだ。ジオキャッシングのルールは〝何かを持ち帰り、何かを残していく〟ことになっている。僕たちはそれぞれの場所から何かを得て帰ってくる。それなら、お返しに何かを置いてくるのが筋じゃないだろうか。それに、そうすれば僕たちがそこに行った証拠になるし、自分たちの一部をその場所に残してくることにもなる。

ヴァイオレット　卒業まで153日

土曜日の夜、アマンダ・モンクの家へ。

アマンダの家まではたった三ブロックなので、歩いていくことにする。わたしのほかに、アシュリー・ダンストンとシェルビー・パジェットが来ることになっている。スーズはアマンダと何度目かの絶交中だから呼ばれていないらしい。アマンダとわたしは、以前はいつも一緒にいた。でも去年の四月からは、なんとなく距離を置くようになった。わたしがチアリーダーをやめてからは共通点もない。そもそも共通点なんてあったんだろうか。

お泊まり会のことを、パパとママに話したのは失敗だった。そのせいで行くことになってしまった。「アマンダは気をつかってくれているのよ。その気持ちに応えないと。姉さんが死んだことを、いつまでも言いわけにすることはできないのよ、ヴァイオレット。そろそろ気持ちを切り替えなくちゃ」心の準備ができていないというのは、パパやママにはもう通用しない。

ワイアット家の庭を横切って角を曲がると、にぎやかな声が聞こえる。アマンダの家はクリスマスのようにイルミネーションで飾られ、あちこちの窓に大勢の人影が見える。芝生の庭にも人がいる。アマンダのパパはお酒の量販店を手広く経営していて、それもアマンダが人気のある理由だと思う。あとは、誰とでも寝るから。

バッグを肩から斜めにかけて、枕を脇に抱えて、通りから様子をうかがう。引っ込み思案の小学生になったみたいだ。エレノアなら、こんなわたしを見て笑い、背中を押してくれただろう。さっさとなかに入って手招きしてくれただろう。今、この場にいてくれないエレノアに腹が立ってくる。

気をとりなおして、庭に足を踏み入れる。ジョー・ワイアットが「ビールなら地下室にあるぜ」と大声で言って、赤いプラスチックのコップを差しだしてくる。ローマーは、野球部やサッカー部の男子たちを従えてキッチンを占領している。

ローマーがトロイ・サターフィールドにきいている。「で、やったのか？」

「やってないよ」

「じゃあ、キスは？」

「してない」

「ほかの女とは？」

「やった。でもあれはちょっとしたミスだ」

男子たちが笑い、トロイも笑う。みんな声が大きすぎる。

わたしは地下室に向かう。アマンダとスーズ・ヘインズが一緒にソファーでくつろいでいる。どうやら仲直りしたらしい。アシュリーとシェルビーの姿は見あたらず、二十人ぐらいの男の子たちが、床にすわりこんで、お酒の飲みくらべをしている。その周りで女の子たちが踊っている。そこにはブリアナ三人組や、セオドア・フィンチの友達のブレンダ・シャンク＝クラヴィッツもいる。カップルたちはいちゃついている。

アマンダがビールを持った手を振る。「やだ、どうしちゃったの、その髪」わたしが自分で切った前髪のことを言ってるんだ。「それに、いつまでその眼鏡をかけてるのよ。わたしだってあなたのお姉さんのこと忘れたくないけど、もうちょっとマシなものがあるんじゃないの？　たとえば、かわいいセーターとか」

枕を抱えたまま、コップを置く。「お腹が痛くなってきちゃった。わたし帰る」

「塔から飛び降りそうになってたセオドア・フィンチを助けたってほんと？」スーズが青い大きな瞳をこちらに向ける（九年生までは、スージーと呼ばれていたが、自分で〝ジー〟を〝ズ〟に変え、今ではみんなに〝スーズ〟と呼ばれてる）。

「まあね」うそだ。きのう一日をなかったことにしてしまいたい。

アマンダがスーズに目を向ける。「ね、言ったとおりでしょ」そしてわたしを見て、あきれた顔をする。「いかにもフィンチのやりそうなことよ。幼稚園のころから知ってるけど、ますます変になってきてる」

スーズはビールをひと口飲み、「彼のそうじゃない部分も知ってるけど」と意味ありげに言う。アマンダがスーズの腕をたたき、スーズがアマンダの背中をたたく。スーズがわたしに言う。「フィンチとは十年生のときに付き合ってたの。たしかにちょっと変わってるけど、彼のいいところは、女の子の扱いを知っているところよ」さっきよりも意味ありげな口調だ。「このへんにいる、幼稚な連中とはひと味違うわ」床にいる幼稚な連中のうちの何人かが大声をあげる。ちょっとここに来て、オレも試してみたらどうだ。アマンダとスーズは、また腕をばしばしたたき合う。

わたしはバッグを肩にかける。「偶然あそこにいてよかったわ」

正確に言うと、彼があの場にいてくれたことに感謝している。おかげで、みんなの見ている前で塔から落ちて死なずにすんだ。わたしは両親のことを考えもしなかった。娘をひとり事故でなくしたばかりなのに、残ったもうひとりを今度は自殺でなくすなんてひどい目に遭わせるところだったのだ。そんなうしろめたさもあって、今日は口ごたえをせずにここに来た。両親にそんな思いをさせるところだったことを、今は恥ずかしく思う。

「どこにいてよかったって？」ローマーがビールの入ったバケツを手に、よろけながらやってくる。バケツを床にどすんと置くと、氷がそこらじゅうに散らばる。

スーズがアイラインを強調した目で、ローマーを見上げる。「ベル・タワーよ」

ローマーの目がスーズの胸に釘づけになり、ようやく引きはがした視線をわたしに向ける。

「でも、なんであんなところにいたんだよ」

「人文学の教室に行く途中、フィンチが廊下のつきあたりのドアから、塔のほうに出ていくのを見かけたの」

「人文学は二時限目じゃなかったっけ」とアマンダ。

「そう。だけど、フェルドマン先生に質問したいことがあったから」

「あのドアには鍵がかかってて、柵がしてあるから、ヴァイオレットのパンティより忍びこむのがむずかしいって、誰かが言ってたぜ」ローマーはそう言って、大笑いする。

「鍵をこじ開けたんじゃない」こじ開けたのは、わたしだ。まじめに見られることのいいところは、言いわけしなくても切りぬけられることだ。疑われることはまずない。

ローマーはビールの缶を開けて、一気に飲む。「イカれた野郎だぜ。あんなやつ、飛び降りさせりゃよかったんだ。去年はあいつに首を折られそうになったんだからな」黒板事件のことだ。

「フィンチはあなたのことが好きなのかもよ」アマンダが冷やかすようにわたしを見る。

「まさか」

「ならいいけど。でも気をつけたほうがいいわよ」

十か月前には、わたしもみんなと一緒にソファーにすわってビールを飲みながら、頭のなかでは冷静に分析したりしていたものだ――アマンダがここでそういうことを言うのは、意図があってのこと。弁護士が陪審員を誘導するようなもの。「異議あり、ミス・モンク」「失礼、今の発言は取り消します」けれど、発言を取り消したところで、その言葉は陪審員の耳に残る。彼らはその言葉に引きずられてこう思うだろう。もし彼が彼女を好きだとしたら、彼女だって、まんざらでもないはず……。

でも今は、うんざりした気分でここに立っている。そもそも、何がきっかけで、アマンダと仲良くなったんだろう。音楽はうるさく、空気はむっとして、ビールのにおいが立ちこめている。このままここにいると、気分が悪くなりそうだ。そのとき、学校新聞の記者のレティシア・ロペスがこちらに向かってくるのが目に入った。

「ごめんね、アマンダ。また明日」

誰かが何か言うまえに、わたしは階段を上って、家を出る。

このまえパーティーに出たのは、去年の四月四日だった。エレノアが死んだ夜だ。音楽と、ライトと、どんちゃん騒ぎが記憶を呼びさます。とっさに髪をはらって前かがみになり、胃のなかのものを縁石に吐く。明日になってこれを見た人は、酔っぱらった高校生のしわざだと思うだろう。


バッグから携帯を出して、アマンダにメールを打つ。

ほんとにごめんね。気分がよくなかったの。

家に帰ろうとしたとき、前からきたライアン・クロスと衝突する。濡れてくしゃくしゃの髪に、大きくてきれいな瞳。魅力的な男の子がみんなそうであるように、口の端を片方だけ上げてほほえんでいる。口角を両方上げて本当の笑顔を見せるときは、両頬にえくぼができる。ライアンは完璧な男の子で、そのことはわたしの記憶に刻みこまれている。

わたしは完璧じゃない。秘密があり、とっ散らかっている。部屋だけじゃなく、わたし自身が混乱している。混乱した女の子が好きな人はいない。みんなが好きなのは、笑顔のヴァイオレットだ。わたしがフィンチを説得したんじゃなくて、本当はその逆だということを、ライアンやほかのみんなが知ったらどう思うだろう。

ライアンは、枕やバッグごとわたしを抱きあげる。わたしの体は宙に舞ってくるくる回される。キスされそうになって、思わず顔をそむける。

ライアンがはじめてわたしにキスをしたのは、雪の降るなかだった。中西部では四月の雪はめずらしくない。あの日はエレノアが白い服を、わたしが黒い服を着ていた。わたしたち姉妹はときどき服を替えっこして、いつもと違う自分を演じて楽しんでいた。パーティーを開いたのは、ライアンのいちばん上のお兄さんのイーライだ。エレノアはイーライと二階へ行き、わたしはアマンダや、スーズ、シェルビー、アシュリーと一緒に踊っていた。そのとき、窓辺にいたライアンが言った。「雪が降ってきた！」

踊りながら人をかき分けて窓辺に近づいたわたしを見て、ライアンが言った。「行こう」

ライアンに手を取られて、外に駆けだした。しっとりと大きな雪が、白く輝きながら空から落ちてくる。空に向かって舌を突きだして、雪をつかまえて遊んでいたそのとき、ふいにライアンの唇がわたしの唇をとらえ、わたしは目を閉じた。雪が頬に積もるのを感じながら。

家のなかからは、パーティーによくある大声や騒がしい物音が聞こえた。ライアンの手がわたしのシャツの下に入ってきた。その手がとても温かかったのを覚えている。キスをしながらも、頭のなかでは冷静に考えていた——わたしは、ライアン・クロスとキスしている。インディアナ州に引っ越してくるまえ、わたしにこんなことが起きることはなかった。ライアンのスウェットシャツの下に手をすべり込ませると、彼の肌は温かくて、想像していたとおりにすべすべしていた。

家のなかからは、ますます大声や、物が割れる音が聞こえてきた。ライアンが体を離し、わたしが顔を上げると、彼の唇に口紅がついていた。わたしはぼんやり考えた。ライアン・クロスの唇に、わたしの口紅がついている。す・ご・い。

その瞬間のわたしを撮った写真があれば、以前の自分がどんなだったか思い出せるのに。あれは、わたしが幸せだった最後の瞬間だ。あの直後にすべてが暗転し、わたしの世界は変わってしまった。

ライアンがわたしをさっと抱きあげる。「方向が違うよ、V」そう言って、アマンダの家に向かって歩きだす。

「もう帰るところなの。さっきまでいたんだけど、気分が悪くなっちゃって。ねえ、下ろして」こぶしで胸をたたくと、ライアンは下ろしてくれる。ライアンはいい人だから、人のいやがることはしない。

「何かあったの？」

「気分が悪くて吐いちゃったの。もう帰らなくちゃ」ライアンの腕を、犬をなだめるみたいにたたき、芝生を横切って通りに出る。角を曲がって家に向かう。うしろでライアンが何か言っているけど、ふり返らない。

「早かったのね」ママはソファーの上で本に顔をうずめている。パパはソファーの反対側に寝そべり、ヘッドフォンをかけて目を閉じている。

「そうでもないわ」階段の下で足を止める。「やっぱり、行くんじゃなかった。はじめからわかってたけど、努力してるところを見せなくちゃと思って出かけたの。だけど、お泊まり会なんかじゃなくてパーティーだった。大勢が飲んで、酔っぱらって、どんちゃん騒ぎをするような」吐きすてるように言う。べつに両親が悪いわけでもないのに。

ママにつつかれて、パパがヘッドフォンをはずす。ふたりはソファーにすわり直し、ママが言う。「よかったらここに来てすわらない？　驚いて、つらい気持ちになったのね。ここにすわってママたちに話してみて」

ライアン同様、うちの両親は完璧だ。強くて、勇敢で、思いやりがあって、陰では泣いたり怒ったり、物を投げつけたりすることがあるのかもしれないけど、わたしにはそんなそぶりはまず見せない。いつもわたしを気づかって励ましてくれる。家にばかりいないで、そろそろ車にでも乗って出かけてみたら、とか。わたしの話に耳を傾け、力になってくれる。なんなら、今はちょっと構いすぎるくらいだ。わたしがどこに行って何をするのか、誰に会って何時に帰るのか、いちいち知りたがる。向こうに着くまでにメールしなさい、帰るまえにもメールするのよ、とか。

両親が事故のあとどんな思いをしてきたか、さらに、きのうわたしがどんな思いをさせるところだったのかを考えると、ここにいなくちゃいけない気になってくる。でも、それは無理だ。

「疲れたからもう寝る。おやすみなさい」

夜の十時半。寝室。わたしは、フロイトの顔のついたモコモコスリッパを履き、〈ターゲット〉で買った猿の絵がプリントされた紫色のパジャマを着ている。これがいちばんくつろげる格好だ。クローゼットのドアに貼ったカレンダーの今日の日付を大きな黒い×印で消して、ベッドに移動する。本が散らばったベッドの上に、枕に背中をあずけてもたれかかる。自分で書かなくなってから、これまで以上に本を読むようになった。読むのはほかの人たちの言葉で、自分の言葉じゃない。わたしの言葉は消えてしまった。今はブロンテ姉妹の小説に夢中になっている。

わたしは自分の部屋が好きだ。外に出るより、ここにいるほうがいい。ここでは、自分のなりたいものになれる。たとえば、一日に五十ページ書いても言葉の涸れることのない、才能あふれる小説家にもなれる。NYUの文芸創作科に入学が決まった学生にもなれる。人気ウェブマガジンの制作者にもなれる（エレノアと一緒にやっていたのじゃなくて、新しく立ちあげるマガジンだ）。この部屋にいれば怖いものはなく、自由で、安心していられる。

ブロンテ姉妹の誰がいちばん好きかは、迷うところだ。シャーロットは除外。だって、五年生のときの先生にそっくりだから。エミリーは気性が激しく自由奔放で、アンは地味な存在だ。わたしはアンを応援する。本を読むのをやめ、上掛けの上に体を横たえて、天井を見つめる。去年の四月からずっと、時間が止まったように感じている。何かを待つようなこの感じ。だけど何を待っているのか、自分でもわからない。

起きあがって、パソコンに向かう。二時間ちょっとまえ、19：58にセオドア・フィンチがフェイスブックに動画を投稿している。自分の部屋らしいところで、ギターを弾いている。前かがみになって、黒い髪が顔にかかっている。画像が粗いのは携帯で撮ったからだろう。声は悪くないけど、煙草を吸いすぎたようにしゃがれている。歌っているのは、学校の屋上から飛び降りる男の子の歌だ。

歌い終わると、フィンチはカメラに向かって言う。「ヴァイオレット・マーキー、これを見てるってことは、まだ生きているってことだね。メッセージを送ってくれ」

見られているような気がして、あわてて動画を止める。きのうという日も、セオドア・フィンチも、ベル・タワーも、どこかに消えてなくなってほしい。わたしにとって、そのすべてが悪夢だ。これまで見た悪夢とはくらべものにならない、正真正銘の悪夢だ。

フィンチにプライベート・メッセージを送る。：お願いだから、あの動画を削除するか、最後にしゃべっているところをカットして。誰も見たり聞いたりできないように。

すぐに返信がある。：やったね！　メッセージをくれたってことは、君はまだ生きてるってことだ。ところで僕たち、きのうのことについて話をするべきじゃないかな。プロジェクトのパートナーにもなったことだしさ（ちなみに、動画は僕たち以外は誰も見ない）。

わたし：わたしはだいじょうぶよ。ねえ、お願いだから、もうこの話はやめにして。きのうのことはぜんぶ忘れて（誰も見ないなんて、どうして言えるの）。

フィンチ：（君にメッセージを送るためだけにこのページをはじめたからだよ。それに、君が見終わったら、あの動画は五秒以内に自動的に消滅することになっている。5、4、3、2……）

フィンチ：ページを更新してごらんよ。

動画は消えている。

フィンチ：フェイスブックで会話するのがいやなら、直接そっちに行ってもいいよ。

わたし：今から？

フィンチ：まあ、厳密に言うと、五分から十分ってとこかな。まずは服を着なくちゃならないだろ、君が裸のほうがいいなら別だけど。それから、車でそこまで行く時間も考えなくちゃいけない。

わたし：もう遅いわ。

フィンチ：それは考え方しだいさ。僕は必ずしも遅いとは思わない。むしろ早いくらいだ。人生のなかでも早いし、夜のうちでも、一年のうちでも早い。数えあげていったら、早いほうの数

が、遅いほうの数を上まわってるはずだ。とにかく、話をするだけだよ。べつに君を口説くつもりじゃない。

フィンチ：それとも、そうしてほしい？　口説いてほしいかってことだけど。

わたし：結構よ。

フィンチ：〝結構〟というのは僕に来てほしくないということ？　それとも口説いてほしくないということ？

わたし：どっちも必要ないわ。

フィンチ：オーケイ。それじゃ、学校で話そう。たとえば地理の授業中に、教室の端から端に話しかけてもいいし、ランチのときに君を見つけてもいい。ランチは、いつもアマンダやローマーと一緒だよね。

もうたくさん。終わりにして、どこかへ消えて。

わたし：もし、今夜ここに来たら、二度とあの話はしないと約束してくれる？

フィンチ：ボーイスカウトの名にかけて。

わたし：話をするだけよ。ほかはいっさいなし。話したらすぐに帰って。

書きこんだ瞬間、しまったと思う。角を曲がったすぐそこで、アマンダがパーティーをしているんだ。誰かが通りかかって、フィンチがここにいるのを目にするかもしれない。

わたし：まだそこにいる？

返事はない。

わたし：フィンチ？

フィンチ

目覚めてから7日目

母さんの古いサターン・ヴュー（またの名をリトル・バスタード）に乗りこみ、町の中央を貫くナショナル・ロードと平行に走る田舎道にあるヴァイオレット・マーキーの家に向かう。アクセルを思いっきり踏みこむと、スピードメーターの針は、百、百十、百二十、百三十と駆け上がり、針の震えが激しくなるにつれて、僕の気持ちも高ぶる。サターンは五年乗ったミニバンではなく、スポーツカーになろうと必死のがんばりを見せる。

一九五〇年三月二十三日、イタリアの詩人チェーザレ・パヴェーゼはこんなふうに書いた。〝愛とは大いなるマニフェストだ。すなわち、何者かでありたい、価値のある存在でありたい、そして死が避けられないものであるなら、喝采《かっさい》をもって称えられる勇敢な最期を遂げたい――つまり、生きた証《あかし》を残したいという切なる願いである〟。その五か月後、パヴェーゼは新聞社を訪れ、資料室にある自分の写真のなかから死亡記事のための一枚を選んだ。そして、ホテルにチェックインし、数日後、ベッドに横たわって死んでいるのを従業員によって発見された。靴を履いていないい以外は、きちんと正装していた。サイドテーブルの上には、十六個の睡眠薬が入っていた空のアルミシートと、メモがあった。〝みんなのことを許す代わりに、わたしのことも許してもらいたい。行き過ぎたうわさ話は、どうか勘弁してくれ〟

インディアナの田舎道を猛スピードで走ることと、パヴェーゼとは何の関係もないけれど、何者かでありたい、価値のある存在でありたいという気持ちは僕にもわかる。もっとも、見知らぬホテルの一室で靴を脱いで、大量の睡眠薬を飲むことが、喝采で称えられる勇敢な最期といえるかはわからない。だけど、大事なのはそうありたいという心意気だ。

スピードは時速百五十キロを超える。百六十キロになるまで、アクセルをゆるめるつもりはない。百五十八キロでも、百五十九キロでもなく、百六十キロだ。そこは譲れない。

自分がロケットか自動車と一体になったように、前のめりになる。一秒ごとに頭が覚醒してきて、僕は大声で叫びだす。気持ちが高ぶり、やがて周囲のものも自分のなかのものも――道路も、血液も、心臓も、すべてがごちゃまぜになって喉元で波打つ。今ここで、クラッシュした金属と爆発する炎の喝采のなかで最期を迎えてもいい。アクセルをさらに踏みこみ、地球上で最速になった僕は、もうどうにも止まらない。重要なのは、前に突き進むことと、大いなるマニフェストに向かって猛進する気持ち、それだけだ。

心臓か車のエンジンのどちらかが爆発するぎりぎり一歩手前でアクセルを踏む足を上げ、そのまま轍《わだち》だらけの古いボコボコ道を越えていく。リトル・バスタードは僕を乗せたまま地面を離れ、数十センチ宙を飛んで、溝ぎりぎりの場所にどすんと着地する。すわったままひと息つき、ハンドルから両手を離す。まったく震えていない。落ち着いたものだ。あたりを見まわす。星空、原っぱ、暗く寝静まった家々。よし、ここだ。到着したぞ。

ヴァイオレットは、スーズ・ヘインズの家と通りを一本へだてたところにある赤い煙突のある大きな白い家に住んでいる。僕の家とは町の反対側にある。僕がリトル・バスタードで乗りつけると、ヴァイオレットはぶかぶかのコートにくるまって、玄関前の階段にぽつんとすわっていた。僕を見るとさっと立ちあがり、歩道をこっちに向かってくるが、途中で急に足を止め、何かをさがすように僕のうしろに視線を走らせる。「わざわざ来てくれなくてよかったのに」近所の人たちを起こさないか心配しているみたいなひそひそ声だ。

僕もひそひそ声で返す。「LAみたいなでっかい街に住んでいるわけじゃないし、シンシナティほどでもない。五分もあれば来られるんだから、どうってことないさ。ところで、いい家だね」

「わざわざ来てもらってこんなことを言うのもなんだけど、話すことなんて何もないわ」髪はポニーテールにまとめられ、おくれ毛が頬にかかっている。そのひと筋を耳にかけて言う。「わたし、ぜんぜんだいじょうぶだから」

「ごまかそうとしてもだめだよ。誰かが救いを求める声には敏感なほうなんだ。もう少しで塔から飛び降りるところだったなんて、ダメ押しもいいとこだ。ご両親は家にいるの？」

「いるわ」

「そりゃ、残念。ちょっと歩く？」僕は歩きはじめる。

「そっちはだめ」ヴァイオレットは僕の腕を引っぱって、反対方向に連れていく。

「あっちじゃだめなの」

「だめじゃないけど、こっちのほうがいいの」

ブリッチョっぽくたずねてみる。「それで、君はいつごろから死にたいなんて思っていたんだい」

「やだ、大きな声出さないで。だから、違うんだってば、わたしは何も……」

「死にたいなんて思ってない？」

「ええ、まあ、そうよ」

「僕とは違って」

「そういうつもりじゃないわ」

「君は塔のへりに立っていた。ほかにどこに行けばいいか、どうすればいいかわからなかったからだ。絶望的な気分だった。そのとき、勇敢な騎士みたいに僕が現れて君の命を救った。ところで、すっぴんだとずいぶん印象が違うね。いや、悪い意味じゃなくて、いつもと違って見える。こっちのほうがいいよ。で、君のウェブサイトのことだけど、どうなってるの？　書くのは昔から好きだったの？　君のことを聞かせてくれよ、ヴァイオレット・マーキー」

ヴァイオレットはロボットみたいに答える。「たいしたことは何もないわ。そう、話すことなんて何もないのよ」

「じゃあ、カリフォルニアのこと。引っ越しは君にとって大きな変化だったはずだ。気に入ってるかい」

「何を？」

「バートレットをさ」

「まあまあ、かな」

「このあたりのことは？」

「それも、まあまあ」

「命拾いしたばかりの人間の言葉にはとても聞こえないな。君は今、天にも昇る気持ちのはずだ。僕がいて、君がいる。それだけじゃなく、僕たちふたりが一緒にここにいるのに。君と立場を代わりたがっている女の子を、少なくともひとり知ってるぜ」

ヴァイオレットはいらついたような（けどセクシーにも聞こえる）「はあ」というため息をつく。「いったいどうしたいの？」

僕は街灯の下で立ち止まり、調子のいい軽口をやめる。「どうして君があそこにいたのか知りたい。それと、もうだいじょうぶかどうか」

「うん」

「答えたら、家に帰ってくれる？」

「もう二度とこの話を蒸し返さない？」

「それは、君の返事次第だ」

彼女はため息をつき、歩きはじめる。しばらく何も言わないので、話す気になるまで黙って待つ。聞こえてくるのは、誰かが見ているテレビの音と、どこかから聞こえるパーティーのざわめきだけだ。

そのまま数ブロック歩いてから、僕は口を開く。「君が何を言ったとしても、僕は誰にも話さない。気づいていないかもしれないけど、僕は大勢の友達とツルむタイプじゃない。それに、たとえそうだとしても、あいつらはうわさ話のネタには不自由してない」

ヴァイオレットがふーっと息をつく。「何かを考えて、あそこに上ったわけじゃないの。どっちかというと、足が勝手に階段を上って、わたしをあそこへ連れていった、みたいな感じよ。あんなことは、これまで一度もなかった。あれは、本当のわたしじゃない。でも、あのときは、ふと気がついたらへりの上に立ってた。で、どうしたらいいかわからなくて、急にパニックになっちゃったの」

「本当のことを誰かに話した？」

「ううん」彼女が足を止める。顔にふわりとかかった髪に、思わず手をのばしたくなる。彼女は髪をかきあげる。

「ご両親にも？」

「両親には、ぜったい言えない」

「あそこで何をしていたか、さっきのはまだその答えになっていないよ」

答えは期待していなかったが、彼女は言った。「姉の誕生日だったの。生きていたら十九歳になるはずだった」

「そっか、ごめん」

「でも、それが理由じゃない。本当は、何もかもどうでもよくなっちゃったの。学校もチアリーディングも、ボーイフレンドも友達も、パーティーも文芸創作科も……」両腕を大きく振りあげる。「どうせ、何もかも死ぬまでの時間つぶしにすぎないのよ」

「そうかもしれないし、そうじゃないかもしれない。でも、たとえ時間つぶしだとしても、僕はここにいられてうれしいよ」僕が学んだことがあるとすれば、時間は有意義につぶすべきだということだ。「とにかく、君が飛び降りなくてよかった」

「聞いてもいい？」彼女は地面をじっと見つめている。

「もちろん」

「どうして、セオドア・フリーク《へんなやつ》って呼ばれているの？」

今度は僕が、めずらしいものでも見るように地面をじっと見つめる番だ。返事をするのにしばらくかかった。どこまで話すべきだろう。〝ヴァイオレット、正直言って、どうしてそんなふうに呼ばれるか僕にもわからないんだ〟だけど、それはうそだ。わかっているけど、理解できない、それが事実だ。僕は昔から人と違っていたけど、人と違っていることが僕にとってのふつうなんだ。僕はありのままを話すことにする。

「八年生のとき、僕は今よりずっとチビだった。君がまだこの町に来るまえのことだよ」顔を上げ、彼女がうなずくまで待つ。「耳が大きくて、肘が突き出ていて、中学を卒業する夏まで、声変わりもしなかった。ところが、その夏になって、一気に身長が三十五センチ伸びたんだ」

「それだけ？」

「それと、僕は思いついたことをそのまま口にしたり、行動に移したりすることがある。みんなはそれが気に入らないらしい」

黙りこんだ彼女と並んで角を曲がる。遠くに彼女の家が見える。ゆっくり歩いて、時間を稼ぐ。「知り合いのバンドが〈クオリィ〉で演奏しているんだ。ちょっと寄ってみないか。暖かいところで音楽でも聴いて、ぜんぶ忘れよう。それから、町が超きれいに見える、とっておきの場所もあるんだ」自分のなかではまあまあと思える笑顔を向ける。

「家に帰ってもう寝るわ」

どうしてみんなそんなに睡眠にこだわるんだろう。僕なんて、必要さえなければ一睡もしたくない。

「それか、いちゃつくのもアリだ」

「遠慮しとくわ」

しばらくすると、車のところまで来た。「それにしても、どうやってあそこに上がったんだい？ふだんはしっかりロックされているのに、僕が行ったときにはなぜか鍵がかかってなかった」

ヴァイオレットははじめてにっこりする。「わたしが鍵をこじ開けちゃったのかも」

僕は口笛を吹く。「ヴァイオレット・マーキー。君って見かけによらないね」

彼女はあっという間に歩道を駆け上がり、家のなかに消える。僕はそこに立って、二階の窓に明かりが灯るのを待つ。人影が動き、窓辺にシルエットが映る。カーテン越しに僕を見ているみたいだ。僕は車にもたれ、どちらが先に根負けするか見守る。人影が窓辺を離れ、明かりが消えるまで、僕はそこにいる。


家に帰って、リトル・バスタードをガレージに入れ、夜のジョギングに出かける。冬には走り、それ以外の季節には泳ぐのが僕の日課だ。ナショナル・ロードをまっすぐ走って病院とフレンドシップ・キャンプ場の前を通りすぎ、僕以外の誰からも忘れ去られたような古い鉄の橋まで行くのがいつものルートだ。ガードレール代わりの柵の上を走り、落ちずに通りぬけたときに生きていることを実感する。

〝役立たず。まぬけ〟こんな言葉を聞きながら僕は大きくなった。その言葉をこれまで必死にふり払ってきた。もし受けいれてしまったら、その言葉は僕のなかに居すわって大きくなり、僕を乗っ取ろうとするだろう。そうなったら、僕はもう役立たずでまぬけの変人以外の何者でもない。だから、もっと走って、ほかの言葉で自分を満たすしかない。〝今度こそ違う。今度こそずっと目覚めていられる〟

距離は考えないで、何キロも走りつづける。通りすぎる家はどれも真っ暗く寝しずまっている。眠っている町の人たちのことが哀れに思えてくる。

帰りはルートを変えて、Aストリート橋を渡ることにする。高校や地元の短大があって町の人口が集中しているバートレット西部と、ダウンタウンとのあいだを結んでいるため、ほかの道よりも交通量が多い。

壊れた石造りのガードレールを通りすぎる。事故の跡がそのまま残っていて、そばには誰かが置いた十字架がひとつある。十字架は横倒しになり、雨の多いインディアナの気候のせいで、白いペンキが灰色になっている。いったい誰が十字架をこんなところに置いたんだろう。ヴァイオレットだろうか。両親だろうか。学校の友達だろうか。橋を渡りきったところで、草むらを踏みわけて土手を下り、煙草の吸い殻やビール瓶の散らばる干上がった川床に着く。

ゴミや石ころを蹴ちらして歩くと、暗闇で何かが銀色に光る。光っているのはひとつではない。ガラスや金属の破片だ。よく見ると、テールランプの赤いプラスチックカバーや、グシャグシャにつぶれたサイドミラーのかたまり、ほとんどふたつ折りになったナンバープレートもある。

そのひとつひとつを目の当たりにして、この場所で起きたことの重みに圧倒され、のみこまれそうになる。

ほかのものはそのままにして、ナンバープレートだけ持っていくことにする。こんなプライベートなものを野ざらしのまま置いておくのは間違ったことに思える。ヴァイオレットやその姉を知らない誰かが手に取り、かっこいいと思って持っていってしまうかもしれない。こんなところに放っておくべきじゃない。重苦しさと空虚さの入りまじった気分を抱えながら、家に向かって走る。〝今度こそ違う。今度こそずっと目覚めていられる〟

僕は走る。やがて時間の感覚がなくなり、思考が停止する。感じるのは、手のなかのナンバープレートの冷たい感触と、自分の心臓の鼓動だけになる。

ヴァイオレット

卒業まであと152日

日曜日の朝、寝室。

EleanorandViolet.com のドメインは失効しかけている。管理会社から届いた警告メールによると、今すぐ更新しなければ、わたしたちのウェブサイトは永久に消えてしまうらしい。去年の四月以前にふたりで出しあったアイデアに目を通そうと、ノートパソコンに保存してあったテキストファイルを開けてみる。けれどそこにあるのは、エレノアにしかわからない省略で書かれた言葉の断片だけで、エレノアが解読してくれないとまったく意味がわからない。

ウェブマガジンをどんなものにしたいか、わたしたちの意見は違っていた。エレノアは年上だし、仕切りたがり屋だから、たいていは主導権を握って自分のやりたいようにしていた。サイトを継続させるなら、今とは違ったものにリニューアルすることもできる。書くのが好きな子たちが作品を発表する場にするとか。内容だって、ネイルや男の子や音楽だけじゃなく、たとえば、タイヤの交換方法とか、フランス語をしゃべるコツだとか、社会に出たときの心構えだとか、そんなのがあってもいい。

そんなアイデアを書きだしてみる。それから、サイトにアクセスして、パーティーの前日に投稿した最後のコラムを読む。一冊の本『女子高生除霊師《ガール・エクソシスト》ジュリー・プラム』について、ふたりがそれぞれの意見を書いている。『ベル・ジャー』や『ライ麦畑でつかまえて』のようなちゃんとした小説でもなく、その感想にしたって、平凡でたわいのないものだ。これを最後に、世界が一変することを予感させるものは何もない。

エレノアのメモと自分のメモを削除する。管理会社からのメールも削除する。それから、パソコンのゴミ箱を空にする。エレノアと同じように、メールがこの世から完全に消えてしまうように。

フィンチ

目覚めてから8日目

日曜日の夕方、ケイトとデッカと僕は車に乗って、町のなかでも高級なエリアにある父さんの新居に向かう。両親が離婚したときの取り決めで、僕たちは週に一度、一緒に食事をすることになっている。父さんと会うときの僕は、いつも今日みたいなネイビーブルーのシャツにチノパンという格好だ。

車のなかでは三人とも黙りこくって、窓の外を眺めている。ラジオもつけない。「楽しんでいらっしゃい」出かけるまえ、母さんは陽気にふるまっていた。だけど、車が走りだしたとたん、友達に電話をかけ、ワインのボトルを開けるのを僕は知っている。僕が父さんと会うのは、感謝祭のまえに会ったとき以来で、新しい奥さんのローズマリーとその息子と暮らす新居を訪ねるのははじめてだ。

通りにはどれも同じようなぴかぴかの豪邸が建ちならび、そのうちの一軒が父さんたちの新居だ。家の前に車をとめて、ケイトが言う。「酔っぱらって自分の家をさがすところ、想像できる？」

塵《ちり》ひとつない白いアプローチを歩いて玄関へと向かう。車寄せには二台のおそろいのSUVが並んでとまり、光っていなけりゃ車じゃないといわんばかりに輝いている。

ローズマリーが玄関で僕たちを迎える。年は三十歳くらい、赤みを帯びた金髪で、気弱そうな笑みを浮かべている。母さんの話によると、ローズマリーは世話好きで、それこそが父さんに必要なものだという。おまけに、まえの離婚で手に入れた二十万ドルと、ジョシュ・レイモンドという名前のすきっ歯の七歳の男の子つきだ。その子は僕の実の弟かもしれないし、そうじゃないかもしれない。

父さんが上機嫌でこちらにやってくる。今は一月で七月じゃないというのに、裏庭で肉のかたまりを焼いていたらしい。Tシャツには〈くたばれ、オタワ・セネターズ〉の文字。父さんは、十二年前にほかの選手に頭突きを食らわされて大腿骨をぶっつぶすまでは、〈叩き屋《スラマー》〉というあだ名で知られたプロのアイスホッケー選手だった。前に会ったときとぜんぜん変わっていない。相変わらずハンサムで、年のわりにはぜい肉もなく、いつでも現役復帰できそうに見える。それでも、黒い髪には白のものが目につくようになった。

父さんはケイトとデッカをハグして、僕の背中をたたく。ホッケー選手にしてはめずらしく一本も折らずにすんだ歯をキラリとさせて、ファン相手のような笑顔を僕たちに向ける。そして、先週はどんな一週間だったかとか、学校はどうだったかとか、父さんの知らないことを何か学んだかとかきいてくる。つまりは、僕たちに決闘を挑んでくる。ふつうに答えたら、何でも知ってるつもりの父さんをやりこめることになり、誰にとっても愉快なことにならないから、僕たちは挑発には乗らずに首を横に振る。

十一月と十二月の課外活動はどうだったかときかれ、しばらくたってその質問が自分に向けられたものだと気づく。「楽しかったみたいよ」ケイトが答えてくれる。ナイス・フォロー、ケイト。恩にきるよ。父さんは僕のスイッチが切れることや、十年生になってからの学校での騒動を知らない。というのも、去年のギター粉砕事件のとき、ワーツ校長には父が狩猟の事故で死んだと言ってあるからだ。校長はわざわざ調べることはせず、何か問題があったときは母さんに電話してくるようになった。母さんは留守電をチェックしたりしないから、実質的に校長の話を聞くのはケイトということになる。

バーベキューの網に落ちた葉っぱを手でつまむ。「このままフィギュアスケートを続けないかって誘われたんだけど、断っちゃった。そりゃ楽しいし、うまくやれるけど——父さんからの遺伝かもね——だけど、それを一生の仕事にしたいかというと、どうかなって感じなんだよね」僕の人生の楽しみに、こんなセリフを吐くことがある。ゲイの息子を持つことは、頭の固い父さんにとってはこれ以上ない悪夢だからだ。

父さんはそれには答えず、ビールをもう一本開けて、トングを片手に巨大な肉のかたまりと格闘する。まるで肉がむっくり起きあがって、僕たちに襲いかかってくるとでもいうみたいに。いっそのこと、そうなればいいのに。

肉が焼きあがり、僕たちは白と金で統一され、見るからに高そうなウールのカーペットの敷かれたダイニングルームのテーブルにつく。入居したときに敷かれていたという安物のナイロンじゆうたんからすると、格段の進歩だ。

ジョシュ・レイモンドの身長は、やっとテーブルを越えるくらいだ。ローズマリーも小柄だし、その元夫も小柄だったらしい。大男の父さんとはぜんぜん似ていない。ジョシュの小ささは、僕が同じ年齢だったころとは違う種類の小ささだ。肘や耳だけが突きだすことはなく、すべてが均等に小さくてバランスがとれている。だから結局のところ、ジョシュと父さんとは遺伝的なつながりがないかもしれないと思っている。

そのジョシュ・レイモンドは今、テーブルの脚を蹴りながら、フクロウのようなまん丸な目で、まばたきもせずに皿の向こうから僕たちを見つめている。「やあ、調子はどうだい？」僕は声をかける。

ジョシュが甲高い声で僕に答えると、かつては〈叩き屋〉と呼ばれていた父さんが、短く刈りこんだあごひげを撫でながら、優しく辛抱強い修道女のような声で言う。「ジョシュ、テーブルを蹴らないって約束したよね」僕たちには一度も使ったことのない口調だ。

デッカは自分でさっさと料理を皿にとって食べはじめ、あとはローズマリーがひとりひとりに取り分けてくれる。僕の番になったときに言う。「僕はいいです。野菜バーガーがないなら」ローズマリーは手を宙に浮かせたまま、僕に戸惑いの目を向ける。顔はそのままで、目だけ父さんのほうに動かす。

「野菜バーガーだと？」父さんの声には優しさも辛抱強さもない。「父さんは、肉とジャガイモを食べて、三十五歳まで生きてきた」（実際は、十月で四十三歳になった）「食事をテーブルに出すのが親の務めなら、文句を言わずにそれを食べるのが子どもの務めだと思ってな」父さんはシャツを引っぱり上げて、自分の腹をたたく。ぜい肉はついていないが、以前のように腹筋は割れていない。首を振って、僕に笑みを向ける。新しい妻と新しい息子、新しい家と新しい車を二台手に入れて、古い元の子どもたちを一時間か二時間だけがまんすればいい男の余裕の笑みだ。

「牛肉は食べないんだ」正確には、ベジタリアンなのは、エイティーズ・フィンチだ。

「いつからだ」

「先週からだよ」

「いいから、食べなさい」父さんは椅子にそっくり返って僕をじっと見つめる。その横で、デッカは肉のハンバーガーにかぶりついて、血のしたたる肉汁をあごからたらしている。

ケイトが助け舟を出す。「父さん、馬鹿なこと言わないで。食べたくなきゃ、食べる必要ないでしょ」

よせばいいのに、エイティーズ・フィンチが言う。「死ぬ方法にはいろいろあるよ。屋上から飛び降りるのもひとつだし、来る日も来る日もほかの生き物の肉を食べて、体に毒を蓄積させるという手もある」

「ごめんなさい、セオ。知らなかったものだから」ローズマリーは、僕を見つめつづける父さんにちらりと目を向ける。「ポテトサラダのサンドイッチを作りましょうか」ローズマリーの善意には逆らえず、作ってもらうことにする。ポテトサラダにはベーコンが入っているけど。

「だめよ。ポテトサラダにはベーコンが入っているもの」ケイトが言う。

「いやなら、つまみ出せばいい」父さんが言う。〝出す〟の発音が訛《なま》っているのは、カナダで育った名残だ。父さんがイライラしはじめたので、僕たちはおしゃべりをやめる。さっさと食べて、さっさと帰ったほうがいい。

家に帰って、母さんの頬にキスをする。今の母さんにはキスが必要だ。赤ワインの匂いがぷんぷんする。「みんな、楽しかった？」内心では僕たちが、もう行かなくていいでしょと言うのを望んでいる。

「ぜんぜん楽しくなかった」デッカは足を踏みならして二階に上がる。

母さんはほっとため息をつき、ワインをもうひと口飲んでからデッカを追いかける。母さんは日曜日になると、ここぞとばかり母親らしくふるまう。

ケイトはポテトチップスの袋を開ける。「こんなこと、馬鹿みたい」ケイトの言いたいことはわかる。こんなことというのは僕たちの両親のことであり、毎日曜日のことであり、とっ散らかった僕たちの人生のことだ。「なんでわざわざあっちの家まで行って、仲のいいふりをしなくちゃならないの。みんなわかっているのに、ただの家族ごっこだって」ケイトがポテトチップスの袋を僕に回す。

「うわべだけでも仲のいいふりをするほうがいいと、みんな思ってるのさ」

ケイトは肩から髪を払いのけ、考えこむときの癖で顔をぎゅっとしかめる。「やっぱり、秋から大学に行くことに決めたわ」両親が離婚することになったとき、ケイトは家に残ると言ってくれた。誰かが母さんのそばにいてあげなきゃ、と言って。

急にお腹がすいてきて、ポテトチップスの袋をケイトと回しあって食べる。「姉さんは、学校を休んでしばらくゆっくりしたいのかと思っていたよ」僕だって、気をつかって話を合わせることくらいできる。ケイトが家に残ったもうひとつの理由が、将来を考えていた高校時代の彼氏の浮気とは関係がないと装う程度には。

ケイトは肩をすくめる。「どうかな。いずれにせよ、ゆっくりするって感じでもなかったしね。

デンバーに行こうかと思ってるの。あっちに行ってみて、どうするか考える」

「ローガンのところ？」ローガンというのは、高校時代の浮気者の彼氏だ。

「ローガンとはまったく関係ないわ」

「そうだといいけど」

ケイトには口をすっぱくして何度も言ってきた。「姉さんはあんな男にはもったいない。あんなやつのために、これ以上時間を無駄にする必要はない」だけど、ケイトは唇を結んで眉間にしわを寄せ、ポテトチップスの袋のなかをじっと見つめている。「家にいるよりはずっとましよ」

それには反論の余地もない。僕は話題を変える。「エレノア・マーキーを覚えてる？」

「ええ。クラスメイトだったわ。それがどうしたの」

「エレノアには妹がいたんだよ」で、その妹と僕はベル・タワーの上で出会ったんだ。僕たちはふたりとも飛び降りようと思ってた。手に手をとって一緒に飛び降りることもできた。もしそうなったら、悲劇のカップルだと思われて、ふたりの歌ができたかも。伝説《レジェンド》になるところだったよ。

ケイトは肩をすくめる。「悪い子じゃなかったわ。ちょっと自己中《ジコチュー》なところもあったけど、おもしろいところもあった。それほど仲がよかったわけじゃないから、妹のことは知らないわ」ケイトは母さんのグラスに残ったワインを飲みほして、車のキーをつかむ。「出かけてくるね」


二階に上がり、スプリット・エンズや、デペッシュ・モード、トーキング・ヘッズなんかの八〇年代の音楽を飛びこえて、四十年以上まえに録音されたジョニー・キャッシュのアルバム『アット・フォルサム・プリズン』をターンテーブルにのせる。机の引き出しから煙草をさがしだし、エイティーズ・フィンチに吸ってみろと命令する。しょせん頭のなかで作りだしたキャラクターだから、気に入らなければいつでも追い払える。だけど、煙草に火をつけたとたん、肺がタールを流した道路みたいに真っ黒になるところが頭に浮かび、さっき父さんに言った言葉が蘇《よみがえ》る。〝死ぬ方法にはいろいろある。屋上から飛び降りるのもひとつだし、来る日も来る日もほかの生き物の肉を食べて、体に毒を蓄積させるという手もある〟

煙草を作るために動物が死んだりはしないものの、今日はなんだか自分が汚染されているような、毒が蓄積されていくような、そんないやな感じがしてならない。煙草をもみ消し、気が変わるまえに残りの煙草をぜんぶ半分に折る。それをさらにはさみで切りきざんでゴミ箱に捨て、コンピューターにログインしてキーボードをたたく。

1月11日。ニューヨーク・タイムズ紙によると、自殺のおよそ20パーセントが服毒によるものだが、医者に限るとその割合は57パーセントになるという。服毒自殺についての意見：僕に言わせれば、そんなのは臆病者のすることだ。僕ならもっと何かを感じたい。だけど頭に銃を突きつけられて、どうしても毒を使わなきゃならないとすれば（自殺をジョークにして悪いけど）、シアン化カリウムがいい。ガス状になったものなら、死は一瞬で訪れる。何かを感じるという目的は果たせないけれど、よく考えてみれば、いろんなことを感じすぎてきた人生だから、最期くらいは何も感じないほうがいいのかもしれない。

そのあとバスルームに行き、戸棚のなかをさぐる。アドビル、アスピリン、市販の睡眠薬（これはケイトから盗んで、古い薬瓶に少しずつ貯めたもの）。ドラッグについてブリッチョに話したことはうそじゃない。僕はドラッグには興味がない。そんなものがなくたって、ただでさえぶっ飛んでいる自分の脳をコントロールするのにさんざん苦労しているんだから。

だけど睡眠薬の助けがいつ必要になるかわからない。瓶を開け、青い錠剤を手のひらに出して数える。三十錠ある。机に戻り、小さな青い兵隊を行列させるみたいに錠剤をひとつずつ並べる。

フェイスブックにログインして、ヴァイオレットのページを見る。彼女が僕を助けたヒーローだと、学校の誰かが投稿している。そこには百四十六件のコメントと、二百八十九件の〝いいね〟が寄せられている。これほどたくさんの人たちが、僕の生きていることを喜んでくれている、と思いたいところだが、僕はそれほどおめでたい人間じゃない。自分のページに行くと、友達の欄にはヴァイオレットひとりしかいない。

キーボードに指を置き、丸くて幅の広い爪を眺める。ピアノを弾くようにキーボードに指を滑らせる。**：押しつけのファミリー・ディナーなんて、うんざりだ。頭ごなしに説教されて肉を食べろだなんて、やってられない。僕にはほかにやるべきことがたくさんあるんだ。〝あの悲惨なときをもう二度と乗り切ることはできないでしょう〟今の気持ちはまさにこんな感じだ。**

引用したのは、ヴァージニア・ウルフが夫宛てに書いた遺書のなかの言葉だ。メッセージを投稿し終わると、錠剤を三個ずつに分けたり、十個ずつに分けたりしてみるが、本当のところは、ヴァイオレットからの返信を待っている。そして、ナンバープレートを平らになるようにたたいたり、**〝あの悲惨なとき〟**と紙に書いて壁に貼ったりする。部屋の壁はこんなメモでいっぱいだ。それぞれの壁には名前がある。〈思考の壁〉〈アイデアの壁〉〈心の壁〉、そして、ただの〈壁〉《ザ・ウォール》（ピンク・フロイドの『ザ・ウォール』とは何の関係もない）。興味のあることや、なんとなく引っかかったこと、ちょっとした思いつきを、頭に浮かんだときに書き留めて貼るようにしている。壁を見れば、自分が何を考えていたのか思い出せる。

一時間後、フェイスブックをチェックする。ヴァイオレットからメッセージが届いている。：

〝自分の身に起きたことは、自分でなんとかするしかない〟

体がかっと熱くなる。ヴァイオレットはヴァージニア・ウルフの引用で返してきている。脈が三倍に跳ねあがる。まずい。僕が知っているヴァージニア・ウルフはあれひとつだ。あわててインターネットで検索し、返信に使えそうな言葉をさがす。こんなことなら、ヴァージニア・ウルフにもっと関心を持っていればよかった。今の今まで、これといった用がなかった作家なのに、突如として、十七年の人生すべてをヴァージニア・ウルフの研究に捧げてこなかったことに後悔の念が湧いてくる。

返信。：**〝自分の脳ほどわけのわからないものはない。元気いっぱい上機嫌で、空高く舞いあがったかと思うと、泣きわめき、急降下して、最後には泥に埋まる。その繰り返し。どうしてこれほど浮き沈みが激しいのだろう〟**

これは、ヴァイオレットの言った、どうせ死ぬまでの時間つぶしだとか、何もかもがどうでもよくなったとかに対するコメントでもあると同時に、まさに僕自身のことでもある。元気いっぱい上機嫌で、空高く舞いあがったかと思うと、泣きわめき、急降下して、泥のなかに深く埋もれる。深すぎて息もできない。舞いあがるか、泥に埋まるかのどちらかで、その中間がない。

いい引用だ。ぴったりすぎて怖いくらいだ。腕の毛が逆立つのに気をとられていて、ふと画面に目を戻すと、ヴァイオレットはもう返信をくれていた。：**〝夜空の星のことなどを考えると、われわれ個人の問題などたいしたことではないような気がしてくる〟**

こうなったら、見つけられる限りすべてのヴァージニア・ウルフのサイトにアクセスして、徹底的にカンニングするしかない。ヴァイオレットもカンニングしているんだろうか。次は僕の番だ。：**〝わたしは根を下ろしているけれど、自由に流れてもいる〟**

これはイマイチかな、と思って消そうとすると、画面に返信が現れる。：**素敵ね。どこから？**

すぐに返信する。：**『波』からだ。**

さらにカンニングをして、その一節を見つける。：**こんな文章だよ。〝わたしのなかにさまざまな要素が湧きあがってくる。陽気だったり、快活だったり、陰気だったり、憂鬱だったり。わたしは根を下ろしているけれど、自由に流れてもいる。金色の光が体じゅうに満ちあふれる〟**

これくらいにしておこう。早く彼女の返事が見たい。

返信が来るまで三分かかる。：**わたしが好きな一節。〝これほどぞくぞくする瞬間は、今まで経験したことがない。わたしはゆらぎ、さざめき、川のなかの水草のようにあちらに揺れ、こちらに揺れる。けれど、根はしっかり下ろしている。あの人がわたしのところに来られるように。「おいで」わたしは呼びかける。「おいで」〟**

僕の体で激しく脈打っているのは、今や心臓だけじゃない。すわり直して、こう思う。おいおい、こんなセクシーなこと言っちゃって、どういうつもりなんだよ。

そして、こう書く。：**君のせいで、僕の体じゅうに金色の光が満ちあふれているよ。**何も考えずに投稿する。もっとヴァージニア・ウルフの引用を続けてもよかった（なにしろ、あの一節はさらに熱を帯びてくるんだから）。でも、僕は自分の言葉で書きたかった。

返事を待つ。三分。五分。十分。十五分。ヴァイオレットが姉さんとやっていたサイトにアクセスしてみる。最後に投稿された日付は、前に見たときから変わっていない。

そうか。金色でもなければ、流れてもいない。彼女は止まったままなんだ。

そのとき、新しいメッセージが現れる。：**〈見て歩き〉のことだけど、あなたのルールはわかった。わたしからも追加したいことがあるの。天気の悪い日は出かけないこと。徒歩かジョギング**

か自転車で移動して、車は使わないこと。行動範囲はバートレット内だけにすること。

まるっきりビジネスライクだ。僕は返信する。**:徒歩かジョギングか自転車だね。了解、問題なし。**そして、放置されたままのサイトを思い出してつけ加える。**:訪ねた場所についての文章もあったほうがいいんじゃないかな。そうすれば、写真以外にもみんなに見てもらえるし。で、書くのは君の担当だ。にっこり笑って写真に納まるほうは僕が担当するからさ。**

一時間後、僕はまだそこにすわっているが、彼女からの返信はない。ひょっとして、彼女を怒らせたか、ウザいやつと思われたのかもしれない。気をとりなおして、歌を作る。次から次へと歌が浮かんでくる。世界を変えるような、素晴らしくて、深くて、グッとくる歌ができるのは、たいていこんな夜だ。だけど今夜の僕は、ヴァイオレットと自分には、どんなに望んでも、結局は何の共通点もないという思いにとらわれている。ふたりの交わした言葉は本当にそんなに熱いものだったのか、僕が勝手に妄想をふくらませていただけなのか。ヴァイオレットのことをほとんど何も知らないのに、こんなに舞いあがってしまったのは、僕が生まれてはじめて出会った、自分と同じ言葉を話す人のように感じたからだ。たとえほんのわずかな言葉だとしても。

睡眠薬をすくって手のひらにのせる。今すぐ飲みこんで、ベッドに横たわり、目を閉じれば、楽になれる。でも、それだと、ヴァイオレット・マーキーがまた塔に上らないよう誰が見守るんだろう。錠剤をトイレに投げいれ、水を流す。それから、EleanorandViolet.com に戻って、これまでのすべての投稿を最初から最後までひとつ残らず読む。

限界まで起きていたが、とうとう午前四時ごろ眠りに落ちる。夢のなかで、僕は冷たい雨のなか、裸で学校のベル・タワーに立っている。下を見ると、先生も生徒も父さんも、みんなそこにいる。父さんは食べかけの生肉のハンバーガーを、乾杯でもするように空に突きあげる。うしろで物音が聞こえ、ふり返ると、反対側のへりにヴァイオレットが立っている。彼女も裸で、黒いブーツを履いている。これまでの人生で僕が目にしたもののなかで最高に素敵で、頭がぼうっとするほどだ。けれど、柵をのり越えてそっちに行こうとすると、彼女は口を大きく開けて宙に身を投げ、叫び声をあげはじめる。

もちろん、それは目覚まし時計だ。握りこぶしでたたいて止め、壁に投げつける。床に落ちた目覚まし時計は、迷える子羊みたいにメエーと鳴く。

ヴァイオレット

卒業まであと151日

月曜日の朝、一時間目。

みんなが〈裏ネタ・バートレット〉の最新記事のことを話している。〈裏ネタ・バートレット〉は、校内のスキャンダル新聞で、そのウェブ版は、今やインターネットの世界を乗っ取ってしまったようだ。『十二年生のヒーローが、ベル・タワーから飛び降りようとしたアブないクラスメイトを救出』。ふたりの名前はないが、写真が載っている。ふぞろいな前髪のわたしが、エレノアの眼鏡の奥でびっくりしたように目を見開いている。ビフォー・アフターのビフォーの写真みたいだ。セオドア・フィンチの写真もある。

学校新聞の編集長、ジョーダン・グリペンウォルドが眉をひそめて、友人のブリトニーとプリシラに、小声で記事を読んで聞かせている。ときどき、わたしのほうをチラッと見て首を振るのは、わたしにではなく、堕落したジャーナリズムの見本みたいな記事にあきれているのだ。

彼女たちは、自分の意見をはっきり言う頭のいい子たちだ。わたしはアマンダじゃなく、この子たちと友達になるべきなんだろう。去年の今ごろなら、わたしも自分の意見をはっきり伝えて、彼女たちと意気投合し、くだらない学校のうわさ話を批判する記事を自分のウェブサイトに書いたかもしれない。でも、今のわたしは違う。バッグを持って先生のところに行き、お腹が痛いから早退すると言う。保健室を素通りして、階段を最上階まで上る。ベル・タワーへ続くドアの錠をこじ開ける。けれど塔の上までは行かず、階段に腰を下ろして、携帯電話の明かりで『嵐が丘』を二章分読む。やっぱりアン・ブロンテよりもエミリーがいい。世間を敵に回して戦う、情熱的なエミリー・ブロンテが好きだ。

〞たとえほかのすべてが滅びても、あの人さえ生きていれば、わたしは生きていける。けれど、ほかのすべてが残っていても、もしあの人が消えてしまえば、この世界はわたしにとって、まるっきりよそよそしいものになってしまう〟

「まるっきりよそよそしいもの」誰にともなく言う。「ほんと、言えてる」

月曜の朝までにはっきりしたこと、それはエイティーズ・フィンチには消えてもらう必要があるということだ。いちばんの理由は、〈裏ネタ・バートレット〉の写真があまりにもイケてなかったこと。健全すぎて虫唾《むしず》が走る。シャツの襟を立てて、ベジタリアンで、煙草も吸わない、そんな優等生ぶったところが鼻につく。そしてもうひとつの理由は、どう考えても僕にはしっくりこないことだ。ヤツは、先生たちにウケがよく、抜き打ちテストも難なくこなし、車が母親のサターンでも気にしないような男だ。だけど、女の子とうまくやれるかと言えば、そこは信頼できない。もっと具体的に言うと、ヴァイオレット・マーキーといい感じになれるかってことについては、まったくあてにならない。

三時間目の授業をさぼって、リサイクルショップの〈グッドウィル〉でチャーリーと待ち合わせる。店は鉄道の駅のそばにある。以前はさびれた工場と落書き以外には何もない、うち捨てられたエリアだったが、今は再開発の名のもとに、新しくペンキが塗られ、注目すべきエリアということになっている。

チャーリーは、ファッション・アドバイザーとしてブレンダを連れてきている。ブレンダのファッションはいつもぶっ飛んでるけれど、彼女はわざとそうしているんだと言い張っている。チャーリーが店員の女の子にちょっかいを出しているあいだ、僕たちはハンガーラックのあいだを歩きまわる。ブレンダはあくびをしながら、僕のあとをついてきて、ハンガーにかかったレザージャケットを、やる気なさそうにもてあそんでいる。「で、どんな感じにしたいわけ?」

「イケてる感じにしたいんだ」僕は答える。ブレンダがまた大あくびをする。手で隠そうともしないから、歯の詰めものがまる見えだ。「夜更かしでもした?」

ブレンダは、ショッキングピンクの唇を大きく横に広げてにやりと笑う。「土曜の夜、アマンダ・モンクの家でパーティーがあったの。あたし、ゲイブ・ロメロとエッチしちゃった」ローマーことゲイブ・ロメロは、アマンダの彼氏でありながら、校内一の女たらしとして有名だ。ブレンダは、どういうわけか九年生のときからローマーに熱を上げている。

「あいつが覚えてると思う？」

ブレンダの笑みが少し小さくなる。「たしかに、だいぶ酔っぱらってたけど、ポケットに証拠を残してきたから」片手を上げて、指をひらひらさせる。青いプラスチックのつけ爪がひとつなくなっている。「念のために、鼻ピアスもね」

「どうりで、今日はいつもと違って見えると思った」

「幸せオーラのせいかもね」すっかり眠気が覚めたみたいだ。あやしい科学者が実験をはじめるまえみたいに、両手をパチンとたたいてこすり合わせている。「で、どんな感じにしたいの？」

「なんて言ったらいいんだろう。あまり優等生っぽくない、どっちかと言うとセクシーな感じがいいな。エイティーズは、もうやめにしたんだ」

ブレンダが眉を上げる。「それって、あのなんとかって言う、痩せっぽちの子のため？」

「ヴァイオレット・マーキー。痩せっぽちじゃないよ。出るところはちゃんと出てる」

「たしかにあのヒップは、たまんないよな」チャーリーがやってきて話に加わる。

「だめよ」あんまり早く激しく首を振るので、ブレンダはまるで発作を起こしているように見える。「女の子のために服を選ぶなんてだめ。ああいうタイプの子なら、なおさらよ。自分がいいと思ったものを着なくちゃ。相手がそのファッションを気に入らないなら、そんな子は放っておけばいいの」ブレンダの言うことはもっともだ。ただ、そのためには僕が自分自身のことをよくわかっている必要がある。ブレンダは続ける。「ジェンマ・スターリングが、あの子のウェブサイトを気に入ってなかった？　それに彼女、〝アブないクラスメイト〟が飛び降りるところを止めた子だよね。あんなガリガリで、貧弱な子のどこがいいのよ」ブレンダは、12号サイズ以上じゃない女子を全員嫌っている。

ブレンダが、ヴァイオレットやジェンマ・スターリングや〈裏ネタ・バートレット〉のことを延々としゃべっているので、僕は口をつぐんでいる。ブレンダやチャーリーがヴァイオレットのことを話すのが、なんだか気に入らない。彼女を、僕だけのものにしておきたい。クリスマスがまだ幸せだった八歳のころ、僕ははじめてのギターをプレゼントされて、それに〝ぼくだけのもの〟と名前をつけた。誰にも触られたくなかったからだ。そのときと同じような気持ちだ。

だけど、とうとうブレンダのおしゃべりに口をはさまずにはいられなくなる。「去年の四月に、お姉さんと車の事故に遭った子だよ。Aストリート橋から車ごと飛びだした」

「マジで？」

「お姉さんは十二年生だった」

「あの子なんだ」ブレンダはあごに手を当てて、とんとんたたく。「じゃあ、もうちょい無難な路線でいったほうがいいかもね」ブレンダの声はさっきより優しい。「ライアン・クロスを思い出してみて。あんな感じがいいんじゃない？〈オールド・ネイビー〉か〈アメリカン・イーグル〉か、できればデイトンまで足をのばして〈アバクロ〉に行くべきね」

チャーリーが言う。「ヴァイオレットがフィンチにふり向くなんてことはぜったいない。だから、何を着ようと関係ない。気を悪くするなよ、フィンチ」

「気になんてしないさ。それに、ライアン・クロスなんてクソ食らえだ」こんな汚い言葉を大っぴらに吐くのは生まれてはじめてだ。すごく自由になった気がして、とつぜん店のなかを走りまわりたくなる。「クソ食らえ！」よし、決めた。新しいフィンチは、いつどんなときでもためらわずに汚い言葉を口にするような男だ。そして、ビルの屋上に立って、飛び降りることなんてなんでもないと考えるような、怖いもの知らずの男だ。大胆不敵な、ちょい悪野郎だ。

「それなら」チャーリーが、ハンガーから一枚のジャケットをはずしてみせる。かなりちょい悪な感じだ。着古されていい感じにくたびれた革のジャケットで、大昔にストーンズのキース・リチャーズが着ていたみたいなやつだ。

　こんなにクールな革ジャンは、これまで見たことがない。喜んではおると、ブレンダはため息をつきながらどこかへ行き、でっかい黒のビートル・ブーツを手に提げて戻ってくる。「サイズは三十一・五センチだけど、その成長ぶりからすると、次の金曜日までにはぴったりになってるんじゃない？」

　昼休みになるころには、僕は〝ちょい悪フィンチ〟を気に入りはじめている。なんといっても、やつは女の子たちに受けがいい。実際、キュートな下級生が廊下で僕を呼びとめて、道案内しましょうかとたずねてくる。僕を知らないようだから、きっと新入生に違いない。ひょっとしてロンドンから？　と聞かれたので、チアース《ありがとう》とかアイ・アップ《げんき？》とかバンガーズ・アンド・マッシュ《ソーセージのマッシュポテトぞえ》とか、自分なりにかなりイギリスっぽいと思える発音で言う。彼女はクスクス笑ったり、髪をかきあげたりしながら、カフェテリアまで僕を案内する。

　バートレット高校には約二千人の生徒がいるので、ランチタイムは三つに分かれている。ブレンダはチャーリーと僕と一緒にランチをとるために、今日は授業をさぼっている。僕はふたりに、チェリオ《ごきげんよう》とか、エロー・メイト《やあ、君たち》とか犬のきんたま《最高だね》とか、イギリス風に挨拶する。ブレンダは目をぱちくりさせて僕を見て、それからチャーリーを見る。「フィンチってイギリス人だっけ?」チャーリーは肩をすくめて食事を続ける。

昼休みの残り時間は、僕の故郷のさまざまなお気に入りの場所のことをふたりに話して聞かせる。〈オネスト・ジョンズ〉や〈ラフ・トレード・イースト〉、〈アウト・オン・ザ・フロア〉といった、ロンドンで行きつけのイケてるレコード店について。それから、意地悪だけどセクシーなアイルランド人のガールフレンドのフィオナについて。それから、親友《マブダチ》のタムやナッツについて。昼休みが終わるころには、脳内ではもうひとりのフィンチのイメージが細部に至るまで作りあげられている。部屋の壁に貼られた、セックス・ピストルズとジョイ・ディヴィジョンのポスター。フィオナと一緒に暮らすフラットの窓から吐く煙草の煙。〈ホープ&アンカー〉や〈ハーフムーン〉といったパブで夜ごと演奏し、〈アビー・ロード・スタジオ〉でレコード制作に打ちこむ日々。ベルが鳴り、チャーリーが言う。「行こうぜ、英国かぶれ」席を立ったとたん、ロンドンが恋しくなってくる。

「イエス、サー」廊下を歩くうちに、ロンドンっ子のちょい悪フィンチには、どんなことだってできるという気分になってくる。この学校を、この町を、この世界を手のなかに収めることだってできる。そうすれば、世界は思いやりにあふれ、隣人たちがお互いを愛し、生徒たちもお互いを愛し、少なくとも誰もが人に敬意を持って接する場所になるだろう。偏見もなければ、中傷もない世界。傷つけあう世界は、もうたくさんだ。

地理のクラスに着くころには、そういう世界が本当に存在すると信じかけていた。教室に入り、ヴァイオレットと一緒にいるライアン・クロスを目にするまでは。ライアンは金髪をなびかせ、優雅な物腰で、〈マカロニ・グリル〉の支配人みたいにヴァイオレットの椅子の背に手をかけ、笑顔で彼女に話しかけている。彼女は何も言わずにほほえんで、眼鏡の奥の灰緑色の瞳を見開いて、彼の話に耳を傾けている。それを目にした瞬間、僕は他人のお下がりのブーツを履いた、インディアナ生まれのただのセオドア・フィンチに逆戻りする。ライアン・クロスみたいなやつは、いつだって人を現実の世界に引き戻す。こっちがそんなことを望んでいないときでも。

ヴァイオレットと目を合わそうとしても、彼女はライアンの話を聞いたりうなずいたりするのに一生懸命で、こっちを見てくれない。そのうえ、ローマーとアマンダ・モンクがそばにいて、アマンダは僕をすごい形相でにらみつけてくる。「何見てるのよ」それと同時にヴァイオレットの姿はふたりのうしろに消え、僕は彼女のいた方向を見つめるしかなくなる。

始業のベルが鳴ると、ブラック先生が息をハァハァさせながら教室の前に出て、プロジェクトについて質問はないかとたずねる。何人かが手を挙げ、先生はひとりひとりの質問に答える。「教室から飛びだして……自分たちの州に目を向けなさい。博物館や……公園や……史跡を見て歩きなさい。自分たちの州の文化を肌で感じなさい……そうすれば、いつかこの州を出るときに、君はその文化を一緒に連れていくことができるだろう」

僕は、精一杯イギリスっぽいアクセントで言う。「連れてはいけないと思うんですけど」

ヴァイオレットが声を出して笑う。笑ったのは彼女ひとりだ。それに気づくと、彼女はみんなから顔をそむけて自分の右側の壁をじっと見つめる。

終業のベルが鳴り、僕はライアン・クロスとローマーとアマンダの横を通りぬけ、シャンプーの花の香りを感じるほどヴァイオレットのそばに行く。このちょい悪フィンチは、ライアン・クロスみたいなやつにいつまでも気後れしている男じゃない。

アマンダが言う。「わたしたちに何か用?」いつもの鼻にかかった、子どもみたいなわざとらしい声だ。

僕はイギリスっぽくない、いつものアクセントでヴァイオレットに言う。「いよいよ〝見て歩き〟をはじめるときがきた」

「どこへ行くの？」ヴァイオレットの目は冷たく、警戒の色が浮かんでいる。今すぐ連れだされるんじゃないかと心配しているみたいだ。

「フージャー・ヒルに行ったことはある？」

「ないわ」

「インディアナ州でいちばん高い場所だ」

「授業で聞いたわ」

「君が気に入るんじゃないかと思って。高所恐怖症なら別だけど」首をかしげてみせる。

ヴァイオレットは一瞬、言葉に詰まったが、すぐにいつもの彼女に戻り、完璧な唇に完璧な作り笑いを浮かべる。「いいえ、高いところは平気よ」

「忘れたの？　ヴァイオレットはあなたが塔から飛び降りようとするのを助けたのよ」アマンダが横から口を出す。ひらひらさせている携帯の画面に、〈裏ネタ・バートレット〉の見出しが見える。

ローマーがつぶやく。「おまえなんか、もっぺんあそこに戻って、飛び降りればいいんだよ」

「せっかくインディアナ州を見るチャンスなのに？　やだね」ヴァイオレットに目を向けた僕の背中に、彼らの視線が突きささる。「さあ、行こう」

「行くって、今？」

「今しかないさ。君ならわかると思うけど、僕らに確実に与えられてるのは今だけなんだから」

ローマーが言う。「おい、くそったれ。まず彼氏に話を通すのがスジじゃないのか」

「ライアンには関係ない。僕のパートナーはヴァイオレットだ」ローマーにそう言って、ライアンと目を合わせる。「これはデートじゃなくて、プロジェクトだよ」

「ライアンは彼氏じゃないわ」ヴァイオレットが言ったとき、ライアンがひどく傷ついた顔をしたので、なんだかかわいそうになってくる。だけど、ライアンみたいな男をかわいそうに思うのは、やっぱり無理だ。「授業をさぼるなんてできないわ」

「どうして？」

「だってわたし、不良じゃないもの」〝あなたとは違って〟——そんなふうに聞こえる。きっとみんなの手前そう言っているだけだ、と自分に言いきかせる。

「じゃあ、放課後、駐車場で待っているよ」教室を出ていきかけて、足を止める。「『おいで』僕は言う、『おいで』」

　思い過ごしかもしれないけど、ヴァイオレットの口元がほころんだ気がする。

「キモっ《フリーク》」アマンダが小声で言うのが、教室を出ていくときに聞こえる。たまたま、肘がドアの枠にぶつかったので、縁起をかついで反対側の肘もぶつけておく。

午後三時半。学校の駐車場。

まぶしい日差しを手でさえぎって、あたりを見まわす。フィンチの姿は見あたらない。ひょっとして、置いていかれたのかも。それとも、わたしが出口を間違えてしまったんだろうか。バートレットは小さな町だけど、この学校は大きい。このあたりで唯一の高校だから、生徒は二千人以上いる。フィンチがどこにいるかなんて見当もつかない。

自転車のハンドルを握りしめる。古いオレンジ色の十段変速で、エレノアの形見だ。エレノアはこの自転車にリロイという名前をつけた。「今日はリロイに乗って出かけてたの」とか「ちょっとリロイを転がしてくるね」なんて両親に言って、うれしがっていた。

ブレンダ・シャンク＝クラヴィッツが、派手なピンクの雷雲みたいに堂々と歩いてくる。そのうしろを、チャーリー・ドナヒューがのんびり歩いている。ブレンダが言う。「フィンチならあそこよ」そして、ブルーの爪先をわたしに突きつける。「もしフィンチの気持ちを踏みにじったりしたら、その瘦せっぽちのお尻をケンタッキーまで蹴りとばしてやるからね。冗談で言ってるんじゃないわよ。彼の心をもて遊んだりしたら、承知しないから。わかった？」

「わかったわ」

「それから、なんていうか……たいへんだったね。お姉さんのこと」

ブレンダの言ったほうに目をやると、そこに彼がいる。セオドア・フィンチは、ポケットに手を突っこんで、車にもたれている。そうやってずっとわたしのことを待っていたみたいだ。

自転車を押して、彼のほうに向かう。彼の黒髪は、さっきまで海辺にいたみたいに（バートレットには海辺なんてないけど）、あちこちに乱れて、日差しのなかで藍《あい》色に輝いている。肌は透きとおるように白く、腕の血管が透けて見えている。ヴァージニア・ウルフの『波』の一節を思い出す。〝黒髪で、透きとおるような肌のあの人が、物憂げに夢見るようにやってくる。わたしは、お茶目でおしゃべりで気まぐれになる。彼が物憂げで夢見るようだから。ほら、やってきた〟

フィンチは車の助手席のドアを開けて言う。「お先にどうぞ」

「言ったでしょ、車には乗らないって」

「自転車は持ってきてないから、いったん家まで取りに戻らなくちゃいけないんだ」

「じゃあ、わたしは自転車で追いかけるわ」

彼は必要以上にゆっくり車を走らせるが、それでも十分後には家に到着する。レンガ造りの二階建てのコロニアルハウスで、玄関ドアは赤く、黒いよろい戸のついた窓の下には植え込みがある。ドアと同じ赤色の郵便受けに〝フィンチ〟の文字が見える。彼がガレージのなかをひっくり返して自転車をさがすあいだ、わたしは家の外で待っている。ようやく、彼がガレージから出てくる。自転車を持ちあげる腕に筋肉が盛りあがっている。

「バッグは僕の部屋に置いておけばいいよ」ほこりだらけのサドルをシャツで拭きながら言う。

「でも、必要なものが入っているから……」授業が終わってすぐに図書館で借りてきた、インディアナ州の歴史の本と、何かおみやげを持ち帰るときのためにと思って、食堂のおばさんからもらったいろんなサイズのビニール袋だ。

「だいじょうぶ、準備は万端だ」フィンチは玄関を開けて、わたしのためにドアを押さえてくれる。なかに入ると、彼の家にしてはちょっと意外なくらい、ごくふつうの家だ。あとについて二階に上がる。廊下の壁には学年ごとのポートレート写真が額に入って並んでいる。幼稚園児のフィンチ。中学生のフィンチ。毎年、彼は違ってみえる。年齢だけでなく、性格まで変化しているみたい。お調子者のフィンチ。根暗なフィンチ。生意気そうなフィンチ。オタクっぽいフィンチ。廊下のつきあたりまで来ると、フィンチはドアを開ける。

　壁は赤一色で、ほかは机も椅子も本棚もベッドカバーもギターも黒一色だ。ひとつの壁全体が、写真や、ポストイットや紙ナプキンや紙きれに書かれたメモで埋めつくされている。ほかの三つの壁には、コンサートのポスターがべたべた貼られ、そのなかに一枚だけ大きなモノクロ写真がある。どこかのステージでギターを片手に演奏しているフィンチの写真だ。

　メモだらけの壁の前でたずねる。「これはいったい何なの？」

「プランだったり、歌詞だったり、アイデアだったり、構想だったり」彼はわたしのバッグをベッドの上にほうり投げ、引き出しのなかから何かをさがしている。

　わたしは壁を眺める。ほとんどが、何かの一部みたいな単語かフレーズで、それだけではまったく意味をなさない。〈夜の花〉〈実感を得るためにやる〉〈一緒に落ちる〉〈百パーセント僕の決断〉〈オベリスク〉〈今日はその日だろうか〉

〝その日って、どの日？〟たずねたいけれど、やめておく。代わりに言う。「記念塔《オベリスク》？」

「僕の好きな単語だ」

「へえ」

「言葉の響きが好きなんだ」わたしはメモに目を向ける。「まっすぐ背筋の伸びた力強い単語だ。ほかのどんな単語にも似ていない独創性があって、人の意表をつくところがある。言葉と意味とがすぐに結びつかず、一瞬たってから、『ああ、あのことね』とわかる、そんな単語だ。誰からも敬意を持たれるけど、控えめでもある。〝モニュメント〟や〝タワー〟みたいなつまらない言葉とは違う」フィンチは頭を振る。「あいつらには中身がない」

わたしは黙っている。わたしも以前は言葉が大好きだった。言葉を並べて文章を作るのが得意だった。だから、いい言葉は大切にしたいと思ってきた。けれど今は、いい言葉も悪い言葉も同じようにわたしをイライラさせる。

「〝ラクダの背中に戻る〟というフレーズ、聞いたことある？」

「ブラック先生が使うまで、知らなかったわ」

フィンチは机にかがみこみ、一枚の紙を半分にちぎってそのフレーズを書く。そして、部屋を出るときに、ぴしゃりと壁に貼りつける。

玄関を出て、わたしはリロイにまたがる。フィンチがバックパックを背負うと、Ｔシャツの裾がめくれ上がり、お腹の真んなかを横切る赤い傷痕が見える。

エレノアの眼鏡を頭の上に押しあげる。「どうしたの、その傷？」

「自分でつけた。僕の経験上、女の子はタトゥーより傷にグッとくるみたいだから」彼は自転車にまたがり、両足を地面に突っ張ってサドルにもたれかかっている。「あの事故のあと、車に乗ったことは？」

「ないわ」

「それってちょっとした記録じゃないかな。だって八か月とか九か月だろ？　学校へはどうやって行くの？」

「自転車に乗るか歩くかよ。うちはそんなに遠くないから」

「雨や雪のときは？」

「自転車に乗るか歩くかよ」

「じゃあ君は、車に乗るのは怖いけど、ベル・タワーのへりには上ったりするんだ？」

「もう帰る」

フィンチは笑ってわたしの自転車に手をのばし、動けないようにしっかりつかむ。「この話はもう二度としない」

「信用できないわ」

「いいかい？　君はもうここまで来たんだし、僕たちのプロジェクトはスタートしているんだ。フージャー・ヒルに早く着くほど、早く終われると思うんだけど、違うかい？」

延々と続くトウモロコシ畑のなかを自転車で走る。フージャー・ヒルは町から二十キロ足らずだから、それほど遠くない。寒くても天気は良くて、外にいると気持ちがいい。顔を上に向けて目を閉じる。以前のヴァイオレットに戻ったような気がする。ごくふつうのティーンエイジャーのヴァイオレット。どこにでもいるヴァイオレット。

フィンチはわたしの横に並んで走る。「ドライブのいいところは、前へ前へとぐんぐん進んで、どこにでも行ける気がするところだ」

わたしは目を開けて、冷ややかに見る。「これはドライブじゃないわ」

「おっしゃるとおり」フィンチは8の字を描くように走ったり、わたしの周りをぐるりと回ったりして、また横に並ぶ。「万一のために、ヘルメットやプロテクターをつけたりはしないんだね。ねえ、もし世界に終わりがきて、君以外の全員がゾンビになったとしたらどうする？　助かる唯一の方法が町から出ることだとしたら？　飛行機も列車もバスもない。公共交通機関は完全にストップしている。自転車はあまりにも無防備で危険すぎる。そうなったらどうするんだい」

「町を出たら安全だと、どうしてわかるの？」

「ゾンビ化現象は、バートレットだけで起きているんだ」

「わたしにそれがわかるの？」

「世界じゅうが知ってる。政府の公式発表があったんだ」

わたしは黙っている。

フィンチはわたしの周りで8の字を描く。「もしどこにでも行けるとしたら、どこへ行く？」

「さっきの話の続き？」

「違うよ」

〝ニューヨーク〟、心のなかでつぶやく。

「まえにいたカリフォルニアかな」わたしが行きたいのは、四年前のカリフォルニアだ。家族でここに引っ越してくるまえ、エレノアが十年生でわたしが九年生だったころのカリフォルニアに戻りたい。

「知ってる場所じゃなくて、行ったことのないところを見てみたくない？」フィンチは両手を脇の下に入れてペダルをこぐ。

「向こうは暖かくて、ぜったいに雪が降らないの」雪は大嫌いだし、たぶんこれからも好きになることはない。努力しなさい、とクレズニー先生や両親が言うのが聞こえる気がする。「アルゼンチンかシンガポールの大学に行くかもしれない。三千キロ以上離れた学校にしか、願書は出してないわ」年間の降雪量が二センチ以上の場所も除外した。だから、ニューヨーク大学はアウトだ。「でも、この町に残るかもしれない。まだ決めてないの」

「もし僕がどこへでも行けるとしたら、どこに行くか知りたくない？」

べつに。「どこにでも行けるとしたら、どこへ行きたいの?」思っていたより意地悪な口調になってしまう。

フィンチはハンドルの上に身を乗りだして、わたしを見つめる。「僕はフージャー・ヒルに行きたい。素敵な女の子と一緒に」

道の片側には木立が並び、もう片側にはまばらに雪の残った原っぱが広がっている。フィンチが言う。「たぶんこっちだ」

木立のそばに自転車を置き、道を渡ってほんの数メートルの小道を進む。自転車をこいだせいで脚が痛い。それになんだか息が苦しい。

原っぱには子どもたちが何人かいて、フェンスにぶら下がって遊んでいる。わたしたちの姿を見て、ひとりの子どもがもうひとりに体をぶつけてフェンスを降りる。「そのまままっすぐだよ。世界じゅうから大勢の人が見にくるんだ。ひっきりなしにね」

もうひとりの子が退屈そうに言う。「まえは貼り紙があったんだけどさ」

フィンチがオーストラリア訛りで言う。「僕たちはパースから来たんだよ。インディアナ州の最高峰を見るために、はるばるやってきたんだ。登ってもかまわないかな?」

子どもたちは、パースがどこかたずねもせず、ただ肩をすくめる。

わたしたちは、木の枝をかき分けながら、頭をかがめて冬枯れの木立を進む。横並びにはなれないほど道が狭くなり、フィンチが先に立って歩く。周りの景色を見るよりも、光を反射する彼の髪や、ゆったりした歩き方や、軽やかに動く長い手脚が気になってしかたない。

そしてとつぜん、開けた場所に着く。円形をした土の広場で、木の下に木製のベンチがひとつと、少し離れたところにピクニックテーブルがひとつある。わたしたちの右側には案内板が立っている。〈インディアナ州の最高地点、フージャー・ヒル、標高三百八十三メートル〉その案内板の示す先には、ピッチャーマウンドくらいの大きさと高さの石積みがあり、真ん中から一本の杭が突き出ている。

「これだけ？」言わずにはいられない。こんなのってあり？　がっかりにもほどがある。だけど、そもそもいったい何を期待していたの。

フィンチがわたしの手を取って、石積みの上に引っぱり上げる。

彼の手が触れた瞬間、わたしの手に電流が流れる。

男の子と手が触れるなんてあんまりないことだから、どきっとしたっておかしくないと言いきかせる。けれど、そのあとも電流は腕を駆け上がり、フィンチの親指がわたしの手のひらをなでると、全身がぴりぴりしてくる。これってどういうこと？

フィンチがオーストラリア訛りで言う。「いったいどう思うだろうね」わたしの手を包み込む手は大きくて温かく、不思議なほどしっくりなじんでいる。

「もし、わたしたちが本当にパースから来ていたらってこと？」電流のせいで気もそぞろだが、そんなそぶりは見せない。もしばれたら、彼はどんなことを言ってくるかわからない。

「あるいは、モスクワから来たんだったら」今度はロシア訛りだ。

「超むかつく」

今度はフィンチ本人の声になる。「インディアナ州で二番目に高いサンド・ヒルに登った人ほどはむかつかないだろうけどね。なにせ、あっちはたったの標高三百二十八メートルで、ピクニック・エリアだってないんだから」

「二番目なら、べつにピクニック・エリアなんていらないんじゃないの」

「まったくそのとおりだ。僕に言わせれば、そんなところは見る価値もない。フージャー・ヒルに登頂した僕たちにとって、行く意味なんてまるでない」彼は笑顔を見せる。そのときはじめて、彼の瞳がすごくきれいなブルーだということに気づく。まるで澄んだ青空みたいだ。「少なくとも、君とここに立っているとそんなふうに感じるよ」フィンチは青い目を閉じて、息を吸いこむ。そして目を開ける。「実際、君の横に立っていると、エベレストくらい高く感じる」

わたしはあわてて手を引っこめる。手を離したあとでも、なぜか電流はおさまらない。「何か持って帰らなくていいの？　メモをとるとか、動画を撮るとかしないの？　いったいどんなふうにレポートにまとめるの？」

「何もしないよ。見て歩きの最中は、レンズを通して見るんじゃなくて、ただそこにいることが大事なんだ」

ふたりで一緒に風景を眺める。円形の広場、ベンチ、木立、そして、かなたに見える白い原っぱ。十か月前のわたしなら、こうして立っているあいだも、頭のなかでは文章を創りあげていただろう。〝山頂の案内板は、とても役に立つ。もしなかったら、ここがインディアナ州の最高地点だなんてぜったいにわからないだろう……〟とかなんとか。あの子どもたちのことだって、どういう生い立ちなのかとか、あれこれ想像をふくらませて、わくわくするほど壮大な物語を創りあげていたはずだ。だけど、今のわたしにとってあの子たちは、フェンスにぶら下がっていた、ただのインディアナの田舎の子どもにすぎない。

「ここって、わたしがこれまで見たなかでいちばんつまらない場所だと思うわ。この場所だけじゃなくて、この州ぜんぶが」物事をマイナスにとらえるのはよくない、そんな両親の声が聞こえてくる気がする。だけど、以前のわたしはいつだってお気楽だったから、そんなふうに言われたことはない。辛辣《しんらつ》なのはエレノアのほうだった。

「僕もまえはそう思っていたよ。だけど、気づいたんだ。まさかと思うだろうけど、ここをきれいだと思う人だって実際にいるのさ。だって、これだけたくさんの人が住んでいるんだから、みんながみんなつまらないと思っているはずがない」彼はつまらない木々や、つまらない原っぱ、つまらない子どもたちに笑いかける。まるでオズの国でようやく魔法使いに出会えたみたいに。まるでそこに潜む美しさを、実際にその目で見ているように。その瞬間、わたしもフィンチの目を通して見てみたいと思う。眼鏡みたいに彼の目を借りられたらいいのに。「で、思ったんだ。ここにいるあいだ、もっと見ておいたほうがいいって。つまり、見る価値のあるものを」

「インディアナ州を見て歩くってことね」

「そうだ」

「このまえのあなたとは、別人みたい」

フィンチは、半分閉じた目でちらっとこっちを見る。「標高のせいさ」

思わず声を出して笑うが、すぐに口をつぐむ。

「笑ってもいいんだよ。地球はパックリと割れたりしないし、地獄に落ちたりもしない。うそじゃないさ。もし地獄があるなら、僕が先に行ってやるよ。そうしたら地獄のやつらは僕で手いっぱいで、君を受けいれる余裕もないだろうから」

彼に以前、どんなことがあったのか知りたい。ノイローゼだったたって本当なの？　ドラッグを過剰摂取したって本当？　まえの学期の最後は登校拒否だったたの？

「うわさはいろいろ聞いてるわ」

「僕のことだね」

「あれって本当なの？」

「おそらくね」

フィンチは目にかかった髪を払い、わたしをじっと見つめる。その視線がゆっくりと口元へと下がる。キスしようと思っているのかも。ほんの一瞬、そうだったらいいのにと思う。

「じゃあ、フージャー・ヒルはこれで終了ね。さて、お次はどこ？」わざとパパの秘書みたいな口調で言う。

「バックパックに地図が入っている」そう言いながら、フィンチは動こうとしない。ただ、じっとたたずんで、空気を吸いこみ、ゆっくりあたりを眺めている。早く地図を取ってきたい。思い立ったらすぐ行動に移すのがわたしのやり方で、いつだってそうしてきた。けど、彼はまだ動かない。そして、また彼の手がわたしの手に触れる。わたしは手を引っこめず、そのままにして、彼と同じようにたたずんでみる。とってもいい感じだ。電流がビリビリ流れ、体じゅうが生き生きしてくる。そよ風が吹き、木の葉をさわさわと鳴らしている。まるで音楽みたい。わたしたちは並んで立ち、遠くを眺めたり、上を見たり、あたりを見まわしたりする。

とつぜん彼が言う。「ジャンプしよう」

「本気なの？　インディアナの最高地点よ」

「本気さ。今でなけりゃ意味がない。それに、君と一緒じゃなきゃだめだ」

「いいわ」

「準備はいいかい？」

「オーケイ」

「いちにのさん」

　ジャンプするわたしたちの周りに、子どもたちが寄ってくる。着地すると土ぼこりが舞い、わたしたちは声をあげて笑う。フィンチがオーストラリア訛りで、子どもたちに言う。「僕たちはプロだ。君たちはぜったいにまねしないようにね」

　置きみやげは、イギリスのコイン数枚と、赤いギターピック、バートレット高校のキーホルダーにする。それを、鍵を隠すためのにせものの石（フィンチがガレージで見つけたもの）につめこんで、最高地点の石積みのなかにまぎれ込ませる。彼は立ちあがって両手の土をはたく。「君がどう思おうと、僕たちはもうこの場所の一部だ。あの子たちに盗まれないかぎりは」

　彼の手に握られていない手は、なんだか冷たく感じる。わたしは携帯を取りだす。「記録を残しておかなくちゃ」そう言って、彼がいいと言うまえに写真を撮りはじめる。そして、石積みの上にふたりで交替に立ってポーズをとる。

　フィンチはバックパックから、地図と一緒に大学ノートを取りだす。そして、ペンと一緒にわたしに渡す。「あなたが書いてよ」と言うと、僕のはニワトリが引っかいたみたいな字だから、書くのは君にまかせると言われる。何か書くくらいなら、インディアナポリスまで運転するほうがましだと思うけど、口には出さない。

　彼が見ているので、しかたなくペンを取る。場所、日付、時刻と、場所についてのメモ、それとフェンスのところにいた子どもたちのことも少しだけ書き留める。それから、ピクニックテーブルの上に地図を広げる。

　フィンチは幹線道路を示す赤い線を人差し指でなぞる。「ブラック先生は、ふたつの場所を選んで、そこについてのレポートを書けと言ったけど、それだけじゃ足りないと思うんだ。ぜんぶ見てまわる必要があると思う」

「ぜんぶって?」

「インディアナ州の興味深い場所ぜんぶさ。学期のあいだに行けるだけってことだ」

「行くのはふたつ、それが条件よ」

フィンチは地図をじっくり見て、頭を振る。彼の手が地図の上をあちこち飛びまわる。終わったときには、州全体にペンの印がつき、見るべきものがある町の名前が丸印で囲まれている。デューンズ州立公園、世界最大の卵、競争馬ダン・パッチの家、マーケット・ストリートの地下墓地、セブン・ピラーズ(自然の浸食によってできた七本の巨大な石灰岩の柱で、ミシシネワ川に張りだしている)。丸印は、バートレットに近いものもあれば、離れているものもある。

「多すぎるわ」

「そうかもしれないし、そうじゃないかもしれない」


夕方。フィンチの家の前。フィンチがガレージに自転車を押しこむのを、わたしはリロイの横に立って見ている。彼は玄関のドアを開け、じっとしているわたしを見て言う。「バッグを取ってこなくちゃ」

「ここで待ってるわ」

彼は声に出して笑い、なかに入っていく。待っているあいだ、ママにもうすぐ帰るとメールをする。わたしの帰りを待ちわびて、窓の外を見ているママが目に浮かぶ。わたしにはぜったいに気づかれないようにしているけれど。

しばらくして、フィンチが戻ってくる。わたしにぴったりくっついて立ち、目にかかった髪をかきあげて、澄んだ青空みたいな目でわたしをじっと見下ろしてくる。ライアン以外の男の子とこんなに近づくのは久しぶりだ。ふと、スーズがフィンチは女の子の扱いを知っていると言っていたのを思い出す。変人であろうとなかろうと、フィンチはすらりとした体と魅力的な顔立ちをしたやっかいな存在だ。

あわてて体を離し、エレノアの眼鏡を顔に戻す。遊園地のびっくりハウスの鏡で見るみたいに、フィンチの顔がわざとゆがんで見えるように。

「君が笑いかけてくれたからだよ」

「えっ?」

「僕が君をパートナーに選んだ理由さ。べつに君が塔のへりに立ってたからじゃない。まあ、少しはあるけどね。それに、君を見張ってなきゃいけないという妙な責任感のせいでもない。それも少しはあるけど。でも本当の理由は、あの日、教室で君が僕に笑いかけてくれたからだ。あれは本物の笑顔だった。いつも君が浮かべているうわべだけのうそっぱちの笑顔じゃなく」

「ふつうに笑っただけよ」

「君にとってはそうかもしれない」

「わたしがライアンと付き合っているのは知っているわよね」

「たしか、彼氏じゃないとか言ってなかったっけ」言い返そうとするわたしを見て、彼が笑う。

「ムキになるなよ。そんな君は好きじゃない」


夕食の時間。自宅。パパがチキンピカタを作る。当然、キッチンは散らかり放題だ。わたしはテーブルを整え、ママは髪をうしろに束ねて、パパからお皿を受けとる。わが家では、夕食は音楽とワインがつきものの、ちょっとしたイベントだ。

ママはチキンを味見してパパに親指を立ててみせ、それからわたしのほうを向く。「で、そのプロジェクトはどういうものなの？」

「インディアナ州で興味のある場所を選んで、見て歩くことになってるの。それにはパートナーが必要で、わたしはクラスの男の子と組んでいるの」

パパがママに片方の眉を上げてみせ、それからわたしに顔を向ける。「パパは昔、地理が大の得意だったんだ。もしプロジェクトに助けが必要なら――」

ママとわたしがパパの話を同時にさえぎり、これおいしいわねとか、おかわりはあるのとか言うと、パパは嬉しそうに立ちあがる。ママが口の形だけでわたしに言う。「セーフ」パパは学校の課題を手伝うことを生きがいにしている。問題は、結局ぜんぶ自分でやってしまうことだ。

パパがテーブルに戻りながら「で、そのプロジェクトは……」というのと、ママが「で、その男の子は……」というのとは同時だった。

わたしの行動を一から十まで知りたがることをのぞけば、パパもママも以前とほとんど変わらない。そんな両親を見るたびに、わたしは途方に暮れる。わたしは、以前のわたしとまったく違うから。

「パパ、ちょっとした遠足みたいなものよ」口いっぱいにチキンをほおばって言う。「ところで、この料理はどこで生まれたの？　誰がどんなふうに思いついたの？」

パパに学校の課題より好きなものがあるとしたら、それは物事の歴史を語ることだ。夕食が終わるまでずっと、パパはノンストップで、古代イタリアのことや、イタリア人のシンプルで洗練された料理への愛について語りつづけ、つまり、わたしのプロジェクトとパートナーの男の子の話はどこかへいってしまった。

二階に上がり、フィンチのフェイスブックをチェックする。〝友達〟の欄には、まだわたしの名前しかない。ふいに、新しいメッセージが現れる。**：衣装ダンスの奥を抜けて、ナルニア国に入ったような気分だ。**

間髪を容れずに、『ナルニア国物語』の引用を調べる。これだというものを見つける。

〝ああ、わたしはとうとうもどってきた！　ここここそ、わたしのまことのふるさとだ！　わたしは、もともとここのものだった。ここをわたしは、いままで知らずに、一生さがし求めていたのだ……さらに高く、さらに奥へ、いってみよう！〟

コピーして送信しようかと思ったが、そうはせずに、カレンダーの今日の日付を×印で消す。そして、まだずっと先の六月にある〝卒業〟の文字に目をやり、フージャー・ヒルや、フィンチの青く澄んだ目や、彼といるときに感じる気持ちについて考える。過ぎ去っていくすべてのものと同じように、今日という日も終わってしまうけれど、今日は悪くない日だった。というより、ここ数か月で最高の一日だった。

フィンチ

人生が変わった日の夜

母さんがテーブルの向こうから僕をじっと見ている。デッカはいつもと変わらず飢えた子馬のような食べっぷりだけど、今日は僕もめずらしく食欲おうせいだ。

母さんが言う。「デッカ、今日はどんなことを勉強したの？」

妹が返事をするまえに、「僕が先に話してもいいかな」と言う。

デッカは食べるのをやめ、食べかけの料理でいっぱいになった口をぽかんと開けて、僕を見つめる。母さんはこわばった笑みを浮かべ、グラスと皿を手で押さえている。僕が立ちあがって物を投げるとでも思っているのかもしれない。

「もちろんよ、セオドア。何を勉強したか教えてちょうだい」

「一生懸命にさがせば、世界にはいいことがあるってことがわかったよ。それに、僕を含めてみんながみんなくだらない人間じゃないってことも。それから、たった三百八十三メートルのちっぽけな山でも、一緒にいる相手しだいでは、ベル・タワーよりずっといい気分になれるってこともわかった」

母さんは辛抱強く続きを待っていたが、話がそれで終わりだとわかると、何度もうなずく。

「それはよかったわね。本当によかったわ。デッカもそう思うでしょ？」

僕たちの皿が空っぽになると、母さんはどうしていいかわからないようにそわそわしだす。いつもそうだが、今日はなおさらだ。僕たちきょうだいをどう扱えばいいのか、母さんにはさっぱりわからないのだ。

幸せな気分だとよけいに、父さんに裏切られたばかりか、プライドと自尊心までずたずたにされた母さんがかわいそうに思えてくる。「お母さん、今日は僕が食器を洗うから、横になって休んでてよ」父さんが家を出ていって、二度と帰ってこないとわかったとき、母さんは不動産取扱いの資格を取った。けれど、住宅市場は決して活況といえないので、本屋でもパートタイムで働いている。だからいつも疲れている。

母さんは顔をくしゃくしゃにして、一瞬、泣きそうになるが、僕の頬にキスをして、「ありがとう」と言う。その言い方があまりに弱々しくて、僕のほうが泣きたくなる。だけど、こんな気分のいいときに、泣くことなんてできない。

そのとき、母さんがふいに言う。「今〝お母さん〟って呼んだ?」

靴を履いていると、空から雨が落ちてくる。この寒さだとひどいみぞれになりそうだから、走りにいくのはやめて風呂に入ることにする。服を脱いで、バスタブに入る。湯が床にこぼれて小さな水たまりを作り、打ちあげられた魚みたいに小さく波打っている。風呂に入るのはいつもひと苦労だ。なにしろ、僕の身長はバスタブの二倍あるし、バスタブには湯がたっぷり入っているんだから。だけどここまできたら、途中でやめるわけにはいかない。足をタイルの壁にもたせかけて、頭を湯に沈める。目を開けて、シャワーヘッドと、黒いシャワーカーテンと、天井を見つめる。そして目を閉じて、湖のなかにいるつもりになる。

湯のなかは心地よくて、ほっとできる。守られているようでもあり、二度と出られないところに引きこまれるようでもある。何もかもが穏やかになる。周囲の音も、あわただしい僕の思考も。このバスタブの底で眠ろうと思えば眠れるものだろうか。眠りたいわけじゃないけど。そんなことをぼんやりと考える。そうするうちに、まるでパソコンの前にすわっているときのように、言葉が次々と浮かんでくる。

一九四一年三月、三度の深刻な鬱《うつ》状態のあと、ヴァージニア・ウルフは夫に書き置きを残して近くの川に向かった。そして、重い石をいくつもポケットに詰めこみ、水のなかに飛び込んだ。

〝最愛のあなた〟書き置きはそうはじまる。〝また自分の頭がおかしくなってくるのがわかります。わたしたちはあの悲惨なときをもう二度と乗り切ることはできないでしょう……だから、こうするのがいちばんいいのです〟

どのくらいたっただろう。四分？　五分？　それとももっと？　肺が悲鳴をあげはじめる。落ち着いて。リラックスして。最悪なのはパニックになることだ。

六分？　七分？　僕のこれまでの最高記録は六分半だ。水のなかで息を止める世界記録は二十二分二十二秒で、ドイツ人の男性が打ちたてた。自己抑制と忍耐がすべてだと彼は語っているが、実際は、彼の肺の容量が平均より二十パーセント大きいという事実のほうに鍵がありそうな気がする。だけどそもそも、息を止める時間を競って何になるんだろう。そんなことに必死になる人生ってどうなんだろう。

〝あなたは誰にも代えがたい人でした……わたしを救える人がいたとすれば、それはあなたでした〟

目を開けて、湯から飛びだす。息をゼーゼーさせながら、肺に空気を送りこむ。そばに誰もいなくてよかった。そこらじゅうを水びたしにして、水をゲホゲホ吐いているところなんて見られたくない。危機一髪で生還した達成感はなく、あるのはただ空しさと、酸欠の肺と、顔に貼りついた濡れた髪だけだ。

ヴァイオレット

卒業まであと148日

木曜日。地理の授業。

〈裏ネタ・バートレット〉に、全校生徒で自殺しそうな子トップ10の名前が挙げられている。さっきから携帯がブルブル震えているのは、セオドア・フィンチがそのリストの一位になっているからだろう。学校新聞の第一面では、ジョーダン・グリペンウォルドがティーンの自殺についての特集記事を組み、相談窓口のことや、死にたくなったときどうすべきかについての情報を載せている。でも、こういう記事には誰も注意を払わない。

携帯の電源を切って、バッグにしまう。気を紛らわすために、ライアンにプロジェクトのことをきいてみる。ライアンのパートナーは、ジョー・ワイアットで、テーマは野球。郡の野球ミュージアムや、ジャスパーにあるインディアナ野球殿堂博物館に行く予定らしい。

「へえ、おもしろそう」わたしは言って、髪を触ってくるライアンの手を逃れるために、バッグに身をかがめてさがしものをするふりをする。

アマンダとローマーは、詩人のジェイムズ・ウィットコム・ライリーの記念館と、地元の農場と、歴史博物館に行くらしい。バートレットにある歴史博物館の呼び物は、本物のエジプトのミイラだ。古代エジプトで民衆を導いていた人が、今は開拓時代の馬車の車輪や、頭がふたつあるニワトリのとなりに展示されているなんて、考えただけで気が滅入ってくる。

アマンダは、ポニーテールの毛先を熱心に眺めている。わたしのほかに携帯を見ていないのは彼女だけだ。「で、どうなの？　あっちのほうは」アマンダは髪から目を離し、わたしを見つめる。

「何が？」

「フィンチが、よ」

わたしは肩をすくめる。「べつに、ふつうよ」

「へえ、フィンチのことが好きなんだ！」

「そんなんじゃないわ」そう言いながらも頬が熱くなる。みんながこっちを見ているせいだ。アマンダは声が大きすぎる。

ありがたいことに、始業のベルが鳴り、ブラック先生がみんなに注目をうながす。しばらくすると、前の席にすわったライアンが、腕の下でメモを振るのがわかる（わたしの携帯の電源が切れているからだ）。メモを受けとる。

土曜の夜、ドライブイン・シアターで二本立てを見ないか。ふたりだけで。

わたしもメモを書く。

あとで返事してもいい？

ライアンの腕をつついてメモを渡す。ブラック先生は黒板に〝抜き打ちテスト〟と題し、その下にいくつか問題を書きはじめている。みんながうめき声をあげる。解答用紙にするためにレポート用紙を破る音が聞こえる。

五分後、フィンチが勢いよく教室に入ってくる。このまえと同じ黒のシャツに黒のジーンズ、バックパックを肩にかけ、教科書とノートと、擦りきれた革のジャケットを腕にかかえている。持ち物があちこちに散らばり、彼は鍵やペンや煙草をひろい集めて、ブラック先生に小さく敬礼する。それを見て思う――わたし、この人に最悪の秘密を知られているんだ。

フィンチは動きを止めて黒板を見る。「抜き打ちテスト？　すみません、先生、ちょっと待ってください」フィンチはオーストラリア訛りで言うと、まっすぐこちらにやってきて、わたしのノートの上に何かを置く。それから、ライアンの背中をぽんとたたいて、教室の前へ行き、先生の机にリンゴを置いてもう一度謝り、ようやく教室の端の席に腰を下ろす。わたしの前に置かれたのは、何の変哲もない灰色の石だ。

ライアンの視線が石からわたしへ、わたしからローマーへと移動する。ローマーは冷たい目でフィンチをにらみつけ、「キモっ」と大声で言って、手で首を吊るまねをする。

アマンダがわたしの腕をぴしゃっとぶつ。「やだ、何それ」

ブラック先生が机をたたく。「五秒以内に……静かにしなければ……ここにいる全員……このテストの成績は……Fとする」先生はリンゴを手に取る。今にもどこかに投げつけそうに見える。

みんなが静かになり、ブラック先生はリンゴを置く。前を向いたライアンの首のつけ根にそばかすが見える。テストは五問で、どれも簡単だ。ブラック先生が答案を集め、解説をはじめる。わたしは石を手に取って、ひっくり返してみる。

〝君の番だ〟と書いてある。

授業のあと、話しかける間もなくフィンチはさっさと教室を出てしまい、わたしは石をバッグにしまう。ライアンと一緒にスペイン語のクラスへと向かうけど、手はつながない。「あれはいったい何？　どういうつもりだよ。命を救ってもらったお礼とか？」

「ただの石よ。お礼なら、もうちょっとましなものがいいわ」

「何にしても、いい気分じゃないよ」

「そういうのってあなたらしくないわ、ライアン」

「そういうのって？」ライアンは、すれちがう生徒たちに笑顔を向けながら言う。みんなが声をかけてくる。「やあ、ライアン」「元気か？」紙吹雪が舞ったり、うやうやしくお辞儀されたりしてもおかしくないほどの人気ぶりだ。となりにいるわたしに声をかけてくる子もいる。なんといっても、今やわたしもヒーローなのだから。

「元カノがプロジェクトを組んでいる相手に嫉妬するってこと」

「嫉妬なんかしてないよ」教室の前で立ち止まる。「君のことが大好きなだけだ。僕たち、やり直すべきじゃないかな」

「まだ心の整理がつかないの」

「僕は、あきらめないよ」

「それを止めたりはできないんでしょうね」

「あいつが妙なことをしてきたら言えよ」

ライアンは口の端を片方だけ持ちあげて笑う。そんなふうに笑ったときには、えくぼがひとつできる。はじめてライアンを見たときは、このえくぼにキュンとしたんだった。思わず背伸びをして、そのえくぼにキスをする。ライアンが驚いた顔をする。彼に負けないくらいわたしも驚いている。「心配しないで。ただのプロジェクトよ」

その日の夕食で、いちばん恐れていたことが起こる。ママがたずねてきたのだ。「先週、学校のベル・タワーにいたんですって?」

ママとパパが、向かいの席からこちらをじっと見つめている。とたんに食べていたものが喉に詰まり、ゴホゴホと激しく咳きこむ。ママがそばにきて背中をたたいてくれる。

「辛すぎたかな」パパが言う。

「ちがうの、パパ、すごくおいしい」咳きこみながら、とぎれとぎれに言う。ナプキンで口を押さえて、結核を患ったおじいさんみたいに咳をし続ける。

ようやく咳がおさまり、ママが席に戻る。「地元紙の記者から電話があって、おたくの勇敢な娘さんのことを記事にしたいと言われたのよ。どうして話してくれなかったの?」

「べつに。みんな大騒ぎしすぎなのよ。わたしは勇敢でも何でもなくて、偶然そこにいただけ。彼が本気で飛び降りるつもりだったとは思えないし」急に喉がカラカラになって、グラスの水を一気に飲みほす。

「助けた少年というのは、どういう子なんだ?」パパはそこが気になるらしい。

「ただの同級生。今はもうだいじょうぶよ」

パパとママは顔を見合わせる。ふたりとも同じ表情を浮かべて、きっと同じことを考えている――うちの娘は思ったより立ち直っているみたいだぞ。もう何をするにもためらったりしない、勇敢なヴァイオレットに生まれ変わってくれるんじゃないかと、期待しはじめている。

ママがフォークを手に取る。「記者の名前と電話番号を聞いておいたわ。都合がいいときに電話してほしいそうよ」

「わかった。電話しておくね」

「ところで……」ママの声が明るくなる。そこには、急いで食事を終わらせて退散したくなるような響きが混じっている。「春休みにニューヨークに行くのはどう？　しばらく、家族旅行に出かけてないでしょ？」

あの事故が起こってから、家族旅行は一度もしていない。実現すれば、エレノアのいないはじめての家族旅行になる。だけど、はじめてのことはこれまでにもあった。エレノアのいないはじめての感謝祭、はじめてのクリスマス、はじめての大みそか。この一年はわたしにとって、エレノアのいない人生の最初の年になる。

「お芝居を観たり、ショッピングしたり。NYUに寄って、おもしろそうな講義があれば、いつでも聴講できるしね」ママの笑顔は明るすぎる。パパも取ってつけたような笑みを浮かべている。もう最悪。

「すごく楽しみ」わたしはそう答えるが、本心じゃないことは全員が知っている。


その夜、この数か月で何度も見ている悪夢を見る。誰かの手がうしろから喉にかかり、思いきり強く絞めあげられる。誰なのかは見えない。ときには、手は触れず気配だけのときもある。苦しくて息ができなくなることもある。めまいがして、体がふわりと浮き、そこからまっさかさまに落ちていく。

そして、目が覚める。起きてしばらくは、自分がどこにいるのかわからない。体を起こし、明かりをつけて、部屋を見まわす。机の下やクローゼットのなかに、誰かが潜んでいるような気がする。ノートパソコンに手をのばす。以前のわたしなら、こんなとき書くことで気持ちを紛らわしていたはずだ。短い物語や、ブログ、ふと思いついたことをなんでも書いて、不安な気持ちを残らず吐きだしていただろう。でも今は、新しいドキュメントを開いて、画面をじっと見つめるだけだ。いくつか言葉を書いては消す。また書いては消す。以前も文章を書くのは、エレノアじゃなくてわたしの担当だった。でも、今書くことはエレノアを裏切ることのような気がする。わたしはここにいるのに、エレノアはいないから。だけど、書くことだけじゃない。去年の四月以来、どんなことをしていても、エレノアを裏切っている気がしている。

結局、フェイスブックにログインする。1：04にフィンチから新しいメッセージが届いている。**：世界一背の高い女性と、世界一背の高い男性のうちのひとりは、インディアナ州出身だって知ってた？　このことから、僕たちの州の何がわかるんだろう。**

今の時刻を確かめる。1：44。

わたし：ほかの州より、栄養豊富なものに恵まれてるとか？

画面を見つめる。家のなかは静まりかえっている。フィンチはきっともう寝てしまって、起きているのはわたしだけなんだ。本でも読むか、電気を消して、体を休めなくちゃ。明日も、学校に行かなきゃいけないんだから。

フィンチからのメッセージが現れる。**：世界一体重の重い男もインディアナ州出身なんだ。栄養豊富というより、何か問題があるのかもしれない。僕の背がやたらと高いのもそのせいかも。このまま僕の背が伸びつづけたら？　五メートルくらいになった僕でも必要としてくれる？**

わたし：まさか。今だって必要としてないのに。

フィンチ：そのうちそうなるって。ただ、心配なのはどうやって自転車に乗るかだ。それほど大きなサイズのはないだろうから。

わたし：いいことを教えてあげる。脚がすごく長くなるから、一歩がふつうの人の三十歩か四

十歩くらいになるわ。
フィンチ：なるほど。見て歩きのときには、君を運んでいけばいいってことか。
わたし：そういうこと。
フィンチ：なんたって君は有名人だからね。
わたし：ほんとは、わたしじゃなくて、あなたがヒーローなのにね。
フィンチ：やめてくれよ。ヒーローって柄じゃない。ところで、今何してたの？
わたし：悪い夢を見て、うなされてた。
フィンチ：よく見るの？
わたし：いやというほど。
フィンチ：事故のあと？　それともまえから？
わたし：あとよ。そっちは何をしてたの？
フィンチ：やることや書くことや考えることが、山のようにあってさ。ところで、そばに誰かいなくてだいじょうぶ？

ねえ、フィンチ、〈裏ネタ・バートレット〉なんて、気にしちゃだめよ。あんなこと、誰も本気で考えているわけじゃない。そのうちみんな忘れるわ。だけどそう書くまえに、フィンチのメッセージが現れる。**：〈クオリィ〉で会おう。**

わたし：無理よ。
フィンチ：待ってるから来てくれよ。いや、やっぱり迎えにいく。
わたし：無理だってば。

返事はない。

わたし：フィンチ？

フィンチ

13日目

ヴァイオレットの部屋の窓に小石を投げてみても、下りてくる気配はない。インターホンを鳴らしてみようかとも思うが、そんなことをしたら彼女の両親を起こしてしまうだけだ。下りてくるまで待っているつもりだったが、カーテンはちらりとも動かず、玄関もぴったり閉ざされたままで、外はヤバいくらいに寒くなってきたから、しかたなくリトル・バスタードに乗りこんで家に帰る。

そのまま眠らずに、『目覚めたままでいる方法』のリストを作って過ごす。そりゃ、レッド・ブルや、濃いコーヒーや、ノードーズなんかのカフェイン剤を飲めば、それなりに効果があることはわかっている。だけど僕が望んでいるのは、数時間やそこら眠気を吹きとばすだけじゃなく、ずっと長く目覚めたまま、こっちの世界に踏んばっていることだ。

1. 走る。
2. 書く（頭に浮かんだことは悪いことも含めてぜんぶ。さっさと書けば、それだけ早く頭のなかから追いだしてしまえる）。

3. 頭に浮かんだ考えは、ぜんぶ受けいれる（どんなにひどいことでもまるごとぜんぶ）。
4. 水に潜る。
5. 考えをまとめる。
6. ドライブをする。行くところがなくても、とにかく出かける（出かけさえすれば、目的地は必ず見つかる）。
7. ギターを弾く。
8. 整理する。部屋も、メモも、頭のなかも（考えをまとめるのとは少し違う）。
9. 自分がまだ目覚めていて、主導権はこっちにあると思い出させてくれることは何でもやる。
10. ヴァイオレット。

ヴァイオレット

自由まであと１４７日〜１４６日

翌朝。自宅。玄関のドアを開けると、フィンチが芝生の上で目を閉じて、黒いブーツの足首をクロスさせて寝ころんでいる。そばには、自転車が半分道路にはみ出して転がっている。

ブーツの底を軽く蹴る。「一晩じゅうここにいたの？」

フィンチが目を開く。「じゃあ、やっぱりゆうべは気づいてたのか。何の反応もなかったから、気づいてないのかと思っていたよ。ちなみに、外は北極なみの寒さだったんだけどさ」フィンチは立ちあがって、バックパックを肩にかけ、自転車を起こす。「あれから、いやな夢は見なかった？」

「ええ」

ガレージからリロイを出しているあいだ、フィンチは自転車に乗ってガレージの前をぐるぐる回っている。「で、どこへ行く？」

「学校でしょ」

「そうじゃなくて、明日の〝見て歩き〟だよ。ほかに大事な用事がなければ、だけど」

何も予定がないことを知っているみたいな口ぶりだ。ライアンの顔とドライブイン・シアターが頭に浮かぶ。ライアンにはまだ返事をしていない。「明日の予定はまだわからないわ」学校に向かって自転車をこぎだす。フィンチは全速力で走っては戻ってきて、また全速力で走っては戻ってくる。

並んで自転車をこいでいると、フィンチが唐突に言いだす。「考えてたんだけど、君のパートナーとして、そして命を救った人間として、事故のことをちゃんと知っておくべきだと思うんだ」

リロイがよろける。フィンチの手がのびてきて、自転車とわたしを支えてくれる。まえと同じように、電流が体を駆けめぐり、そのせいでまたバランスを崩してしまう。フィンチがサドルのうしろに手を添えたまま、しばらく並んで走る。アマンダやスーズに見られていないか、気が気じゃない。こんなところを見られたら、なにを言われるかわからない。

「あの夜、何があったんだい」わたしがもう何とも思っていないみたいな、無神経な聞き方に腹が立つ。「君が話してくれたら、僕の傷のことも話すよ」

「どうして知りたいの？」

「君のことが気になるからさ。べつに好きだとか、ヤリたいとか、そういう意味の気になるじゃなくて、地理の授業のクラスメイトとして。それに、話をしたら楽になるかもしれないだろ」

「じゃあ、そっちから話して」

「シカゴのバーで知り合った連中に誘われて、ステージに立ったんだ。〝よう、おれたちのバンドのギタリストが辞めちまったんだ。おまえはステージの経験がありそうだな〟みたいな感じさ。で、僕はギターを弾いた。僕が何か特別なことをしたのか、それとも連中のせいなのか、さっぱりわからないけど、最高のステージになった。つまり、めちゃくちゃ盛りあがった。僕はジミ・ヘンドリックスよりホットだった。バンドのやつらはもちろん、元のギタリストにもそれがわかった。で、そいつがステージに駆け上がって、ギターのピックで僕に切りつけてきた」

「それって、ほんとの話？」学校はすぐそこだ。生徒たちは車から降りて、芝生のあたりでたむろしている。

「女の子の件もちょっとはからんでいたかもしれない」からかわれているんだろうか。表情からはわからないけれど、からかわれているに決まっている。

「あなたが本当のことを聞かせてくれたらね」ぐっとスピードを上げて、「さあ、君の番だ」

駐車場の自転車ラックに向かう。自転車をラックにとめていると、フィンチがすぐうしろに来て、笑いころげている。

と、携帯がブルブル震える。ポケットから取りだすと、スーズからのメッセージが五件も届いている。内容はすべて同じだ。**：なんでセオドア・フリークと？？？　どうなってるの?!**

　あたりを見まわすが、スーズはどこにもいない。

「じゃ、明日」フィンチが言う。

「実は、予定があるの」

フィンチはわたしの携帯をちらりと見てから、わたしを見る。何を考えているのか表情からは読みとれない。「わかった。じゃあまた、ウルトラヴァイオレット」

「なんて呼んだの？」

「聞こえただろ」

「待って、学校はあっちよ」わたしは校舎を指さす。

「知ってるよ」フィンチは反対のほうへ走り去る。


土曜日。自宅。地元紙の記者、ジェリー・スパークスと電話で話す。わたしの写真を撮るために誰かをこちらに寄こしたいという。「人の命を救ったことについてどう感じていますか？　去年、悲しいできごとを経験されたことは、もちろん知っています。今回の一件で、区切りがついたというような気持ちは？」

「これがどうして区切りになるんですか」

「お姉さんの命を救うことはできなかったけれど、同級生のセオドア・フィンチの命を救ったということが……」

電話を切る。姉さんとフィンチを一緒にしないで。それに、命を救ったのはわたしじゃない。ヒーローはフィンチであって、わたしじゃない。わたしはヒーローのふりをしている、ただの女の子だ。

怒りがおさまらないうちに、ライアンが約束より五分早く迎えにくる。ドライブイン・シアターまでは一キロ半くらいの距離だから、歩いていくことにする。手はコートのポケットにしまっておくけれど、ときどき腕が触れあう。初デートに逆もどりしたみたいだ。

ドライブイン・シアターに着くと、アマンダとローマーがいる。ローマーの車は古いシェビー・インパラで、街の一区画がすっぽり収まりそうな大きさだ。ローマーはこの車をパーティー・カーと呼んで、いっぺんに六十五人くらい乗れると豪語している。

ライアンが開けてくれた後部座席のドアから乗りこむ。インパラはとまっているから、乗るのは平気だけど、車内には煙草とファストフードの匂いが充満していて（かすかにマリファナの匂いも混じっている）、すわっているだけで何年か分の受動喫煙のダメージを受けそうな気がする。

映画は日本の怪獣映画の二本立てだ。映画がはじまるのを待つあいだ、ライアンとローマーとアマンダは、大学に入ったら目いっぱい楽しもうぜ、みたいな話で盛りあがっている。三人とも、インディアナ大学に行くことになっている。わたしはひとり、さっきの記者とニューヨークと春休みのことを考えている。それと、フィンチのこと。あんなふうに誘いを断って、悪かったと思う。彼は命の恩人なのに。フィンチと出かけるほうが、きっとずっと楽しかった。というか、どんなことだってここにいるよりはましだ。

窓を開けていても、車のなかはむっとするような暑さだ。それに、二本目の映画がはじまると、ローマーとアマンダはだだっ広い前の座席に倒れこみ、すっかり静かになってしまった。でも完全に静かなわけじゃない。ときどき、お腹をすかせた二匹の犬が餌のなくなったボウルをなめるみたいな音が聞こえてくる。

映画に集中しようとするけれど、うまくいかない。頭のなかで今の状況を描写してみる。アマンダの頭が前の座席からふいに突き出る。シャツの前がはだけて、ブラが見えている。ベビーブルーで、黄色い花がついている。わたしの網膜にはこの場面が焼きつき、そのイメージは永遠に残り……。

　気が散ってしかたがないから、わざと大きな声でライアンに話しかける。だけど、ライアンのほうは、わたしのシャツのなかに手をもぐりこませることにしか興味がないみたい。わたしは十七年と八か月と二週間と一日、インパラのバックシートでも、それ以外のどんな場所でも、セックスすることなく、どうにかやってきた。だから、外の景色が見たいとライアンに言って、車から出る。周りにあるのは車ばかりで、その向こうはトウモロコシ畑だけ。ほかに見るものといえば上しかない。首を傾けて空を見る。そのとたん、星空に心をうばわれる。ライアンも車から出てきたので、空を指さし、星座にくわしいふりをして、ひとつひとつの星座についての物語をでっちあげる。

　フィンチは今ごろ何をしているだろう。どこかでギターを弾いているのかもしれないし、女の子と一緒かもしれない。フィンチには見て歩きの借りがひとつできた。もっと大きな借りもある。今日の予定を断ったのは、うわべだけの友達との約束を優先したからだと思われたくない。家に帰ったらすぐ、次に行く場所を探してみよう。そのためのメモを頭のなかに書き留める。〈検索ワード　〈変わった　インディアナ　見どころ〉〈非日常　インディアナ〉〈ユニーク　インディアナ〉〈おもしろい　インディアナ〉〉場所が重ならないように、地図もコピーしなくちゃ。

　ライアンがわたしの体に腕を回してキスしてくる。少しのあいだキスを続ける。タイムスリップしたみたいだ。あのときは、インパラではなく、ライアンのお兄さんのジープのなかだった。一緒にいたのはローマーとアマンダではなく、イーライ・クロスとエレノアで、ドライブイン・シアターで見ていたのは、〈ダイ・ハード〉の二本立てだった。

そのとき、またライアンの手がシャツのなかに入りこんできて、思わず体を離す。インパラが、ローマーとアマンダが、怪獣映画が戻ってくる。

ライアンに告げる。「悪いけど、門限があるの」

「いつから？」そう言ったあとで、ライアンは、しまったという顔をする。「ごめん、ヴァイオレット」事故のせいで門限ができたと思っているんだ。

ライアンは家まで送ると言う。ひとりで帰れるから、だいじょうぶと断るが、結局ライアンはついてくる。

「今日は楽しかった」玄関先でライアンが言う。

「わたしも」

「また電話する」

「うん」

ライアンがおやすみのキスをしようとかがみ込んできたので、少しだけ首をひねって、頬にキスを受ける。わたしが家のなかに入るとき、ライアンはまだそこに立っている。

フィンチ

15日目（まだ目覚めている）

朝早くヴァイオレットの家を訪ねていくと、ヴァイオレットの両親が朝食をとっているところだった。お父さんはあごひげを生やし、口元と目元に深いしわを刻んでいる。お母さんは、ウェーブのあるダークブロンドの髪をハート形の顔にたらし、二十五年後のヴァイオレットみたいに見える。顔立ちはもう少しシャープで、目は優しそうだが、口元はどことなく悲しそうだ。

朝食を一緒にどうかと誘われてテーブルにつき、事故に遭うまえのヴァイオレットのことは知らないから、よかったら聞かせてほしいと頼む。ヴァイオレットが二階から下りてきたときには、二年まえの春休みの思い出話を聞いているところだった。姉妹でニューヨークに行くはずだったのが、いつのまにかボーイ・パレードにインタビューしようということになって、シンシナティからインディアナポリス、そしてシカゴまでライブを追いかけていったという話だ。

ヴァイオレットは夢でも見ているような顔をする。「フィンチ?」

「ボーイ・パレード?」僕は言う。

「うそっ、なんでそんなこと話したの?」

僕はがまんできずに吹きだす。お母さんもつられて笑いだし、ついにはお父さんも一緒になって笑う。僕たち三人が、ずっとまえからの友達みたいに大笑いするのを、ヴァイオレットはあきれた顔をして眺めている。

朝食のあと、ヴァイオレットと一緒に家を出る。行き先を決めるのはヴァイオレットの番だ。ヴァイオレットはだいたいの道順を説明して、うしろをついてきてねと言うと、芝生を横切ってガレージのほうへ向かう。

「自転車は持ってきてないんだ」ヴァイオレットが何か言いかけるのをさえぎって、宣誓するみたいに片手を上げる。「健全ならざる精神の持ち主である、わたくしセオドア・フィンチは、町のなかでは時速五十キロ、ハイウェイでは時速八十キロ以下で運転することをここに誓います。とまってほしいときはいつでもとまります。だからぜひ、わたくしめにチャンスをお与えください」

「雪が降ってるのよ」

そんな大げさな。ちょっとちらついているだけじゃないか。

「道路が凍るような雪じゃない。それに、自転車で回れる範囲はもう行きつくしただろ。車でなら、もっといろんなところに行けるよ。可能性は無限と言ってもいい。とにかく、だまされたと思って、少しだけ車のなかにすわってみなよ。僕は車には近づかないでここにいるからさ。そうすりゃ、不意うちをかけて車を走らせたりしないってわかるだろ」

ヴァイオレットは歩道で固まっている。「人がしたくないことを無理強いしようなんて思わないで。人の心に土足で踏み込んで、勝手にあれこれ指図して、そのくせ人の言うことは聞こうとしない。あなたは自分のことしか考えてないのよ」

「ぶっちゃけ、僕は君のことを考えてる。自分の部屋や、あのオレンジ色の自転車に馬鹿みたいにこだわって、外に目を向けようとしない君のことをね。あっちに行かなくちゃ、こっちにも行かなくちゃ、そんなことを頭のなかでぐるぐる考えてるだけで、知らない場所や、五、六キロ以上離れた場所には出かけようとしない」

「近所が好きなのかもしれないでしょ」

「それはないね。今朝、君のご両親に話を聞いて、以前の君のことがすごくよくわかったよ。昔のヴァイオレットは、楽しくて、けっこうぶっ飛んだ女の子だったみたいだ。まあ、音楽の趣味はサイアクだったにしてもね。だけど僕の目の前にいるのは、今の場所から一歩も動けない怖がりな女の子だ。周りの人たちは、ときおりそっと背中を押してみたりするけど、強く押すことはできない。そんなことをしたら、かわいそうなヴァイオレットが壊れちゃうんじゃないかと心配してる。だけど、君に本当に必要なのは、遠慮がちに背中を押されることじゃなく、思いっきりつき飛ばされることなんだ。君はラクダの背中に飛び乗るべきだ。そうでなきゃ、自分の頭のなかにこしらえた想像上のへりの上で固まったまま、動けなくなってしまう」

とつぜん、ヴァイオレットが僕の横を通りすぎていく。そして車に乗りこんで、車内をぐるりと見まわす。ここに来るまえ、ちょっとは片づけたつもりだけど、シートのあいだの物入れには、短くなった鉛筆やメモ、煙草の吸い殻、ライター、ギターのピックなんかがつめ込まれている。ヴァイオレットの目が、不審そうにこっちを向く。うしろの座席に積んである毛布と枕に気づいたんだろう。

「そんなに怖い顔するなよ。君を誘惑しようなんて思ってないから。僕にそんな下心があったら、とっくに見抜いてるだろ。さあ、シートベルトを締めて」ベルトがかちゃりと鳴る。「ドアを閉めて」ドアが閉まるのを、芝生の上で腕を組んで見守る。

ようやく車のところへ行き、運転席のドアを開けて乗りこもうとすると、ヴァイオレットは〈ハーレム・アヴェニュー・ラウンジ〉の紙ナプキンの裏に書いたメモを眺めている。

「準備はいいかい？　ウルトラヴァイオレット？」

ヴァイオレットは息を大きく吸って、一気に吐きだす。「いいわ」

最初はゆっくり、時速三十キロくらいで近所を抜ける。ひとブロックずつゆっくり進み、標識や信号でとまるたびに、「このまま行ってだいじょうぶ？」とたずねる。

「いいわ、だいじょうぶよ」

ナショナル・ロードに入り、五十五キロに速度を上げる。「これはどう？」

「問題ないわ」

「じゃあこれは？」

「いちいち聞かないで」

のろのろ走る僕らを、ほかの車やトラックがクラクションを鳴らしながら追い抜いていく。一台の窓から男が顔を出し、中指を突き立ててどなり声をあげる。アクセルを踏み込まないでいるには、かなりの自制心が必要だったけど、そのうち、ゆっくり走るのに慣れて、ほかの車に抜かれても何とも思わなくなる。

気持ちを紛らわせるために、ベル・タワーのへりにいるときみたいな調子で、ヴァイオレットに話しかける。「これまでの人生、僕はほかの人より三倍速いか三倍遅いスピードで走ってきた。小さいころはよく、リビングルームをすごい勢いでぐるぐる走りまわったもんだよ。あんまり走るもんだから、カーペットが円を描くようにすり切れてきてさ。そうなると、ますます円に沿って走るようになって、しまいには父さんが怒ってカーペットを引っぱがして、びりびりに引き裂いた。しかも素手で。そのあとは、カーペットを買い替えずに、コンクリートむきだしの床のままだった。床には接着剤の跡が点々と残ってて、そこにカーペットの切れはしがくっついてたよ」

「じゃあ、そのときみたいに速く走って」

「マジか。もう六十五キロだぜ」そう言いながら、八十キロまで上げる。気分は最高だ。ヴァイオレットが車に乗ってくれたし、父さんは出張で町にいない。つまり、今夜は押しつけのファミリー・ディナーがないってことだ。「ところで、君の両親って最高だね。いい親に当たったってラッキーだな、ウルトラヴァイオレット」

「ありがとう」

「で、ボーイ・パレードのことだけど、インタビューはできたの？」

ヴァイオレットがじろりとこっちを見る。

「わかった、わかった。じゃあ、事故のことを教えてよ」話してくれるとは思ってなかったが、ヴァイオレットはしばらく窓の外に目をやって、それから話しはじめる。

「あんまり覚えてないの。パーティーから帰ろうとして、車に乗ったことは覚えてる。エレノアとイーライが口げんかになって――」

「イーライ・クロスのこと？」

「ふたりは付き合って一年近くたっていたわ。エレノアは頭に血がのぼってかっかしてたけど、自分で運転すると言ってきかなかった。Aストリート橋を渡ろうと言ったのはわたしなの」ヴァイオレットの声がすごく小さくなる。「〈橋の上、凍結注意〉という看板を見たのを覚えてる。車がスリップして、エレノアが『ブレーキが効かない』って言ったのも、落ちていくときの感覚も、エレノアの悲鳴も。そこから先のことは覚えていない。三時間後、目が覚めたときには病院にいたわ」

「お姉さんはどんな人だった？」

ヴァイオレットはまた窓の外を見つめる。「頭がよくて、がんこで、気分屋で、ユーモアがあって、黄色が好きだった。たまに機嫌が悪いと意地悪なこともあったけど、世話好きで、姉御肌で、いつもわたしを守ってくれた。けんかもしたけど、エレノアには何でも話せた。いつだって黙って話を聞いてくれた。わたしの親友だった」

「これまで僕にはひとりもいなかった。親友ってどういうものなんだい」

「そうね……その人の前だと本当の自分でいられて、いいところも、悪いところもさらけだせる人。どんなわたしでも受けいれてくれて、けんかして、ひどいことを言ったとしても、ぜったいに関係が壊れることがない人よ」

「僕もひとり手に入れたほうがよさそうだ」

「ローマーたちがひどいことを言って、ごめんね」

制限速度は時速百十キロだけど、九十五キロを保ったまま走る。

「君のせいじゃないさ。悪いなんて考えるのは時間の無駄だ。後悔のないように生きなきゃ。自分に正直でいれば、何も謝ることなんてないんだから」なーんて、僕に言われたくないだろうけど。

移動図書館公園《ブックモービル・パーク》は、バートレットのはずれのトウモロコシ畑が延々と続く田舎道沿いにあった。木もほとんどない平らな地面のかなたに、銀色に輝くトレーラーの群れがいきなり現れて、まるで摩天楼のように見える。僕はハンドルに身を乗りだす。「あれはいったい……?」

ヴァイオレットもダッシュボードに手をついて、身を乗りだしている。道路から砂利道に入ると、車種も年代もばらばらのトレーラーがぜんぶで七台、トウモロコシ畑を背景に整然と並んでいる。それぞれのボディーには、本のジャンルが大きく書かれている。ヴァイオレットが言う。

「カリフォルニアにいたころ、ときどき家族四人で車に乗って本屋めぐりに出かけたの。それぞれが、その日見つけたい本を一冊決めて、全員の本が見つかるまで家に帰れないルールよ。一日に十軒近くめぐることもあったわ」

僕が車から降りないうちに、ヴァイオレットはさっさと車のドアを開け、砂利道とトウモロコシ畑にまたがってとめられた一台のブックモービル――一九五〇年代のエアストリーム社のトレーラー――に向かっている。

「こんなクソいかした場所、見たことないな」ヴァイオレットはすでに最初のトレーラーのステップに足をかけていて、僕の言葉は耳に入っていないみたいだ。

「ちょっと、そこの君、言葉づかいに気をつけなさい」差しだされた手と握手する。その手の主は、全体的に丸っこい小柄な女性だ。「フェイ・カーンズよ」しわの寄った顔、人なつっこい瞳、髪は脱色したクリーム色だ。

「セオドア・フィンチです。この仕掛け人はあなたですか?」僕はトレーラーの列に目をやる。

「ええ、そうよ」彼女のあとをついていく。「この町では、八〇年代に移動図書館のサービスがなくなってね。それで夫に言ったのよ。『まあ、もったいない。本当に残念だわ。あのトレーラーはどうなるの? 誰かが買い取って、続けるべきじゃないかしら』って。それでわたしたちが買い取った。最初は運転して町を回っていたんだけど、夫のフランクリンが腰を痛めちゃってね。それで、トウモロコシを植えるみたいに、トレーラーをここに並べて、みんなのほうから来てもらうことにしたのよ」

ミセス・カーンズがトレーラーを一台ずつ案内してくれる。僕はステップを上がって、それぞれのなかを見てまわる。山積みになったハードカバーやペーパーバックをじっくり見ていく。どの本も使いこまれ、読みこまれている。僕のさがしている本は、ここには見あたらない。

ミセス・カーンズは僕のうしろをついてきて、本をそろえたり、棚のほこりをはらったりしながら、ご主人のフランクリンのことや、娘のサラ、息子のフランクリン・ジュニアのことを話す。息子がうっかりケンタッキー州の女性と結婚したせいで、クリスマスしか会えなくなっちゃったわと言う。おしゃべりだけど、いい人だ。

〈こどもの本〉と書かれた六番目のトレーラーを探索していると、ヴァイオレットが入ってくる。腕にはたくさんの古典小説を抱えている。ヴァイオレットはミセス・カーンズにあいさつしたあと、こうたずねる。「ここはどうやって利用するんですか？　図書カードが必要ですか？」

「本は買っても借りても、どちらでもいいのよ。いずれにしろカードはいらないわ。借りるなら、返してもらえると信頼してるし、買うなら現金でお願いします」

「じゃあ、買います」ヴァイオレットが僕をふり返る。「バッグに財布が入ってるから、出してくれない？」

ヴァイオレットのではなく、自分の財布から二十ドル札を出して、ミセス・カーンズに渡す。ミセス・カーンズは本を数える。「一冊一ドルの本が十冊ね。家からお釣りを取ってくるわ」お釣りはいらないと言おうとしたが、ミセス・カーンズはもういなくなっている。

ヴァイオレットが持っていた本をそこに置き、ふたりで一緒に別のトレーラーをめぐる。そしてさっきの本の山に何冊か追加する。ふと目が合うと、ヴァイオレットは笑みを浮かべる。相手のことをどう思うかまだ決められないときに見せる笑顔に見える。僕が笑みを返すと、ヴァイオレットは目をそらす。

やがて、ミセス・カーンズが戻ってきて、僕らはお釣りのことで押し問答をする。お釣りは取っておいてくださいと言うと、ミセス・カーンズも受けとってちょうだいと言う。ミセス・カーンズが頑として受けとろうとしないので、僕はしぶしぶお釣りを財布にしまう。ミセス・カーンズとヴァイオレットがおしゃべりしているあいだに、自分の車までひとっ走りして本を置いてくる。財布のなかに二十ドル札がもう一枚あったので、戻る途中で最初のトレーラーに入って、簡易のカウンターに置かれた古いレジのなかにその二十ドル札とさっきのお釣りを入れる。

子どもたちの集団がやってきたので、僕たちはミセス・カーンズにさよならとあいさつする。車まで歩きながら、ヴァイオレットが言う。「素敵なところね」

「だね。でも見て歩きには入らないよ」

「ここだってちゃんとした場所でしょ、これで終わりのはずよ」

「残念ながらそうじゃない。たしかに最高にイカしたところだけど、ここは君の安全地帯のどまんなか、裏庭と言っていいくらいの場所じゃないか。ただ数をこなせばいいってもんじゃないよ」

ヴァイオレットは僕のことなんか知ったことじゃないという感じで、ずんずん前を歩いていく。でも、どうってことない。こんな扱いには慣れている。ヴァイオレットは知らないだろうけど、僕はいつだって無視されるかじろじろ見られるかのどっちかなんだ。素の自分のままで、変に目立つこともなく通りをふつうに歩けたらどんな気分だろう。ふり返られたり、じっと見られたり、次はどんなまぬけなことやとんでもないことをしでかすかと期待を持たれることなく生きるのはどんな気分だろう。

だめだ。もうがまんできない。僕はとつぜん走りだす。周りに合わせたゆっくりしたペースから解き放たれて、気分が少し楽になる。心のなかの思いも振りほどこうとする。どういうわけか僕は、ヴァイオレットが買った本の作者たちのように、すでに死んでいる自分を心のなかに思い描いている。今度こそ永遠の眠りについて、トウモロコシ畑の地中深く、土の層のずっと奥に埋められている。体に感じる土の重みや、かび臭い湿った空気、暗闇までがリアルに感じられ、僕は口を大きく開けて息を吸う。

　ぼやけた視界に、追い抜いていくヴァイオレットが映る。風を受けた髪が凧《たこ》のように広がり、そこに太陽の光が当たって、毛先が金色に輝いている。自分の思いにどっぷりはまりこんで、次々とやってくる妄念にのみ込まれていたから、はじめはそれがヴァイオレットだと気づかなかった。僕はスピードを上げて追いつき、ヴァイオレットと並んで走る。ヴァイオレットがまたスピードを上げて前に出ると、僕たちは競いあってがむしゃらに走り、僕は体が宙に浮くんじゃないかと思う。誰にも秘密にしているけれど、僕は自分がいつなんどき風に乗って飛んでいってもおかしくないと思っている。僕（今はヴァイオレットと僕）以外の人間はみんな、泥でもつまっているみたいにスローモーションで動くように見える。僕らは地球上の誰よりも速い。

　やがて車に着くと、ヴァイオレットは〝どう、参った？〟と言わんばかりの顔で僕を見る。僕はわざと負けてやったんだと自分に言いきかせるが、本当は何の手かげんもせず、彼女にしてやられたのを知っている。

　車に乗りこみ、エンジンをかけてから、見て歩きを記録するために使っているノートをヴァイオレットに渡す。「忘れてしまうまえに書き留めておきなよ」

「今回のはカウントしないんじゃなかった？」ヴァイオレットはそう言いながらも、ページをめくる。

「まあまあ。あ、それと、帰る途中にもう一か所、寄りたいところがあるんだ」

　砂利道を抜けて、舗装された道路に乗りだしたとき、ヴァイオレットがとつぜんノートから顔を上げる。「本に夢中になってて、置きみやげを残してくるのを忘れてた」

「だいじょうぶ。僕が残しておいたから」

ヴァイオレット

解放まであと145日

フィンチはハイウェイの出口を通りすぎてしまい、草だらけの中央分離帯に車を乗り上げ、反対車線にUターンする。そして、次の出口でハイウェイを離れ、静かな田舎道に入る。

その道をしばらく進んだところで、フィンチが音楽のボリュームをあげ、ハンドルをドラム代わりにたたきながら曲にあわせて歌いだす。しばらく行くと、全長数ブロックほどの小さな町が現れ、フィンチは車のスピードを落として、ダッシュボードに前のめりになる。「標識があるはずなんだけど」

「あそこに〈教会〉って書いてあるわ」

「よし、それだ」角を曲がり、一ブロック過ぎたところで車を歩道に寄せてとめる。「着いたよ」

フィンチは車から出て、助手席までまわってきて、ドアを開けて手を差しだす。それから、向こうに見える大きな建物のほうに歩いていく。今はもう使われていない古い工場みたいに見える。壁には板のようなものが張られ、それが建物の端までずっと続いている。フィンチはずんずん歩き、いちばん端でぴたりと足を止める。

〈死ぬまえにしたいこと〉大きな白い文字が、巨大な黒板みたいなものに書かれている。その下には、〝死ぬまえに――したい〟という文字が、何行にもわたって、そして何列にもわたってずらりと並んでいる。〝――〟の部分にはアンダーラインが引かれ、そこにいろんな色のチョークで、いろんな言葉が書きこまれている。さまざまな筆跡の文字のなかには、雨や雪でかすれたり消えかけたりしているものもある。

わたしたちは黒板に沿って歩きながら言葉を読んでいく。〝死ぬまえに、子どもを作りたい。ロンドンに住みたい。キリンを飼いたい。スカイダイビングしたい。ゼロの割り算に挑戦したい。ピアノを弾きたい。フランス語を話したい。小説を書きたい。別の惑星に行きたい。父さんよりいい父親になりたい。自分を好きになりたい。ニューヨークに行きたい。平等を実感したい。生きたい〟

フィンチに腕をつつかれ、青のチョークを受けとる。

「もう空いてる場所がないわ」

「じゃあ、作ればいい」

フィンチは〝死ぬまえに〟と書いて、そのあとにアンダーラインを引く。同じことを何度も繰り返して、十行くらい書き足す。「これで足りなければ、建物の正面をまわって反対側まで書いたっていい。とにかくこれを書けば、僕らがここにいることの意味がわかるんじゃないかな」フィンチの言う〝ここ〟は、今いるこの場所という意味じゃないのがわかる。

フィンチが書きはじめる。〝ジミー・ペイジみたいにギターを弾きたい。世界を変えるような歌を作りたい。大いなるマニフェストを見つけたい。価値のある存在でありたい。本当の自分になって、その自分に満足したい。親友がどんなものか知りたい。大切に思われたい〟

わたしは、しばらくのあいだ黙ってそこに立ち、書かれた言葉を読む。それから自分も書きはじめる。〝怖がるのをやめたい。考えすぎないようにしたい。心に開いた穴を埋めたい。また運転したい。書きたい。ちゃんと息がしたい〟

フィンチが横からのぞきこんでくる。距離が近すぎて、息づかいを感じるほどだ。フィンチはまた壁に向かって書く。〝死ぬまえに、完璧な一日を経験したい〟一歩下がって読み返し、戻ってきてそのうしろに書き足す。〝ボーイ・パレードに会いたい〟わたしが文句を言うまえに、フィンチは笑ってその言葉を消し、代わりにこう書く。〝ヴァイオレット・マーキーとキスしたい〟

すぐ消すだろうと思っていたら、フィンチはチョークを置き、手をはたいて粉を落とし、ジーンズで手を拭く。そして、片頬を上げてにやりと笑い、わたしの唇をじっと見つめる。次の動きを待つあいだ、自分に言いきかせる。〝なりゆきにまかせよう〟それから、ふと思う。〝そうしてくれればいいのに〟そう思っただけで、あの電流が体じゅうを駆けめぐる。フィンチとのキスはライアンのときとは違うだろうか。これまでキスをした相手は数えるほどだし、どのキスもほとんど同じだった。

フィンチは首を振る。「ここじゃないし、今じゃない」フィンチは車のほうへ走っていく。わたしも追いかける。車に乗ってエンジンと音楽がかかると、フィンチは言う。「言っておくけど、あれは君を好きだって意味じゃない」

「どうしてそんなことばっかり言うの？」

「君がそんな目で僕を見るからさ」

「もう、ほんと信じられない」

フィンチが笑い声をあげる。

帰り道、いろんな思いが駆けめぐる。キスしてほしいって思ったのはほんの一瞬だけだし、そのことだけでセオドア・フィンチを好きだということにはならない。ライアン以外とは、誰ともずっとキスしていないからそんなふうに感じただけ、きっとそうよ。

ノートを開いて、〝死ぬまえに〟と書きはじめるけれど、そこで手が止まってしまう。ページの上にちらつくのは、フィンチが書いたあの一行だけだ――〝ヴァイオレット・マーキーとキスしたい〟。

家に帰るまえに、フィンチはバートレットのダウンタウンにある〈クオリィ〉で車をとめる。店員は身分証の確認さえしない。店のなかは人と煙だらけで、バンドが大音量で演奏している。みんなフィンチの知り合いみたいだけど、フィンチはステージに上がったりせずに、わたしの手を引っぱってダンスに誘う。最初フィンチは跳んだりはねたりめちゃくちゃな動きをしていたけど、次にわたしの手をとってタンゴを踊る。

周りの音に負けないように大声で叫ぶ。「わたしも、あなたのことなんか好きじゃないから」

フィンチはまた笑い声をあげるだけだ。

フィンチ

15日目（つづき）

ヴァイオレットを家まで送る車のなかで、知り合いたちの墓碑銘を思いつくまま口にしていく。〈アマンダ・モンク、ホワイトウォーター川の干上がった支流より底の浅い女、安らかに眠れ〉、〈ローマー、目指したのは世界一のクソッタレになること。夢はかなった〉、〈ブラック先生、願わくは、来世はガキどもと無縁の、心穏やかで稼ぎのいい人生を送らんことを〉。

ヴァイオレットは黙りこんでいるが、聞いているのはわかっている。というのも、僕以外ほかに誰もいないからだ。「君はどんなのがいい？　ウルトラヴァイオレット」

「さあね」頭を傾けて、ダッシュボードの先をぼんやり眺めている。そこに答えが書いてあるとでもいうように。「あなたはどうなの？」気のない声は、まるで心ここにあらずといった感じだ。

僕は即答する。「〈セオドア・フィンチ、大いなるマニフェストを追い求めた男、ここに眠る〉」

ヴァイオレットがさっとこちらを向く。どうやら、こっちの世界に戻ってきたようだ。「どういう意味？」

「何者かでありたい、価値のある存在でありたい、そして死が避けられないものであるなら、喝采をもって称えられる勇敢な最期を遂げたい――つまり、生きた証を残したい、そんな意味だよ」

ヴァイオレットは、その意味をかみしめるように、一瞬黙りこむ。「そういえば、金曜日はどうして学校に行かずに帰っちゃったの？」

「頭が痛くてさ。でも、たいしたことはない。よくあることなんだ」まるっきりのうそってわけじゃない。頭痛もたしかにする。でもそれだけじゃない。正確には、脳みそがものすごいスピードで回転して、脳そのものがそれについていけなくなる。言葉や、色や、音が、洪水のように押しよせる。ときには、音だけが残って、ほかのすべては背景に遠のくこともある。そんなときは、あらゆる音が聞こえ、聞こえるだけでなく触ることさえできる。ところが、次の瞬間、音が光に変わり、まぶしくてたまらなくなる。そいつは僕をふたつに切り裂き、やがて頭痛が訪れる。でも、ただの頭痛じゃない。手で触ることも、目で見ることもできるんだ。無数の色がひとかたまりになっていて、色のひとつひとつが目もくらむほどまぶしい。いつか、ケイトに説明しようとしたら、こう言われた。「きっと父さんのせいね。あんたいつもサンドバッグ代わりに殴られてたから」

違う、そんなんじゃない。僕としては、色や音や言葉の洪水は、父さんなんかとは関係ないと思いたい。ひとえにこの僕の才気あふれる、エネルギッシュで、複雑無比な、天下無敵の、勇猛果敢な、一触即発の神のような脳みそのせいだと思いたい。

「もう、だいじょうぶなの？」ヴァイオレットが言う。風に髪が吹きあげられ、頬が上気している。こんなことを言うと気を悪くするかもしれないけど、悩みなんてなさそうに見える。

その顔をまじまじと見つめる。どんなことにも必ず終わりはくる。ずっと変わらないものなど何もない。そんなことは、よくわかっている。人は死ぬものだし、どこかへ去っていくものだ。自分自身のことだって止められない。僕をずっと目覚めたままにしておくことも、眠らせないでおくことも、誰にもできない。すべては僕のせいだ。それでも僕は、目の前にいるこの女の子のことが好きだ。

「うん、もうだいじょうぶだ」


家に帰り、留守電をチェックする。いつも僕とケイトのどちらか気がついたほうが、チェックしているが、そこにはブリッチョからのメッセージが残されている。ヤバっ、マジか。吹きこまれたのは金曜日、カウンセリングをすっぽかした日で、先生は何がなんでも僕の居場所を知りたいようだった。どうやら〈裏ネタ・バートレット〉を読んだらしい。つまり、僕がベル・タワーで何をしていたか知っている——というか、知ったつもりになっている。いいニュースもある。

薬物検査は陰性だったとのこと。録音メッセージを消去し、心に誓う。この埋めあわせに、月曜日の朝いちで先生のところに行くこと。

自分の部屋に行き、椅子にまたがって、首吊り自殺の方法について考える。問題は、僕の身長のわりに、天井が低すぎることだ。地下室というおあつらえ向きの場所があるにはあるが、誰もめったに行かないから、家族が僕を発見するまで、何週間、悪くすると何か月かかるかわからない。

興味深い事実：首吊りはイギリスでは自殺の手段として頻繁《ひんぱん》に用いられる。その理由は、研究者の意見によると、手早くて簡単だと思われているかららしい。けれども、ロープの長さと体重のバランスによっては、手早くて簡単とはほど遠いものになる。興味深い事実その2：現代の絞首刑の方式は、通称〝大いなる落下〟と呼ばれている。僕が眠りに入るときがまさにそんな感じだ。目覚めている状態からとつぜん、すとんと落ちる。すべてが、一瞬のうちに停止する。

けれど、ときには前触れがあって、それはもちろん音だったり、頭痛だったりする。でも、注意深く観察すると、空間の見え方、感じ方にも変化が現れることがわかってきた。学校の廊下は、まさに試練で、あまりにたくさんの人たちが、あらゆる方向に向かう、混みあった交差点みたいだ。体育館はもっとひどい。ひとところに押しこめられて、あちこちから大声が聞こえ、身動きできない檻《おり》のなかにいるように感じる。

一度、このことをうっかり人にもらしてしまったことがある。何年かまえのこと、当時はまだ仲のよかったゲイブ・ロメロにこうたずねた。音に触ったり、頭痛が見えたりすることってあるか？　周りの空間が伸びたり縮んだりしたことは？　車や列車やバスの前に飛びだしたらどうなるかって考えたことは？　止められるんじゃないかと思わないか？　試しに一緒にやってみないか。内心では、やってできないことなんてないという感覚があった。すると、ロメロは家に帰ってそのことを両親に話した。そこから話は先生に伝わり、それが校長に、それがうちの両親に伝わり、両親は僕にこう言った。本当なのか、セオドア？　そんなでたらめを友達に話したのか？

次の日にはうわさは学校じゅうに広がって、僕は公式にセオドア・フリーク《へんなやつ》になった。一年たつと背が伸びて、着ていた服がぜんぶ入らなくなり、ひと夏で三十五センチ大きくなるのは意外と簡単だとわかった。簡単じゃないのは、いったんつけられたラベルをはがすことだ。

だからこそ、人とは違うと自覚していても、みんなと同じようにふるまうことには意味がある。そのとき僕は思った――僕のせいだ。僕がふつうじゃないのは自分のせいだし、ローマーやライアンやチャーリーや、ほかのみんなと同じようにふるまえないのも自分のせいだ。僕が悪いんだ、今もそう自分に言いきかせている。

椅子にまたがって、眠りが訪れるところを想像してみる。自分を無敵だと感じているときに、そんな状態を想像するのはむずかしいけれど、なんとか集中してやってみる。これはとても大事な、僕の人生にかかわることだから。

集中するには狭い場所のほうがいい。この部屋は広すぎる。本棚とチェストを動かせば、半分くらいの大きさにはなるだろう。敷物ごと引っぱって家具を動かす。床を引きずる音が聞こえているはずだけど、母さんもデッカも（もし家にいればケイトも）、何をしているのか見に上がってきたりしない。

どんなことがあれば、家族は僕の部屋に来るんだろう。ダイナマイトとか核爆弾が爆発したら来るんだろうか。誰かがこの部屋に最後に来たのはいつだっただろう。なんとか思い出せるのは、四年前、僕が本当に風邪をこじらせたときのことだ。そのときでさえ、様子を見にきてくれたのはケイトひとりだった。

フィンチ

16日目と17日目

金曜日の埋めあわせをするために、ブリッチョにヴァイオレットのことを話すことにする（もちろん名前は伏せて）。チャーリーやブレンダ以外の誰かに話を聞いてもらいたいというのもある。だいたいあいつらの言うことといったら、もうヤッたかとか、これ以上近づいたらライアン・クロスにケツを蹴っとばされるぞとか、そんなことばかりだから。

けど、まずはブリッチョのほうから先に、自分を傷つけようとしたかきいてくるだろう。やりとりはいつも決まっていて、たとえばこんな具合だ。

ブリッチョ「前回の面談から、自分を傷つけようとしたことは？」

僕「ありません、先生」

ブリッチョ「そう考えたことは？」

僕「ありません、先生」

これまで紆余曲折《うよきょくせつ》を経て学んだことは、本当に考えていることは言わないのがいちばんだということだ。何も言わなければ、何も考えていないと思ってもらえる。そう思わせたいことだけ話せばいい。

ブリッチョ「うそじゃないだろうね」

僕「先生にうそをつくなんておそれ多いこと、考えたこともありません」

ブリッチョは、いまだもってユーモアのセンスを身につけていないから、僕をぎろりとにらんで言うだろう。「そう願いたいね」

けれど今日、ブリッチョはルーティンを破ってきた。「〈裏ネタ・バートレット〉を読んだよ」

数秒は言葉が出ない。ようやく口を開く。「記事がいつも真実を語っているとはかぎりません」

ぶっきらぼうな言い方になってしまった。もう一度、とげとげしさを削いで言ってみる。ふいをつかれてびっくりしたけど、先生は僕の人生で数少ない僕を気にかけてくれる大人だし、心配して善意で言ってくれているのはわかるから。「あんなの、でたらめです」声はかすれ、馬鹿げた記事に見かけ以上に動揺していることが、先生にも僕自身にもばれてしまう。


そんなやりとりが終わったあと、僕は残りの時間を費やして、自分が今、どれほど生きがいを感じているかを先生にわかってもらおうとする。ヴァイオレットとのことを話題に出すのは、今日がはじめてだ。

「その女の子の名前を、仮にリジーとして」マクラメ部の部長、エリザベス・ミード（通称リジー）はいい子だから、僕のプライバシーを守るために名前を使われてもきっと気にしないだろう。「彼女と僕は今、けっこういい感じになっていて、だから僕はものすごく幸せなんです。馬鹿みたいに幸せなんです。幸せすぎて、友達にうっとうしがられるほど幸せなんです」


ブリッチョは、僕の真意をはかるように見つめてくる。僕は、リジーがどんな女の子で、ふたりでいるとどれだけ幸せか、そして今はその幸せをかみしめて、日々幸せに過ごすことしか考えられないといったことを延々と話す。それはうそいつわりのない真実だが、ブリッチョは途中でさえぎる。「もういい、わかった。で、そのリジーというのは、記事に載っていた女の子かね？」

名前にはカッコがついて聞こえる。「塔から飛び降りかけていた君を助けたという」

「ご想像におまかせします」助けたのは、本当は僕のほうなんですと言ったら、先生は信じてくれるだろうか。

「気をつけなさい」

それはないんじゃないか、ブリッチョ。ほかの人ならともかく、先生みたいな立場の人なら、誰かが幸せな気分でいるときはもうちょっとマシなことを言うべきだ。〝気をつけなさい〟というのは、いつか終わりがくることをほのめかす言葉だ。一時間後かもしれないし、三年後かもしれないけれど、いずれ終わりがくると言っているんだ。そんな言葉じゃなく、「おめでとう、セオドア。そんな気分にしてくれる人と出会えたことをうれしく思うよ」くらい言ってくれてもバチはあたらないと思う。

「おめでとう、くらい言ってくれてもいいんじゃないですか」

「おめでとう」今さら遅い。僕の脳は、さっきの〝気をつけなさい〟の言葉をしっかりつかんで離そうとしない。きっと先生は、「気をつけなさい、セックスをするときは必ずコンドームを使うように」と言いたかったんだと、脳に言いきかせる。でも、脳ってやつは、ご存じのように僕とは別の人格を持っているから、ヴァイオレット・マーキーが僕に愛想をつかすあらゆる状況を考えはじめる。

椅子のアームについた三か所の傷を指でなぞる。誰がどうやって傷つけたんだろうと思いながら爪ではじき、脳をおとなしくさせるために、ブリッチョの墓碑銘を考えてみる。うまく思いつかないので、母さんのを考える。〈かつては妻であり、今も母親ではあるけれど、子どもたちの居場所はたずねないでください〉。そして父さんのも考える。〈新しい自分になりたければ、女房と子どもを追いだして、新しい相手とやり直すことだ〉。

ブリッチョが話題を変える。「共通試験《SAT》のことだが、君は二二八〇点だったよ」思いがけない高得点で驚いた、というような口ぶりだ。ざまあみろ、驚いたか、ブリッチョ、心のなかでつぶやく。はっきり言って、テストの点はいつだって悪くない。

「〝おめでとう〟は、ここでも使えますよね」

ブリッチョは聞こえないふりをして、話を進める。「大学進学のことはどう考えているのかね」

「まだ考えていません」

「そろそろ先のことを考える時期だとは思わないかね」

先のことならちゃんと考えている。今日このあと、ヴァイオレットに会うこととか。

「ちゃんと考えています。今も考えていたところです」

ブリッチョはため息をついて、ファイルを閉じる。「では、また金曜日に。何かあれば、連絡するように」


バートレット高校はマンモス校で、生徒の数も半端じゃなく多いから、ヴァイオレットと偶然顔を合わせることはめったにない。同じ授業を一緒に受けるのは、地理だけだ。僕が地下にいるとき、彼女は三階にいるし、僕が体育館にいるときは、彼女は学校のいちばん端っこにあるオーケストラ・ホールにいる。僕が自然科学棟にいるときは、彼女はスペイン語の教室にいる。

そんな状況に業を煮やして、火曜日、僕は次の教室まで一緒に歩けるように、教室の外で毎時間待ちかまえることにする。場合によっては、学校のいちばん端から端まで走らないといけないけど、そうするだけの価値はある。僕の脚は長いから、一歩でも距離をかせげるし、廊下を行く連中を左右に避けたり、ときには頭の上を飛び越したりしないといけないけど、そんなのはむずかしくも何ともない。なんせ、みんなスローモーションみたいにトロくて、ゾンビかナメクジの集団みたいなんだ。

「おーい、みんな！」叫びながら走る。「今日はなんて素晴らしい日なんだ！　完璧で、最高で、希望に満ちた日なんだ！」覇気のない連中は、顔を上げて見ようともしない。

はじめてヴァイオレットを見つけたのは、友達のシェルビー・パジェットと歩いているときだった。二回目にはこう言われる。「フィンチ、また？」僕に会えてうれしいのか、戸惑っているのか、その両方なのか、判断はむずかしい。三回目にはこう言われる。「授業に遅れるわよ」「何か問題でも？」ヴァイオレットの手を取り、引っぱっていく。「みんな、通してくれ！　前をあけてくれ！」

ロシア語の教室までヴァイオレットを送りとどけたあと、階段を駆け下り、さらに階段を下りて、玄関ホールのほうに行きかけたとき、ワーツ校長と鉢合わせする。授業中にこんなところで何をしているのか、なぜ敵から逃げるみたいに必死で走っているのか、とたずねられる。

「パトロールをしているんです。最近なにかと物騒ですから。ラッシュビルとニューキャッスルで、学校のセキュリティが破られた件は当然ご存じですよね。コンピューターが盗まれて、図書館の本がめちゃくちゃにされて、事務室から現金が盗まれた。それも真っ昼間に、教職員のいるまえで」

もちろん作り話だが、校長にはばれていないようだ。「教室に戻りなさい。二度とこんなことがないように。まさか謹慎期間中だということを、忘れていないだろうね」

「もちろん、忘れていません」校長とは反対方向に、わざと静かな足どりで歩く。けれど、次のベルが鳴ると、また火がついたみたいに猛ダッシュで廊下を走り、階段を駆け上がる。最初に出くわしたのが、アマンダ、ローマー、ライアンの三人で、僕はうっかりローマーにぶつかるというミスを犯してしまう。そのはずみでローマーがアマンダにぶつかり、バッグの中身が廊下に散らばって、アマンダは金切り声をあげる。ライアンとローマーに、百九十センチの血まみれのズタボロにされるまえに、全速力で走り、できるだけ遠くまで逃げる。あとでやっかいなことになることはわかっているけど、今はそんなことにかまっている場合じゃない。

ヴァイオレットの姿が見える。今度は僕を待っていたみたいだ。体をふたつ折りにして息を整えていると、彼女が言う。「いったいどういうつもり？」うれしいのでも、戸惑っているのでもなく、明らかに怒っている。

「一緒に走ろう。次の授業に遅れないように」

「走らないわ」

「じゃあ、引っぱってやるよ」

「いいかげんにして、フィンチ。わたしを怒らせたいの？」

僕が近づくと、ヴァイオレットはあとずさりしてロッカーに背中をつける。彼女の目が素早くあたりを見まわす。ヴァイオレット・マーキーとセオドア・フィンチが一緒にいるところを誰かに見られたらどうしよう、ライアン・クロスがひょっこり通りかかって誤解したらシャレにならないと思っているんだろう。彼女が言いわけするところが目に浮かぶ。「違うの、そうじゃないの。セオドア・フリークにつきまとわれて、迷惑してるの」

「それはこっちのセリフだよ」今度は僕が怒る番だ。ヴァイオレットがもたれているロッカーに片手をつく。「ふたりでいるときはフレンドリーなのに、人目があると態度が違いすぎやしないか」

「あなたが学校じゅうの廊下を走りまわったり、大声で叫んだりするからよ。目立ちたいからやってるの？　それともあなたってもともとそういう人なの？」

「どっちだと思う？」僕の口は彼女の唇からほんの数センチのところにある。ひっぱたかれるか、つき放されるかどっちだろうと思っていると、ヴァイオレットは目を閉じる。え、マジで？こんな展開になるとは、思ってもみなかった。次の行動に移ろうとしたとき、ふいに襟首をつかまれ、うしろにぐいと引っぱられる。野球部の監督のカペル先生だ。「教室に戻りなさい、フィンチ」先生はヴァイオレットに目を向ける。「君もだ。罰として、ふたりとも居残りだ」


放課後、ストーラー先生の教室に入ってきたヴァイオレットは、僕のほうを見ようともしない。ストーラー先生が言う。「何にだって、はじめてということはあるものだよね。お越しいただけるなんて光栄だよ、ミス・マーキー。どういう理由で、ここに来ることになったのかな？」

「この人のせいです」僕をあごで指す。そして僕からいちばん離れた、最前列の席にすわる。

ヴァイオレット

あと142日

水曜日の午前二時。寝室。

窓に何かが当たる音で目が覚める。夢かと思って目を閉じると、また聞こえてくる。ベッドから出て、ブラインドのすき間からのぞくと、セオドア・フィンチがパジャマのズボンと黒っぽいパーカーを着て、家の前に立っている。

窓を開けて、身を乗りだす。「帰ってよ」生まれてはじめて居残りをさせられて、まだ怒りがおさまらない。それに、わたしとよりを戻したつもりになっているライアンにも腹が立つ。でも、いったい誰のせいなのか。えくぼにキスをしたり、ドライブイン・シアターでキスをしたり――思わせぶりなのは、わたしのほう。誰もかれもに腹が立つ。とくに自分自身に。「帰って」もう一度言う。

「この木に登らせないでくれよ。そんなことをしたら、きっと落っこちて首の骨を折ってしまう。僕たちにはすることがたくさんあるんだから、入院なんてしている暇はないんだ」

「あなたとすることなんて、何もないわ。プロジェクトはもうおしまいよ」

それでも、髪を手で整え、リップグロスを塗って、ローブをはおる。もし下りて行かなかったら、どんなことになるかわからない。

外に出ると、フィンチは玄関ポーチの柱に背中をもたせかけてすわっていた。「来ないかと思ったよ」

彼のとなりに腰を下ろす。ローブ越しに階段の冷たさが伝わってくる。「何をしに来たの」

「起きてた？」

「いいえ」

「ごめん。でも、せっかく起きたんだから出かけないか」

「行かないわ」

フィンチは立ちあがって車のほうに歩きだし、ふり返って、遠慮のない大きな声で言う。「おいでよ」

「思い立ってすぐに出かけるなんて、無理よ」

「まだ怒っているわけじゃないんだろう?」

「もちろん怒ってるわ。それにこの格好を見て。部屋着のままなのよ」

「それじゃあ、そのみっともないローブを脱いで、靴を履いて、ジャケットだけはおってくればいい。わざわざ着替えなくていいからさ。ご両親が君がいないのに気づいて心配するといけないから、メモだけ残しておいて。三分待つよ。もし来なかったら、君の部屋まで迎えにいくから」


車に乗りこみ、バートレットの町の中心部へと向かう。この界隈の通りはレンガ敷きになっていて、通称〝ボードウォーク〟と呼ばれている。新しいショッピングモールができてからは、すっかりさびれてしまった。たまに来るのは、周囲の町も含めてこのあたりでいちばんおいしいと評判のカップケーキを買いにくるときくらいだ。通りには、二十年まえの影をひきずる化石のような店——古びたもの哀しい百貨店や、防虫剤のにおいのする靴屋、おもちゃ屋、お菓子屋、アイスクリーム屋——が立ち並んでいる。

フィンチがサターンをとめる。「さあ、着いた」

どの店のウィンドウにも灯りはなく、通りを行く人もいない。この世界にいるのは、フィンチとわたしだけ、みたいな気がしてくる。

「考えごとをするのは、みんなが眠っている夜がいちばんんだ。じゃまが入らないし、よけいな物音もしない。なにより、みんなが寝ているときに自分だけが起きているっていう感じが好きなんだ」そもそも、フィンチが眠っているところを想像できない。

パン屋のウィンドウに映るわたしたちは、まるでホームレスの子どもみたいだ。「どこに行くの？」

「来ればわかるよ」

澄んだ空気はひんやりして、しんと静まりかえっている。遠くに、町でいちばん高いピュリナ・タワーがライトアップされ、その向こうに高校のベル・タワーが見える。

〈ブックマークス〉の前までくると、フィンチは鍵の束を取りだして、ドアを開ける。「母さんは、家を売っている以外のときは、この本屋で働いているんだ」

店内は暗くて細長く、片側の壁に雑誌が並び、本棚がいくつかと、テーブルと椅子、それに、今は空っぽだけれど、営業時間中はコーヒーとちょっとしたスイーツが売られているカウンターがある。

フィンチはカウンターの向こうにまわって、下にある冷蔵庫にかがみこみ、ソーダとマフィンをふたつずつ出す。そしてわたしたちは、クッションチェアがいくつかと、すり切れたブルーの敷物《ラグ》のあるキッズコーナーへと移動する。フィンチは、レジの近くで見つけたキャンドルに火をつけて、それを手に本棚から本棚へ、指で背表紙をなぞりながら歩いている。顔にキャンドルの火がちらちら映っている。

「何かさがしているの？」

「うん」

しばらく歩きまわったあと、わたしのとなりに腰を下ろすと、自分の髪に指を突っこんで、くしゃくしゃにする。「ブックモービル・パークにもなかったし、ここにもない」そばに積みあげてあった子どもの本をつかんで、何冊かをわたしに渡す。「だけど、ここにこれはあった」

フィンチはあぐらを組んで一冊を手に取り、くしゃくしゃの髪を垂らして読みふける。まるで一瞬のうちに、どこかほかの場所にワープしてしまったみたいだ。

話しかけてみる。「居残りさせられたこと、今も腹を立てているんだから」間髪を容れずに冗談めかした言葉が返ってくるかと思ったが、フィンチは本から目を離さずに手をのばし、わたしの手に重ねてくる。指先から〝ごめん〟の言葉が伝わってくる。思いがけない反応に虚をつかれて、わたしはほんの少し彼に体を寄せて一緒に本をのぞき込む。彼の手からぬくもりが伝わってくる。このまま手を離さずにいたい。

わたしたちは片手でマフィンを食べながら、本の山をどんどん読んでいく。そして、ドクター・スースの絵本『きみの行く道』を見つけて、一緒に朗読する。はじめはフィンチ、次にわたし、またフィンチという具合に、一行ずつ交替に。

今日という日は、きみのもの
さあ行こう、すばらしい世界へ！
旅立とう、はるか遠くへ！

いつのまにか、フィンチは立ちあがって、身ぶりをつけて暗唱している。言葉は頭のなかに入っているらしく本はもう読んでいない。彼を見ているほうがずっとおもしろいので、本を読むのをやめにする。暗い場所や、役立たずの場所、待っている人ばかりの待ちぼうけの場所のくだりを深刻な声で語るときでさえ、なんだかおもしろい。
やがて、フィンチの声がぱっと明るくなり、節をつけて歌いはじめる。

そうして明るい場所に着く
そこでは楽器が鳴りひびき

そして、わたしの手を引っぱって立ちあがらせる。

祝いの旗がはためいて
まえには道がまたひらけ
よろこび勇んできみは行く

わたしたちは、はためく旗を自分たちなりに表現してみる。手をパタパタさせながら、いろんな物を飛びこえる。クッションチェアを飛びこえ、ラグを飛び越え、本の山を飛び越え、そして、最後の二行をふたりで一緒に歌いあげる。

きみの山が待っている。
さあ、進むんだ、きみの道を！

最後は床に倒れこむ。キャンドルの火に照らされて、わたしたちはわれを忘れて笑いあう。

ピュリナ・タワーは穀物の保管倉庫で、てっぺんまで上るには、壁面に取りつけられたスチール製のはしごを上るしかない。たぶん二万五千段はあると思う。てっぺんに着くころには、フィンチもわたしもブラック先生みたいにハァハァ息を切らしている。屋上には一年じゅうクリスマスツリーが立っていて、そばで見ると、地上から見るよりずっと大きい。ツリーの先にひらけたスペースがあり、フィンチがそこに毛布を広げる。わたしたちはその上にすわり、腕を組んで一緒に毛布にくるまる。

フィンチは言う。「見てごらん」目を向けると、眼下には三百六十度、小さな白い明かりがちりばめられている。空にも、地上にも星があるみたいだ。どこまでが空で、どこからが地面か見分けがつかない。認めるのはしゃくだけど、とてもきれいだ。こんなときには、何か壮大で詩的なことを言うべきだと思うけれど、口から出るのはごくありきたりの言葉だ。「素敵《ラブリー》」

「〝素敵《ラブリー》〟という言葉は、もっとみんなが口にすべき、ラブリーな言葉だと思うよ」そして、足元に手をのばし、毛布からはみ出したわたしの脚を毛布でくるむ。「僕たちのためにあるみたいだ」

一瞬、言葉のことかと思ったが、フィンチの言っているのは眺めのことだった。そう、そういうことを言いたかったんだ。セオドア・フィンチはいつだって、ぴったりの言葉を見つけてくる天才だ。わたしなんかよりもずっと、言葉のセンスがある。フィンチの脳みそがうらやましい。なんだか自分の脳みそが平凡に思えてくる。

「ちっぽけなことこそ、本当はいちばん大切なんだってことを、たいていの人たちは忘れてしまっている。それで一生懸命、待ちぼうけの場所で待っていたりするんだ。ほんの少し立ち止まって、ピュリナ・タワーやこんな眺めがあることを思い出せば、人はもっと幸せになれるのにさ」

言葉がひとりでに口をついて出る。「わたしは書くことが好き。もちろんほかにも好きなことはあるけれど、たぶん書くことがいちばん好きで、いちばん得意なんだと思う。少しまえまでは、書くことが楽しくてしかたなかった。だけど、わたしのなかで〝書く〟ことは、もう終わっちゃったのかもしれない。ほかにできることをさがしたほうがいいのかもしれない。だけど……わからない」

「この世のすべてのものに、あらかじめ決められた終わりがある。たとえば、百ワットの電球は七百五十時間で切れるようにできているし、太陽の寿命は、およそ五百万年と言われている。生き物だってそうさ。猫の寿命は十五年か、それよりちょっと長いくらいだし、犬なら十二年くらいだ。平均的なアメリカ人は、生まれてから二万八千日後に死ぬようにできている。もしそのとおりなら、自分が何年何月何日の何時何分に終わりを迎えるかわかるんだけど、君のお姉さんのように、たまたま十八歳で亡くなることもある。だけど、命にかかわる病気や感染症や事故を避けることさえできれば、人間は百十五歳まで生きることができると言われている」

「わたしのなかの〝書く〟ことの寿命がつきたと言いたいわけ？」

「僕が言いたいのは、決めるのはまだ早いんじゃないかってこと」見て歩きのための公式ノートとペンを差しだす。「とりあえずは、誰も見ないところに書けばいい。紙きれに書いて、壁に貼るとかさ。もちろん、書いたものがひどすぎて目も当てられないってことは、大いにありうるけどね」フィンチは笑ってわたしから身をかわすと、置きみやげを取りだす。〈ブックマークス〉の紙ナプキン、半分になったキャンドル、紙マッチ、編み目のふぞろいなマクラメ編みのしおり。それをフィンチが家からこっそり持ってきた薄いタッパーに収めて、次にここに来た人の目につくように置く。フィンチは立ちあがって屋上の端まで行く。落下防止の柵はあるにはあるが、ひざくらいの高さしかない。

フィンチはこぶしを握りしめ、両腕を頭上に振りあげて叫ぶ。「目を見開いて、よーく見ろ！セオドア・フィンチはここにいる！」そして、嫌いなこと、変えたいと思っていることを大声で叫ぶ。声がかれてきたころ、こっちを見る。「君の番だ」

わたしも端まで行く。フィンチは本当にぎりぎりのところに立っていて、落ちることなんて気にしていないみたいだ。わたしは、そっと彼のシャツをつかむ（何の足しにもならないけど）。そして、下を見ないように顔を上げて、叫びたいことを考える。こんな町、大嫌い！冬も大嫌い！どうして死んじゃったの？（これはエレノアへの言葉だ）。どうしてわたしを残していっちゃったの？どうしてわたしをこんな目に遭わせるの？

だけど口には出さず、ただフィンチのシャツをつかんだまま、じっと立っている。フィンチはわたしを見おろして、あきらめたように首を振ると、とつぜん、またドクター・スースの詩を歌いはじめる。途中からわたしも一緒に歌う。ふたりの声はひとつになって、寝静まった町の上を漂っていく。


車が家に着くと、フィンチは玄関まで送ってくれる。おやすみのキスをするんじゃないかとちょっと期待するが、それはない。彼は両手をポケットに突っこんで、わたしを見つめたまま、うしろ向きに歩く。そして、近所じゅうに響きわたるような大声で言う。「ウルトラヴァイオレット、君がもう書けないなんてことは、ぜったいにないと思うよ」

フィンチ

22日目、僕はまだここにいる

父さんの家に足を踏み入れた瞬間、なんとなくイヤな感じがする。ローズマリーが招きいれてくれた居間では、ジョシュ・レイモンドが床にすわり、電動式のヘリコプターを飛ばして遊んでいる。ケイトとデッカと僕は、きっと同じことを考えている――電池で動くおもちゃはやかましすぎる。僕たちきょうだいは、しゃべったり、飛んだり、音がしたりするおもちゃを一度も買ってもらったことがない。

「父さんはどこ?」ケイトがたずねる。裏口のドアの向こうには、ふたが閉じたままのバーベキューグリルが見える。「出張からは帰ってきてるんでしょ?」

「ええ、金曜日に戻って、今は地下にいるわ」ローズマリーが、あわただしくソーダの缶を手渡す。彼女が缶のまま飲みものを出すなんて、やっぱり何かおかしい。

「僕が見てくるよ」ケイトに声をかける。地下室にいるということは、考えられることはただひとつ。父さんは、母さんのいう〝虫の居どころが悪い〟状態だということだ。母さんはよく言っていた。「セオドア、父さんにかまうんじゃないのよ。虫の居どころが悪いんだから。落ち着くまで、しばらくそっとしておきなさい」

地下室は、カーペットが敷かれ、きれいにペンキが塗られて、居心地のいい空間になっている。あちこちに照明が置かれ、父さんのアイスホッケー選手時代のトロフィーや、額入りのユニフォームや、本のぎっしり詰まった本棚がある（ちなみに、父さんが本を読んでいるところは見たことがない）。ひとつの壁全体が、超大型の薄型テレビになっていて、父さんはでかい足をコーヒーテーブルにのせてその前にすわり、スポーツ中継に向かって声を張りあげている。顔は紫色で、首に青筋を立て、片手にビール、片手にリモコンを握っている。

そばに行って視界に入るところに立つ。ポケットに手を突っこんで、父さんが顔を上げるのを待つ。「何なんだ」父さんが言う。「こそこそ人に近づくんじゃない」

「こそこそなんてしてないよ。階段を下りる音が聞こえただろ。年のせいで耳が遠くなったのなら別だけど。夕食の準備ができてるよ」

「もう少しで行く」

さらに近づいて、画面の前に立ちふさがる。「今すぐでなきゃだめだ。子どもたちがわざわざ訪ねてきて腹を空かせてるんだ。それとも昔の家族のことなんて忘れたのか？　僕たちがここまで来たのは、あんたの新しい奥さんと子どもと、ぼうっとするためじゃない」父さんにこんな口をきいたのは、これまで片手で数えるほどしかない。だけど、ちっとも怖くない。これもちょい悪フィンチ効果かもしれない。

父さんが、ビール瓶をコーヒーテーブルにたたきつけると、瓶は粉々にくだける。「ここはおれの家だ。おまえに指図される筋合いはない」次の瞬間、父さんがソファーから立ちあがって突進してくる。僕は腕をつかまれて、思いっきり壁にたたきつけられる。頭が壁にぶつかるゴンという音が聞こえ、しばらくのあいだ部屋がぐるぐる回る。

ようやく部屋が水平になったとき、僕は言う。「頭蓋骨がこんなにじょうぶになったのは、父さんのおかげだよ」もう一度つかみかかられないうちに、階段を駆け上がる。

父さんが地下室から上がってくるころには、僕はもう食卓についている。ピカピカの新しい家族を見て、父さんは自分を取りもどす。「いい匂いだな」ローズマリーの頬にキスをして、僕の正面にすわり、ナプキンを広げる。食事のあいだじゅう、こちらを見ることも、話しかけることもない。


帰り道の車のなかで、ケイトに言われる。「あんたって、ほんと馬鹿だね。あやうく病院送りになるところだったわよ」

「そうしたけりゃ、好きにさせてやるよ」

家に帰ると、家計簿と通帳を見くらべていた母さんが、顔を上げる。「ディナーはどうだった？」

誰かが口を開くまえに、僕は母さんの肩に手をまわして頬にキスをする。うちはそんなふうにベタベタするタイプの家族じゃないから、母さんはけげんな顔をする。「ちょっと出かけてくるよ」

「気をつけなさいね、セオドア」

「愛してるよ、母さん」さらに異変を感じた母さんが泣きだすまえに、玄関を出てガレージに行き、リトル・バスタードに乗りこむ。エンジンをかけると気分は少しましになるが、両手はぶるぶる震えている。なぜなら、その手は僕の全身と同じくらい父さんを殺したがっているからだ。十歳のときに、父さんのせいで母さんがあごの骨を砕いて病院送りになり、その一年後、僕も同じ目に遭わされて以来、その気持ちが消えることはない。

ガレージのドアを開けずに、ハンドルに両手を置いたまま、ぼんやり考える。ずっとここにすわっていられたら、どれだけ楽だろう。

目を閉じる。

シートにもたれる。

ひざに手を置く。

少し眠いほかは、何も感じられない。これが本当の僕なのかもしれない。もやもやした黒い渦《うず》が胸のなかにゆっくり渦巻いている。程度の差こそあれ、その存在はいつも感じている。

〝排ガス規制の導入にともない、アメリカでは一九六〇年代のなかばから排ガス自殺は減少している。いっぽう、規制のゆるいイギリスでは、発生率は二倍に増加している〟

化学の授業で実験をしているときのように心は平静だ。エンジンの音が子守歌みたいに響いている。ごくまれに眠ろうとするときのように、頭のなかを無理やり空っぽにする。何も考えず、たっぷりの水にあお向けに浮かぶ自分の姿を思い浮かべる。胸のなかで打つ心臓以外に動くものは何もない。人が見たら、眠っているように見えるかもしれない。

〝二〇一三年、ペンシルベニア州の男が、一酸化炭素中毒による自殺を図った。ところが、男を助けようとした家族がガスを吸って巻きぞえになり、救急隊員が到着するまえに全員が死亡した〟

僕は母さんとデッカとケイトの顔を思い浮かべ、勢いよくガレージのドアを開け、夜空の下へと車を走らせる。はじめの数キロは、自分が燃えさかる建物に駆け込んで、人の命を救ったような高揚した気分だった。

けれど、もうひとりの自分が言う。おまえはヒーローなんかじゃない。臆病者だ。おまえは自分自身から家族を守っただけだ。

去年の十一月、状況が悪化したときのことだ。僕はフレンチ・リックまで車を走らせた（言葉の響きはセクシーだが、実際の場所はそうでもない）。もともとの地名は塩の温泉《ソルト・スプリング》といい、カジノと、小じゃれたスパ・リゾートと、プロバスケットボール選手のラリー・バードと、癒しの泉で有名なところだ。

フレンチ・リックの癒しの泉の水を飲んで、胸のなかのもやもやした黒い渦が収まるのを待った。飲んでからの数時間は、実際に気分がすっきりしたように感じた。だけど、体に水分が行きわたったせいだったんだろう。その夜はリトル・バスタードのなかで寝て、翌朝、目を覚ましたときには、体はだるく気分が悪くなっていた。そこに従業員らしき男の人がいたので、声をかけてみた。「水に当たったみたいなんです」

その人は、映画でよくやるみたいに、まず右に、そして左に視線を走らせて、僕に耳打ちをした。「マドラヴィアじゃなきゃだめだ」

マドラヴィア？　何のことかわからず、はじめは酔っぱらっているのかと思った。「本物の癒しの泉は、ここじゃなくあっちだよ。ギャングのアル・カポネとデリンジャーは、強盗の仕事をひとつ終えるたびに、あそこに行っていたそうだ。一九二〇年に建物が火事で焼けて、今はその残骸が残っているだけだが、泉の水は変わらずこんこんと湧いている。わしは関節が痛むとき、必ずあそこに行くことにしている」

だけど、そのときは行かなかった。フレンチ・リックに行くだけで気力を使いはたしていたし、それ以降はどこかに出かけられるような状況じゃなかった。だけど今、僕が向かっているのは、そのマドラヴィアだ。これは見て歩きとは違って、僕個人の問題にかかわることだから、ヴァイオレットは連れていかない。

二時間半ほどで、人口三十人の町、インディアナ州クレイマーに着く。バートレットより変化に富んだ魅力的な地形で、丘があり、谷があり、広大な森がある。雪に覆われた景色は、ノーマン・ロックウェルの絵の世界から抜けだしたみたいだ。

昔ホテルがあったという場所は、『指輪物語』に出てくる中つ国《ミドルアース》的なものを想像していたが、実際に行ってみると、そこは細い茶色の木々に囲まれた、うらぶれた廃墟だった。今にも崩れおちそうな建物と、雑草とツタに覆われた落書きだらけの壁が残っているだけだ。こんな冬でも、自然はたくましく自分たちの領域を取りもどそうとしている。

廃墟となったかつてのホテルに足を踏み入れる。厨房、廊下、客室。薄気味悪く、不吉で、もの悲しい気分になってくる。かろうじて崩れ落ちていない壁には、落書きがある。

ペニスに気をつけろ
おまえはイカレている
これを見たやつはくたばれ

ここはどう考えても癒しの場所じゃない。廃墟をあとにして、落ち葉とぬかるみと雪を踏みしめて泉をさがしにいく。どこにあるのか見当がつかないので、立ち止まってじっと耳を澄まし、水の音のするほうを目指して歩く。

実際、期待はしていなかった。けれど、木々をかき分けてみると、そこは勢いよく水が流れる川のほとりだった。水は凍っておらず、ふんだんに与えられた水のせいで、川のそばの木はほかの場所よりもよく繁っているように見える。川岸をさかのぼると、土手はやがて石の壁になったので、川のなかをくるぶしまで水に浸かって歩く。両手で水をすくって飲んでみる。冷たくて新鮮な水は、かすかに土の匂いがする。飲んでもだいじょうぶだとわかったので、もうひとすくい飲む。持っていたペットボトルに水をくんで、流されないように泥のなかに立てる。そして、川のなかに横たわり、水の流れに包まれる。

家に戻ると、ケイトが煙草に火をつけながら出てくるところだった。ケイトはあけっぴろげな性格だが、煙草を吸っていることは両親に知られたくないと思っている。ふだん火をつけるのは、車に乗って走りはじめてからだ。


「今日は彼女とデートだったの？」

「彼女って、どうしてそんなこと知ってるんだよ」

「顔を見りゃわかるわよ。なんて名前？」

「ヴァイオレット・マーキー」

「エレノアの妹だ」

「うん」

「家に連れてくるつもり？」

「たぶん、それはない」

「賢明だね」ケイトは長く一服する。「デッカがヤバいことになってる。ときどき思うんだけど、あのジョシュ・レイモンドって子の存在は、デッカにとって相当キツいんじゃないかな。あのふたり、同い年みたいなもんだし」そう言って、完璧な煙の輪を三つ吐きだす。「ねえ、考えたことある?」

「考えるって何を」

「あの子、父さんの子かな」

「かもね、それにしてはチビだけど」

「あんただって、九年生まではチビだったけど、今は豆のつるみたいな勢いで伸びてるじゃない」

ケイトと入れ違いに、家に入る。ドアを閉める寸前で、ケイトが言う。「ねえ、セオ」ふり返ると、暗がりのなかで車のそばに立つケイトの輪郭だけが見える。「気をつけなさいよ。あんまり思いつめたりしちゃだめよ」

また、気をつけなさい、か。


二階に上がり、デッカの様子を確かめるために、勇気を奮いおこして禁断の魔窟《まくつ》をのぞいてみる。デッカの部屋はとても広く、おびただしい数の服や本だけでなく、さまざまな収集品であふれかえっている——トカゲ、カブトムシ、花、ビンのふた、キャンディの包み紙、六歳のころに夢中になっていたアメリカンガール人形。どの人形にも、以前デッカが運動場でけがをしたときに病院で縫われたようなあごの傷がある。壁にはデッカのアート作品がびっしり貼られ、そのなかに一枚だけ、ボーイ・パレードのポスターがある。

デッカは床にすわりこんで、本から言葉を切りぬいている。本は家じゅうからかき集めてきたらしく、なかには母さんのロマンス小説もある。もうひとつはさみがあるかと聞くと、デッカは顔も上げずに机を指さす。そこにはざっと見ただけでも十八本のはさみがある。長い年月をかけて、キッチンの引き出しから行方不明になってきたはさみたちだ。紫の持ち手のを選んで、デッカの向かいに腰を下ろす。

「ルールを教えてくれよ」

デッカは一冊の本、『禁じられた情事』を差しだす。「いやな文章や、汚い言葉を切りぬくの」

三十分ほどのあいだ、口もきかずに、ひたすらはさみを動かしつづける。そしておもむろに、いかにも兄貴っぽく励ましの言葉をかける。人生は悪いことばかりじゃない、つらいときや、いやなやつもいるけど、明るい面も必ずある。

「黙ってやるの」デッカが言う。

また黙々と作業を進めるうちに、ふと疑問がわく。「いやってほどじゃないけど、感じの悪い言葉はどうすればいい？」

デッカは手を止めて、じっと考えこむ。顔にかかった髪を口に吸いこんで、ふうーっと吐きだす。「それも入れていいわ」

言葉に集中する。ここにもひとつ、そこにもひとつある。一文まるごと、段落まるごと、一ページまるごとの場合もある。汚い言葉と、感じの悪い言葉は、あっという間に僕の足元に積みあがる。デッカはそれをつかんで、自分の足元の束に重ねる。一冊終わると、デッカは本を脇にほうり投げる。そうだったのか。デッカが取っておくのは汚い言葉のほうなんだ。汚い、いやな、人を傷つける、不快な言葉を集めているんだ。

「これってどんな意味があるんだい」

「汚い言葉が、いい言葉と交ざらないようにしてるの。だまされないように」

言いたいことはなんとなくわかる。〈裏ネタ・バートレット〉を思い出す。僕だけでなく、人と違ったところのある生徒みんなに向けられた悪意のある言葉。そういう汚くて、不快で、いやな言葉はどこかに隔離して見張っておいたほうがいいんだ。

手持ちの本をぜんぶ切り終えると、デッカはほかの本をさがしにいく。僕は切りぬかれた本のほうを拾いあげる。ぱらぱらとページをめくると、さがしていた言葉が見つかる。僕はその言葉——素敵《ラブリー》になろう——を切りとって、デッカの枕の上に置く。そして、悪い言葉がぜんぶ切りとられ、用済みになった本を抱えて廊下に出る。

自分の部屋に戻ると、なんとなくいつもと違う感じがする。ドアのところに立って、どこがおかしいのか点検する。赤い壁はいつもと同じだ。黒いベッドカバー、チェスト、机、椅子もすべて定位置にある。本棚は少しつめ込みすぎだけど、いつもと変わらない。もう一度部屋を見まわす。違和感の正体がわかるまでは、なかに入りたくない。ギターはさっきと同じ場所にあるし、窓にはカーテンがかかっていない（カーテンは好きじゃない）。

すべてが出かけるまえと同じに見える。けれど、誰かが何かを動かしたような違和感がある。その誰かが飛びだしてくるのを警戒しながら、おそるおそる部屋に入る。クローゼットのドアを開ける。そのドアの向こうに、本物の自分の部屋があるんじゃないかと半分期待しながら。

何も問題はない。

僕も何ともない。

バスルームに入って、服を脱ぎ、熱いシャワーの下に立つ。肌が真っ赤になって、給湯器が音《ね》をあげるまで湯を浴びつづける。バスタオルにくるまって、湯気でくもった鏡に、**気をつけろ**と指で書く。部屋に戻り、違った角度から違った目で点検する。やっぱり出かけるまえのままだ。

ひょっとして変わっているのは部屋ではなく、僕のほうなんじゃないだろうか。

もう一度バスルームに戻り、タオルを引っかけて、Tシャツとトランクスを身につけ、洗面台の鏡に目をやる。徐々にくもりが引いていき、文字の消えた楕円形《だえん》の中央に、ふたつの青い目と、濡れた黒い髪と、白い肌が映っている。前かがみになって、自分の顔をのぞき込む。なんだか知らない人の顔みたいだ。

ベッドの上にすわり、文字を切りぬいたあとの本を一冊ずつめくって、残された文章を読む。そこにあるのは、幸せで思いやりのある、楽しくて温かい言葉ばかりだ。そんな言葉に囲まれていられたら、どんなにいいだろう。なかでもとびきりの文章と、とびきりの言葉――調和、永遠、黄金、朝――を切りぬいて、壁に貼りつける。言葉は重なりあい、色と形と意味がハーモニーを奏でる。

部屋を見なくてすむように、上掛けをぴったり体に巻きつけて、ミイラのようにベッドにあお向けになる。こうすれば、暖かさと明るさを逃がさずにすむ。すき間から手をのばして、本を一冊ずつ手に取っていく。人生がこの本みたいだったらいいのに。あるのは幸せなことだけで、ひどいことも感じの悪いこともない世界。悪いことはぜんぶ消し去って、いいことだけ残しておけたらどんなにいいだろう。僕がヴァイオレットとしたいのはそういうことだ。彼女にいいことだけが起こって、悪いことが起こらないようにするんだ。僕たちがいつまでもいいことだけに囲まれていられるように。

ヴァイオレット

あと１３８日

日曜日の夜、寝室。フィンチとわたしの見て歩きノートをぱらぱらとめくって空白のページを見つけ、フィンチにもらったペンを取る。〈ブックマークス〉とピュリナ・タワーは、公式の見て歩きではないけれど、だからといって記録に残していけない理由にはならない。

空には星がきらめき、地上にも星が散らばる。どこまでが空で、どこからが地面か見わけがつかない。なにか壮大で詩的なことを言いたいのに、口をついて出るのは「素敵《ラブリー》」という言葉だけ。彼は言う。「〝素敵《ラブリー》〟という言葉は、もっとみんなが口にすべき、ラブリーな言葉だと思うよ」

アイデアをひとつ思いつく。わたしの机の前には、大きなコルクボードがあって、そこには執筆中の作家の白黒写真が何枚も貼ってある。その写真をぜんぶはずす。そして、机の引き出しをさぐって、鮮やかな色のポストイットを見つけ、一枚に書く。〝ラブリー〟

三十分後、わたしは一歩下がって、ボードを眺める。そこには、何枚ものポストイットが貼られている。大きく三つの列に分かれていて、ひとつの列には物語のアイデアになるかもしれない言葉や文章が、もうひとつの列には、本のなかから気に入った一節を書き写したものが貼ってある。いちばん端は、まだ名前のない新しいウェブマガジンのためのコーナーだ。それぞれの列の上には、こんな言葉が貼られている。〈ひらめき〉〈ときめき〉〈とっておき〉。それが何を意味するのか、自分でもよくわからない。ジャンルなのか、項目なのか、ただの響きのいい言葉なのか。
貼られたポストイットは、まだ多くはないけれど、ボードの写真を撮ってフィンチに送信する。**：見て、あなたのアイデアを、まねしてみたの。**

三十分ごとに返信をチェックするけれど、ベッドに入るころになっても、フィンチからの返信はない。

フィンチ

23日目、24日目、25日目……

ゆうべのことは、まるでパズルだ。ピースがはまっていないだけでなく、ばらばらになってあちこちに散らばり、なかにはなくなっているのもある。心臓がこれほど速く打っていなければいいのに。

本を手に取り、デッカが切りとらなかったいい言葉を読もうとするが、ページの上の活字はぼやけて頭に入ってこない。まるで集中できない。

部屋を片づけてすっきりさせることにする。壁に貼ったメモを一枚残らずはがし、ゴミ袋に突っこむ。だけど、まだ足りない。壁を塗ってみようか。赤い壁にはうんざりだ。色が強すぎて気が滅入ってくる。僕に必要なのは、景色を変えることだ。そうすれば部屋に対する違和感も消えるかもしれない。

リトル・バスタードに乗りこみ、いちばん近くのホームセンターに行き、下塗り用の塗料とブルーのペンキを十ガロン買う。それで足りるかどうかは見当もつかない。

赤い壁をおおい隠すには、大量のペンキが必要だ。どれだけ塗りかさねても、下から色がにじみ出てくる。まるで、壁が血を流しているみたいに。

夜中になっても、ペンキはまだ乾かない。ベッドの黒い上掛けをはがして、廊下のつきあたりにあるクローゼットに突っこみ、代わりにケイトがまえに使っていた青い上掛けを引っぱりだしてくる。それをベッドに広げて、ベッドを部屋の真ん中に移動させ、窓を開けて毛布にくるまって寝る。

次の日も引きつづき、壁を塗る。結局、赤い色が完全に隠れて、プールのような明るいブルーに落ち着くまで、二日かかる。ベッドに横になると、気分が楽になって、やっとまともに息ができるように感じる。よかった、これでいい。

天井だけ塗らなかったのは、白という色は可視領域にあるすべての色を含んでいるからだ。厳密にいえば、これは白色光のことで、白い塗装には当てはまらないかもしれない。だけど、そんなことはどうでもいい。とにかく、このなかにすべての色があるんだと自分に言いきかせる。ふとあるフレーズが頭に浮かぶ。歌にしようかと思ったが、まずパソコンを立ちあげて、ヴァイオレットにメッセージを送る。**：君のなかにはすべての色がつまっている。どの色もまぶしいほどに輝いている。**

第二部

ヴァイオレット

あと135日、134日、133日

フィンチは、まるまる一週間学校に来ていない。停学になったという人もいるし、ドラッグの過剰摂取で、更生施設に運ばれたという人もいる。うわさは、ひそひそ話やメールという昔ながらの方法で広まっている。ゴシップ・サイトの〈裏ネタ・バートレット〉が、ワーツ校長に見つかって閉鎖されたからだ。

水曜日の一時間目。〈裏ネタ〉の消滅を祝って、ジョーダン・グリペンウォルドが、みんなにペロペロキャンディを配っている。トロイ・サターフィールドが、キャンディを二本、口に突っこんだまま話しかけてくる。「おまえの彼氏はどこにいったんだ、ヴァイオレット。自殺しないように見張っておいたほうがいいんじゃないのか？」そして、仲間と一緒に笑う。わたしが何か言うまえに、ジョーダンがトロイの口からキャンディを抜きとって、ゴミ箱に投げ捨てる。

木曜日の放課後、駐車場でチャーリー・ドナヒューを見つけて声をかけ、授業の課題でフィンチと組んでいるんだけど、ここ何日か連絡がないと話す。本当は、うわさが事実かどうか聞きたいけど、それは黙っている。

チャーリーは、車のバックシートに教科書をほうり込み、「そういうやつなんだ。学校に来たり来なかったりはよくあることさ」と言って、ジャケットを脱ぎ、教科書の上にほうり投げる。

「今にわかるよ。あいつが相当の気分屋だってこと」

ブレンダ・シャンク＝クラヴィッツがやってきて、わたしたちの横をすり抜けて、助手席のドアを開ける。乗りこむまえにわたしに声をかける。「その眼鏡、いいわね」お世辞で言っているんじゃないのがわかる。

「ありがとう。姉のだったの」

ブレンダは何か考えるように黙りこんでから、そうなんだ、と言ってうなずく。

次の日、三時間目の授業に行く途中、廊下でフィンチを見かける。でも、いつものセオドア・フィンチじゃない。よれよれの赤いニットキャップに、だぼっとした黒のセーター、ジーンズ、スニーカー、それに指先の開いた黒い手袋という格好だ。ホームレス・フィンチ、それか、落ちこぼれ・フィンチだ。片ひざを軽く曲げてロッカーにもたれ、一学年下の演劇部の女の子、チャメリ・ベルク＝グプタと話している。わたしが横を通りすぎても、気づかないみたいだ。

三時間目、椅子にバッグをかけて、微積分の教科書を出す。「さて、宿題の答え合わせからはじめよう」ヒートン先生が言い終わらないうちに、火災報知器がけたたましく鳴り響く。あわてて荷物をまとめ、みんなのあとについて外に出る。

うしろのほうから声がする。「駐車場で待ってる」ふり返ると、ポケットに両手を突っこんだフィンチが立っている。そして、携帯に向かってわめき立てるワーツ校長も、ほかの教職員も周りにいないかのように、透明人間みたいにすっと立ち去る。

わたしは一瞬ためらってから、みんなに背を向けて走りだす。バッグが腰に当たって跳ねる。誰かが追いかけてくるかもしれないと思うと、怖くてたまらない。だけど、走りだしたからには引き返すわけにはいかない。ようやくフィンチに追いつき、さらにスピードを上げてふたりで走る。誰も止まれとか戻れとか叫んだりしない。どきどきするけど、すごく自由な感じだ。

学校の正面を横切る大通りを渡って、駐車場と町の真ん中を流れる川とをへだてる木立に沿って走る。木立のなかでひと息ついたあと、フィンチがわたしの手を取って歩きだす。

「どこへ行くの」まだ息が切れている。

「あっちだよ。でも、ここからは静かに。どっちか先に音を立てたほうが、猛ダッシュ《ストリーキング》で学校に戻らなくちゃいけない」早口で、なんだか落ち着きがない。

「罰ゲーム？」

「そう、しかも生まれたままの姿でね。〝ストリーキング〟には、もともとそういう意味があるのさ」

土手の斜面を音もたてずに軽々と下りていくフィンチのあとを、わたしはずるずる滑りながら追いかける。川岸に着くと、フィンチが対岸を指さす。はじめは何を指しているのかわからなかった。そのとき、動くものが視界に入る。鳥だ。体長は一メートルほどで、頭のてっぺんが赤い。首から上が白く、体は黒っぽい灰色をしている。くちばしで何かをつつきながら、気どった足どりで水のなかをゆうゆうと歩いている。

「なんていう鳥なの？」

「ナベヅルだよ。インディアナ州にはあの一羽しかいない。ひょっとするとアメリカで一羽かも。ふつうはアジアで冬を越すんだ。つまり、あいつは仲間から一万キロ以上離れてるってことだ」

「ここにいるって、どうして知ってたの？」

「あそこにがまんできないとき」高校のほうにあごをしゃくる。「ときどきここに来るんだ。泳ぐこともあるし、ただすわっているだけのときもある。あいつは一週間ほどまえからここをうろついている。はじめはケガをしているのかと思ったよ」

「仲間とはぐれたのね」

「そうじゃない。見てごらんよ」ツルは浅瀬で水面をつついていたかと思うと、さらに深いところまで行って水しぶきを上げはじめる。プールで遊んでいる子どもみたいだ。「ね、ウルトラヴァイオレット。やつは世界を見て歩いてるんだ」

フィンチは木もれ日を避けようと、目の上に手をかざして一歩下がる。そのとき、足の下で小枝が折れてポキンと音をたて、彼は小声で言う。「サイアクだ」

「あーあ、今のって、罰ゲームじゃない？」フィンチが変な顔をするので、思わず笑ってしまう。

フィンチはため息をついて、頭をがっくりと垂れ、寒空の下で、セーターと靴と手袋とジーンズを脱ぐ。ひとつ脱ぐたびにわたしに渡し、とうとうボクサーショーツ一枚になる。「ぜんぶ脱いじゃいなさいよ、セオドア・フィンチ。あなたが言いだしたのよ、ストリーキングって。それって、生まれたままの姿になるってことなんでしょ。もともとそういう意味があるんでしょ」

フィンチはにっこりして、わたしを見つめたまま、いきなりボクサーショーツを脱ぐ。え、うそ、ほんとに脱いじゃうの？　わたしがはじめて見る、生まれたまんまの生身の男の子は、少しも恥ずかしがってはいない。すらりとした体、腕にうっすら浮いた青い血管、肩とお腹とふくらはぎの引き締まった筋肉。お腹の真ん中あたりに、真っ赤な傷痕がある。

「君も脱いだら、もっと楽しいのに」そう言って、頭から川に飛び込む。水音も立てず、ツルを驚かせることもない。オリンピック選手のように大きなストロークで水をかく彼を、土手から見守る。

　姿がかすむほど遠くまで行ってしまうと、わたしはノートを取りだして、世界を見て歩くツルについて、赤いニット帽をかぶって真冬の川で泳ぐ男の子について書く。書いているうちに時間を忘れ、ふと目を上げると、フィンチは水に浮かんで首のうしろで腕を組み、こちらに漂ってくる。「君もおいでよ」

「遠慮しとくわ。低体温症になりたくないもの」

「来いよ、ウルトラヴァイオレット・リマーキアブル。水のなかは超気持ちいいぜ」

「今なんて言ったの？」

「ウルトラヴァイオレット・リマーキアブル。〝卓越した紫外線〟さ。それより、来るなら今だよ。三、二、一……」

「いいわ、ここにいる」

「オーケイ」フィンチは腰の深さのところまで泳いできて、水のなかに立つ。

「きのうまでどうしてたの？」

「部屋の改装をしてたんだ」彼は水を手ですくい、何かをさがすようにのぞき込んでいる。ツルが対岸からじっとこちらを見ている。

「お父さんは町に帰ってきたの？」

　フィンチは何かを捕まえたみたいだ。手のなかをじっと見てから、水を川に返す。「残念ながら、そうなんだ」

　火災報知器はもう聞こえてこない。みんなはもう教室に戻ったんだろうか。もしそうなら、わたしは欠席扱いになる。居残りの罰を受けたばかりだから、本当はもっとあわてるべきなんだろうけど、土手にすわったままでいる。

フィンチは岸まで泳ぎつき、こっちに向かって歩いてくる。わたしは水を滴らせて歩いてくる裸の彼を見ないように、ツルを見たり、空を見たりして目をそらせる。フィンチが笑って言う。

「いつも持ち歩いてるでっかいバッグには、タオルなんて入ってないよね」

「ないわ」

フィンチはセーターで体をふき、わざと犬みたいに頭を振ってしぶきをまき散らし、それから服を身につけていく。着終わると、お尻のポケットに帽子を突っこんで、髪をうしろに撫でつける。

「教室に戻らなくちゃ」わたしは言う。フィンチは唇が紫色だけど、震えたりはしていない。

「それよりいい考えがあるんだ。聞きたいかい?」教えてくれるまえに、ライアンとローマーとジョー・ワイアットが土手をすべり下りてくる。「上等だ」フィンチが小声で言う。

ライアンがまっすぐわたしのところへ来る。「火災報知器が鳴ったときに、ふたりで出ていくのが見えたから」

ローマーが、意地の悪い目をフィンチに向ける。「これも地理のプロジェクトの一部ってわけか? 川岸を探索するのか、お互いを探索するのか、わかったもんじゃないな」

「馬鹿なこと言わないで、ローマー」わたしは言う。

ライアンが、わたしを温めようとするように腕をさする。「だいじょうぶか」

その手をふり払う。「だいじょうぶよ。いちいち心配してくれなくていいわ」

フィンチが言う。「べつに無理やり連れてきたわけじゃない。もしそう思ってるのなら」

「誰がおまえに聞いた」ローマーが言う。

フィンチはローマーを見下ろす。身長差はゆうに十センチはある。「僕にはだいじょうぶかってきいてくれないんだね」

「このオカマ野郎」

「やめて、ローマー」いったいどうなるのか、考えるだけで心臓がバクバクする。「いちいち突っかからないで。どうせ、けんかの種をさがしているだけなんでしょ」フィンチに向かって言う。「相手にしちゃだめよ」

ローマーは伸びあがって、フィンチに顔を近づける。「なんでそんなに濡れてるんだ？　やっとシャワーを浴びる気になったか」

「いや、シャワーのお楽しみは、おまえのお袋とデートするときのためにとってある」

ローマーがフィンチに飛びかかり、ふたりは土手を転がって川に落ちる。ジョーとライアンは突っ立ったままだ。「なんとかしなさいよ」ライアンに声をかける。

「僕がはじめたんじゃないよ」

「とにかくなんとかして」

ローマーが腕を振りあげ、フィンチの顔を思いっきり殴る。フィンチの口に、鼻に、胸に次々とパンチが命中する。最初フィンチは手を出さずに、防戦一方だったが、とうとうローマーの腕をとって背中で締めあげる。そして、ローマーの頭を押さえつけ、川のなかに沈める。

「離して、フィンチ」

聞こえないのか、聞くつもりがないのか、フィンチは手を離そうとしない。ローマーの脚がバシャバシャと水を蹴っている。ライアンがフィンチの黒いセーターの襟首と腕をつかんで引き離そうとする。「ワイアット、手を貸してくれ」

「手を離して！」フィンチがこちらをふり向く。一瞬、わたしが誰かわからないような顔をする。「離しなさい」小さい子どもか犬に命令するみたいに言う。

フィンチはあっさり手を離し、ローマーを立ちあがらせて、土手に投げだす。ローマーは起きあがることもできず、水を吐いて咳きこんでいる。フィンチは血だらけの顔で、ライアンとジョーとわたしの前を通りすぎ、ゆうゆうと土手をのぼっていく。立ち止まりも、ふり返りもせずに。


今さら戻ってもしかたないから、学校には戻らない。だけど、こんな時間に帰ってもママを驚かせるだけだから、学校の駐車場にこっそり戻ってリロイの鍵をはずし、町の東側まで走らせる。通りを行ったり来たりして、ようやく郵便ポストに〈フィンチ〉と書かれた、レンガ造りの二階建てのコロニアルハウスを見つける。

ドアをノックすると、長い黒髪の女の人が出てくる。「あら、いらっしゃい」わたしを見ても驚く様子はない。「ヴァイオレット、だよね。わたしはケイト」

遺伝子って不思議なものだ。同じきょうだいでも、似ているところはそれぞれに違う。エレノアとわたしではエレノアのほうが細面《ほそおもて》で、髪の色も明るかったけど、ふたりはよく双子に間違えられた。ケイトは、髪の色や目の色がフィンチと同じだ。顔立ちはそれほどでもないけど、目だけはそっくりだ。別の人の顔にフィンチの目がついているのは、なんだか変な感じがする。

「セオドアはいますか？」

「たぶんいると思うけど。あの子の部屋がどこか、知ってるよね」唇の端でニヤッと笑うが、ぜんぜんいやな感じはしない。フィンチはわたしのことをなんて話しているんだろう。

二階に上がって、彼の部屋をノックする。「フィンチ?」もう一度ノックする。「ヴァイオレットよ」返事はない。ノブを回してみるが、鍵がかかっている。もう一度ノックする。きっと眠っているか、ヘッドフォンで音楽を聴いているんだ。何度もノックしてみる。ポケットをさぐり、念のためにいつも持ち歩いているヘアピンを取りだす。ドアにかがみこんで鍵穴を調べる。はじめて鍵をこじ開けたのは、両親がいつもクリスマスプレゼントを隠していたママの書斎のクローゼットだった。やり方はエレノアに教わった。鍵を開ける方法を知っていると何かと便利だ。たとえば、体育の授業をさぼりたいときとか、ひとりで静かに考えごとをしたいときとか。

もう一度ノブを回してから、ピンをポケットにしまう。開けられそうだけど、やめておく。もしわたしを入れたければ、フィンチが自分でドアを開けるだろう。

階下に戻ると、ケイトは流し台の前に立っている。キッチンの窓枠に手をついて、窓から煙草の煙を吐きだしている。「どうだった?」いないみたいだと言うと、ケイトは吸い殻を生ゴミ入れに捨てながら言う。「へえ、じゃあ寝てるのかも。それか、走りに行ったのかな」

「よく走るんですか」

「一日に十五回くらいは」

今度はわたしが言う番だった。「へえ」

「まったく、男の子のすることって意味不明だよね」

フィンチ

27日目（まだここにいる）

ヴァイオレットが自転車にまたがるのを、窓辺に立って眺める。そのあとシャワーの下にすわり込んで、二十分たっぷり頭を湯に打たせる。鏡を見る気にはなれない。

シャワーから出て、パソコンを立ちあげる。どんなやり方であれ、外の世界とつながることが今の僕には必要だ。ディスプレイがまぶしくて目がチカチカするから、やっと画像や文字が見えるくらいまで照度を落とす。これで少しはましだ。ヴァイオレットしか見ない僕のフェイスブックのページにアクセスして、これまでのやりとりを最初からひと文字ずつ読んでいく。だけど、顔を手でおさえて何度も何度も声に出して読まないと、言葉が頭に入ってこない。

ダウンロードしたヴァージニア・ウルフの『波』を読んでみるが、こっちも同じようなものだ。きっとコンピューターのせいだと思い、紙の本を手に取ってページをめくってみるが、言葉は僕につかまるまいとするように、ページをあちこち逃げまわる。

目覚めたままでいるんだ。

眠るもんか。

ふと、ブリッチョに電話してみようかと思い立つ。バックパックの底から電話番号のメモを引っぱりだして、携帯に打ちこむ。でも、発信はしない。

すぐに階下に行って、母さんにこの状態を訴えることはできる（母さんが家にいればの話だ）。だけど、訴えたところでどうなるわけでもない。バッグに頭痛薬が入っているから、それでも飲んで寝てなさい、あなたは神経質すぎるのよ、とか言われるだけだ。そもそも、体温計で測れないような病気は、わが家には存在しない。それ以外の不調は、虫の居どころが悪い、気が立っている、キレてる、落ちこんでいる、ふさぎこんでいる――そのどれかに分類されるだけだ。

――おまえは気に病みすぎるのよ、セオドア。小さいときからそうだった。あの鳥のこと、覚えてる？　居間のガラス戸に何度もぶつかってきたカーディナルよ。何度も何度も体当たりしてふらふらになってるのを見て、〝これ以上あんなことをしないように、家に入れてあげて〟と言ってたわね。ある日みんなが家に帰ってきたら、鳥はパティオで冷たくなっていた。おまえは土の寝床（お墓のことをこう呼んでいた）に亡骸《なきがら》を埋めて、こう言った。「なかに入れてくれてたら、こんなことにはならなかったのに」

あの鳥の話はもう聞きたくない。なかに入れても入れなくても、どうせ死ぬことになっていたんだ。あいつにもそのことがわかっていて、あの日いつもより強くガラスにぶつかったんだ。どうせ家に入れたとしても、遅かれ早かれ死んでいたに決まっている。この家はそんなふうにできているんだ。愛情は消え、結婚は壊れ、家族はばらばらになる。そういう宿命なんだ。

スニーカーを履いて階下に下り、キッチンにいるケイトの横をすり抜ける。

「たった今、彼女が来て、あんたをさがしてたわよ」

「ヘッドフォンで音楽を聴いてたから、気づかなかった」

「いったいどうしたの、その目と唇。お願いだから、彼女にやられたなんて言わないでよね」

「ドアにぶつかっただけだよ」

ケイトが僕をじっと見つめる。「ほんとにだいじょうぶなの?」

「絶好調さ。ちょっと走ってくる」

家に戻って部屋に入ると天井の白さに目がチカチカして、僕は残ったペンキで天井を青く塗る。

ヴァイオレット

卒業まであと133日

夜の六時。家の居間。両親は眉間にしわを寄せて、わたしの向かいにすわっている。どうやらワーツ校長が電話をかけてきて、わたしが三時間目の授業を途中でほうり出して、四時間目も五時間目も六時間目も七時間目も戻ってこなかったことをママに伝えたらしい。

パパは仕事から帰ったばかりで、まだスーツのままだ。「どこへ行っていたんだ」

「学校から通りをはさんですぐのところよ」

「通りをはさんだどこなんだ」

「川よ」

「授業中に、しかもこのクソ寒い真冬に、川なんかでいったい何をしていたんだ」

ママが穏やかな声でたしなめる。「ジェームズ」

「授業中に火災報知器が鳴って、全員が外に出たの。そのとき、フィンチがめずらしいアジアのツルを見せようとして……」

「フィンチ？」

「プロジェクトを一緒にやっている男の子よ。このあいだ家に来た」

「プロジェクトは、あとどれくらい残っているんだ」

「出かけるのはあと一か所で、そのあと、行った場所のことをレポートにまとめなくちゃいけないの」

ママが言う。「ヴァイオレット、とっても残念だわ」その言葉は、ナイフのように胸に突き刺さる。うちの両親はアマンダの両親と違って、ルールを破ったからといって携帯電話やパソコンを取りあげたり、部屋に閉じこめたりしない。そのかわり、どれだけ残念に思っているかを、わたしたちに言って聞かせる。

というか、今はわたしひとりだけど。

「あなたらしくないわ」ママは頭を振る。

「姉さんを亡くしたからといって、羽目をはずしてもいいことにはならないんだぞ」こんなことなら、部屋に閉じこめられるほうがましだ。

「羽目なんてはずしてない。そんなんじゃない。わたしはただ――チアリーディング部はもうやってないし、生徒会もやめた。オーケストラはただ続けているだけの落ちこぼれ。友達もいないし、彼氏もいない。だって、世界が止まっているのはわたしだけなんだもの。わかる？」声がだんだん大きくなるけど、どうすることもできない。「みんなは自分の人生をちゃんと生きているのに、わたしは置いてきぼり。追いつきたいとも思わない。たったひとつの得意だったことも、もうできない。プロジェクトだって、やりたくてやってるわけじゃない。だけど今のわたしには、それしかすることがないのよ」

部屋に行きなさいと言ってもらえそうにないから、自分で席を立つ。パパの声が追いかけてくる。「ヴァイオレット、おまえには得意なことがたくさんある。たったひとつなんかじゃ……」

夕食はほとんど無言でとる。そのあと、ママがわたしの部屋に上がってきて、机の前のボードをじっくり眺める。「エレノアとやっていたサイトはどうしたの？」

「もうおしまいにした。残しておいても意味がないし」

「そうね」静かな声に顔を上げると、ママの目がうるんでいる。「平気になんて一生ならないんでしょうね」ママはこれまで聞いたことのないような、痛みと喪失感のかたまりのようなため息をつく。それから咳ばらいをして、ボードに貼られた**新しいウェブマガジン（タイトル未定）**というメモを指ではじく。「これは？」

「新しいサイトを、作るかもしれないし、作らないかもしれない。エレノアとのサイトの流れで、自然と考えがそっちのほうにいったんだと思う」

「楽しんでやっていたものね」

「うん。だけど、もし新しいウェブマガジンをはじめるとしたら、まえのとは違うものにしたいと思っているの。遊びっぽい内容だけじゃなくて、もっと地に足のついた、読みごたえのあるものにしたいの」

ママの指が、〈ひらめき〉〈ときめき〉〈とっておき〉と書かれた紙をはじく。「これはどういう意味？」

「ただなんとなく。ジャンル分けみたいなもの、かな」

ママは椅子を持ってきて、わたしのとなりにすわる。そして次々と質問を投げかける。対象にするのは同年代の女の子か、もっと年上の人も含むのか。記事はぜんぶひとりで書くのか、それとも誰かに参加してもらうのか。どういうことがしたいのか、そもそもどうして新しいウェブマガジンをはじめたいと思ったのか。

わたしと同世代の子たちは、何かに迷ったときや、アドバイスがほしいとき、それにただ楽しみたいとき、ふらっと立ち寄れる場所がほしいと思っているからよ。あれこれ干渉されず、自分の部屋のようにほっとできて、自由にのびのびできる場所を求めているからよ。

だけど、こういうことは今までちゃんと考えたことがなかったから、「さあ」とだけ答える。ひょっとしたら、まったく的はずれな考えかもしれないし。「何をはじめるにしても、一から作り直さなくちゃいけない。だけど、まとまった考えがあるわけじゃなくて、あるのはアイデアのかけらや断片だけなの。あっちにもこっちにも、アイデアの芽があるだけ」パソコンや壁を手で示す。

「〝芽生えそのもののなかに、幸福の芽はある〟これはパール・S・バックの言葉よ。ひとつでも芽があれば、じゅうぶんなんじゃない？　そこからスタートすればいいのよ」ママは頬づえをついて、パソコンの画面にあごをしゃくる。「小さなことからはじめてみるのはどう？　新しいテキストファイルか、まっさらな紙を用意して、キャンバスにすればいいわ。ミケランジェロが彫刻のことをなんて言ってたか知っている？　〝形ははじめから石のなかにある。わたしの仕事はそれを彫りだすことだ〟あなたの書くべきことも、はじめからそのなかにあるんじゃないかしら」

それから二時間、ママとわたしは浮かんだアイデアを、思いつくまま紙に書きだしていく。作業が終わるころには、新しいウェブマガジンの大まかな内容と、ひらめき、ときめき、とっておき、それぞれのコンセプトにつながる定番コラムの形が見えはじめている。

ママがおやすみと言って席を立ったのは、そろそろ十時になるころだった。すぐには部屋を出ていかず、しばらくドアのところでじっとしている。「あの男の子のこと、信用できる?」

わたしは椅子ごとふり返る。「フィンチのこと?」

「ええ」

「そう思ってる。わたしが友達と呼べるのは、今のところ彼だけだもの」それがいいことなのか、悪いことなのかはわからないけれど。

ママが出ていくと、わたしはベッドにすわり、パソコンをひざにのせる。自分ひとりでぜんぶのコラムを書くのは、どう考えても無理だ。思いつくまま名前をパソコンに打ちこんでいく。ブレンダ・シャンク＝クラヴィッツ、ジョーダン・グリペンウォルド、ケイト・フィンチ。最後の名前のあとには〝?〟をつけ加える。

〈芽《ジャーム》〉で検索をかけてみる。www.germmagazine.com のドメインは取得可能だ。すぐに購入手続きに進み、五分後には登録が完了する。これが、わたしの〝石〟になる。

フェイスブックにログインし、フィンチにメッセージを送る。**: ねえ、だいじょうぶなの? さっき家まで行ったけど、いなかったわね。学校を抜けだしたことが両親にばれて、ふたりとも怒ってるわ。もう見て歩きはできなくなるかも。**

部屋の明かりを消して目を閉じる。そのとき、はじめてカレンダーに×印をつけ忘れたことに気づく。起きあがって、冷たいフローリングの床を歩いてクローゼットまで行き、置いてあるマーカーのキャップをはずす。マーカーを持つ手がふと止まる。カレンダーには、卒業して自由になるまでの日々が並んでいる。あと半年足らず、そう思うと、なんだか胸の奥をぎゅっとつかまれるような気持ちになる。それから先、わたしはどこへ行って、何をするんだろう。

マーカーにふたをして、カレンダーの端を引っぱってはがす。折りたたんで、クローゼットの奥に突っこみ、マーカーも一緒にほうり込む。そしてそっと廊下に出る。

エレノアの部屋はドアが閉まっている。ドアを開けてなかに入る。黄色の壁は、インディアナや、カリフォルニアの友達と一緒に写ったエレノアの写真で埋めつくされている。カリフォルニアの州旗がベッドの上から下がり、部屋の隅には画材が積み重なっている。両親が少しずつエレノアの持ち物を片づけているのだ。

エレノアの眼鏡をドレッサーの上に置く。「貸してくれてありがとう」声に出して言う。「だけど、かけていると頭が痛くなっちゃうの。それに、わたしにはぜんぜん似合わないみたい」エレノアの笑い声が聞こえてくる気がする。

ヴァイオレット

土曜日

翌朝、階下に下りていくと、セオドア・フィンチが両親と一緒に食卓にすわっている。赤いキャップを椅子の背にひっかけ、空のお皿を前に置いて、オレンジジュースを飲んでいる。唇が切れ、頬にはあざができている。

「眼鏡がないほうがいいね」フィンチが言う。

「ここで何してるの？」フィンチと両親に目をやる。

「朝食をごちそうになっているのさ。一日のうちでいちばん大切な食事だ。だけど、ここに来た本当の理由は、きのうのことを説明したかったからだ。僕が言いだしたことで、君は授業をさぼるつもりじゃなかったってことを、ご両親に話したんだ。君が何度も学校に戻ろうと言って、僕を止めようとしてたってことも」フィンチは自分でワッフルのおかわりと、果物を取る。

パパが口を開く。「プロジェクトの大まかなルールについても話し合った」

「続けていいの？」

「話し合いは合意に達した。そうだね、セオドア」パパはワッフルを皿に取って、わたしの前に置く。

「そのとおりです」フィンチがわたしにウィンクを投げる。

パパはフィンチを目で制する。「軽々しく考えてもらっては困るよ」

フィンチが真顔になる。「はい」

ママが言う。「わたしたちが信頼しているってことを彼に伝えたの。あなたが車に乗れるようになったのは彼のおかげなんだし。パパもママも、あなたには楽しんでほしいと思っているわ。ただし、羽目をはずさないこと。それと、授業にはちゃんと出ること」

「約束するわ」キツネにつままれたような気分だ。「ありがとう」

パパはフィンチのほうを向く。「君の電話番号と、ご両親の連絡先を聞かせてもらえるかな」

「もちろんです」

「お父さんは、ひょっとして〈フィンチ管理倉庫〉の？」

「そうです」

「テッド・フィンチだね。元アイスホッケー選手の」

「ええ。でも、父とはもう何年も話していません。僕が十歳のときにいなくなったから」

わたしはびっくりしてフィンチを見る。ママが言う。「たいへんだったわね」

「お気づかいありがとうございます。でも、今となっては、父がいないほうが家族にとってはよかったんだと思ってます」悲しげな笑みを浮かべる。言葉と違って、傷ついた笑みは本物だ。

「母は、〈ブルーム不動産〉と〈ブックマークス〉で働いていて、家にはあまりいないんです。でも、ペンを貸してもらえたら、連絡先を書いておきます」

わたしはペンとメモ用紙を取ってきて、フィンチの前に置く。彼と目を合わそうとするけれど、メモにかがみこんでいる顔に髪がかかっていて、見ることができない。彼はていねいな文字で、〝リンダ・フィンチ〟の名前と、仕事場と自宅と携帯電話の番号を書き、その下に〝セオドア・フィンチ〟の名前と、自分の携帯電話番号を書く。まるで子どもが先生にいい点数をつけてもらうために書いたみたいな型にはまった字だ。ここにもうそがある。これはフィンチの字じゃない。型にはまったところなんて、本当はこれっぽっちもないのに。

ママはパパに笑みを向ける。〝堅い話はここまでにしましょう〟という笑みだ。「で、大学はどこに行こうと思っているの?」会話はくつろいだものになる。大学を出たあとはどんなことをしたいと思っているのかとママがたずね、わたしは耳をそばだてる。そういう話はこれまでしたことがないから。

「やりたいことが毎日変わるんです。ヘミングウェイの『誰がために鐘は鳴る』は読まれたと思いますけど」

ママはその両方にうなずく。

「主人公のロバート・ジョーダンは、自分がもうすぐ死ぬことをわかっていて、こう言います。〝あるのは今だけだ。残された日があと二日だとすれば、その二日は人生そのもので、そこで起こることが人生のすべてだ〟と。自分に残された時間がどれだけあるか、誰にもわかりません。あと一か月かもしれないし、五十年かもしれない。でも僕は、自分に残された時間が二日しかないように生きたいと思っています」フィンチの話を聞いている両親の顔を見つめる。フィンチが穏やかに淡々と話すのは、長く生きられなかったエレノアを思いやってのことだろう。

パパはくつろいだ表情でコーヒーをひと口飲み、椅子に背中をあずける。「初期のヒンドゥー教徒は、人生を精一杯生きることが何より大切だと考えていた。永遠の命を望むのではなく、与えられた生を健康に悔いなくまっとうすることを望んだんだ」それからたっぷり十五分、パパは死後の生という彼らの初期の概念、つまり死者が母なる自然とふたたび結びつき、形を変えてこの世界に存在し続けるという考えについて熱弁をふるう。そして、古代ヴェーダ人の讃歌を口にする。「〝汝《なんじ》の眼は太陽となり、魂は風となる……〟」

「〝あるいはその求めに応じ、水を目指すであろう〟」フィンチがあとを引き継ぐ。

パパの眉が額の生えぎわまで跳ねあがる。いったいどういう子なんだと考えているのだ。

フィンチは言う。「水に関しては、ちょっとうるさいんです」

パパは立ちあがってワッフルに手をのばし、フィンチのお皿に二枚をのせる。わたしは内心、ほっとため息をつく。ママが、わたしたちの〈インディアナ見て歩き〉プロジェクトのことをたずね、フィンチとわたしはこれまで行った場所や、これから行こうと思っている場所について話す。朝食を食べ終わるころには、うちの両親は、すっかりフィンチと打ち解けて、自分たちのことをミスター・マーキー、ミセス・マーキーではなく、〝ジェームズ〟〝シェリル〟と呼んでくれ、なんて言っている。このまま出かけず一日じゅう家で過ごすつもりなのかと思っていると、フィンチがわたしを見て青い瞳を躍らせる。「ウルトラヴァイオレット、いつまでもゆっくりしていられない、そろそろ出かけなきゃ」

玄関を出て、すぐに言う。「何を考えてるの？　わたしの両親にうそをつくなんて」

フィンチは目にかかった髪をかきあげ、赤いキャップをかぶる。「感じたままのことを言っただけだよ。それをうそとは言わない」

「わけがわからないわ。あなたの書いた文字、あれだってうそじゃない」なぜか、無性に腹が立ってくる。両親の前で自分を偽るのなら、わたしの前でも偽っているのかもしれない。フィンチにききたい。ほかにどんなうそをついてるの？

開いた助手席のドアにもたれかかるフィンチの表情は、逆光になって見えない。「いいかい、ウルトラヴァイオレット、実際に起きていないことのほうが、現実よりリアルだってこともあるんだぜ」

フィンチ

28日目

ジョン・アイヴァースは人当たりのいい穏やかなおじいさんで、白い野球帽をかぶり、あごひげをたくわえている。インディアナ州のはずれにある広い農場に、奥さんとふたりで暮らしている。ここの電話番号は、〈インディアナおもしろスポット〉というウェブサイトにのっていた。サイトのアドバイスにあったとおり、まえもって連絡しておいたので、ジョンは裏庭で僕たちを待ってくれている。手を上げてこちらにやってきて、僕たちと握手を交わし、妻のシャロンはあいにく市場に出かけているんだとすまなそうに言う。

　そして、裏庭に自分で作ったというローラーコースターまで案内してくれる。コースターは、〈青い閃光《ブルー・フラッシュ》〉と〈青色二号《ブルー・ツー》〉の二台あった。どちらも一人乗りというのが残念だけど、それ以外は最高にクールだ。「わしは機械の設計に関してはまるっきりの素人だが、スリルに目がなくてね。スタントカー・レースにドラッグ・レース、車をぶっ飛ばすこと——そういったことができなくなったとき、それに代わるものをさがした。どうすれば同じようなスリルが味わえるだろう、とね。もともと、破滅と背中合わせの浮遊感がたまらなく好きだったから、いつでもその感覚を味わえるようにこいつを作ったんだ」

　おじいさんが腰に手を当ててブルー・フラッシュにあごをしゃくるのを見ながら、〝破滅と背中合わせの浮遊感〟について考える。その感覚はよくわかる。そのフレーズを頭の片隅にしまいこむ。あとで引っぱりだして、歌を作れるかもしれない。

「そんなことを思いつくなんて、尊敬します」いつでもその感覚を味わえるように、という考えがすごくいい。僕にもそんなものがあればいいのに——そう思いながら横にいるヴァイオレットを見る。ここにあった。

　ジョンじいさんの作ったローラーコースターは、納屋の外壁にくっついている。全長約五十五メートルで、いちばん高いところは六メートル、スピードは最高でも時速四十キロで、十秒ほどで終わってしまうけど、中央には宙返りのループもある。見たところ、このブルー・フラッシュは古い鉄パイプを曲げたフレームに水色のペンキを塗って、七〇年代式のバケットシートとすり切れた布のシートベルトをくっつけただけの代物だが、なんだかわくわくさせられるところがあって、乗るのが待ちきれない。

ヴァイオレットに先に乗るかい、と声をかける。「いいわ、あなたが先に乗って」まるでコースターに取って食われるとでもいうみたいに、あとずさる。まずい、ひょっとすると選択を間違えたかもしれない。

僕が何か言うまえに、ジョンじいさんは僕を座席にすわらせてベルトを締め、納屋のところまで押していく。カチっという音がしたと思うと、コースターは上へ上へとあがっていく。納屋のてっぺんまでくると一瞬体が止まり、周りには三百六十度、農場の風景が広がる。「しっかりつかまっておくんだぞ」と声が聞こえ、言われたとおりにすると、体がふわりと宙に浮き、次の瞬間ほうりだされてあっという間にループに入り、僕は声をからしてわめく。気がつくと終わっていて、またすぐに乗りたくなる。たった十秒やそこらじゃなく、人生はずっとこうであるべきだ。

五回続けて僕が乗る。ヴァイオレットはまだ心の準備ができないらしく、僕が終わるたびに手を振って、「もう一回どうぞ」と言うからだ。

さすがに五回目で休憩することにする。ガクガクする脚で座席から出ると、ヴァイオレットがさっと座席にすわり、ジョンじいさんにシートベルトを締めてもらっている。てっぺんまで上り、そこでいったん停止すると、ヴァイオレットの顔がこっちを向く。次の瞬間、コースターはまっさかさまに落下し、彼女は声をかぎりに叫ぶ。

コースターが止まる。彼女がゲロを吐くか、降りてきて僕をひっぱたくか、見当がつかない。

ところがそのどちらでもなく、ヴァイオレットは「もう一回！」と叫ぶ。そしてまた上っていき、水色の疾風となって僕の視界を駆けぬける。

　次はまた交代して僕が乗る。三回続けて乗ったあとは、世界はどっちが上か下かわからなくなり、血管のなかで血がバクバク脈打っている。ジョンじいさんが、シートベルトをはずしながら言う。「おまえさんも好きだねえ」

「はい、かなり」言いながら、ヴァイオレットのほうに手をのばす。まっすぐ立っていられないし、もし倒れたら背が高い分、落下距離ははんぱじゃない。ヴァイオレットはあたりまえのように僕に腕をまわす。僕らは互いに寄りかかり、ふたりでひとりの人間みたいになる。

「青色二号にも乗ってみるかね」ジョンが声をかけてくるが、今はそれどころじゃない。望むのは、ヴァイオレットとふたりきりになることだけだ。だけど、ヴァイオレットは腕をふりほどいて、コースターに飛びのり、ジョンにシートベルトを締めてもらっている。

　青色二号のほうはたいしたことがなかったので、僕たちはブルー・フラッシュにもう二回ずつ乗る。最後に降りるとき、ヴァイオレットのほうに手をのばすと、彼女は僕の手を握って楽しそうに前後に揺らす。明日は日曜日で、父さんの家のディナーに行かなくちゃいけないけれど、今日ここにいる僕は、最高の気分だ。

　置きみやげにしたのは、ドルショップで買ったミニカー（リトル・バスタードのつもり）と、ドールハウス用の一組の人形（僕とヴァイオレットのつもり）で、アメリカンスピリットの煙草の空箱に入れて、さらにインデックスカードくらいの大きさの磁石つきの缶につめ込む。

「これでいいわ」ヴァイオレットは、缶をブルー・フラッシュの裏側にくっつける。「これで見て歩きは完了ね」

「どうだろう。たしかに楽しかったけど、これってほんとにブラック先生が言っていたようなことなのかな。じっくり考えて、検討してみるべきじゃないかな。念のために予備の場所を選んでおいたほうがいいかもしれない。だって、このプロジェクトを中途半端に終わらせることはできないからさ。なにしろ、君のご両親が応援してくれているんだから」

家に帰る途中、ヴァイオレットが車の窓を下ろすと、長い髪が風に吹かれて広がる。彼女は脚を組んでひざの上に僕たちの見て歩きノートをのせ、はためくページにかがみこんで何か書いている。あんまり熱心に書いているので、僕はきいてみる。「何を書いてるの」

「ちょっと思いついたことをね。最初はブルー・フラッシュのことや、自分の家の裏庭にローラーコースターを作ったおじいさんのことを書いていたの。そうしたら、アイデアが浮かんできたから、それを書き留めておこうと思って」どんなアイデアか聞くまえに、彼女はまたノートにかがみこみ、紙の上にペンを走らせる。

三キロほど行ったところで、ヴァイオレットが顔を上げる。「わたしがあなたのどんなところを好きか知ってる、フィンチ？　おもしろくて、ユニークで、話をしていて楽しいところよ。あ、でも調子にのらないでね」

僕らの周りの空気が急に電気を帯びたように感じられる。今ここでマッチをすったら、空気も車もヴァイオレットも僕も、すべて吹き飛ぶんじゃないかと思うほどだ。まっすぐ前を向いたまま言う。「僕が君のどんなところを好きか知ってるかい、ウルトラヴァイオレット・リマーキアブル。ぜんぶさ」

「あら、わたしのことなんて好きじゃないんだと思ってたわ」

となりに目を向けると、ヴァイオレットはいたずらっぽく笑っている。

見えてきた次の出口に車を突進させる。ガソリンスタンドを通りすぎ、ファストフード店の並びを通りすぎ、中央分離帯をのり越えて、〈町立東図書館〉の表示がある駐車場に入る。リトル・バスタードをとめ、運転席から降り、助手席へまわる。

助手席のドアを開けると、ヴァイオレットが言う。「どうしちゃったの?」

「もう待てない。待てるかと思ったけど、無理だ。ごめん」手をのばしてシートベルトをはずし、彼女を引っぱりだす。陰気くさい図書館のとなりにあるがらんとした殺風景な駐車場に向かいあって立つ。すぐとなりにある、フライドチキンの〈チックフィレー〉のドライブスルーのスピーカーから、「ご一緒にポテトとドリンクはいかがですか」という声が聞こえてくる。

「フィンチ?」

ヴァイオレットの頬にかかったおくれ毛を指でかきあげる。そして、両手で顔をはさんでキスをする。自分でも驚くほど切羽つまった感じになってしまったから、少し調子をやわらげる。すると、今度は彼女のほうが僕の首に腕を巻きつけて、キスを返してくる。車にもたれるヴァイオレットに覆いかぶさって抱きあげると、彼女は僕の体に両脚を巻きつけてくる。どうにかこうにか後部座席のドアを開け、敷きっぱなしの毛布の上に彼女を横たえる。ドアを閉めてセーターを脱ぎすてると、彼女も自分のシャツを脱ぐ。僕は言う。「君に夢中なんだ、もう何週間もずっと」

首筋に唇をはわせると、彼女の口から小さなあえぎ声がもれる。そして、とつぜん言う。「わたしたち、どうしてこんなところにいるの?」彼女が笑いだし、僕も笑う。彼女が僕の首筋にキスをすると、体じゅうが火を噴くように感じる。なめらかであたたかい肌に手をすべらせ、お尻のカーブを手でなぞると、彼女が耳をかんでくる。ジーンズとお腹のすき間に手をすべりこませると、さらにぎゅっとしがみついてくる。そして僕が自分のベルトをはずしかけたとき、ヴァイオレットがさっと体を引き、僕はリトル・バスタードの壁に頭をぶつけたくなる。そうなんだ、彼女、ヴァージンなんだ。

ヴァイオレットがささやく。「ごめんなさい」

「ライアンと付き合ってたときも？」

「そうなりかけたけど、ならなかった」

彼女のお腹を指でなぞる。「マジかよ」

「そんなに信じられない？」

「相手がライアン・クロスだからさ。女の子なら誰だって、あいつをひと目見ただけでヴァージンをなくすもんだと思ってたよ」

ヴァイオレットは僕の腕をたたき、それから僕の手に手を重ねる。「まさか今日、こんなことになるとは思わなかったわ」

「そりゃどうも」

「わたしの言いたいこと、わかるでしょ」

脱ぎ捨てられたシャツをヴァイオレットに渡し、自分のセーターも拾う。シャツを着ている彼女に声をかける。「またいつか、だね。ウルトラヴァイオレット」彼女はちょっと残念そうな顔をする。


家に帰って部屋に入ると、言葉があふれだしてくる。歌になりそうな言葉や、時間ぎれになってまた眠りに落ちるまえにヴァイオレットと一緒に行きたい場所についての言葉が次から次へと湧いてきて、書くのをやめられない。やめたいとも思わない。

1月31日。手段：なし。死への到達度：10段階中の0。事実：安楽死コースターは実際には存在しない。けれどももし存在するとすれば、乗車時間は三分で、コースは、五三〇メートルの距離を、約五〇〇メートルの高さまで上り、そこからほとんど垂直に近い角度で落下し、七つの宙返りループを駆けぬけるというものになる。落下してループを通過する時間はわずか六〇秒だが、時速三六〇キロでの宙返りによる10Gの重力加速度が乗客を死へ導く。

ふと気がつくと、また時間がすっぽり抜け落ちていて、僕はもう書いていない。走っている。昼間と同じ黒いセーターと着古したブルージーンズに、スニーカーと手袋という格好だ。どうも足が痛いと思ったら、いつのまにかとなり町のセンターヴィルまで来ている。

靴と帽子を脱いで、歩いて家を目指す。今日はもうへとへとだ。だけど気分はいい。充実した疲労感があり、生きていると感じる。

安楽死コースターを構想したジュリジョナス・アーボナスは、人間が尊厳と幸福感のうちに苦しまずに死ねる手段としてこれを設計したという。10Gという重力加速度がかかることで脳の血が逆流し、その結果、脳は低酸素状態になり人は死に至る。

インディアナの夜の闇のなか、満天の星の下を歩きながら、〝尊厳と幸福感〟について考える。僕がヴァイオレットといるときに感じる気分を、これくらい的確に表す言葉は見あたらない。

今日というこの日ばかりは、僕はほかの誰にもなりたくない。セオドア・フィンチでいたい。ヴァイオレットが付き合っているセオドア・フィンチは尊厳と幸福感がどんなものか知っていて、それを知らないあまりにも多くの連中――人として欠陥があり、馬鹿で、まぬけで、うすのろで、ろくでなしの連中――を知っている。周りの人たちに心配をかけないよう、優しくしたいと思っていて、なにより自分に優しくありたいと思っている。この世界や、自分自身としっかりつながっている。僕がそうなりたいと望んでいる男だ。僕の墓碑銘には、こんな言葉が刻まれてほしい。〈ヴァイオレット・マーキーに愛されし男、ここに眠る〉

フィンチ

30日目（完全に目覚めている）

体育の授業中、チャーリー・ドナヒューと僕は野球グラウンドの三塁ベースの外野寄りに立っている。僕たちが発見したところによると、ここは話をするのに最適な場所だ。ライナーで飛んできたボールを、チャーリーはろくに見もしないでキャッチしてホームへ投げ返す。チャーリーがはじめて校門をくぐったときから、バートレット高校のありとあらゆる運動部のコーチが入部の勧誘をしてきたが、彼は黒人生徒にありがちなタイプにはなりたくないと断りつづけている。そんなチャーリーが課外活動に選んだのは、チェスとアルバム委員とトランプゲームのユーカーだ。そういう意外性が大学の入学願書では目立つんだそうだ。

チャーリーは腕を組んで、僕に眉をひそめてみせる。「ローマーを溺れさせるところだったって本当か？」

「まあな」

「やりかけたことは最後までやらなきゃ」

「今度女の子と寝るまでは、ムショ送りにならないほうがいいと思ったんだ」

「そうなったほうが女子が寄ってくるかもしれないぜ」

「女子なら誰でもいいってわけじゃないよ」

「で、どうしたんだ、その顔は」

「名誉の負傷さ。女子はこういうのに弱いんだ。ちなみに体育のユニフォームにも弱い」

「あつかましい野郎《チーキー・ワンカー》だな」チャーリーはイギリス風に言う。だけど僕はもうロンドンっ子じゃない。さらば、フィオナ、さらば、フラット。さらば、アビー・ロード。「そういや、このところのおまえはホームレス・フィンチだな。そのまえ二週間ほどは、ちょい悪フィンチだった。だんだん世間からすべり落ちていってるじゃないか」

「ホームレス・フィンチは気に入ってるよ」ニットキャップをちょっと直したところで、ふと考える。ヴァイオレットが好きなのは、どのフィンチなんだろう。考えはじめると、そのことしか考えられなくなる。どのフィンチが好きなんだ？　本当の僕じゃなくて、別バージョンのフィンチだとしたら？

　チャーリーが煙草をすすめるが、僕は首を振る。

「で、彼女とはどうなってるんだ」

「ヴァイオレットのことか？」

「もう寝たか」

「なあ、おまえって、ほんとにどうしようもないブタ野郎だな。こっちはただ楽しい時間を過ごしてるだけだ」

「楽しい時間に、暗雲がたれこめてきたぜ」

　ローマーがバッターボックスに向かっている。つまり油断は禁物ということだ。ローマーが野球部のスター・プレーヤーだからというだけでなく（ライアン・クロスに次ぐ強打者だ）、まっすぐこっちを狙っているみたいだから。あとでやっかいなことにならないとわかっていたら、今すぐここまでやってきて、溺れさせられかけた仕返しに僕の頭をバットでぶちのめすだろう。

思ったとおり、ボールはこっちをめがけて飛んできて、チャーリーは口に煙草をくわえたまま、一歩、二歩、さらにもう一歩と、キャッチできて当然というように余裕であとずさる。グローブを差しだしたところに、ボールがすとんと落ちる。チャーリーがボールを投げ返すあいだに、ローマーは千五百ほどの罵《ののし》り言葉をわめき散らす。

体育の教師であり、野球部の監督でもあるカペル先生（通称カッピー）を見ながら、チャーリーに言う。「おまえのそういうプレーを見るたびに、死ぬほど悔しがってるんだろうな」

「カッピーとローマー、どっちが？」

「どっちも」

チャーリーがめずらしく笑ってみせる。「知ってる」

ロッカールームで着替えていると、ローマーがやってくる。チャーリーの姿はすでになく、カッピーは体育教官室にいる。まだ残っている生徒たちは、透明人間になったみたいに、すーっとうしろに下がっていく。ローマーは朝食に食べた卵のにおいがわかるほど、顔を近づけてくる。

「死ね、フリーク」

二度とそんな口がきけないようにぶちのめしてやりたいのは山々だが、それはやめておく。理由その1：こんなやつのためにトラブルになるのは割に合わないから。理由その2：川岸で、手を離して、と叫んだヴァイオレットの顔が頭にちらつくから。

だから数を数える。一、二、三、四、五……

ぜったいに手は出さない。顔を殴ったりしない。

問題を起こしちゃだめだ。

ロッカーにたたきつけられ、まばたきをする間もなくパンチを浴びせられる。最初は目に、次は鼻に。僕にできることといったら、二本の足で立っていることと、頭のなかで狂ったように数字を数えあげることだけだ。そうでもしないと、ローマーの野郎を殺してしまいそうだから。

このままずっと数えつづけていれば、時をさかのぼって八年生のはじめに戻れるだろうか。ローマーにうっかり口をすべらせることも、変な目で見られることも、みんなに変人と呼ばれることもなかったあのころに。ずっと目覚めていられて、自分をごくふつうだと感じていたあのころに(何がふつうなのかはさておき)。みんなが僕をじろじろ見るわけでも、次に何をしでかすかと好奇の目で見るわけでもなく、やあ元気か、どうしてる、なんてふつうに笑いかけてきたあのころに。もし、数字を逆向きに数えていったら、過去にさかのぼっていけるだろうか。そうすれば、ヴァイオレット・マーキーの手を取って、ふたりで一緒に歩んでいけるのに。もっとたくさんの時間を一緒に過ごせるのに。僕が恐れているのは時間だから。

それと、自分自身。

僕は自分が怖い。

「おまえら、何をしてる」カペル先生が少し離れた場所からこっちを見ている。手にはバットを持っている。家で奥さんにこんなふうに言っているところが頭に浮かぶ。〝やっかいなのは一年生じゃなく、上級生だ。体を鍛えた成長期の男子ほど、手に負えないものはない。どんな手段を使ってでも自分の身は自分で守るしかない〟

「問題はありません」僕は言う。「だいじょうぶです」

カペル先生が、僕の思うような人間なら、このことはワーツ校長には伝わらない。野球部の主要選手がからんでいるんだから間違いない。罰を受けるのはきっと僕のほうだ。居残りだろうか、退学だろうか。血を流しているのは僕のほうなんだけど。けれど、予想に反してカッピーは言う。「もういい、フィンチ。行ってよろしい」

血をぬぐい、ローマーに笑いかけて、その場をあとにする。

「何をやってるんだ、ロメロ」カッピーのどなり声が聞こえてくる。ローマーが平謝りに謝るのを聞けただけで、痛みのもとはとれた。


教科書を出そうとロッカーを開けると、本の上にフージャー・ヒルの石のようなものがのっている。手に取ってひっくり返してみると、思ったとおりこう書いてある。〝君の番だ〟

「何それ」ブレンダがやってきて、僕の手から石を取りあげ、しげしげと眺める。「〝君の番だ〟ってどういう意味？　何の順番なの」

「秘密のジョークなんだ。とびきりセクシーで、クールなやつにしか通じないジョークなのさ」

ブレンダのパンチが腕に飛んでくる。「それじゃ、あんたにもわからないはずね。それより、どーしたの、その目」

「君の愛しのローマーにやられたんだよ」

ブレンダは顔をしかめる。「あんなやつ好きなわけないでしょ」

「ほんとに？」

「しつこいわね。鼻をへし折ってやればよかったのよ」

「馬鹿は相手にしないことに決めたんだ」

「根性がないんだから」ブレンダは僕と歩きながら、あれこれとりとめのない話をする。ヴァイオレット・マーキーのこと本気で好きなの？　それって永遠に愛してるって感じなの、それともちょっと興味がある的な？　スーズ・ヘインズはどうなのよ。ちょっとまえはあの子にハマってたじゃない。あと、ブリアナ三人組とか、マクラメ部の女の子たちとかはどうなったの？　もしたった今、エマ・ワトソンが空から舞い降りてきたらどうする？　迷わず飛びつく？　それともあっちに行っててくれって言っちゃう？　わたしの髪、ブルーかパープルかどっちにするのがいいと思う？　少し痩せたほうがいいかな？　ねえ、正直に言ってほしいんだけど、このままのわたしを愛してくれて、抱いてくれる男なんているると思う？

僕は、「ああ」「そんなことないよ」「もちろん」「何とも言えないな」なんて適当に答えながら、頭のなかではずっと、錠前やぶりのヴァイオレット・マーキーのことを考えている。

ヴァイオレット

2月2日

クレズニー先生は、指を組んで、とってつけたような満面の笑みを浮かべている。「調子はどう？　ヴァイオレット」

「元気です。先生はいかがですか」

「元気よ。それじゃあ、あなたのことを話しましょう。今はどんな気分？」

「とってもいいです。こんなに気分がいいのは久しぶりです」

「そうなの？」びっくりしているみたいだ。

「はい、また文章を書くようになったんです。それに、車にも乗れるようになりました」

「眠れている？」

「とってもよく眠れています」

「怖い夢は？」

「見ません」

「一度も？」

「ここ最近はありません」

はじめて本当のことを言った。


ロシア文学の授業で、マホーン先生は、ツルゲーネフの『父と子』について五ページのレポートを宿題に出す。先生はこっちをちらりと見るが、わたしは、考慮すべき事情のことも、心の準備のことも口にせず、ほかの子たちと同じように提出期限をノートに書き留める。授業が終わると、ライアンが戸口から声をかける。「ちょっと話せる？」

マホーン先生がわたしを目で追うのを感じ、手を振って教室を出ていく。ライアンに言う。「どうしたの？」

廊下に出て、行きかう生徒たちの波をかき分けて歩く。ライアンがはぐれないようにわたしの手を取る。一瞬ドキっとしたけれど、人の波がとぎれると彼は手を離す。「これからどこに行くんだい」

「ランチよ」

並んで歩き、ライアンが言う。「スーズと付き合うことになったんだ。あっという間に学校じゅうに広まるだろうから、そのまえに僕の口から話しておきたかったんだ」

「よかったわね」わたしもフィンチのことを話そうかと思ったけれどやめておく。わたしとフィンチがいったいどんな関係なのか、そもそも、関係と言えるようなものがあるのか、自分でもわからないから。「話してくれてありがとう。スーズとならきっとうまくいくと思う」

ライアンはうなずいて、トレードマークのえくぼを見せて笑う。それから、真顔になって言う。「もう聞いたかもしれないけど、今日、ロッカールームでローマーがフィンチにけんかをふっかけた」

「ふっかけて、どうなったの？」

「フィンチを一方的に殴った。あいつは最低だよ」

「それでどうなったの？　ひょっとして、ふたりとも退学になったとか？」

「それはないと思う。カペル先生がローマーのことを校長に報告するはずがない。大事な戦力を失いたくないからね。さあ、そろそろ行かなきゃ」二、三歩行きかけて、ふり返る。「フィンチは身を守ることさえしなかった。ただ黙って殴られてたよ」


カフェテリアでは、アマンダやローマーがいるいつもの席を素通りする。ローマーが取り巻きの子たちに何かしゃべっているが、何を話しているかはわからない。

窓際まで歩いて空いた席にすわろうとしたとき、うしろから名前を呼ばれる。ブレンダ・シャンク＝クラヴィッツが、ブリアナ三人組と、ララという黒い髪の女の子と一緒に丸テーブルにすわっている。

「ここにすわってもいい？」なんだか、どのグループに入ったら仲良くやっていけるか確かめようとしている新入生みたいだ。

ブレンダは、テーブルの上に散らばっていたバックパックと、セーターと、キーホルダーと、携帯と、その他もろもろを、どさっと床に下ろす。わたしはトレイを置いて、ブレンダのとなりにすわる。

ララはとても小柄で新入生のように見えるけど、同じクラスにいることは知っている。つい五分まえに片思いの相手にうっかり口をすべらせて告白しちゃったと話している。だけど、恥ずかしがるでもなく、あっけらかんと笑って、ぱくぱくランチを食べている。

ブリアナ三人組は、卒業後のことについて話している。ひとりはミュージシャン、別のひとりは編集者を目指していて、あとのひとりは、長い付き合いの恋人と結婚の約束をしているんだそうだ。将来は、クッキーショップを開くか、書評を書く仕事につきたいと思っているけど、今はできることをできるうちに楽しんでやるつもりだと話している。その恋人がやってきて、彼女のとなりに腰を下ろす。並んですわったふたりは、見るからにいい感じで幸せそうで、この先ずっと一緒にいるのが自然なことに思える。

みんなの話を聞きながら食べていると、ブレンダが耳打ちしてくる。「ゲイブ・ロメロはどうしようもない悪玉菌だよ」わたしとブレンダは、水のペットボトルとソーダの缶をぶつけて乾杯する。

ヴァイオレット

週末

今となっては、見て歩きは、車で出かけていってふたりきりで過ごす口実みたいなものだ。だけど、まだ心の準備はできていない。友達のなかには、九年生のころからセックスは生活の一部、みたいな子もいるけれど、わたしにとっては人生の一大事だから。でも、そんな気持ちなどおかまいなしに、わたしの体は止められないほどの引力をフィンチに感じていて、もっと先に進みたがっている。わたしは、〈ジャーム〉のボードにもうひとつのカテゴリー――セックス――を加え、見て歩きノートに思いついたことを書き留めていく。ノートはいつのまにかわたしの日記兼、覚え書き兼、新しいウェブマガジンのアイデア帳へと姿を変えつつある。

アマンダとまだ表面上は仲良くしていたころ、彼女の家でのお泊まり会のときに、お兄さんたちと話をしたことがある。そのとき聞いた言葉――やらせる女は尻軽、やらせない女はじらし屋――をそこにいた全員がしっかり頭に刻んだ。アマンダ以外のメンバーは誰も男兄弟がいなかったから。女の子だけになったときにアマンダが言った。「そう言われないたったひとつの方法は、永遠にひとりの人と一緒にいることよ」だけど、永遠にもいつか終わりがくるんだとしたら……？

土曜日の朝、フィンチが家に迎えにくる。あちこち腫れてひどい顔だ。すぐ近くの樹木園で、フィンチは車をとめる。フィンチの手がのびてくるまえに言う。「ローマーと何があったの？」

「どうして知ってるんだ」

「ライアンから聞いた。それに、誰かに殴られたことくらい、顔を見ればわかるわ」

「ワイルドだろ？」

「茶化さないで。いったい何があったの」

「君が心配するようなことじゃない。あいつがどうしようもないろくでなしだってことがわかっただけだ。あんなやつの話はもうやめよう。ほかにすることはたくさんある」そう言って、運転席をのり越えてリトル・バスタードの後部座席に移り、わたしを引っぱりこむ。

フィンチのとなりに体を横たえ、抱きしめられて、唇を重ねる。この瞬間のために生きていると感じる。彼の手が肌に触れた瞬間、体じゅうに電流が流れ、そのときがいつ訪れてもおかしくないのがはっきりわかる。ほかのすべての時間は、今このときのためにある。

唇がしびれるほどの長いキスのあと、まだだめ、ここじゃだめと言いながら、お互いの自制心をふり絞って〝いつか〟の一歩手前で体を離す。思いがけない進展に戸惑い、頭のなかではフィンチへの思いと、いつかくるその日への思いがぐるぐる渦巻いている。

家に帰ったフィンチからメッセージが届く。**：僕の頭は〝いつか〟のことでいっぱいだ。**

わたし：いつか、近いうちにね。

フィンチ：近いうちっていつ？

わたし：？？？？

フィンチ：＊＃＠＊！！！

わたし：☺

日曜日の朝九時、自宅。朝起きて、階下に下りると、両親はキッチンでベーグルを食べている。ママは、エレノアとわたしが母の日にプレゼントした、〈ママはロックスター〉のロゴ入りマグカップから顔をのぞかせて言う。「荷物が届いているわよ」

「日曜日なのに？」

「誰かが玄関のステップに置いていったようね」

ママのあとについてダイニングに行く。背筋をのばして髪を揺らす歩き方が、エレノアそっくりだ。エレノアはパパ似で、わたしはママ似だけど、エレノアの姿勢やしぐさはママに似ていて、ママはいつもいろんな人から「エレノアとあなたって、ほんとよく似てるわね」と言われていた。ママがそう言われることはもうないんだと思うと、胸がずきんと痛む。

魚を包むのに使うような茶色の包装紙で包まれた荷物が、ダイニング・テーブルに置かれている。全体的にでこぼこしていて、赤いリボンがかかっている。〈ウルトラヴァイオレット〉の文字がサイドに見える。

「送り主の心当たりは？」ふり返ると、パパがひげにベーグルのくずを付けて戸口に立っている。

「ジェームズ」ママがあごに手をやり、パパはひげをこする。

こうなったら、両親の前で荷物を開けるしかない。どうか気まずいものじゃありませんように。だって、セオドア・フィンチのことだもの、何が入っているかわかったものじゃない。

リボンを引っぱり、包み紙をやぶる。六歳のころのクリスマスのときにタイムスリップした気分だ。エレノアはいつだって、プレゼントの中身を知っていた。ふたりでママの書斎の戸棚の鍵を開けたあと、エレノアはプレゼントをこっそり確かめていた。わたしは知りたくなかったから、すぐに部屋を出ていった。エレノアは、中身をわたしに教えたがったけど、わたしはぜったいに聞かなかった。あのころは、サプライズが楽しみだったから。

包み紙のなかから出てきたのは、水泳のときに使うようなゴーグルだった。

「誰からかしら」

「フィンチよ」

「ゴーグルねえ。なんだか意味深ね」ママはにやにやしている。

「ママ、彼はただの友達だってば」

どうしてそんなことを言ってしまったのかわからない。だけど、これがどういう意味なのか、何のつもりなのか、たずねられたら困る。わたしにだってさっぱりわからないんだから。

ママは言う。「今はそうかもね。そのうちだんだんわかってくるわ」これはエレノアの口癖だった。ママは気づいていないのかもしれないけど。ゴーグルを手に取ってしげしげと眺めながら、パパに話しかけている。「ねえ、昔わたしをデートに誘おうとして、いろんなものをプレゼントしてくれたこと覚えてる?」

二階に行き、フィンチにメールを送る。**:ゴーグルをありがとう。だけど、あれって何のためのもの? お願いだから〝いつか〟のためだなんて言わないでね。**

フィンチから返信が届く。**:そのうちにわかるよ。近いうちに使う日がくる。毎年決まって、真冬の真んなかに一日だけ暖かい日がやってくるんだ。その日が来たら出かけよう。くれぐれもゴーグルを忘れるなよ。**

フィンチ

最初の暖かい日

二月の二週目、町は吹雪に見舞われ、二日間にわたって全世帯が停電した。よかったのは学校が休校になったこと、まいったのは、あまりにも雪が深くて寒いので、五分と外に出ていられないことだ。雪の正体はただの水だと自分に言いきかせ、町の反対側のヴァイオレットの家まで歩いていく。そしてふたりで世界一大きな雪だるまを作って〝ブラック先生〟と名前をつけ、クラスみんなの見て歩きの人気スポットになると自画自賛する。そのあとは、まるで家族の一員になったみたいに、彼女の両親と一緒に暖炉の前でくつろぐ。

翌日、道に積もった雪が溶けると、僕たちはゆっくりゆっくり車を走らせて、いろんなところを見て歩く。レインボーカラーの橋、元素周期表のショーケース、セブン・ピラーズ、そしてアメリカ初の列車強盗のリノ兄弟がリンチの末に殺された場所。エンパイア・ステート・ビルを造るときに一万八千六百三十トンの石を切り出したエンパイア採石場では、切り立った石の壁に上ってみる。それから、月に持っていった種から生長した樹齢三十年以上の巨大なプラタナス、インディアナ・ムーン・ツリーも見にいく。もともと五百あった種のうちでちゃんと育ったのは五十本だけだから、この木はまさに自然界のスーパースターだ。

そのあと、聞こえる人には聞こえるという不思議な音を聞きにココモまで出かけ、それから、引力の丘のふもとにリトル・バスタードをとめて、てっぺんに向かって転がっていく。世界一遅いローラーコースターみたいだけど、車はちゃんと転がり、僕らは数分かけて頂上にたどり着く。最後は、僕のお気に入りのレストラン〈ハッピー・ファミリー〉でヴァレンタイン・ディナーとしゃれこむ。家から二十キロちょっとのショッピングモールの端っこにあるこの店は、ミシシッピ州より東ではいちばんの中華料理を出す。

最初の暖かい日は、土曜日にやってきた。目指すはプレーリートンの私有地にあるブルーホールと呼ばれる三エーカーの湖だ。置きみやげに用意したのは、ヴァイオレットが共通試験のときに使った短くなったHBの鉛筆と、切れたギターの弦が四本だ。外は上着がなくてもいいくらいのぽかぽか陽気で、これまでの寒さを考えるとまるで熱帯にいるみたいだ。

ヴァイオレットの手を取って土手をのぼって斜面を下りると、周りを木々に囲まれた、大きな丸いブルーの水たまりみたいな湖に着く。あたりに人影はなく、しんと静まりかえっている。まるで地球上に僕たちふたり以外誰もいないみたいだ。本当にそうだったら、どんなにいいだろう。

「オーケイ」ヴァイオレットはそう言って、これまでずっと止めていたみたいにふーっと息を吐く。ゴーグルを首からぶら下げている。「これはどういう場所なの?」

「ここはブルーホールと呼ばれていて、底なしだとか、人を引っぱりこむ湖だとか言われている。なんでも、湖底の中央にある力が働いていて、それに巻きこまれると地底を流れる川に吸いこまれて、ウォバッシュ川まで流されていくんだそうだ。別の世界への入り口だという人もいる。あと、海賊が宝を隠したとか、シカゴのギャングが死体を沈めたり、盗んだ車を捨てたってうわさもある。実際、一九五〇年代には、泳ぎにきていた十代の少年のグループの全員が姿を消したこともある。一九六九年に、郡の保安官代理ふたりが調査のために潜ってみたけど、車も宝物も死体も何ひとつ見つからなかったそうだ。おまけに、湖底も見つからなかった。底のほうでは水が渦を巻いていて、あやうく吸いこまれそうになったらしい」

今日の僕は、赤いキャップや、手袋や、黒いセーターと別れを告げて、ネイビーのプルオーバーと、ジーンズという格好だ。髪も短く切った。そんな僕を見て、ヴァイオレットは開口いちばん、「今日はアメリカン・フィンチね」と言った。僕は靴を蹴ちらして、プルオーバーを脱ぐ。肌に太陽がじりじりと照りつけ、今すぐ水に飛び込みたくなる。「底なしのブルーホールは世界じゅうにあって、それぞれに言い伝えや伝説があるんだ。何千年もまえの氷河期に形づくられた洞窟で、地上のブラックホールみたいなものだ。どんなものもそこから抜けだすことはできないし、時間も空間も途絶えてしまう。そんな場所が自分の州にあるなんて、ヤバくないか?」

ヴァイオレットはふり返って、家と車と道路にちらりと目をやり、僕に視線を戻してほほえむ。「ヤバいわね」そして靴を蹴ちらし、シャツとジーンズを脱ぎ、あっという間にブラとパンティだけの姿になる。くすんだローズ色の下着だけど、これほどセクシーなものは見たことがない。

僕は完全に言葉を失い、彼女は笑いだす。「何ぼーっとしてるの。あなたがシャイじゃないとはわかってるんだから。早くジーンズを脱いじゃいなさいよ。うわさが真実かどうか、確かめたいんでしょ」僕は言葉が見つからず、ヴァイオレットはアマンダ・モンクがよくやるように、片手を腰に手をあてぐいと突きだす。「本当に底がないのかどうか確かめるんじゃないの?」

「あ、ああ、そうさ、もちろん」僕はジーンズを脱ぎ捨ててボクサーショーツ一枚になり、ヴァイオレットの手を取る。そしてブルーホールのふちまで歩いていって、飛び込み台みたいに突きだした岩によじのぼる。飛び込むまえにたずねてみる。「君がいちばん怖いのは何?」すでに太陽が肌をじりじり焼きはじめている。

「死ぬこと。両親をなくすこと。大切な人たちを失うこと」そのメンバーに僕も含まれるんだろうか。こと。平凡に生きること。一生この町から出ないこと。自分のやるべきことがわからないヴァイオレットは寒いのか、つま先でぴょんぴょん飛びはねている。胸をじっと見ないように気をつける。アメリカン・フィンチがどんなやつであれ、断じてヘンタイじゃない。「あなたはどうなの?」ゴーグルをつけながら彼女が言う。「何がいちばん怖いの?」

僕が怖いのは〝気をつけなさい〟の言葉。僕が怖いのは、大いなる落下。僕が怖いのは、眠りに落ちること。僕が怖いのは、破滅と背中合わせの浮遊感。僕が怖いのは、自分自身。

「べつにないよ」ヴァイオレットの手を取って、一緒に空中に飛びだす。その瞬間、つないだ手を離す以外、怖いものは何もなくなる。水はびっくりするほど温かく、水のなかは不思議なくらい透明で、なんと言っていいか――ものすごく青い。ヴァイオレットがゴーグルのなかで目を開けているのがわかるので、つないでいないほうの手で下を指さす。彼女はうなずく。髪が海草のように四方八方に広がっている。僕たちは腕が三本ある人間のように、しっかりつながったまま泳ぐ。

下へ下へ、底があるとすればこっちだというほうに潜る。深くなればなるほど、ブルーの色が濃くなり、それにつれて水は不気味さを増す。水が肩にのしかかってくるみたいだ。そのとき、彼女が僕の手をぐいと引っぱり、僕たちは体の向きを変えて上に向かう。ふたり同時に水から顔を出し、胸いっぱいに空気を吸いこむ。「驚いた。すごく息が続くのね」

「練習しているからね」言ったとたん、そんなこと言わなきゃよかったと後悔する。かっこよく聞こえるかと思ったのに、めちゃくちゃかっこ悪い。

ヴァイオレットはただ笑って僕に水をかける。僕も水をかけ返す。しばらく水のかけあいっこをしたあと、僕は泳いで彼女を追いかけたり、水に潜って足を引っぱったりする。ヴァイオレットは僕の手をすり抜けて、平泳ぎで泳いでいく。すごくきれいなフォームだ。そうか、カリフォルニア育ちだから、子どものころから海で泳いでいたんだ。僕と出会うまえに彼女が過ごした年月にとつぜん嫉妬が湧いてきて、彼女のあとを追いかける。やがて僕たちは立ち泳ぎをして見つめあう。世界じゅうの水をかき集めても洗い流せないほどの、よこしまな思いが僕を襲う。

「来てよかった」ヴァイオレットが言う。

もう一度手をつなぎ、ふたりであお向けになって水に浮かぶ。太陽がまぶしい。目を閉じて「マルコ」とつぶやく。子どもが水のなかで鬼ごっこをするときの合言葉だ。

「ポーロ」彼女も合言葉を返す。けだるい声は、遠くから聞こえるように感じる。

しばらくして僕は言う。「もう一度、底のほうに潜ってみる?」

「ううん、ここでこうしてるほうがいい」そして唐突にたずねる。「ねえ、ご両親が離婚したのはいつ?」

「去年の今ごろ」

「予想はしてた?」

「してたような、してなかったような」

「お父さんの新しい奥さんはどんな人?」

「いい人だよ。七歳の男の子がいてさ、父さんの子どもかもしれない。今の奥さんとは、何年もまえから付き合ってたんだ。僕が十歳か十一歳のころ、父さんは僕たちを置いて家を出ていった。もう一緒には暮らせないと言ってね。そのときはきっともう彼女と一緒だったんだ。で、いったんは戻ってきたけど、結局は永久に出ていった。そのときにわかったのは、父さんを連れもどしたのは間違いだったってことだ。そのせいでまた出ていかなきゃならなくなった。父さんは家庭には向いていないんだ」

「それなのに、子どものいる女の人とまた結婚したのね。その男の子はどんな子？」

いい子だよ、僕とは違って。「まだほんの子どもだよ」ジョシュ・レイモンドの話はしたくない。「湖底をさがしにいってくる。ひとりでだいじょうぶ？」

「だいじょうぶよ。ここにいるから行ってきて」彼女は水に浮かんだままで言う。

息を思いっきり吸いこんで、水に潜る。肌にまとわりつく水の重さと温かさが心地いい。いろんなものから逃れるように水をかく。ジョシュ・レイモンドから、裏切り者の父さんから、過保護すぎるヴァイオレットの両親から、捨てられたみじめな母さんから、そして僕自身のこの体から。目を閉じて、僕を包むのが水ではなくヴァイオレットだと考える。そして目を開けて、スーパーマンのように片方の腕を前に突きだし、さらに下へ向かう。

やがて肺が空気を求めてきりきりしてくるが、必死に踏んばってさらに深く潜る。目覚めたままでいようと必死で踏んばるときの感じに似ている。暗闇が僕の体にしのびこんで、断りもなく僕の手や足を乗っ取ろうとするあの感じだ。

さらに深く潜ると、肺が締めつけられ焼けるように感じる。パニックの気配を心の片隅に感じるが、冷静になるように言いきかせて、さらに下へと潜っていく。どれだけ潜れるか試してみたい。ヴァイオレットが待ってくれている、その思いが僕を支えてくれる。だけど同時に、暗闇が僕の指先からひたひたとしのびこみ、僕を捕まえるチャンスを狙っているのも感じる。

アメリカでの入水自殺者の割合は二パーセントに満たない。人間の体がもともと水に浮くようにできているからかもしれない。事故も含めた溺死がいちばん多い国はロシアで、二番目に多い日本にくらべて、死者の数は二倍になる。世界で最も溺死の少ない国は、カリブ海の真ん中にあるケイマン諸島だ。

深くなるにつれて、水の重みが体になじんでくる。走るより泳ぐほうがいい。すべてをシャットアウトしてくれるから。水は僕に特別な力をくれる。水のなかまでは眠りのやつもやってこられない。

もっと深く潜れば、もっと安全になれる。だけど何かが僕を引きとめる。ヴァイオレットが待っている。それに、肺がもう限界だと悲鳴をあげはじめている。うしろ髪を引かれる思いで、底なしの湖底があるはずの暗闇に目をやり、それから顔を上げて、かすかに見える地上の光と、そこで待っているヴァイオレットのほうに目を向ける。

水面に戻るには、相当なパワーがいる。肺のなかの空気はとっくに底をついていて、さっきのパニックが、もっと強く襲ってくる。僕は必死で水面を目指す。頼むから、早く水面に出てくれ。僕の体は上に行こうとあせるが、力を使いはたしている。ヴァイオレットはきっと心配しているだろう。ごめんよ、ヴァイオレット。もう二度と君を置きざりになんてしない。僕がどうかしていた。もうすぐ戻るから、どうか許してくれ。

ようやく水面に出ると、ヴァイオレットは岸にすわって泣いている。「馬鹿」

笑みの失せた顔を水面から上げたまま、岸に向かって泳ぐ。ほんの一瞬でも彼女を不安にさせたくない。

「馬鹿っ」彼女はさっきより大きな声で言い、下着姿のままで立ちあがって、両腕を自分の体に巻きつける。寒いからのようにも、体を隠すためのようにも見える。僕を拒絶しているようにも見える。「いったいどういうつもり？　わたしがどれほど怖かったかわかる？　あちこちさがしたのよ。潜れるだけ深く潜って、息が続かなくなって上がって、それを三回も繰り返したのよ」

僕の名前を呼んでくれないだろうか。そうすれば、僕が取り返しのつかないほど深くは潜っておらず、彼女を永遠に失ってはいないことがわかるのに。けれど、ヴァイオレットは名前を呼んではくれない。胸の奥で、湖底の水にも劣らず暗く冷たい感覚が少しずつ大きくなってくるのがわかる。岸の手前に浅瀬がある。そこまで泳ぎ着くと、とつぜん足が着いたので、歩いて岸に上がり、彼女の前に水を滴らせて立つ。

ヴァイオレットに一回、二回と胸を強く押され、そのたびにあとずさる。だけどよろついたりはしない。突っ立ったままの僕の体を、彼女は手のひらで何度も何度もたたき、やがて体を震わせて泣きはじめる。

キスをしたいけれど、こんなヴァイオレットを見るのははじめてで、少しでも触れたらどうなるのか見当がつかない。彼女が泣いているのは、きっと僕のせいじゃないと言いきかせ、少し離れたままで話しかける。「心のなかに閉じこめているものを、ぜんぶ吐きだしちゃえよ。君は僕に腹を立てている。両親にも、自分の人生にも、エレノアにも腹を立てている、そうだろ？　いいから僕にぶつけろよ。そんなところに抱えこんでないでさ」そんなところというのは、僕が決して入り込めない彼女の心のなかだ。

「くたばれ、フィンチ」

「いいぞ、その調子。そのまま続けるんだ。待ちぼうけの人間になっちゃだめだ。君は生きている。最悪の経験から生きのびてきた。だけどそれだけじゃだめだ。そのままじゃ、ほかの人たちみたいに、ただ存在するだけになってしまう。そこから一歩でも二歩でも踏みだして、できることからやってみるんだ。そのうち、何も考えなくても体が勝手に動くようになる」

ヴァイオレットは僕の体を何度も押す。「わかったようなこと言わないで」次はこぶしで僕の胸をたたく。僕は二本の脚でしっかり立って、それを受けとめる。

「さあ、もっとたくさんあるはずだ。ずっと長いこと笑顔の下に抑えこんできたものが」

彼女はさらに何度も何度も押してきて、やがてとつぜん、手で顔を覆う。「あなたなんかにわかりっこない。わたしのなかには、怒りっぽい小人がいて、外に出ようとしているの。だんだん大きくなって、今にも飛びだしてきそうなの。もう胸や肺や喉のあたりまではい上がってきてるの。ずっと必死で押しもどしてた。そんなものにぜったい出てきてほしくないから。そんなことさせちゃだめだから」

「なぜだめなんだ」

「いやなやつだからよ。わたしじゃないのに、わたしのなかにいて、わたしをひとりにしてくれない。そいつのせいで、わたしは周りの何もかもに腹が立って、そこらへんにいる誰でもいいから殴りとばしてやりたくなるの」

「じゃあ、話さなくていいからさ、物を壊すか、投げるか、叫ぶかすればいい。そうやって、そいつを君のなかから追いだすんだ」

僕は大声をあげる。何度も何度もわめく。それから、石を拾ってブルーホールの周囲の岩壁に向かって投げつける。

ヴァイオレットに石を渡すと、彼女はどうしていいかわからないように、石を手のひらにのせたまま立ちつくしている。その手から石を取りあげ、岩壁に向かって力いっぱい投げつける。そして別の石を彼女に渡す。今度は彼女も岩壁に向かって投げ、大声で叫びながら、狂ったように足を踏みならす。僕たちはブルーホールの周囲を飛びまわりながら、わめきちらして石を投げまくる。とつぜん、ヴァイオレットが僕をふり返る。「わたしたち、ここでいったい何やってるの？」

その瞬間、僕は自分を抑えきれなくなる。彼女がどれだけ怒り狂っていようが、僕に腹を立てていようが関係ない。ヴァイオレットの体を抱きよせて、高校生向きじゃなく、ずっとそうしたかった成人指定のやり方でキスをする。ヴァイオレットは体をこわばらせてキスに応じようとしない。やっぱりだめかと思って体を離そうとしたそのとき、ヴァイオレットが体をあずけ、唇を開いて僕を受けいれる。僕たちは、暖かなインディアナの太陽の下でひとつに溶けあう。ヴァイオレットはまだここにいる。どこかに行ったりしていない。だいじょうぶだ。もう何も考えられない。僕たちはゆっくりと押しよせる大波にのみ込まれる。そして、しなやかで、ためらいがちで、狂おしい流れにただ身をまかせて、完璧に閉ざされたふたりだけの世界のなかでゆらゆらと漂う。

そして、僕は体を離す。

「どうしたの、フィンチ」ヴァイオレットは灰緑色の大きな瞳を、怒ったように僕に向ける。

「聞いてほしい。僕は君にふさわしくない。ずっと一緒にいられるかどうかわからない。そうしたくないからじゃなくて、どう言ったらいいんだろう、僕はめちゃくちゃに壊れていて、誰にも直せないいんだ。何度も直そうとしたし、今も努力してる。だけど、僕は誰かを好きになったりしちゃいけないんだ。僕のことを好きになってくれた人を傷つけることになるから。ローマーを傷つけたいと思うようなやり方で、君を傷つけることはぜったいにない。だけど、君の心を引き裂いてばらばらにしてしまわないとは約束できない。僕に深くかかわるまえに、どんなことに足を突っこもうとしているか君は知っておかなくちゃいけない」

「あなたは気づいてないかもしれないけど、フィンチ、わたしたちはもうとっくに深くかかわっているわ。それに、気づいてないかもしれないけど、わたしだって壊れてるのよ」そして言う。「その傷のことを話して。本当は何があったのか」

「本当はすごく退屈な話だよ。父さんはときどき虫の居どころが悪くなる。そうなると雲行きが怪しくなって、やがて嵐がやってくる。子どものころ、僕は今よりずっと小さくて、自分の身を守る方法を知らなかった。ただそれだけだ」これ以上のことは聞かせたくない。「希望に満ちた明るい未来を君に約束できたらどんなにいいだろう。だけど僕はライアン・クロスにはなれない」

「わたしが学んだことがあるとすれば、未来を約束することなんて誰にもできないってことよ。それに、わたしが好きなのはライアン・クロスじゃないわ。勘ちがいしないで」そして僕にキスをする。あれこれ考えていたことがどうでもよくなってしまうようなキスだ。そのまま何分とも何時間ともわからない時間が流れ、ようやく体を離す。

「いいことを教えてあげる。ライアン・クロスには盗癖があるのよ。欲しいものだけじゃなくて、いろんなものを自分の楽しみのためだけに盗むの。彼の部屋は、まるでテレビの〈ホーダーズ〉に出てくるゴミ屋敷みたいなんだから。もし、あなたが彼を完璧だと思っているんだとしたら」

「ウルトラヴァイオレット・リマーキアブル、君が大好きだ」

彼女が何か言わなくちゃと思わなくてすむように、もう一度キスをする。そしてぼんやり考える。ここから先に進んだらどうなるだろう。この瞬間を台なしにするようなことだけはしたくない。もういい。考えるのはやめよう。ヴァイオレットは誰とも違う特別な女の子だから、そして僕は彼女のことを心の底から大切に思っているから。ブルーホールの岸で、降りそそぐ日差しのなかで、僕はキスだけに集中する。これ以上何を望むっていうんだ。

ヴァイオレット

その日

三時ごろになると、空気がひんやりしはじめ、わたしたちはシャワーで体を温めようとフィンチの家に車を走らせる。家には誰もいない。みんなが好き勝手に出かけるのは、いつものことらしい。フィンチは冷蔵庫から水のボトルを出し、袋入りのプレッツェルをつかんで階段を上がっていく。わたしもあとについて二階に上がる。湿った体がぞくぞくしている。

彼の部屋は、ブルーになっている——壁も、天井も、床も。そして移動させた家具で部屋はふたつに仕切られている。壁からはメモやポストイットが消え、まえよりもすっきりした印象だ。青一色の部屋は、まるでプールのなかみたいで、ブルーホールに逆戻りしたような気がする。

わたしが先にシャワーを浴びる。熱いお湯で体を温め、タオルを巻いてバスルームから出ると、フィンチは古いプレーヤーで音楽を流している。

ブルーホールのときと違って、彼は一分ほどでシャワーから出てくる。わたしがまだ服を着るまえに、タオルを腰に巻いて戸口に立っている。「僕がベル・タワーで何をしていたか、一度も聞かないんだね」話を聞いてほしいみたいだ。だけど、聞くのはなんだか怖い。

「あそこで何をしていたの」なぜか小声になる。

「君と同じだよ。あそこに立ったらどんな感じがするか知りたかったんだ。飛び降りたら、くだらないことすべてとおさらばできるんじゃないかと思った。だけど実際にそこに立ってみると、なんだか馬鹿らしくなった。そのとき、君に出会ったんだ」

彼はわたしの手を取って、ぐいと引きよせる。わたしたちは抱きあって、ときどき体を揺らしながら、ぴったりくっついて立つ。こんなに心臓がどきどきしているのは、顔を上げたらキスされるとわかっているから。ちょうど今、そうしているみたいに。わたしに重ねられたフィンチの唇がほほえむのがわかる。目を開けると、彼も目を開く。青く澄んだ瞳は、激しい感情を宿して濃い色に沈んでいる。フィンチは濡れた髪のかかった額を、わたしの頭につける。ふと気づくと、床にタオルが落ちていて、フィンチが生まれたままの姿なのがわかる。

彼の首に指を当てると、鼓動が伝わってくる。わたし自身の鼓動と同じように、狂おしいほど激しく脈打っている。

「もう待たなくていいよね」

「ええ」

胸からタオルがすべり落ち、わたしは目を閉じる。流れていた曲が終わる。ベッドに行き、シーツの下に身を横たえて、次の曲が流れてきたあとも、その曲はずっと耳のなかで鳴りつづける。

フィンチ

その日

酸素、炭素、水素、窒素、カルシウム、リン。彼女はほかの人間と同じものでできている。でもきっとそれだけじゃない。彼女のなかには誰も聞いたことのない特別な元素があって、それが彼女をほかの人間と違ったものにしていると思わずにはいられない。もし、そのうちのひとつがうまく機能しなくなったり、まったく働かなくなったらどうなるんだろう。そう思うと軽いパニックになるが、そんな考えを頭から追いだし、指先に感じる肌のぬくもりだけに意識を集中させる。ちらついていた元素のイメージが消え、ヴァイオレットしか見えなくなる。ターンテーブルから音楽が流れ、僕のなかからも歌が立ちあがってくる。

君は愛することを教えてくれる……

僕たちがベッドに移動するあいだも、そのフレーズは何度も何度も頭のなかで繰り返される。

君は愛することを教えてくれる……
君は愛することを教えてくれる……

君は愛することを教えてくれる……

書き留めて壁に貼りたいと思うけど、そんなことはしない。

余韻のなかで体をからめ、僕たちはため息とも感嘆ともつかない声を互いに交わす。ヴァイオレットが言う。「家に帰らなくちゃ」けれど、僕たちはしばらくそのままじっとしている。と、彼女がもう一度言う。「家に帰らなくちゃ」

車のなかでは、ずっと手をつないでいる。ふたりともさっきのことは何も言わない。彼女を家に送るまえにピュリナ・タワーの前で車をとめる。どうしたの、とヴァイオレットがたずねる。

僕は後部座席から毛布と枕を取る。「君に聞かせたい話があるんだ」

「この上で？」

「そうだよ」

スチール製のはしごをてっぺんまで上る。息が白いからきっと寒いんだろうけど、体じゅうポカポカしていて寒さは感じない。クリスマスツリーのそばに毛布を広げ、その上に並んで毛布にくるまり、彼女にキスをする。

ヴァイオレットは顔を離してほほえみ、「話を聞かせて」と言う。

あお向けになり、彼女が僕の肩に頭をのせる。空にはまるで僕が注文したみたいに、数えきれないほどの星がまたたいている。

「イギリスに、パトリック・ムーア卿という有名な天文学者がいた。彼はBBCテレビで五十五年間も放送されていた〈スカイ・アット・ナイト〉という番組のプレゼンターを務めていた。一九七六年の四月一日、ムーア卿は番組のなかで、間もなくめずらしい天体現象が起こると告げた。午前九時四十七分ちょうどに、地球から見て、木星の真うしろを冥王星が通過して、ふたつの惑星の直列によって強力な重力が発生し、その影響を受けて地球上の重力が一時的に減少するというんだ。彼はそれを〝木星・冥王星重力効果〟と呼んだ」

ヴァイオレットは何も言わない。眠ってしまったのかもしれない。

「そして、視聴者にこう言ったんだ。惑星が直列するちょうどその瞬間にジャンプすれば、無重力状態を経験できる、つまり宙に浮いている感覚を味わえるってね」

ヴァイオレットが体を動かす。

「九時四十七分になると、彼は〝ジャンプ〟とかけ声をかけた。一分後、BBCの電話交換台には、体が浮いたという視聴者からの電話が何百件とかかってきた。オランダに住む女性は、夫とふたりで部屋のなかを泳ぎまわったと言い、イタリアの男性は、テーブルを囲んでいた友人たちと一緒にテーブルごと宙に浮いたと報告してきた。裏庭で子どもたちと一緒に凧のように空に舞いあがったというアメリカの男性からの電話もあった」

ヴァイオレットは頭を上げ、頬づえをついて僕を見ている。「本当にそんなことが起こったの？」

「まさか。エイプリルフールのジョークだよ」

彼女は僕の腕をたたいて、また寝ころがる。「本当かと思っちゃった」

「こんな話をしたのは、僕が今まさにそんな気分だってことを伝えたかったからさ。冥王星と木星が地球と直列して、体が宙に浮いているような気分だよ」

ヴァイオレットは黙りこんで、ようやく口を開く。「あなたってほんとに変わってるわね、フインチ。だけどそんな素敵なことを言われたの、生まれてはじめてよ」

ヴァイオレット

翌朝

目が覚めると、毛布がテントみたいに頭の上をすっぽり覆っている。フィンチがわたしに腕をまわして、寝息をたてている。しばらくそのぬくもりを楽しむ。彼は身じろぎもせずに眠りつづけている。まぶたがときどきぴくっと動くのは、夢を見ているせいかもしれない。わたしの夢だといいのに。

視線に気づいたように、フィンチが目を開ける。

「本物、だよね」

「そうよ」

「木星・冥王星重力効果じゃなくて」

「ええ」

「だとしたら――」瞳がきらりと光る。「もうすぐ冥王星と木星と地球の直列が起こりそうな気がする。一緒に無重力を体験してみたくないかい?」彼がわたしを抱きよせた瞬間に毛布がずれ、まぶしさと寒さにわたしは目をしばたたく。

えっ、うそ。

朝になってる。

いつのまにか太陽が昇っている。

家に帰らず、両親に居場所も知らせないまま、夜が明けてしまった。ピュリナ・タワーの屋上で一夜を過ごし、そのまま朝になってしまった。

「朝になってる」なんだか吐き気がしてきた。

フィンチが体を起こす。顔から表情が消えている。「うそだろ」

「どうしよう、どうしよう、どうしよう」

「やばい、やばい、やばい」

二万五千段を下りて地上に戻るには、何年もかかった気がする。フィンチが大急ぎで駐車場から車を出し、わたしは家に電話をかける。「ママ？　わたしよ」電話の向こうで、ママがわっと泣きだす。パパが代わって出る。「だいじょうぶなのか？　無事なのか？」

「だいじょうぶよ。ごめんなさい。今、家に向かってる。もうすぐ着くわ」


家までの最速記録を更新するのは間違いないが、フィンチは何も言わない。運転に集中していて、それどころじゃないのだ。黙っているのはわたしも同じだ。頭のなかを自分のやってしまったことがぐるぐる回っている。通りの角を曲がったとき、わたしは両手のなかにつぶやく。「どうしよう」フィンチが急ブレーキをかけ、わたしたちは車を降り、家に向かって歩道を全速力で走る。開いた玄関のドアから両親の声が聞こえてくる。

「両親にはわたしから話すから、あなたは帰って」

けれどそのとき、パパが玄関から出てくる。ひと晩で二十歳も年を取ったみたいだ。わたしの顔にさっと目を走らせ、だいじょうぶかどうか確かめている。そしてわたしを抱きよせ、息ができないほどきつく抱きしめる。頭の上でパパの声が聞こえる。「なかに入るんだ、ヴァイオレット。フィンチにさよならを言いなさい」有無を言わせないその言い方は、こんなふうに聞こえる。〝フィンチにさよならを言いなさい。会うのはこれが最後だから〟

うしろからフィンチの声が聞こえる。「僕たち、時間がわからなくなってしまったんです。ヴァイオレットは悪くありません。僕が悪いんです。彼女を叱らないでください」

ママも表に出てきている。わたしはパパに言う。「フィンチは悪くないわ」

けれどパパはそれには答えず、わたしの頭越しにフィンチをにらみつけている。「もしわたしが君の立場なら、今すぐここから消えるがね」動く気配のないフィンチに、パパはつかみかかろうとする。わたしはパパの前に立ちふさがる。

「ジェームズ！」ママがパパの腕をつかんで引きとめる。ママとわたしのふたりでパパを家のなかに入れると、今度はママがわたしを息が止まるほどぎゅっと抱きしめ、髪に顔をうずめて泣く。身動きできず、何も見えない。やがて、フィンチの車が走り去る音が聞こえる。

家に入り、わたしも両親も少し気持ちが落ち着くと、わたしたちは向かいあってすわる。パパが話すあいだ、ママはひざの上に手を置いて床を見つめている。

「あの子には問題がある。何をしでかすか予想がつかない。子どものころからかっとなりやすいたちだったそうだ。ああいう子と付き合うのは、おまえのためにならない」

「どうしてそんなこと――」そう言ったとたん思い出す。フィンチが几帳面な字で書いた電話番号のことを。「フィンチのお母さんに電話したの？」

「ほかにどうすればよかったの？」ママが言う。

パパが首を振り振り言う。「あの子が父親について話したことはうそだった。彼の両親が離婚したのは去年だし、父親とは週に一度は会っている」

フィンチはあのときなんと言っていただろう。たしか、感じたままのことを言うのはうそとは違う、みたいなことだった。「お父さんにも連絡したのよ」ママが言う。

「いったい誰が――」

「フィンチのお母さんよ。こう言ってらしたわ。あの人ならどうすればいいかわかる、フィンチの居場所を知っているかもしれないって」

ちょっと待って、あまりにも早い展開に頭がついていかない。どうすればわかってもらえるだろう。フィンチが両親の思うようなうそつきの不良じゃないってことや、そもそもいろんなことが誤解だってことを。考えがまとまらないうちに、パパが言う。「ベル・タワーにいたのが彼だったことを、どうして黙っていたんだ」

「誰がそんなことを――それも彼のお父さんが話したの？」わたしにそんな権利はないのかもしれない。だけど顔がかっと熱くなり、怒りに手が震えるのを止められない。

「あなたが夜中の一時になっても帰らずに、電話にも出ないから、ひょっとしたらアマンダの家にいるか、彼女が何か知っているかもしれないと思って電話をかけたの。アマンダは言ったわ、あなたが命を救った男の子、フィンチと一緒にいるんじゃないかって」

ママは目を真っ赤にして、涙で頬を濡らしている。「パパとママは、あなたに意地悪したいんじゃないの。いちばんいいと思うことをしたいだけなのよ」

誰にとってのいいことなの？

「わたしを信じてないのね」

「どうしてわかってくれないの」ママは傷つき、怒っているように見える。「いろんな状況を考えると、わたしたちはかなり冷静だったと思うわ。これまで何があったかを思い出してみて。わたしたちは決して過保護ではないし、あなたを抑えつけるつもりもない。ただ、あなたがだいじょうぶだと知っておきたいだけなの」

「エレノアに起きたようなことが、わたしに起こらないってことを確信したいのよね。じゃあ、二度と心配しなくてすむように、家のなかに一生閉じこめておけば？」

ママはわたしに首を振る。パパがもう一度言う。「彼と会うことは許さない。プロジェクトもだめだ。もし必要なら、パパが月曜日に先生に連絡して、プロジェクトの代わりにレポートか、ほかの課題で埋めあわせしてもらえるように頼んでみよう。それでいいね」

「考慮すべき事情」また逆戻りだ。

「なんだって？」

「わかった、それでいいわ」

寝室の窓から、外の通りを見る。フィンチがまた現れないかと思いながら。もし来てくれたら、わたしは窓から抜けだして、とにかく車を出して、どこでもいいからわたしを遠くに連れていってと言うだろう。ずっとそこにすわっているが、フィンチは現れない。階下から両親のひそひそ声が聞こえてくる。両親は、わたしを二度と信用しないだろう。

フィンチ

その後

家の前に父さんのSUVがとまっている。よっぽど前を通りすぎて、そのまま車を走らせようかと思ったが、思い直して、僕は車をとめて家に入る。

「ただいま」声をあげる。「帰ったよ」

居間から父さんがイノシシみたいに突進してきて、そのうしろで母さんとローズマリーがおろおろしている。母さんがごめんなさいと言っているのは、僕にだろうか、父さんにだろうか。

「どうすればいいかわからなかったの……夜中の二時に電話がかかってくるなんて、何かたいへんなことが起きたと思ったから……ケイトはいなかったし……だからどうしようもなくて……」

父さんは無言で僕を殴り、キッチンのドアまでふっ飛ばす。僕は立ちあがってほこりを払う。父さんがもう一度手を上げたとき、僕は声をあげて笑う。父さんはあっけにとられたように、振りあげた手を宙で止める。顔にはこう書いてある。〝頭がおかしいのは知っていたが、これほどだとは思わなかった〟

「これだけは言っておくよ。殴りたきゃ、五時間でも五日間でも好きなだけ殴ればいい。だけどあいにく、僕は何とも思わない。もうそういうのは通じないんだ」最後にもう一発パンチをくらう覚悟はしていたが、父さんの手が飛んできたとき、僕の手は無意識に手首をつかむ。「もう一回言うけど、そういうのはもう僕には通じない」

そんなセリフにひるむ相手じゃないと思ったが、けっこう凄みのある声だったせいか、父さんはとつぜん腕を下ろす。僕は母さんに言う。「みんなに心配をかけて悪かったよ。ヴァイオレットは無事家に戻った。僕も部屋に戻るよ」

父さんが追いかけてくるかもしれない。だけど、鍵をかけたり、チェストでふさいだりせずに、ドアは開けたままにしておく。母さんが様子を見にくるかもしれない。けれど、誰も来ない。そりゃそうだ。ここは僕の家でヴァイオレットの家じゃない。わざわざ心配して見に来ようなんて家族はいない。

ヴァイオレットにメールを送る。**：だいじょうぶか？　ご両親にひどく叱られてなきゃいいけど。あんなことになって、すまないと思ってる。だけど、そのまえにあったことは何ひとつ後悔してないよ。**

ヴァイオレットから返信が届く。**：わたしはだいじょうぶ。あなたのほうこそだいじょうぶ？　お父さんとは会った？　わたしも後悔なんてしてない。ただ、まともな時間に家に帰れなかったことだけはやり直したい。両親は、二度とあなたに会っちゃだめだと言ってるわ。**

僕も返信する。**：考え直してもらうように、説得するしかないだろうね。ところで、ウルトラヴァイオレット、なぐさめにもならないかもしれないけど、君のおかげでわかったことがある。それは完璧な日ってものが本当に存在するってことだ。**

翌朝、ヴァイオレットの家の玄関に立ち、チャイムを鳴らす。ヴァイオレットのお母さんが玄関に出てきて、うしろ手にドアを閉める。「セオドア、悪いけど」すまなそうな笑みを浮かべて首を振る。そのしぐさを見れば言いたいことはわかる。〝悪いけど、二度とうちの娘に近づかないでほしいの。あなたがふつうじゃなくて、変わっていて、信用できないからよ〟

家のなかから、ヴァイオレットのお父さんの声がする。「あいつなのか」

お母さんは返事をせず、ただ僕の顔を眺めまわす。けがをしていないか、あざがないか、骨を折っていないか、確かめるように。心配してくれるのはありがたいけど、そんなふうに見られると、ここにいるのが本当の自分じゃない気がしてくる。「けがはない？」

「もちろん、だいじょうぶです。そんなに見ないでください。それより、きのうのことをちゃんと説明して謝らせてもらえたら、で、ヴァイオレットに会わせてもらえたら、もっと元気になれると思います。ほんの二、三分でいいんです。それ以上は望みません。なかで話をさせてもらえれば……」とにかく今必要なのは、彼女の両親ときちんと話をして、彼らが考えているほど深刻な事態じゃないこと、こんなことはもう二度と起こらないこと、僕を信用したのが間違いだったなんて思わないでほしいことを説明することだ。

お母さんの肩越しに、お父さんが僕をにらみつける。「帰ってくれ」

あっという間にドアが閉まり、僕は玄関ステップにぽつんと取り残される。


家に帰って、EleanorandViolet.com に接続しようとすると、画面にメッセージが現れる。**サーバーが見つかりません。**何度入力し直しても同じだ。ヴァイオレットはいなくなってしまった……。

フェイスブックにメッセージを送る。**：そこにいる？**

ヴァイオレット：いるわ。

僕：さっき、君の家に行ったよ。
ヴァイオレット：知ってる。両親はわたしのことかんかんに怒ってるの。
僕：僕のせいだ。いつだっていろんなことをだめにしてしまう。
ヴァイオレット：あなただけじゃなくて、ふたりの責任よ。だけど悪いのはわたし。考えが足りなかった。
僕：きのうの朝に時間を戻せたらいいのに、もう一度、惑星が直列したらいいのにって、そんなことばかり考えている。
ヴァイオレット：そうなるには、時間が必要だわ。
その時間が、僕にはないんだ。そう入力して、すぐに消す。

フィンチ

砂地獄から脱出する方法

その夜、僕は自分の部屋のウォークインクローゼットに居場所を移す。なかはこぢんまりして暖かく、洞窟みたいに落ち着ける。服のかかったハンガーを片隅に寄せて、ベッドから持ってきた上掛けを床に敷く。マドラヴィアの癒しの水を入れた水差しを床に置き、ブルー・フラッシュに乗っているヴァイオレットの写真と、事故現場から持ち帰ったナンバープレートを壁に立てかける。明かりを消す。ひざの上にノートパソコンをのせて煙草をくわえるが、火はつけない。それでなくても空気がこもっている。

これは、フィンチ・サバイバル・ブート・キャンプだ。以前も何度か籠《こも》ったことがあるから、勝手はよくわかっている。僕は気のすむまで、必要なだけここにいることになる。

テレビの〈伝説バスターズ〉によると、人が流砂にのみこまれる可能性は限りなくゼロに近い。だが実際に、父親の二度目の結婚式のために西インド諸島のアンティグアを訪れた若い女性が、夕日を見に出かけたビーチで砂にのみ込まれたり、イリノイ州のビジネスマンの家の敷地内で、十代の少年たちが、人の掘った砂の落とし穴にすっぽりはまったという例があるにはある。

砂地獄とも言える流砂だが、はまったときに何より大切なのは、完全にじっとしていることだ。いちばんまずいのはパニックになることで、ますます深みにはまってしまう。だから、僕もあわてず騒がずじっとして、次の八つのステップを守りさえすれば、この難局を脱出できるはずだ。

1. **砂地獄には近づかないこと。**今さら言われても遅い。次に進もう。
2. **砂地獄のありそうな場所に行くときは、長い棒を持っていくこと。**要するに、自分の進む先に砂地獄がないか棒を使って確認し、万一はまってしまったときには棒を使って脱出しろという意味だ。この理論の難点は、砂地獄のありそうな場所というのがまずわからないことと、気づいたときには遅いということだ。けれど、何ごとにも準備が大切という考えはよくわかる。僕の場合、この段階は過ぎて、次のステップに進んでいる。
3. **砂地獄にはまってしまったときには、持ち物を手放すこと。**身に着けているものが重ければ重いほど、砂にのみ込まれるスピードは速くなる。靴や持ち物はぜんぶ手放して、身軽になる必要がある。砂地獄に遭遇しそうなことが前もってわかる場合は（項目2参照）、はじめから何も身に着けないのがいちばんだ。つまり、少しでも可能性がある場所に行くときには、裸で行くのがよい。僕がクローゼットに引っ越したのは、持ち物を手放す行為の一環といえる。

4. **肩の力を抜くこと。**これは最初にあげた〝動かなければ沈まない〟という理論に通じる。（補足　人間には浮力があるので、リラックスして肩の力を抜けば、自然に体は浮く。つまり、こんなときこそおとなしく木星・冥王星重力効果に身をまかせればいい。）

5. **深呼吸をすること。**これは項目4とワンセットになっている。できるだけたくさんの空気を肺のなかにためこむのが秘訣だ。たくさん息を吸いこめば、それだけ体はよく浮く。

6. **あお向けになること。**体が沈んでいくのを感じたら、砂から足をひき抜いて、手足を目いっぱい広げてあお向けになることだ。足さえ抜ければ、地面のほうに少しずつにじり寄って、脱出をはかることができる。

7. **あせらないこと。**あせって動くとろくなことにならない。無事に抜けだすまで、動きはゆっくり慎重に。

8. **休憩はまめに取ること。**砂地獄から抜けだすまでは長丁場になる可能性が高い。だから息切れしたり、疲れを感じたときには、必ず休憩をとること。できるだけ時間稼ぎができるように、頭は高く上げておくことが肝心だ。

ヴァイオレット

翌週

きっとみんなはもう知っている、そう思いながら学校に行く。廊下を歩くあいだも、ロッカーを開けるときも、教室の席につくときも、先生やクラスメイトが意味ありげな視線を送ってきたり、「誰かさんは、もうヴァージンじゃない」という声が聞こえてくるんじゃないかとどきどきする。なのに何の反応もないと、なんだかがっかりする。

ただひとり気づいたのが、ブレンダだ。昼休みにカフェテリアで、インディアナの料理人が作ったブリトー（もどき）を食べていると、ブレンダが、週末はどうしていたのかと聞いてくる。口のなかはブリトーでいっぱいだったから、のみ込もうか吐きだそうか一瞬迷って、つまり即答できなかった。するとブレンダが言う。「うひょー、彼と寝たんだね」

ララとブリアナ三人組は食事の手を止める。十五人から二十人の顔がこっちに向く。興奮するとブレンダの声はすごく大きくなるから。「あ、念のために言っておくけど、フィンチは誰にも何も言ってないよ。ほら、彼って紳士だから」そう言って、ソーダのプルタブを押し開け、半分ほど一気に飲む。

たしかに、少しだけ疑っていた。だって、わたしにとってははじめてだけど、彼にとってはそうじゃないから。フィンチのことは信用しているけど、彼も男だし、男の子ってそういうことを話したがるものだから。あの日のことは、ぜんぜんいやらしい感じじゃなかった。たしかに少しエッチな気分になったけど、大人になったという感じのほうが大きい。

カフェテリアを出ていくとき、話題を変えようと〈ジャーム〉のことをブレンダに話し、仲間に入る気はないかとたずねる。

ブレンダは、冗談なのか本気なのか確かめようとするように目を細める。

「本気よ。考えなきゃいけないことはまだたくさんあるけど、〈ジャーム〉をほかのどこにもないものにしたいことだけはわかってる」

ブレンダはのけぞって、悪魔みたいにヒッヒッヒッヒッと笑う。「オーケイ」そして息を整えてから言う。「やるわ」

地理の教室にはフィンチがいる。ひと晩じゅう寝ていないみたいな疲れた顔をしている。わたしは、アマンダやローマーやライアンから離れた席にいるフィンチのとなりにすわる。授業が終わると、フィンチはわたしを階段の下に引っぱりこんでキスをする。わたしが消えてなくなるとでも思っているようなキスだ。いけないことをしているような気がして、体じゅうを電流がいっそう激しく流れる。学校なんて消えてなくなればいいのに。そうすれば、リトル・バスタードを走らせて、西でも東でも北でも南でも、インディアナを離れてどこか遠くに行けるのに。そして、アメリカじゅう、そして世界じゅうを見て歩く。セオドア・フィンチとわたしのふたりで。

でも現実は、今週の残りのあいだ、わたしたちは学校だけで会い、階段の下や廊下の隅っこの暗がりでキスをして、学校が終わると右と左に分かれて帰るしかない。

その夜、わたしたちはフェイスブックでメッセージをやりとりする。

フィンチ：状況に変化は？

わたし：うちの両親のことなら、変化なしよ。

フィンチ：このあいだのことを水に流して、許してくれる見通しは？

正直いって、見通しはいいとは言えない。だけどそんなことは言いたくない。フィンチはただでさえ悲観しているし、それにあの夜以来、どことなく遠く感じるから。まるでカーテンの向こうにいるみたいに。

わたし：すぐにというわけにはいかないわ。

フィンチ：ロミオとジュリエットみたいになるのはイヤだけど、君とふたりきりで会いたいんだ。周りにバートレット高校の全校生徒がいないところで。

わたし：もしあなたがこっそりうちに来たり、わたしを連れだすようなことがあったら、わたし本当に永遠に家に閉じこめられちゃうわ。

そのあとわたしたちは、ふたりが会うための突拍子のないアイデアを、ああでもない、こうでもないとやりとりする。たとえば、宇宙人に拉致《らち》されたことにするとか、広域竜巻警報のボタンを押すとか、わたしたちの家をつなぐ地下トンネルを掘るとか。

一時になり、そろそろ寝なくちゃとフィンチに告げてベッドに入る。でも、ぜんぜん眠くならない。頭がさえて、脳がめまぐるしく働いている。去年の春までずっとそうだったみたいに。明かりをつけて、〈ジャーム〉のためのアイデアを思いつくままに書きだしてみる。おすすめ本のリスト、今月のサウンドトラック、両親にきいてみよう、わたしみたいな女の子が行ってみたいと思うような場所のリスト。なかでもぜひ作りたいのは、読者が自分の好きな場所——雄大でも、ちっぽけでも、風変わりでも、詩的でも、とにかくありきたりじゃない場所——の写真や動画を、自由に投稿できるコーナーだ。

それをブレンダにメールで送り、ひょっとしてまだ起きているかもと思ってフィンチにも送る。それから、少しフライングぎみだけど、ジョーダン・グリペンウォルドと、シェルビー・パジェット、アシュリー・ダンストン、ブリアナ三人組、それから学校新聞の記者のレティシア・ロペスあてに、メンバーに加わらないかと誘いのメールを送る。それから、ブレンダの友達のララや、ほかの女の子たち——チャメリ、ブリタニー、レベッカ、エミリー、サーアイダ、プリシラ、アナリス——にもメールを書く。みんな文章を書くのが好きだったり、絵や音楽の才能があったり、自分の意見をしっかり持った子たちだ。EleanorandViolet.comは、わたしたち姉妹ふたりだけのサイトだったけど、わたし個人の意見としては、参加メンバーは多ければ多いほどいい。

アマンダにも声をかけてみようか。メールを書いて下書きフォルダーに入れる。翌朝、起きたとき、そのメールは削除する。

土曜日、両親と朝食をとったあと、アマンダの家に行ってくると言う。最近は遊んでいなかったのにどうしてだとか、何をして過ごすのかとか、何時に帰るのかとか、両親はきいてこない。どういうわけか、両親はアマンダ・モンクを信頼している。

アマンダの家の前を自転車で通りすぎて、そのまま町の反対側のフィンチの家へ向かう。何もかもがあっけないほど簡単で、ただ両親にうそをついたことには胸がちくりと痛む。フィンチの家に着くと、彼は家族に見られるとまずいから非常階段をよじのぼって、窓から入ってきてくれと言う。

「見られなかったかな」ジーンズからほこりを払いながら言う。

「だいじょうぶだろ。だって誰もいないから」わたしが腕をつねると、彼は声をあげて笑う。彼の手がわたしの顔を包み、彼の唇がわたしの唇に重なると、胸の痛みはどこかへ消えてしまう。

ベッドには服や本が山積みになっているから、フィンチはクローゼットから上掛けを引きずってきて床に敷く。その上に横たわる。毛布の下で裸になり、わたしたちは愛しあう。そのあとは、子どもみたいに毛布を頭の上までかぶって、誰に聞かれるわけでもないのに、ひそひそ声で話をする。わたしははじめて〈ジャーム〉のことを話す。「きっといいものになると思うの。あなたのおかげ。あなたと出会ったとき、わたしのなかで書くことは終わってた。また書こうという気持ちになれるなんて、思ってもいなかった」

「まずひとつ。君は何もかもが時間つぶしだなんて言ってたけど、君がいなくなったあとでも君の書いた言葉は残る。そしてもうひとつ、君のなかではいろんなことが終わってたかもしれないけど、たとえ僕に出会っていなくても、君はきっと立ち直ってたよ」

なんだか気になる言い方だ。わたしがフィンチと出会っていなくても、地球は回っていると言われているみたい。だけどそのあと、わたしたちはまた毛布の下にもぐりこんで、世界じゅうで行ってみたいいろんな場所をあげていく。そのうちにいつのまにか、世界じゅうのどこでエッチしたいかという話になってくる。

「世界じゅうのいろんなところでやりたいな」フィンチの指がわたしの肩の上で円を描き、ゆっくりと腕をなぞってお尻へと下りてくる。「まずアメリカじゅうを回るだろ。ぜんぶの州にチェックがついたら、今度は海を渡って世界じゅうを旅してまわるんだ。世界一周見て歩きツアーだ」

「わたしたち、見て歩きマニアね」

「見て歩きの達人だ」

そしてコンピューターなんか見ないで、世界じゅうの行きたい場所を代わりばんこに言っていく。そのときふとなぜか、またフィンチがカーテンのうしろに隠れたように感じる。それと同時に胸の痛みがよみがえり、ここにいるためには自分がしていること——両親にうそをついて、隠れてフィンチに会っていること——を考えずにいられない。

しばらくしてわたしは言う。「そろそろ帰らなくちゃ」

フィンチはわたしにキスをする。「もう少しだけいたら?」

わたしはその意見を採用する。

ヴァイオレット

春休み

正午。ニューヨーク州、ニューヨーク市。NYU《ニューヨーク大学》のキャンパス。

ママが言う。「パパもママも、あなたと一緒に来られてうれしいわ。たまに環境を変えるのはいいことよ」家から離れて、と言うつもりなんだろうけど、わたしにはフィンチから離れて、と言っているように聞こえる。

わたしは見て歩きのノートを持ってきた。この街の建物や歴史、それにおもしろいと思ったことは何でも書き留めて、あとでフィンチに話して聞かせたいから。両親は、わたしがどうすれば来年の春、この秋入学する大学からNYUに転入できるかを議論している。

わたしはそんなことより、フィンチが三回続けてメールに返信してこないことが気になってい る。来年、ニューヨークかどこかの大学に行くことになったら、やっぱりこんなふうになってし まうんだろうか。勉強や新しい生活に集中するべきときに、彼のことで頭がいっぱいなんてこと に。フィンチはわたしと同じ大学に行くと言うだろうか。それとも、わたしたちの〝あらかじめ 決められた終わり〟は高校までなんだろうか。

ママが言う。「知らないあいだにこんなに大きくなっちゃって。あなたがいなくなるなんて、 ママ、耐えられそうにないわ」

「めそめそしないって約束したでしょ、ママ。一緒に過ごす時間はまだまだたくさんあるんだ し、どこに行くのかだってまだわからないんだから」

「ヴァイオレットに会うのを口実に、ニューヨークにちょくちょく来ればいいじゃないか」そう 言うパパの目もうるんでいる。

両親は口に出しては言わないけど、わたしに目いっぱい期待をかけている。エレノアにしてや れなかったことを、わたしで埋めあわせようと思っているのだ。両親はエレノアを大学に入れる ことも、あれこれ言ってやることもできなかった――楽しい大学生活を過ごすのよ、体に気をつ けて、たまには顔を見せに帰ってきなさい、寂しくなったらいつでも電話してちょうだい……。 両親が奪われた機会を埋めあわせできるのは、残されたたったひとりの娘であるわたしだけだ。

キャンパスの真ん中で三人そろって感極まるまえに、わたしは言う。「パパ、NYUの歴史に ついて教えてくれない？」

ホテルでは、わたしは両親と別の部屋に泊まる。狭い部屋には、窓がふたつ、ドレッサーと特大サイズのテレビ・キャビネットがあり、寝ているあいだに倒れてきて押しつぶされそうだ。窓をきっちり閉めていても、街の喧噪《けんそう》が聞こえてくる。サイレン、叫び声、音楽、通りを行き来するゴミ収集車――バートレットとはまったく違う。

「ボーイフレンドはいるの?」ママの出版エージェントの人に、さっきディナーの席できかれた。

「いいえ、とくには」わたしがそう答えると、パパとママは視線を交わした。よかった、フィンチを追い払ったわたしたちの判断は間違いじゃなかった、そういう視線だった。

部屋の電気を消して、ノートパソコンの明かりだけで、びっしり書きこんだわたしたちのノートに目を通す。それから、今ではたくさんあるわたしたちのフェイスブックのメッセージにも目を通す。ヴァージニア・ウルフを引用して、新しいメッセージを書きこむ。:**〝さあ、くるくる回って金の椅子のほうへ行きましょう。……月よ、わたしたちはお似合いだと思わない? こうして一緒にすわっていると、素敵ではないこと?〟**

フィンチ

目覚めてから64日目

春休み最後の日曜日にまた雪が降って、一時間ちょっとのうちにあたり一面は真っ白になる。

僕たちきょうだいは、午前中は母さんと一緒にうちで過ごす。僕は裏庭でデッカと一緒に泥まみれの雪だるまを作り、そのあと六ブロック歩いて小学校の裏山に上って、そり遊びをする。どっちが速いか競争して毎回デッカが勝つ。デッカが喜ぶと僕もうれしいから。

帰り道でデッカが言う。「わざと勝たせてくれたって、おもしろくないわ」

「わざとじゃないさ」肩にまわした手を、デッカは払いのけようとはしない。

「父さんの家に行きたくない」

「僕だって行きたくないさ。だけど、ああ見えても父さんは内心うれしいんだよ」これは母さんが僕にいつも言っていることだ。僕自身が信じているかどうかは別として、デッカならひょっとすると信じるかもしれない。がんこなところがあるけれど、何かを信じようとする気持ちは人一倍強い子だから。

午後になると、僕たちは父さんの家に出かけていって、居間のあちこちに散らばってすわる。居間の壁にも新たに超大型の薄型テレビが取りつけられていて、アイスホッケーの試合をやっている。

父さんはテレビに向かって大声をあげるあいまに、ケイトがデンバーについて話すのを聞いている。ジョシュ・レイモンドは、父さんにぴったりくっついて試合を見ながら、ひと口食べるごとに口を四十五回もぐもぐ動かしている。あんまりひまで、ずっと数えていたから間違いない。

気分転換に席を立ってバスルームに行き、今日旅行から帰ってくるヴァイオレットにメールする。蛇口を開けたり閉めたりしながら返信を待つ。手を洗って、顔を洗って、キャビネットのなかを物色する。シャワーラックに手をのばしかけたとき、携帯がブルブル震える。**:ただいま！**

今からそっちに行く？

僕は返信する。**：残念ながら、今は地獄にいるんだ。だけど、なるべく早く帰るよ。**

そのあと何度かメールをやりとりしてから、みんなのいる居間に向かう。ジョシュ・レイモンドの部屋のドアが少し開いていて、なかにジョシュがいるのが見える。ノックすると、甲高い声が返ってくる。「どうぞ」

七歳の子どもの部屋としては、たぶん地球上でいちばん広い部屋に足を踏み入れる。地図がないと迷いそうなほど広くて、思いつくかぎりありとあらゆるおもちゃ（そのほとんどが電動式）であふれかえっている。

「すごい部屋だね、ジョシュ・レイモンド」気にするな、と自分をなだめる。嫉妬は自分を内側からだめにする危険な感情だ。それに、僕はもうすぐ十八歳で、そのうえ超セクシーなガールフレンドがいるんだから、義理の弟がレゴを何千個持っていようと、うらやむ必要なんてぜんぜんないんだ。まあ、そのガールフレンドとは二度と会っちゃいけないことになっているんだけど。

「まあね」ジョシュは引き出しをひっかきまわしながら言う。信じられないことに、そこにはさらにたくさんのおもちゃが入っている。ふと見ると、部屋の片隅に昔ながらの棒にまたがるタイプの木馬がふたつ、ぽつんと置き去りにされている。ジョシュより幼かったころ、僕も同じような木馬をふたつ持っていた。父さんが、大きくもなければ薄型でもないうちのテレビでいつも見ていた古い映画のなかの、クリント・イーストウッドになったつもりになって、何時間も飽きずにまたがって遊んだものだ。ちなみに、わが家は今でもそのテレビを使っている。

「かっこいい木馬だね」僕は言う。木馬に僕がつけた名前は、ミッドナイトとスカウトだった。

ジョシュは首をくるりとこちらに向けて、まばたきを二回する。「まあね」

「なんていう名前だい？」

「名前なんてないよ」

僕は二頭の木馬をつかんで居間に乗り込み、父さんの頭をぶん殴ってやりたい衝動に駆られる。こいつらを家につれて帰ってやりたい。僕なら毎日大事に世話をして、町じゅうどこへでも乗っていくのに。

「どこで手に入れたんだい」

「パパが買ってきてくれたんだ」

君のパパじゃない。僕の父さんだ。この際、はっきりさせておこう。君にはどこかに別のパパがいるんだろ？　僕の父さんはそれほどいい父さんじゃないけど、それでも僕にとってはたったひとりの父親なんだ。

けれど、ジョシュの小さな顔に細い首、ふつうの七歳よりも小柄な痩せた体を見ていると、当時の自分を思い出す。そして、父さんのそばで大きくなるのがどんなだったかも。

「僕も昔、木馬を持ってたよ。これほどかっこよくはないけど、気に入っていた。ミッドナイトとスカウトって名前をつけてたんだ」

「ミッドナイトとスカウト？」ジョシュは木馬に目をやる。「いい名前だね」

「気に入ったのなら、同じ名前をつけてもいいよ」

「ほんとにいいの？」フクロウみたいな目で僕を見上げる。

「もちろんだ」

ジョシュ・レイモンドがさがしていたおもちゃ（ロボカーみたいなやつ）を見つけ、一緒に部屋を出ていくとき、ジョシュは手をつないでくる。

居間に戻ると、父さんはスポーツ番組のテレビカメラに向けるような笑顔で僕にうなずく。

「一度、ガールフレンドを連れてくるといい」まるで何ごともなかったような、気のおけない親友みたいな口ぶりだ。

「いいよ。彼女、日曜日は忙しいんだ」

父さんが、ヴァイオレットのお父さんとどんな会話を交わしたか想像できる。

マーキー氏「うちの娘がお宅の不良息子に連れ去られた。今ごろ、娘がどんな目に遭っているかわかったものじゃない」

父さん「どんなことになってると思うんです？　たしかに、うちの息子は不良で、情緒不安定で、性根の腐ったどうしようもないやつだ。あなたは、感謝したほうがいい。うちのやつみたいな息子を持たずにすんだことにね」

父さんがまだ何か言いたそうにしているのがわかる。「日曜日じゃなくてもいいぞ、そうだな、ローズマリー。気が向いたときに、いつでも連れてくればいい」超ごきげんな父さんに、ローズマリーは満面の笑みでうなずく。父さんは椅子の肘かけをぴしゃりとたたく。「彼女を連れてくれば、グリルでステーキを焼いてやろう。おまえには豆と葉っぱがあればいいな」

部屋じゅうめちゃくちゃにしたいのをぐっとこらえて、感情を封じこめる。頭のなかでは猛スピードで数を数える。

幸いなことにまた試合がはじまり、父さんはテレビに気をとられる。僕はもう二、三分がまんしたあと、ローズマリーにごちそうさまと言い、ケイトにデッカのことを頼み、デッカにはまたあとでなと言って、父さんの家をあとにする。

町の反対側まで歩いて家に帰り、リトル・バスタードに乗りこんで、地図も目的もないまま走らせる。雪の降り積もった畑を横目に、何時間とも思えるあいだ車を走らせる。北に向かって西に行き、それから南に向かって東へ行く。速度計は時速百四十キロに達しようとしている。夕方にはインディアナポリスの街のど真ん中を走り抜け、バートレットに向かっている。さっきから吸っているアメリカンスピリットの煙草はもう四本目だ。いくらスピードを出しても、まだ物足りない。とにかく前に進みたいのに、トロいリトル・バスタードにイラついてくる。

ただでさえ調子のよくない喉が、ニコチンのせいでイガイガする。胸がむかついてきたので、路肩に車をとめてそのへんを行ったり来たりする。ひざに手をついて前かがみになっても、吐き気がこみ上げる気配はない。ふと顔を上げると、まっすぐに道がのびていて、僕は急に走りたくなる。

リトル・バスタードを置き去りにして、がむしゃらに走る。肺が破裂するかと思うほど、全速力で走る。肺や足がどうなったってかまわない。そういえば、車をロックしてきただろうか。いったんそう考えはじめると、車のロックのこと以外考えられなくなり、僕はさらに猛スピードで走る。そういえば、ジャケットはどうしたんだろう。着ていたのかどうかも思い出せない。

僕はだいじょうぶだ。

僕はだいじょうぶだ。

僕は壊れたりしてない。

僕はだいじょうぶだ。

僕は問題ない。

問題ない、問題ない、問題ない……。

ふと気づくと、あたりには田園風景が広がっている。しばらく行くと、温室と園芸店が立ち並ぶ一帯まで来る。日曜日だからきっと開いていないだろうけど、そのなかでもいちばん家庭的な雰囲気の店に足を向ける。広い空地の奥に、二階建ての白い農家風の家が建っている。家の前には、車やトラックがたくさんとまっていて、家のなかからは笑い声が聞こえてくる。ふらりと入っていって、仲間に加わり、自分の家のようにくつろいだらどうなるだろうと考える。玄関まで行き、息を切らしたままドアをノックする。本当なら、ひと息ついてからノックするべきなんだろうけど、そんなひまはない。僕には時間がない。今度はもう少し強くノックする。

お団子みたいにまん丸な顔をした優しそうな白髪の女の人が、おしゃべりの声に笑いながらこっちにやってくる。網戸越しに不思議そうに僕を見て戸を開ける。インディアナの田舎では、知らない人が訪ねてきても警戒することはない。そういうのがいいところだ。僕のことを思い出そうとして戸惑うような笑みを浮かべているおばさんを、思わず抱きしめたくなる。

「こんばんは」僕は言う。

「こんばんは」おばさんが言う。おばさんの目には、ジャケットも着ずに、真っ赤な顔をして汗だくで、息を切らしてぜいぜいいっている僕は相当変なやつに見えるだろう。

僕はできるだけ素早く息を整える。「とつぜんお邪魔してすみません。家に帰る途中で、偶然通りかかったんです。今日はおたくの花屋はお休みで、お客さんが来ていることはわかっています。だけどもしできれば、ガールフレンドにプレゼントする花を分けてもらいたいんです。実はちょっとした緊急事態で」

おばさんは心配そうに顔にしわを寄せる。「緊急事態？　あらま、たいへん」

「すいません、ちょっと言葉が強すぎました。僕には花の名前のガールフレンドがいて、僕は彼女のお父さんに嫌われているんです。だからプレゼントをして、僕が彼女のことを思っていることを伝えたくて。だけど、今は冬だし、僕は春までここにいられるかどうかわからないんです。僕は今が死の季節じゃなくて、生命の季節だと彼女にわかってほしいんです」

　おばさんのうしろから、シャツの胸元にナプキンをぶら下げたおじさんがこちらにやってくる。「ここにいたのか」おばさんにそう言って、僕のほうにあごをしゃくる「お客さんか？」

　おばさんは言う。「緊急事態なんですって」

　僕はまた一から説明する。おばさんはおじさんを見て、おじさんは僕を見て、家のなかの誰かにリンゴ酒をかき回しておいてくれと声をかける。おじさんは外に出てきて、冷たい風にナプキンをひらひらさせながら、花屋のほうに歩いていく。僕はポケットに両手を突っこんで、並んで歩く。花屋の戸口まで来ると、おじさんはベルトから鍵の束をはずす。

　僕は早口で言葉を並べる。ありがとうございます、料金は二倍払います、僕の彼女はヴァイオレットっていうんです。彼女が僕のプレゼントしたヴァイオレット《スミレ》を持っている写真をあとで送ります。

　おじさんは僕の肩に手を置く。「そんなことは気にしなくていい。いるだけ持っていきなさい」

　なかに入ると甘い花の香りがして、僕は新鮮なその香りを胸いっぱいに吸いこむ。暖かくて、明るくて、何もかもが生き生きしている。ここにずっといたい。この心優しい夫婦と一緒に暮らして〝息子〟と呼ばれたらどんなにいいだろう。ヴァイオレットと一緒に引っ越してきてもいい。ここならじゅうぶんな広さがある。

　おじさんは、いい感じに咲いている花を選んでくれる。スミレだけじゃなくて、デイジーやバラやユリや、ほかにも名前を知らないいろんな花がある。おじさんとおばさんはそれを花束にして、長持ちするように保冷バッグに入れてくれる。お金を払うと言っても、受けとってくれない。僕は保冷バッグをすぐ返しにきますからと約束する。

花屋の建物を出ると、そこには好きな女の子にあげる花を、何がなんでも手に入れたい男の子の顔を一目見ようと、みんなが集まってきている。


客のひとりでヘンリーというおじさんが、リトル・バスタードをとめたところまで送ってくれる。ずっと離れたところだと思いこんでいたけれど、実際には数分で着く。リトル・バスタードがさみしそうにポツンと待つ反対車線にUターンしながら、おじさんは言う。「この十キロの距離をほんとに走ってきたのかい?」

「ええ、たぶん。お食事中だったのに、送ってもらってすいません」

「気にするな、青年。まったくかまわん。車は無事かい?」

「だいじょうぶです。スピードがトロすぎることをのぞけば」

おじさんは、その気持ちはよくわかるみたいな顔をしてうなずく。たぶんぜんぜん違うと思うけど。「ガールフレンドに、おれたちからよろしくと伝えてくれ。だけど、ちゃんと車で帰るんだぞ、いいな」


ヴァイオレットの家に着くころには、十一時をまわっている。エンジンを切って窓を下ろし、最後の煙草を吸いながら、リトル・バスタードのなかで時間をつぶす。もうここまで来ているんだから、あわてることはない。家の窓には明かりが灯っている。ヴァイオレットは彼女を愛し、僕を嫌っている両親と過ごしているんだろう。そんなところを邪魔したくない。

そのとき、僕がここにいるのがわかったみたいにヴァイオレットからメールが届く。**:帰って**

こられてうれしいわ。いつ会える？

返信する。**：外に出て。**

一分もたたないうちに、ヴァイオレットが出てくる。猿の模様のパジャマに紫色の長いローブをはおり、モコモコのスリッパを履いて、髪をポニーテールにしている。保冷バッグを持って近づく僕に、ヴァイオレットが声をかける。「フィンチ、どうしたの？　すごく煙草くさいわよ」両親に見つからないか心配するみたいに、家のほうをちらちら見ている。

夜の空気は凍てつき、また雪がちらつきはじめているが、まったく寒くない。ヴァイオレットが言う。「震えてるじゃない」

「僕が？」ぜんぜん気づかなかった。何も感じない。

「どれくらいここにいたの？」

「さあ、どれくらいだろう」本当に思い出せない。

「やっとやんだと思ったのに、また降ってきたわね」よく見ると、さっきまで泣いていたみたいに目が赤い。本当に泣いていたのかもしれない。それほど冬が嫌いなのか、それとも、一年前に事故があった日が近づいているからかもしれない。

保冷バッグを差しだす。「だから、これを届けにきた」

「何これ？」

「開けてごらん」

ヴァイオレットは、バッグを下におろし、ふたを開ける。次の瞬間、花の匂いを胸いっぱいに吸いこみ、ふり返って、何も言わずに僕にキスをする。「もう冬じゃないわ。フィンチ、あなたが春を連れてきてくれたのよ」

家に帰って車をとめ、長いあいだすわったままでいる。外に出ると魔法がとけてしまいそうで。ここにいれば、ヴァイオレットを近くに感じ、彼女の気配に包まれていられる。ヴァイオレットの好きなところ――ふたりでしゃべっているときや、僕に聞かせたいことがあるとき、目をきらきらさせるところ。集中して何か読んでいるとき、無意識に言葉をつぶやいているところ。僕のことだけをまっすぐに見つめてくれるところ。そして、僕の体や骨やよけいなものをぜんぶ見透かして、その奥にある本当の僕を見てくれるところ。本当の僕が何者なのか、自分でもわからないのに。

フィンチ

65日目と66日目

授業中ふと気がつくと、僕はぼんやり窓の外を見ている。どれくらいこうしていたんだろう。誰かに見られていなかったか周りを見まわすが、誰も見ていない。同じことがどの授業でも起こる。体育の授業でもだ。

英語の時間、みんなが先生にあわせて教科書を読んでいるのに気づき、あわてて教科書を広げる。言葉は耳に入ってくるのに、聞こえるそばから頭から抜け落ちていく。耳に残るのは、まるで意味をなさない言葉の断片だけだ。

落ち着け。

深く息を吸って。

数を数えるんだ。

授業が終わると、人に見られているかどうかなんておかまいなしに、ベル・タワーに向かう。階段室のドアが簡単に開くということは、ヴァイオレットが来たのかもしれない。塔のてっぺんまで行って、新鮮な空気のなかで、もう一度教科書を開く。周りに人がいなければ、集中できるかもしれない。同じ文章を何度も繰り返し読む。けれど一行読み終えて次の行に進んだとたん、まえに書かれていたことは頭から消えてしまう。


ランチのとき、チャーリーのとなりにすわる。周りには大勢の人がいて、僕に話しかけてくるが、僕にはその言葉の意味がわからない。しかたなく、本を読みふけっているふりをするが、ページの上を言葉が躍るだけだ。そのことを気づかれないように、顔に笑みを貼りつけてうなずいたりする。自分でもうまく演じていると思っていると、チャーリーが言う。「なあ、いったいどうしたっていうんだ。おまえがそんなだと、こっちが落ちこんじまうよ」


地理の授業で、ブラック先生は黒板の前に立ち、最終学年の最後の学期だからといって、気をゆるめることのないようにと僕たちに念を押す。先生の言葉を書き留めるが、書いたものを読もうとすると、また同じことが起きる。読んだそばから、言葉は逃げていってしまう。となりにすわったヴァイオレットが僕のノートを見ているのに気づいて、僕は手でノートを隠す。

説明するのはむずかしいけど、今の僕の状況は、なんというか渦に引き込まれているような感じだ。暗くゆっくりした渦が僕を巻き込んでいく。見えない何かが僕の脚をつかんで、大きな力で引っぱり込もうとしている。砂地獄に落ちるのって、きっとこんな感じなんだろう。

僕にとって書くことは、人生のあらゆることを確認する手段でもある。チェックリストにしるしをつけるようなものだ。最高のガールフレンド——チェック、まずまずの友達——チェック、屋根のある家——チェック、口に入れる食べ物——チェック。

僕はチビでもないし、父さんやおじいさんを見るかぎり禿げそうにもない。調子のいいときは、ほかの人たちより深く考えることができる。ギターもうまいし、人並み以上にいい声だ。歌も作れる。それも世界を変えるような歌だ。

すべては順調に見える。だけど、ほかに何か見落としていることがあるんじゃないかと、僕は何度もリストを見返す。大きな物事だけじゃなく、ほんの些細なことのうしろにも、何かが隠れている気がしてならない。たとえば大きなことでいうと、僕の家族は幸せいっぱいというわけじゃない。だけどそんなふうに感じているのは僕ひとりじゃない。少なくとも両親は僕を道ばたにほうりだしたりはしなかった。学校もそう悪くはない。もっと勉強をがんばることはできるけど、その必要は感じない。将来のことはわからないけど、それだって悪いことじゃない。

小さなことでいうと、僕は自分の目は気に入っているけど、鼻はイマイチだ。だけど、この気分が鼻のせいだとは思わない。歯には自信がある。唇も好きだ。ヴァイオレットの唇とくっついているときはとくにそう思う。足は大きすぎるけど、小さすぎるよりはいい。足が小さすぎると、しょっちゅう転ばなくちゃならない。ギターも好きだし、ベッドも、本も好きだ。文字を切りとった本は、とりわけ気に入っている。

あれこれ思いをめぐらせるが、見えない渦の力はますます大きくなるばかりで、今や僕の体全体を引きずり込もうとしている。

ベルが鳴り、僕はびっくりして飛びあがる。周りのみんなは笑うが、ヴァイオレットだけは不安そうに僕をじっと見ている。このあとはブリッチョのところへ行くことになっている。何か変だと感づかれないだろうか。ヴァイオレットを次の教室まで送っていき、手を握ってキスをする。そして、これ以上彼女が心配そうな顔をしないように、とびきりの笑顔を作ってみせる。それから、教室とは反対の方向にあるカウンセリング・ルームに向かう。わざわざ走ったりしないから、着いたときには約束の時間を五分過ぎている。

ブリッチョは言う。何かあったのかね。どうしてそんな顔をしてるんだ。君がもうすぐ十八歳になることと何か関係があるのかね。

そんなんじゃありません、と答える。だってそうだろう。十八歳になるのがイヤなやつなんてどこにいる？　うちの母さんにきいてみればいい。四十一歳にならなくてすむなら、何だって差しだすと言うだろう。

「それならいったいどうした？　何かあったかね、フィンチ」

何も言わないわけにはいかないから、原因は父さんだと話すことにする。それはまるっきりうそというわけじゃなく、半分は真実だ。どちらかというと大きな絵の一部といったほうがいいかもしれない。「父は僕みたいな息子はいらないと思っているんです」ブリッチョは分厚い胸の前で太い腕を組んで、真剣な表情で熱心に耳を傾けている。僕はなんだか申し訳ない気分になって、もう少しだけ真実を話すことにする。「父はもともとの家族が気に入らなくて、もっといい新しい家族に乗りかえることにしたんです。それで、今はそっちの家族を気に入っているみたいなんです。新しい奥さんはいい人で、いつもにこにこしているし、新しい息子は父と血のつながりがあるのかないのかはわからないけど、小さくて場所をとらなくて、扱いやすい子なんです。認めたくないけど、僕だってあっちの家族のほうがいいと思います」

ちょっと言いすぎたかもしれない。だがブリッチョは、気にするなともがんばれとも言わずにこう言う。「君のお父さんは、狩猟の事故で亡くなったんじゃなかったのかね」

一瞬、何を言われているのかピンとこなかった。……しまった！　僕は何度も首を縦に動かす。「ええ、そうです。つまり、その、父が亡くなるまえのことです」

ブリッチョは眉をつり上げるが、僕をうそつき呼ばわりしたりしない。「そういうことと向きあうのは、さぞつらかっただろうね」

大声を出してわめきたいが、ぐっとこらえる。顔に出しちゃいけない。勘づかれちゃだめだ。だから最後の力――この先一週間か、それ以上、抜け殻になるかもしれないほどの力――をふり絞って言う。「父は精一杯やってくれています――やってくれました。生きていたときのことです。精一杯にしてはひどかったけど、結局は僕より父のほうに問題があったんだと思ってます。つまり、僕を愛せなかったってことです」

先生の向かいにすわって、僕は自分の顔に笑顔であれと命じる。頭のなかを、三十六歳でピストル自殺したロシア革命時代の詩人、ウラジーミル・マヤコフスキーの遺書がぐるぐる回っている。

愛の小舟は日々の暮らしに打ち砕かれ、
粉々になってしまった。
僕は人生を清算する。

もう数えあげる必要はない。
胸の痛みを、
不幸を、
屈辱を。
みな幸せに暮らしてくれ。

とつぜん、ブリッチョが机に乗りだして僕を見つめてくる。顔には警戒の色が浮かんでいる。どうやら僕は、無意識のうちに言葉を声に出していたらしい。

ブリッチョは、塔のへりから下りるよう説得するような、慎重でゆっくりした口調で話す。

「今日、またベル・タワーに上ったかね?」

「うそでしょ。監視カメラでもあるんですか」

「ちゃんと答えなさい」

「ええ、上がりました。でも、本を読んでいただけです。というか、読もうとしてたんです。地上は騒がしすぎて集中できないから、あそこで頭をすっきりさせたかったんです」

「フィンチ、よく聞きなさい。わたしは君の味方だ。だから君を助けたい。だがそれとは別に責任の問題もある。わたしには君を助ける義務がある」

「だいじょうぶです。信じてください。もし死のうと決めたら、そのときは真っ先に先生にお知らせして、観覧席のいちばん前をおさえておきますから。それに、少なくとも先生が訴訟費用を払えるようになるまでは待ちますよ」

自分へのメモ:自殺をジョークにするのはやめたほうがいい。相手が何らかの責任を負う立場である場合はとくに。

言われるまえに自分で言う。「すみません、冗談がすぎました。でも、僕はだいじょうぶです。本当に」

「双極性障害について聞いたことはあるかね」

言葉が喉元まで出かかる。〝先生こそ、何を知っているって言うんですか？〟けれど、なんとか呼吸を整えて、笑顔をつくろう。「ジキルとハイド、みたいなことですか」抑揚のないフラットな声は、少し投げやりに聞こえる。心と体はこんなにぴりぴりしているのに。

「躁《そう》うつ病と呼ぶ人もいる。脳疾患の一種で、気分やエネルギーの極端な変化が特徴だが、治療することができる」

顔から笑みが消えていくが、なんとか平静を保つ。だけど、実際には体のなかではこんなことが起こっている。脳と心臓が別々のリズムで激しく脈打ち、手は冷たくなり、首のうしろは熱くなり、喉はカラカラになる。双極性障害について僕が知っていることは、それが人を分類するラベルだということだ。頭のおかしな人に付けるラベルだ。なぜそんなことがわかるかというと、十一年生のときに心理学の授業で習ったからで、その手の映画を何本も見たからで、十八年近く父さんという生身の例を見てきたからだ。ただ、さすがに父さんにそのラベルを貼れる人はいなかった。そんなことをすれば間違いなく殺される。〈躁うつ病〉というラベルの意味は、〝だからおまえはそんなふうなんだ。それがおまえという人間なんだ〟ということだ。ラベルは、人を病気だと決めつけるためにある。

ブリッチョが、双極性障害の症状や、軽躁エピソードと言われるものについて説明している途中でベルが鳴り、僕は席を立つ。自分でもびっくりするくらいすごい勢いで、椅子がガタンと壁にぶつかり床に倒れる。もし天井につり下げられたカメラが今の場面をとらえていたら、かなり暴力的に映っただろう。僕みたいに背が高いとなおさらだ。違うんです、今のはちょっとしたアクシデントです、と僕が言うまえに、先生は立ちあがっている。

服従のしるしに両手を上げてから、和解のしるしに片手を差しだす。先生はたっぷり一分か二分たってから、僕の手を握る。先生はその手を離さず、僕をぐいと引き寄せる。鼻と鼻が——というか、身長差のせいで鼻とあごがくっつくほど顔を近づけ、先生は言う。「君はひとりじゃない」いや、実際ひとりですよ。それが問題なんです。僕たちはみんなひとりぼっちで、窮屈な体と、せま苦しい考えにとらわれていて、たとえ仲間と呼べる人ができたとしても　そんなのは上っ面だけで、あっという間にうつろうものなんです。そう言いたかったが、先生は腕がもげるかと思うほど強く、僕の手を握りしめる。「この話はまだ終わっていないから、そのつもりで」

翌朝、体育の授業のあとで、ローマーがすれ違いざまに小声で言う。「キモッ」あたりには、まだたくさんの生徒がいるけれど、僕の知ったことじゃない。というか、何かを考える間もなく、ただそれは起こった。

気がつくと、僕はローマーをロッカーに押しつけ、両手を首に回している。そして顔が紫色になるまで、ぐいぐい絞めあげている。チャーリーがうしろから引き離そうとしても、カペル先生がバットを手にやってきても、手をゆるめない。目の前でドクドク脈打つ血管と、ローマーの顔が電球みたいに真っ赤になっていく様子に魅入られている。

僕は四人がかりでローマーから引き離される。指がそれだけ固く食い込んでいる。こうなったのは、ローマー、おまえのせいだ。自分でまいた種だ。自業自得だ。悪いのはおまえだ。おまえのせいだ。

　ローマーが床にくずれ落ちる。僕は引きずられていきながら、その姿をにらみつける。「二度とそんなふうに呼ぶな、わかったな」

ヴァイオレット

３月10日

　三時間目が終わったときに、携帯が鳴る。かけてきたのはフィンチで、今、学校の外の川のそばにいるという。これから車で、エバンズビルまでネストハウスを見にいかないかと誘われる。以前インディアナのアーティストが細い木を編んで作った鳥の巣《ネスト》みたいな小屋で、窓やドアもあって人が住めるようになっているんだそうだ。

「今もそれが残っているか見にいきたいんだ。インディアナ州の南の端にあるから、途中で州境を越えて、ケンタッキー州とインディアナ州に片足ずつ立って写真を撮れるよ」フィンチは言う。

「州境にはオハイオ川が流れているんじゃなかったっけ？　だとしたら、州境は橋の上になるんじゃ――」

　けれど、彼は電話の向こうで、わたしの話を聞いていないかのように話を続ける。「本当は同じことを、イリノイ州、ミシガン州、オハイオ州の州境でもするべきなんだけどさ」

「ねえ、まだ授業があるのに、どうして学校の外にいるの?」わたしは髪に、フィンチにもらった花を飾っている。

「退学になったんだ。いいから、出ておいでよ」

「退学ですって?」

「出かけようよ。ガソリンと太陽がなくならないうちに」

「エバンズビルに行くには四時間かかるわ、フィンチ。着くまでに日が暮れちゃうわよ」

「今すぐ出かければだいじょうぶだよ。だから早く出てこいよ。なんなら、あっちで泊まってもいい」何がなんでもネストハウスを見ないと気がすまないみたいに、早口でまくしたてる。いったい何があったのとたずねると、あとで話すから、とにかく今すぐ出かけようと言ってきかない。

「今日は火曜日だし、それに今は冬よ。ネストハウスで泊まるなんて無理よ。行くなら土曜日にしない? 今日、学校が終わるまで待っててくれたら、ケンタッキー州との州境より近いところなら出かけられるわ」

「もういい。今の話は聞かなかったことにしてくれ。ひとりで行けばいいだけの話だ。どっちにしても、僕ひとりで行くほうがいいんだ」電話の向こうから聞こえる彼の声はうつろで、電話はぷつんと切れる。

切れた電話とにらめっこしていると、ライアンとスーズ・ヘインズが手をつないで通りかかる。「どうかした?」ライアンは言う。

「なんでもないわ」そう答えるが、頭のなかは混乱している。今のはいったい何だったの?

フィンチ

66日目と67日目

ネストハウスは見つからない。あたりが暗くなりはじめたころ、色鮮やかな建物が立ち並ぶニューハーモニーの町のメインストリートで車をとめて、道ゆく人たちに手当たりしだいにたずねてみる。ほとんどの人が存在自体を知らないが、ようやくひとりの老人が教えてくれる。「わざわざ来たのに残念だったな。あれは雨風で風化して、朽ち果ててしまったよ」

僕たち人間と同じように。ネストハウスは寿命が尽きたというわけだ。ずっとまえにカーディナルのために作った土の寝床のことを考える。あの鳥はまだあそこにいるんだろうか。小さな墓のなかで眠る小さな骨を思い浮かべる。世界でいちばんもの悲しい光景だ。

家に帰ると、みんな寝静まっている。二階へ行き、バスルームの鏡に顔を映し、じっと見つめる。とつぜん鏡のなかの僕が消える。

僕は消えかけている。もうここにはいないのかもしれない。

不安よりもむしろ好奇心に駆られ、自分を実験室のサルのように感じる。サルが見えなくなったのはどうしてなのか。さっきまでサルのいた場所を手でさぐってみたら、触れることができるのだろうか。僕は自分の手を心臓の上に当ててみる。骨も肉もしっかりそこにあり、僕を生かしている臓器が奇妙なリズムで力強く打っている。

クローゼットのなかに入り、ドアを閉める。なるべく場所を取らないように、音をたてないようにに身をひそめる。暗闇を起こしたくない。なるべく静かに息をする。あんまり大きく息をしたら、暗闇のやつは、僕やヴァイオレットや、僕の大切な人たちに何をするかわからない。


翌朝、家の留守電をチェックする。ブリッチョがきのうの午後、母さん宛てにメッセージを残している。「ミセス・フィンチ、わたくし、バートレット高校で息子さんのカウンセリングをしておりますロバート・エンブリーです。セオドアのことでお話ししたいことがあります。非常に重要なことです。ご連絡をいただきたい」ブリッチョは電話番号を残している。

メッセージをもう二回聞いてから、消去する。

学校へは行かず、二階に戻り、部屋のクローゼットに閉じこもる。ここから出たら、きっと僕は死ぬ。そうだった。僕は退学になったんだ。ということは、もう学校には行けないのか。

クローゼットのいいところは、外界から隔離されているということだ。僕は静かにすわって、ただじっと息をひそめる。

同じ言葉が頭のなかでぐるぐる回っている。まるで耳にこびりついて離れない歌のように。僕は壊れている。僕はペテン師だ。僕には人を愛する資格がない。ヴァイオレットに気づかれるのは時間の問題だ。だけどもう警告したじゃないか。彼女は僕にいったい何を求めているんだ。本当のことを話したのに。

〝おまえは双極性障害だ〟もうひとりの僕が僕にラベルを貼りつける。〝おまえは躁うつ病だ。病気なんだ……〟

そしてまた同じ言葉が繰り返される。僕は壊れている。僕はペテン師だ。僕には人を愛する資格がない……

夕食の席で、僕は黙りこんでいる。そして例の「デッカ、今日はどんなことを勉強したの？セオドア、今日はどんなことを勉強したの？」という質問のあとは、母さんもデッカも黙りこむ。僕の頭がめまぐるしく働いていることにふたりは気づかない。僕たちは黙って食べ終わる。食事のあと、母さんの薬棚で睡眠薬を見つける。瓶ごと自分の部屋に持って帰り、中身の半分を口にほうり込み、バスルームに行って水で喉に流し込む。チェーザレ・パヴェーゼがどう感じたのか、本当に喝采に値する勇敢なことなのか、確かめようじゃないか。僕は瓶を握ったまま、クローゼットの床に大の字になる。体の感覚が少しずつなくなって、やがて何も感じなくなるところを想像してみる。そんなにすぐになるわけがないと思いながらも、体が重くなってきた気がする。

起きあがろうとしても力が入らず、足が何キロも先にあるように感じる。〝動くな〟薬が命令する。〝おとなしくじっとして、おれたちに仕事をさせろ〟

黒く濃い霧のようなものが僕の上にのしかかってきて、体を床に押さえつける。そこに喝采と呼べるものはない。眠りに落ちるときと同じだ。

床から体を無理やり引きはがしてバスルームに行き、喉の奥に指を突っこんで嘔吐する。食べたばかりなのに、ほとんど何も出てこない。二度、三度とそれを繰り返し、それからスニーカーを履いて走りだす。手足が重く、まるで砂地獄のなかを走っているみたいだけど、とにかく息をして前へ進む。

いつもの夜のジョギングルートのナショナル・ロードを走るが、病院の前を走りすぎるのではなく、駐車場を突っ切って救急受付に向かう。ドアをなんとか押し開け、そこにいた女の人に言う。「薬をたくさん飲んだけど、吐きだせなくて。出してもらいたいんですけど」

その人は僕の腕に手を置いて、僕のうしろにいた男の人に何か言う。口調は冷静で、まるで走ってきた誰かに、胃を洗浄してくれと頼まれることなんて日常茶飯事みたいだ。男の人ともうひとりの女の人が、僕をなかに連れていく。

それからのことは覚えていない。目が覚めると、気分は空っぽだが、意識ははっきりしている。女の人が入ってきて、僕の心を読んだように言う。「目が覚めたのね、よかった。いくつか書類に記入してもらう必要があるの。身分証明書をさがしたんだけど、見あたらなかったから」クリップボードを受けとる僕の手は、ぶるぶる震えている。

書類に名前と年齢を書く。〈ジョシュ・レイモンド、十七歳〉体の震えが大きくなり、気がつくと僕は声を出して笑っている。上出来だ、フィンチ。おまえはまだ死んでいない。

事実：ほとんどの自殺が、昼の十二時から夕方六時のあいだに起きる。

タトゥーをした男性は、ピストル自殺をする確率が高い。

茶色の目の人は、首吊りもしくは服毒自殺の確率が高い。

コーヒーを飲む人は、飲まない人よりも、自殺をする確率が低い。

看護師が出ていくのを待って、服を着る。部屋を出て、階段を下りて、外に出る。ここにいつまでもいると、ろくなことはない。あのままでいたら、次は別の誰かが入ってきて、あれこれ質問されるにきまっている。両親を見つけだし、もし見つからなければ、書類の山が積みあげられ、電話があちこちにかけられ、そうこうしているうちに帰れなくなってしまうだろう。危ないところだったが、僕に抜け目はない。

体がだるくて力が入らないから、家までの道のりを歩いて帰る。

フィンチ

71日目

命の会の集会は、オハイオ州の町はずれにある樹木園の敷地内で開かれる。それは自然教室のたぐいではなく、自殺衝動や、自殺未遂の経験のある十代の男女のためのサポートグループだ。インターネットで見つけた。

リトル・バスタードに乗りこみ、オハイオ州まで車を走らせる。僕は疲れている。ヴァイオレットにはしばらく会っていない。外に出て、まるで敵に狙われながら地雷原を行く兵士みたいに、ヴァイオレットの前で神経を使うことを考えただけでもぐったりする。ぜったいに気づかれちゃいけない。ヴァイオレットには、風邪で寝込んでいて、うつるといけないからと言ってある。

集会は、暖房用のラジエーターが壁から突きだした板張りの広い部屋で催される。長いテーブルがふたつ向かいあわせにくっつけてあり、参加者は宿題かテストでもするみたいに、その周りにすわる。テーブルの両端に水差しが置かれ、その横にカラフルな紙コップが重ねられている。クッキーを盛った皿が四つある。

カウンセラーの男は、ディミートリアスという名前の黒人で、肌の色は浅黒く緑の目をしている。はじめての参加者のために、自分が地元の大学で博士号取得のための勉強をしていること、この会の運営を任されてまだ十一か月だが、命の会は創立十二年になることを話す。まえのカウンセラーはどうしたのか知りたいが、気の滅入る話かもしれないので質問するのはやめておく。次々とやってくる参加者たちは、バートレットにいる十代の子たちとどこも変わらない。知った顔はひとりもいない。そのためにわざわざ四十キロ車を走らせてきた。席にすわろうとすると、女の子がひとりそばに寄ってくる。「すごく背が高いのね」

「見かけより年を取ってるんだ」

彼女は色っぽい（と自分では思っている）笑顔で僕を見る。

「巨人症の家系なんだ。高校を卒業したらサーカスに入らないかって誘われてる。二十歳になるころには身長が軽く二メートルを超えるだろうって医者に言われているからさ」

いいかげん、どこかへ行ってくれないかな。僕がここにいるのは、友達を作るためじゃない。そんなことを思っているうちに、彼女はどこかへ行ってくれる。やっぱり、こんなところに来るんじゃなかった。みんな思い思いにクッキーをつまんだりしているが、僕は手を出さない。こういう市販のクッキーには、動物の骨でできた骨炭なんて呼ばれるぞっとするものが入っているかもしれないから。そう思うと、クッキーも、それを食べているやつらも見ていられなくなる。窓の外に目を向けるが、樹木園にはひょろりと枯れたような木しかなくて、しかたがないのでみんなから見えるようテーブルの中央にすわっているディミートリアスに目を向ける。

彼はとくに目新しくもない十代の自殺に関するあれこれについて講釈をたれる。そのあと、みんなが自分の名前と年、それに診断名と、自殺しようとしたことがあるかを順番に言っていく。

最後に言わされるのが、「なんとかは命」というフレーズで、つまりどんな瞬間に生きる喜びを感じるかってことだ。たとえば、「バスケは命」とか「学校は命」とか「友達は命」とか「彼女とのエッチは命」とか。生きているのは素晴らしいってことを思い出させてくれることなら何でもいい。

参加者のうち何人かは、ドラッグをやっている人間特有の、うつろな表情をしていて、ここに来て何か得るものがあるんだろうかと不思議に思う。ひとりの女の子が、「〈ヴァンパイア・ダイアリーズ〉は命」と言うと、数人の女の子たちがくすくす笑う。別のひとりが言う。「うちのワンちゃんが命です。たまにわたしの靴を食べちゃうけど」

順番がまわってきて、僕は自己紹介をする。「名前はジョシュ・レイモンド、十七歳。つい先日、軽い気持ちで睡眠薬を飲んだけど、それまでは自殺未遂の経験はありません。木星・冥王星重力効果は命」言ったところで、誰もわからないだろうけど。

そのとき、ドアが開いて、冷たい空気と一緒に誰かが駆けこんでくる。空いた席をさがしながら、身につけた帽子とスカーフとミトンを、ミイラの包帯を解くみたいにひとつずつはずしていく。みんなが彼女に注目するなか、ディミートリアスが場をなごませるように笑顔を向ける。「よく来たね。だいじょうぶだよ、まだはじまったばかりだから」

スカーフとミトン、それから帽子を取って、椅子にすわった彼女は、ブロンドのポニーテールをさっと振って向こうを向き、バッグを椅子にかける。それから椅子に深くすわり直し、おくれ毛をかきあげる。コートは着たままで、外の冷気で頬がピンク色に染まっている。「すみません」アマンダ・モンクが、ディミートリアスに言う。テーブルをぐるっと見まわした目が僕の上で止まり、その瞬間、彼女の顔から表情が消える。

ディミートリアスがうなずく。「レイチェル、それじゃ君からはじめようか」

レイチェルことアマンダは、僕を見ないようにしている。感情のない声でこう言う。「レイチェルです。年は十七歳。過食症で、自殺未遂の経験が二度あるわ。二回とも睡眠薬。本当の自分を笑顔とくだらないおしゃべりの下に隠してきました。ぜんぜん楽しくないのに。ここに来ているのは、母に言われたからよ。わたしにとって、秘密は命」最後の言葉でこっちを見て、すぐに顔をそらす。

ほかのみんなもひとりずつ自分のことを話していく。ひととおり全員の話が終わったときにわかったこと。それは、ここにいる全員のなかで、本気で死のうと思って行動に移した経験がないのは僕だけだということだ。そんなことを考えるのは不謹慎だと思うけど、自分がみんなより優れている気がして、こう思わずにはいられない。僕なら、やると決めたらぜったいに失敗しない。最後にディミートリアスも自分の経験を話す。みんな、救いを求めてここに来て、なんとか生きのびているのだ。

だけど、すべてがみじめったらしくてやりきれない。骨炭クッキーしかり、延々と続くリストカットや首吊りの体験談しかり、小さくとがったあごを突きだして、本性をさらしておびえている性悪なアマンダ・モンクしかり。今すぐテーブルに顔を伏せて、大いなる落下が訪れるのに身を任せたい。何もかもから逃げだしたい。べつに悪いことをしたわけじゃなく、ただ人と違った脳と回路を持って生まれてきただけのこの連中からも、ここに来て骨炭のクッキーを食べたり、打ち明け話をする機会さえなく、自らを死に追いやった人たちからも。そして、肺や血液の病気じゃなく、心の病だということにみんなが感じているらしい負い目からも逃れたい。——「僕はＯＣＤ（強迫性障害）です」「僕は鬱です」「わたしはリストカット常習者です」まるでそれが自分たちのアイデンティティであるかのように、彼らが口にするすべてのラベルから逃れたい。なかにはＡＤＨＤ（注意欠陥・多動性障害）とＯＣＤ（強迫性障害）とＢＰＤ（境界性パーソナリティ障害）と双極性障害、それに加えてある種の不安障害を抱えているという気の毒なやつもいる。ＢＰＤが何の略語かなんてどうでもいい。僕はほかの何者でもない、ただのセオドア・フィンチでありたい。

黒い髪を太い三つ編みにして、眼鏡をかけた女の子が言う。「わたしの姉は白血病で亡くなって、そのときはたくさんの花やなぐさめの言葉が届けられたわ」手首をみんなに見せる。いくつもの傷あとがテーブルの端からでも見える。「でも、わたしが死にかけたとき、お花も、差し入れも届かなかった。生きたくても生きられなかった姉と違って、わたしが命を大切にしない、自分勝手で頭のおかしい人間だからよ」

エレノア・マーキーのことを考えていると、ディミートリアスは、薬を使うことで、症状が改善されることを話す。みんなが口々に、自分を助けてくれている薬の名前をあげていく。そのとき、テーブルの向こうの端から、男の子が発言する。みんなと同じだと感じるのがイヤでたまらないという。「誤解しないでほしいんだけど、僕だって死ぬよりは、ここに来るほうがずっとましだと思ってる。だけど、ここにいると、僕が僕であることの意味がどこかにいってしまうように感じるんだ」

その先を聞くのはやめにする。

集会が終わったとき、ディミートリアスがどうだったかと聞いてくる。僕は、新しい発見がありましたとか、理解が深まりましただとか、彼が自分のしていることに自己満足できそうなことを言って退席する。外に出て、レイチェルことアマンダが車で立ち去るまえに駐車場でつかまえる。「今日のことは誰にも言わない」

「言ったらただじゃすまないから。本気よ」顔が紅潮し、目は血走っている。

「そんなときは、たったひと言〝変なやつ〟と言えばいい。みんな君を信じて、僕がつまらない作り話をしているんだって思うよ。それに忘れたのかい、僕が退学になったってこと」彼女は顔をそむける。「ところで、今でも死ぬことを考えたりするの」

「なかったら、こんなところには来ないわ」顔を上げて、「あなたはどうなの？　ヴァイオレットに説得されたとき、本気でベル・タワーから飛び降りようとしていたの？」

「イエスでもあり、ノーでもある」

「どうしてあんなことするの？　もっとみんなにうわさされたいわけ？」

「君も含めたみんなに、かい？」

　アマンダは口をつぐむ。

「あんなことをするのは、確かめるためさ。自分はまだここにいて、自分のことを自分で決める権利があるってことをね」

　彼女は運転席に乗りこみながら言う。「これでよくわかったでしょ、頭がおかしいのは自分だけじゃないって」それは、これまでアマンダにかけられた言葉のなかで、いちばん温かい言葉だ。

ヴァイオレット

3月18日

フィンチから、まる一日連絡がない。それが二日になり、三日になる。水曜日、学校から帰るころ、雪が降りはじめる。道路は白くなり、家に着くまでにリロイで何度も転ぶ。わたしは書斎にいるママを見つけて、車を借りてもいいかと声をかける。

ママは一瞬言葉を失い、ようやく返事をする。「どこへ行くの？」

「シェルビーの家よ」シェルビー・パジェットは、町の反対側に住んでいる。こんなにやすやすと言葉が出てくるとは思わなかった。もう一年も運転していないのに、車を貸してほしいと、まるで何でもないことのように口にしている。ママはわたしをじっと見つめている。見つめたままで、車のキーをわたしに手渡し、わたしのあとから玄関を出て、車のところまでついてくる。そのときようやく気づいた。ただ見つめているだけじゃない。ママは泣いている。

「ごめんなさい」ママは涙をぬぐう。「ママもパパも、あなたがまた車に乗れるようになるのか……そんな日がくるのかと思っていたの。あの事故で失ったこと、変わってしまったことはたくさんある。そのなかで、運転なんてそれほど大きなことじゃないのかもしれない。だけど、あなたみたいな年の子が運転をためらうなんて、どう考えてもおかしいわ。安全運転にさえ気をつければ……」

ママは熱に浮かされたように話しつづけているが、すごくうれしそうだ。そんなママを見ていると、うそをついている罪悪感がますます大きくなる。ママを抱きしめて、運転席に乗りこむ。笑って手を振り、エンジンをかけて、大きな声で「行ってきます」と言う。笑顔で手を振ったまま、ゆっくり車を出す。わたしったら、いったい何をしているんだろう。

最初はこわごわ車を走らせる。あんまり長いあいだ運転していなかったから。自分でもこんな日がくるなんて思っていなかったから。ブレーキを何度も踏んで、そのたび前につんのめる。わたしが免許をとってすぐ、わたしを運転席にすわらせて、自分は助手席に乗りこんだエレノアのことを思い出す。さあ、これからはいろんなところに連れていってもらえるわね。お抱え運転手ができてうれしいわ。バックシートで足を上げて、景色を楽しんでいられるんだもの。

助手席に目を向けると、そこにエレノアがいるような気がする。前なんかぜんぜん見ずに、わたしのほうを見て笑っている。自分の助けがなくても妹はちゃんと運転できると安心しきって、ドアにもたれかかってひざを抱えている。ひざの上にあごをのせて、楽しそうに笑ったり、音楽にあわせて歌ったりしている。エレノアの声さえ聞こえてくる。

フィンチの家の近くまで来るころには、ブランクなんてまるでなかったみたいにスムーズに車を走らせている。チャイムを押すと、女の人が出てくる。フィンチと同じ青い瞳をしているから、きっとお母さんだ。今ごろになってはじめてお母さんに会うのは、なんだか不思議な気がする。

握手の手をのばす。「はじめまして、ヴァイオレットです。セオドアに会いにきました」ひょっとして、名前は聞いていないかもしれないと思ってつけ加える。「ヴァイオレット・マーキーです」

ミセス・フィンチが手を握り返す。「いらっしゃい、ヴァイオレット。ええ、もう学校から帰ってると思うわ」退学になったことを知らないんだ。スーツを着ているが、靴は脱いで足元はストッキングだけだ。きれいな人だけど、疲れた感じが顔に出ている。「どうぞ入って。わたしも今帰ったところなの」

あとに続いてキッチンに入る。テーブルにバッグと車のキーが置かれ、床に靴が転がっている。どこかの部屋からテレビの音が聞こえる。彼女は声をかける。「デッカ？」

しばらくして、遠くから声が聞こえる。「なに？」

「いるならいいの」ミセス・フィンチはほほえんで、飲み物をすすめてくれる。水かジュースかソーダ、何がいい？　そう言いながら、自分は冷蔵庫からワインのボトルを出して、グラスに注ぐ。お水をいただきますと言うと、氷はどうするかきかれ、結構ですと答える。ほんとは冷たいほうがよかったけど。

ケイトが入ってきて手を振る。「あら、どうしたの」

「フィンチに会いにきたの」

ふたりともごくふつうに、フィンチが退学になどなっていないように話している。ケイトは冷凍室から何かを出して、オーブンに入れて温度をセットし、チンと鳴ったら取りだしてねとお母さんに言って、コートをつかむ。「セオドアはたぶん上にいるわ。どうぞ上がって」

二階に行き、彼の部屋をノックするが返事はない。もう一度ノックする。「フィンチ、わたしよ」

ずるずる足をひきずる音がして、ドアが開く。フィンチはパジャマのズボンをはいて、上半身裸で眼鏡をかけている。髪はあっちこっちにとび跳ねている。おたくフィンチだ。彼はにやっと笑って言う。「僕の会いたかった、ただひとりの人。僕の木星・冥王星重力効果」そして、わたしを部屋に通す。

部屋は、何もかもが取りはらわれてがらんとしている。ベッドのシーツまではがされていて、まるで次の入院患者を待つブルーの病室みたいだ。ドアの脇にはダンボール箱がふたつ積まれている。

心臓が妙な具合に跳ねあがる。「なんだかまるで――引っ越しでもするみたい」

「いらないものを始末しただけだよ。リサイクルショップへ持っていこうと思ってさ」

「だいじょうぶなの？」口うるさいガールフレンドっぽくならないように気をつけて言う。どうしてわたしと一緒にいてくれないの。どうして電話してくれないの。もうわたしのこと好きじゃないの？　みたいな。

「ごめんよ、ウルトラヴァイオレット。まだ本調子じゃないんだ。荒れた海で船酔いしちゃって、陸に戻ってもまだ揺れが続いてる、みたいな感じだよ」

「でも、少しはよくなった？」

「よかったりよくなかったりだけど、まあまあだ」にこっと笑って、シャツを着る。「それより、僕の基地を見たい？」

「それって引っかけ問題？」

「男には誰でも基地が必要なんだ、ウルトラヴァイオレット。〝これより先、女の子立入禁止〟的な場所が」

「女の子がだめなら、どうして入れてくれるの？」

「君がただの女の子じゃないからさ」

フィンチがクローゼットのドアを開けると、そこは超クールな空間だ。ギターとパソコンとノートと五線譜、ペンとポストイットを備えた、自分だけの洞窟みたいな感じ。青い壁には、ナンバープレートと並んでわたしの写真が飾られている。

「書斎と言ってもいいけど、僕は基地と呼びたい」

すわって、と言われて床に敷いた上掛けに腰を下ろし、ふたりで肩を並べて壁にもたれる。彼が向かいの壁をあごでしゃくる。そこにはたくさんの紙片が貼られている。彼の部屋にあった〈アイデアの壁〉みたいだけど、あんなにごちゃごちゃしていない。

「ここにいると、考えごとがよくできるってことがわかったんだ。外はデッカの音楽や、母さんが父さんに電話でわめく声がして気が散るからさ。わめき声のない家に住んでる君は幸せだよ」

フィンチは、ポストイットに**わめき声のない家**と書いて、壁に貼る。それから、わたしにポストイットの束とペンを渡す。「何か書く?」

「何でもいいの?」

「何でもいいよ。前向き《ポジティブ》な言葉は壁に貼って、うしろ向き《ネガティブ》な言葉はあそこに行く」指さした床には、破った紙の山ができている。「とにかく書くことが大切なんだ。書いたあとはどうでもいい。言葉は暴力にもなる。ポーラ・クリアリーを覚えてる?」わたしは首を振る。「十五歳のときに、アイルランドからアメリカに引っ越してきて、すぐにどこかのうすら馬鹿と付き合いはじめた。その男が女子に人気のあるやつで、みんなが彼女のことを〝あばずれ〟とか〝ヤリマン〟とかもっとひどいことを言ってつっつき回した。彼女が階段室で首を吊るまで」

わたしが**言葉の暴力**と書いてフィンチに渡すと、彼はそれをすごく細かく引き裂いて、紙の山の上に投げ捨てる。わたしは次に**いじめ**と書いて、自分でばらばらにちぎる。それから、**事故**/

冬／氷／橋と書いて、見えなくなるほど細かく引き裂く。

フィンチが何か書いて壁に貼る。**ようこそ。**また何かを書く。**変なやつ。**わたしに見せてから破り捨てる。次は**居場所**と書いて壁に貼り、それから**ラベル**と書いて破り捨てる。**温かさ／土曜日／見て歩き／君／親友**は壁に行き、**冷たさ／日曜日／待ちぼうけ／他人**は床に行く。**愛される／必要とされる／理解される／許される**が次々と壁に貼られ、わたしは、**あなた／フィンチ／セオドア／セオ／セオドア・フィンチ**を次々に貼っていく。

延々とこれを続けたあと、フィンチがこの言葉からどうやって歌を作るかみせてくれる。まず、ポストイットを並びかえて、だいたい意味が通じるようにする。そしてギターを抱えてコードをかき鳴らし、いきなり歌いはじめる。なんとかすべての言葉を収めて歌い終わると、わたしは拍手して、床にすわっているフィンチは上半身だけでお辞儀をする。わたしは言う。「忘れないうちに書き留めておかなくちゃ」

「歌を書き留めたことはないよ」

「じゃあ、その五線譜は？」

「歌のアイデアだったり、頭に浮かんだことだったり。いつか歌にするかもしれないネタや、いったん書きかけたけど、あとひとつ何かが足りなくて完成していない歌だったり。もし本当に残すべき歌なら、その歌は体のなかに残っている」

彼は書く。**僕は／ウルトラヴァイオレット／リマーキアブル／と／セックス／が／したい**
わたしが、**たぶん**、と書くと、彼は即座に破り捨てる。

また書く。**オーケイ。**

彼は、また破り捨てる。

イエス！

彼はそれを壁に貼りつけ、わたしにキスをして抱きよせる。いつのまにか、わたしは床にあお向けになり、彼に見つめられている。わたしは彼のシャツを脱がす。彼の肌がわたしに重なり、わたしは彼の上になる。ここがクローゼットの床だということは頭のなかから消えてしまう。わたしには、彼のこと、自分たちのことしか考えられない。彼とわたし、フィンチとヴァイオレット、ヴァイオレットとフィンチ。何もかも元のままで、心配することは何もない。

余韻にひたって、しばらく天井を眺めている。ふと横を見ると、フィンチの表情がいつもと違っている。「フィンチ？」彼の目は、空中の一点を見据えている。脇腹を突っつく。「フィンチ！」ようやく彼の目がこちらに向く。「やあ」まるで、わたしがここにいるのをたった今思い出したみたい。フィンチは体を起こして両手で顔をこすり、ポストイットに手をのばす。最初に**リラックス**、次に**深呼吸**、それから**ヴァイオレットは命**と書く。

それを壁に貼りつけて、ギターを手に取る。コードを変えながらギターを弾く彼にもたれながら、何かがおかしいという気持ちをふり払うことができない。どこか別の世界に行っていたフィンチの一部だけが戻ってきたみたい。

「僕の基地のことは誰にも話さないでくれよ、ウルトラヴァイオレット」

「退学になったことを、あなたが家族に話してないみたいに？」

彼は**罪**と書いてわたしに見せ、粉々に破る。

「オーケイ」わたしは言って、**信頼**／**約束**／**秘密**／**安全**と書いて、壁に貼る。

「おっと、それじゃまたはじめから作り直さなくちゃ」彼は目を閉じて、さっきの歌にその言葉も入れて歌う。キーをマイナーに変えたわけではないのに、さっきより哀しい歌に聞こえる。

「あなたの秘密の基地、気に入ったわ、セオドア・フィンチ」彼の肩に頭をもたせかけ、わたしたちが書いた言葉で作った歌を眺め、それからもう一度、ナンバープレートに目をやる。なんだか急に不安になり、体をくっつけて彼の脚に手を置く。そうでもしないと、彼がどこかに行ってしまう気がして。

しばらくしてフィンチが言う。「たまに、こんなふうに沈んでしまうんだ。自分ではどうすることもできない」ギターをつま弾いてほほえんでいるけど、声は沈んでいる。「暗闇に閉じこめられたような気分だよ。竜巻の真ん中にいるみたいに妙に静かなんだ。たまらなくいやな感じだ」

わたしが指をからめると、彼は弾くのをやめる。「わたしだって沈んだ気分になるわ。ふつうのことよ。わたしたち十代なんだから、そうじゃないほうがおかしいわ」それを証明するように、**沈んだ気分**と書いて、破り捨てる。

「僕がまだデッカより小さかったころ、裏庭に面したガラスの引き戸に何度も何度もぶつかってくるカーディナルがいたんだ。あんまり何度もぶつかるから、いつも最後には失神してしまってさ。そのたびに死んだんじゃないかと思うんだけど、いつも目を覚ましてはどこかへ飛んでいった。別のカーディナルが、いつも木の枝からその様子を見ていて、僕は奥さんじゃないかと思ってた。僕は両親に、あんなことをしないですむように、引き戸を開けてなかに入れてやってと頼みこんだ。ケイトは、野鳥の保護で有名なオーデュポン協会に電話をかけて相談した。電話に出た男の人の話では、鳥は自分の木に戻ろうとしているんだろうということだった。もともと棲んでいた木が切り倒されたところに、僕らの家が建ったんじゃないかって」

フィンチは、小鳥が死んだ日のことを話してくれた。裏のデッキで死んでいるのを見つけたこと、庭に埋めて土のお墓を作ったこと。「どっちみち救うことなんてできなかったんだ」両親にそう話したこと、だけど心のなかでは、なかに入れてやっていればもっと長く生きられたはずだと両親を責めていたこと。

「そのときなんだ、はじめて暗闇に閉じこめられた気分になったのは。そのあとしばらくは何があったか、よく思い出せない」

また不安な気持ちになる。「誰かに話したことはある？　ご両親とかケイトとか——カウンセラーの先生とか」

「両親にはない。ケイトにもちゃんとは話してない。カウンセラーの先生には何度か話した」

クローゼットのなかを見まわす。床に敷いてある上掛け、枕、水差し、エナジーバー。そのとき頭にひらめく。「フィンチ、あなたここで暮らしているの？」

「ここに籠るのは、はじめてじゃない。こうするのがいちばんいいんだ。時期がきたら、出ていきたい気分になる」うつろな笑みをわたしに向ける。「僕は君の秘密を守った。だから、君も守ってくれよ」

家に帰って、自分の部屋のクローゼットを開けて入ってみる。フィンチのより広いけど、服や靴やバッグがぎっしり詰まっている。このなかで暮らして、外に出られないと感じるのがどういう気分か想像してみる。床に寝ころがり、天井を見上げる。床は硬く冷たい。頭のなかで言葉を紡《つむ》ぐ。〝あるところに、クローゼットに住む男の子がいました……〟だけど、そのあとは思いつかない。

閉所恐怖症というわけじゃないけれど、ドアを開けて外に出て、ようやく息ができるような気がする。

夕食の席でママが言う。「シェルビーのところは楽しかった?」ママはパパに目を見開いてみせる。「ヴァイオレットは、学校が終わってからシェルビーの家まで車で行ったのよ。車でよ」

パパはわたしのグラスに乾杯する。「うれしいよ、ヴァイオレット。そろそろ自分の車を持ってもいいころかもしれないな」

両親がはしゃぐのを見ていると、うそをついている罪悪感に押しつぶされそうになる。今日、わたしがどこへ行っていたか知ったら、両親はどう思うだろう。わたしが、会うことを禁じられている男の子とクローゼットのなかでセックスをして、しかもその子がクローゼットのなかで暮らしていると知ったら。

フィンチ

75日目

〝苦悩の足音が近づいてきた〟 ——チェーザレ・パヴェーゼ

僕は

ばらばらに

壊れている

ヴァイオレット

3月20日

地理の授業のあと、アマンダがローマーに「あとで追いかけるから先に行ってて」と声をかけている。フィンチが退学になってから、わたしはローマーと口をきいていない。アマンダがわたしのところに来る。「話があるの」

「何?」アマンダともほとんど話をしていない。

「誰にも言わないでね」

「アマンダ、わたし急いでるの」

「最初に約束して」

「いいわ、約束する」

アマンダは聞きとれないくらいの低い声で話す。「わたしが行っているグループに、フィンチが来てたの。わたしはママに言われて行ってるだけで、本当は行く必要なんてないんだけど」ため息をつく。

「どういうグループなの?」

「命の会って呼ばれていて――サポートグループよ。自殺を考えたり、実際に行動に移したりしたことのあるティーンのための」

「そこでフィンチを見たの？　いつ？」

「日曜日。薬をたくさん飲んで、病院に行ったそうよ。あなたに知らせたほうがいいと思って」

テストがあるから、早退はしなかった。授業が終わると、リロイに乗ってまっすぐフィンチの家に向かう。フィンチに知らせずに行くと、チャイムを鳴らしても誰も出てこない。玄関脇から小石を拾って彼の部屋の窓に投げる。石がガラスに当たってコツン、コツンと音を立てるたびに、心臓が跳ねあがる。そのあと、お母さんかケイトかデッカが帰ってくるのを、玄関前のステップにすわって待つ。二十分後、わたしが来たときと同じようにドアは閉ざされ、家は静まりかえっている。わたしはあきらめて家に帰る。

部屋に入り、コートも脱がずスカーフも取らずにパソコンを立ちあげて、フィンチのフェイスブックにメッセージを送る。すぐに返事が帰ってくる。まるで待ちかまえていたみたいに。**：明日は、僕の誕生日なんだ。**

どこにいたのか、ずっと家にいたのか、わたしが訪ねていったのを知っているのか、聞きたいことはたくさんある。病院に行ったのかどうかも。だけど、それを聞いたとたん、彼は口をつぐんで消えてしまう気がする。だから返信する。**：じゃあ、お祝いしなくちゃ。**

フィンチ：サプライズがあるんだ。

わたし：わたしの誕生日じゃなくて、あなたの誕生日なのに？

フィンチ：どっちだっていいさ。夕方六時、腹ペコにして来てくれ。

ヴァイオレット

3月21日とそれ以降

フィンチの部屋のドアをノックするが、返事はない。もう一度ノックしてみる。「フィンチ?」さらにノックを続けると、足を引きずる音と、ガシャンという音、くそっという声がして、ようやくドアが開く。フィンチはスーツ姿だ。髪を短く切って、無精ひげをはやして、見ちがえるほど大人っぽい。もっと言うとすごくセクシーだ。

彼は唇を片方だけ上げてほほえむ。「ウルトラヴァイオレット、僕の会いたかった、ただひとりの人」体を脇に寄せて、わたしを招きいれる。

部屋は相変わらず病院のようにがらんとしていて、わたしは沈んだ気分になる。フィンチが病院に行ったことをわたしに黙っているから。それでなくても、ブルー一色の部屋は、見ているだけで息がつまる。

「話したいことがあるの」

フィンチはキスをして、入ってと言う。このまえより表情が明るく感じるのは、眼鏡をかけていないせいかもしれない。見た目が変わるたび、慣れるのに時間がかかる。彼はもう一度キスをして、セクシーにドアにもたれかかる。自分がどれほど素敵に見えるかわかっているみたい。

「先に肝心なことを聞いておきたい。宇宙旅行をして中華料理を食べるのってどう思う?」

「その順番ってこと？」

「逆でもいいよ」

「ひとつは楽しそう、もうひとつはおいしそうだわ」

「よし、じゃあ靴を脱いで」

靴を脱ぐと、五センチほど背が低くなる。

「次は服を脱いでくれ、おチビさん」

わたしは彼の腕をたたく。

「オーケイ、あとでいいよ。だけど忘れないからそのつもりで。さて、じゃあ目をつぶって」

言われたとおりに目を閉じる。けれど頭のなかでは、命の会のことをどう切りだそうかとあれこれ考えている。だけど、今日の彼は、見た目は違っていても、いつもどおりのフィンチだ。ひょっとして目を開けたら、部屋の壁はまた赤くなっていて、家具も元に戻っていて、彼の寝床はクローゼットじゃなくてベッドになっているかもしれない。

クローゼットのドアが開く音が聞こえ、わたしは彼に手を引かれて二、三歩前に進む。「目を開けちゃだめだよ」無意識のうちにのばした手を、フィンチに下ろされる。わたしの好きなスロークラブの曲が流れている。メロディアスで、せつなくて、ちょっぴり風変わりなところがフィンチに似ている。わたしたちにも。

フィンチはわたしをすわらせる。枕を重ねた上みたいだ。ドアが閉まり、わたしの周りを彼が行ったり来たりする気配がする。彼のひざがわたしのひざにくっつく。とたんに気分は、自分も基地を作っていた十歳のころに逆戻りする。

「開けていいよ」

目を開けると、そこは宇宙だった。オズの魔法使いの住むエメラルド・シティみたいに、何もかもが輝いている。壁や天井に描かれた星や惑星も、壁に貼られたままのポストイットも、ブルーの上掛けの敷かれた床全体も光っている。上掛けの上にはお皿とナイフとフォークとナプキンが重ねられ、そのとなりにはテイクアウトのボックスに入った料理と、氷の上に置かれたウォッカのボトルがある。

「いったいどうやって……」

フィンチが、天井のブラックライトの照明を指さす。「あれだよ」そして、天空に手をやる。「ほらあそこ、木星と冥王星が地球と一直線になっているのがわかるかい。ここは、木星・冥王星重力効果の部屋だ。ここでは、すべてのものが永久に浮かびつづけるんだ」

「すごい」言葉がそれしか出てこない。フィンチのことがずっと心配でたまらなかった。だけどこれほど心配していたなんて、今こうして宇宙を見上げるまでわからなかった。こんなに素敵なことをしてもらったことは、これまで一度もない。映画みたいに素敵《ラブリー》だ。壮大なのに儚《はかな》くて、この夜が永遠に続けばいいのにと思う。だけど、そんなことはありえないのもよくわかっていて、せつない気持ちになる。

料理は〈ハッピー・ファミリー〉のものだ。どうしたのかは聞かない。フィンチが自分で車で出かけたのかもしれないし、ケイトに取りにいってもらったのかもしれない。だけど、わたしは思う。きっとフィンチが買いにいったんだ。だって彼は自分が出たいと思ったときには、クローゼットから自由に出られるはずだもの。

フィンチが開けたウォッカのボトルを、ふたりでまわして飲む。枯葉みたいにほろ苦くて、喉を通るときに鼻の奥がかっと熱くなる感じが好きになる。

「いったいどうやって手に入れたの？」ボトルを持ちあげる。

「秘密のルートがあるんだ」

「ほんとすごい。お酒のことだけじゃなくて、すべてが完璧だわ。だけど、今日はわたしの誕生日じゃなくて、あなたの誕生日よ。わたしも同じくらい素敵なことをしなくちゃ」

フィンチがキスをする。

わたしもキスを返す。

言葉にできない思いが部屋じゅうにあふれだす。彼も同じように感じているんだろうか。フィンチはとてもリラックスしていて、ふだんどおりのフィンチだ。もういい、あれこれ考えるのはやめよう。アマンダがサポートグループの話を持ちだしたのは、わたしを混乱させるためかもしれない。ひょっとしたら、ぜんぶ作り話なのかもしれない。

フィンチが取り分けてくれた料理を食べながら、わたしたちはいろんなこと——彼の本当の気持ち以外のあらゆることを話す。わたしは、彼が退学になってからの地理の授業のことや、まだ行っていない見て歩きの場所について話す。そして誕生日のお祝いに、ニューヨークの本屋で見つけた、ヴァージニア・ウルフの『波』の初版本をプレゼントする。こんなメッセージをつけて。〝わたしの体にも金色の光が満ちあふれているわ。あなたのおかげよ。愛してる。ウルトラヴァイオレット・リマーキアブル〟

フィンチは言う。「これをずっとさがしてたんだ。〈ブックマークス〉でも、ブックモービル・パークでも、どこの本屋でも」

彼がキスをする。

わたしもキスを返す。

不安が遠のいていく。穏やかで、幸せな気分だ。こんなに幸せな気分はいつ以来だろう。わたしは、今この瞬間を生きている。

食事が終わると、フィンチがスーツの上着を脱ぎ、わたしたちは床に並んで横になる。彼が本をぱらぱらめくっていくつかの文章を読んで聞かせるあいだ、わたしは空を見上げている。彼は本を胸に下ろして言う。「パトリック・ムーア卿のことを覚えてる？」

「イギリスの天文学者ね、テレビに出ていた」わたしは天井に両手を上げる。「わたしたちに、木星・冥王星重力効果の奇跡を教えてくれた人ね」

「実際、奇跡を起こしたのは僕たちだけどね。でも、とにかくその彼だ。番組のなかで、彼は、この銀河系の真ん中にある巨大なブラックホールについて説明した。いいかい、これが肝心なんだけど、彼はブラックホールの存在について、誰にでも理解できるように説明した最初の人物なんだ。つまり、ローマーにでもわかるようにってことだ」

フィンチはにやりとし、わたしもにやりとする。「えっと、何の話だっけ」

「パトリック・ムーア卿の話よ」

「そうそう。で、パトリック・ムーア卿は、テレビ・スタジオの床に、銀河の地図を描かせた。カメラが回っているなか、アインシュタインの一般相対性理論を表したスタジオの中央まで歩いていって、いくつかの事実について述べた――ブラックホールはかつての星々の名残だということ。非常に密度が濃いので、光さえ脱出することができないこと。すべての銀河系に存在すること。宇宙のなかで最も破壊的な力であること。ブラックホールが宇宙空間を通りすぎるとき、近くにあるすべてのもの――星であれ、彗星であれ、惑星であれ、ありとあらゆるもの――をのみ込むこと。そして、のみ込まれた惑星や星や光があと戻りできなくなる境界線は、事象の地平線《イベント・ホライズン》と呼ばれ、その地点を過ぎると脱出は不可能になること」

「それって、まるでブルーホールみたい」

「たしかに。で、こういったことを説明している最中に、パトリック・ムーア卿は前代未聞のことをやってのけた。描かれたブラックホールの中央まで歩いていって、そこで姿を消したんだ」

「特殊効果を使ったのね」

「そうじゃない。驚くことに、カメラマンも、そこにいたほかの人たちも、彼が一瞬のうちに消えたと言うんだ」彼がわたしの手を取る。

「じゃあ、どうやって？」

「魔法《マジック》を使ったのさ」

フィンチはにやりとする。

わたしもにやりとする。

フィンチは続ける。「ブラックホールにのみ込まれるほど、クールな死に方はないと思うな。実際に経験した人は誰もいないから、事象の地平線を通りぬけて何週間も漂ってからバラバラになるのか、素粒子の渦にのみ込まれて生きたまま焼かれるのか、科学者にだってわからない。ときどき想像してみるんだ、自分の存在がそんなふうに消えるのはどんな感じだろうって。すると、あれこれ考えるのが馬鹿らしく思えてくる。自分がこの先どこに行ってどうなるのかとか、誰かにまた迷惑をかけるんじゃないかとか心配することもなくなる。すべてがただ――消えてしまうんだから」

「無になるのね」

「おそらく。でもひょっとしたら、そこには僕たちが考えたこともないまったく別の世界があるのかもしれない」

彼の温かい手がわたしの手をしっかり包みこむ。フィンチがどれだけ変わりつづけても、これだけは変わらない。

「あなたって最高の親友だわ、セオドア・フィンチ」それは本当のことだ。エレノア以上にそう思う。

とつぜん、涙があふれだす。泣くなんて馬鹿みたいだと思いながら、自分でどうすることもできない。不安な気持ちがあふれだし、クローゼットの床にこぼれていく。

フィンチは寝返りを打って、わたしを優しく抱きよせる。「いったいどうしちゃったんだい」

「アマンダに聞いたの」

「何を？」

「薬を飲んで病院に行ったこと。それに、命の会のこと」

わたしを抱きしめているフィンチの体がこわばる。「アマンダが君に話したの？」

「あなたのことが心配なの。役に立ちたいと思うけど、何ができるかわからなくて」

「何もしなくていいよ」フィンチは体を離して床に起きあがり、壁を見つめる。

「よくないわ。あなたには助けが必要かもしれないでしょ。だって、クローゼットに入って、そこで暮らしている人なんてほかに知らないもの。カウンセラーの先生か、ケイトに話したほうがいいわ。よければ、わたしの両親に話を聞いてもらってもいい」

「それは、ありえないな」ブラックライトに照らされ、歯と目が光っている。

「あなたを助けたいの」

「助けなんて必要ない。僕はエレノアじゃない。お姉さんを助けられなかったからといって、僕を救おうとしないでくれ」

だんだん腹が立ってくる。「どうしてそんなこと言うの？」

「僕はただ、だいじょうぶだと言ってるんだ」

「これのどこがだいじょうぶなの？」わたしはクローゼットに両手を振りあげる。

フィンチはセクシーな笑みを浮かべてわたしを見つめる。「君は知らないだろう。僕がたった一日でも君になれるなら何を差しだしてもいいと思っていることを。僕がもし君なら、よけいな心配なんてせずに、ただ自分が自分であることに感謝して過ごすけどね」

「わたしには心配ごとなんて何もないって言いたいの？」彼は黙ってわたしを見る。「ヴァイオレットに悩みなんてあるはずがないと思ってるの？　結局、死んだのはエレノアで、わたしはここでこうして生きているんだから。生き残って、手つかずの未来が目の前に広がっているヴァイオレットはなんて運がいいんだ、そう言いたいの？」

「そうじゃない。僕はみんなから変なやつだとか、キモいとか言われている。けんか早くて、人に迷惑ばかりかける厄介なやつだと思われている。さわらぬフィンチにたたりなし、またフィンチの不機嫌がはじまった。イタいフィンチ、キレるフィンチ、あぶないフィンチ、クレージーフィンチ。だけど、僕はそんなものの寄せ集めじゃない。だめな両親や、できそこないの遺伝子の犠牲者でもない。トラブルの種でもなければ、誰かのつけた病名でもない。僕は病気じゃないし、救いの手が必要な存在でもない。僕は僕だ」フィンチはまたセクシーな笑みを浮かべる。

「君が考えていることを当ててみようか。よりによって、どうしてあの日、あの塔のへりに行ったりしたんだろうって後悔しているんだろう」

「やめて、そんなあなたは嫌いよ」

一瞬にして、笑顔が消える。「しかたないだろう。それが僕なんだ。君には忠告したはずだ」声から怒りが消え、平坦な口調になる。まるで、感情を閉ざしてしまったみたいに。「今となっては、このクローゼットはせま苦しく感じる。思ったよりスペースが足りないみたいだ」

わたしは立ちあがる。「わかったわ、そういうことなら役に立てそう」

音をたててドアを閉める。彼が追いかけて来られないことは百も承知だ。それでも心の片隅で思っている。もし彼が本当にわたしを愛しているなら、なんとかしようと思うはずよ。

家に帰ると、両親は居間でテレビを見ている。「早かったのね」ママがソファーから立って、わたしのために場所を空ける。

「パパとママに話さなきゃならないことがあるの」ママはまたソファーにすわり直し、パパはテレビを消す。申し訳ない気持ちでいっぱいになる。わたしが帰ってくるまで両親はくつろいで楽しく過ごしていた。それなのに今はわたしの声に不穏な響きを感じて、心配そうな顔をしている。

「クリスマス休暇が終わって学校に行った最初の日、わたし、ベル・タワーの屋上のへりに上ったの。そのときよ、フィンチと出会ったのは。彼も同じようにへりに立っていた。だけど、戻るよう説得したのはわたしじゃなくて彼のほうなの。わたし、自分がどこに立っているかわかったとたん、怖くて動けなくなっていたから。もし、フィンチがいなかったら、落ちていたかもしれない。わたしが無事だったのはフィンチのおかげよ。その彼が今、危ないところにいるの」パパが電話に飛びつかないようにつけ加える。「実際にじゃなくて、別の意味で。わたしたち、彼を助けなくちゃ」

ママが言う。「彼と会っていたのね」

「そうよ。ごめんなさい。怒られても、失望されてもしかたないわ。だけど、フィンチを愛しているの。彼はわたしを助けてくれたの。パパやママがどれだけ失望して、残念に思っているかはあとで聞くわ。だけど今は、彼を救うためにできることをしなくちゃ」

フィンチの今の状況を洗いざらい打ちあける。話を聞き終えると、ママはフィンチのお母さんに電話をかけ、メッセージを残して切る。「パパとママがいちばんいい方法を見つけるわ。パパのお友達の精神科のドクターが大学にいるの。今、パパはその人と話してる。もちろん、あなたには失望しているわ。でも話してくれてありがとう。わたしたちに話したあなたの判断は正しかった」


部屋のベッドに横になるが、気持ちが高ぶってなかなか寝つけない。ようやくうとうとしても、わけのわからないいやな夢を見て目が覚める。寝返りを打って、またうとうとしかけたとき、夢のなかで何かが聞こえたような気がする——窓に石が当たった音？

眠りに落ちながら考える。きっと空耳だ。フィンチが来るわけがない。わたしは夢を見ているんだ。

しばらくして、ちゃんと目が覚めたときに考える。もし、本当にフィンチがここに来たんだとしたら？　クローゼットから出て、車に乗ってわたしに会いに来たんだとしたら？　窓の外を見てみるが、通りには誰もいない。

翌日は両親と一緒に家で過ごす。宿題や〈ジャーム〉に集中しているふりをしながら、わたしはフェイスブックに新しいメッセージがないか、しつこいくらいチェックしている。〈ジャーム〉

に誘った女の子たちからは全員返信が届いている。返事はどれもイエスだ。そのメールは返信されないまま、受信ボックスに入ったままになっている。

ママは、フィンチのお母さんに連絡を取ろうと何度も電話をかけるが、昼になっても連絡が取れず、パパと一緒にフィンチの家に出かけていく。だけど家には誰もいなくて、しかたなくメモだけを残してくる。精神科のドクターのほうは、それより少しましで、電話にデッカが出たという。デッカはドクターを電話口に待たせたまま、フィンチの部屋とクローゼットを見にいったが、そこにフィンチはいなかった。フィンチは家のどこかで息をひそめているんじゃないだろうか。わたしは謝りのメールを送る。真夜中になっても、彼は返信してこない。

月曜日、廊下でライアンに声をかけられ、わたしたちはロシア文学の教室まで一緒に歩く。

「大学からの通知はぜんぶ届いた?」

「まだふたつだけよ」

「フィンチはどうなの? 君たちは同じ大学に行くつもり?」いかにも気さくな感じで聞いてくるが、そこには微妙なニュアンスが含まれている。わたしが〝いいえ、フィンチとはもう別れたの〟と言うのを期待しているみたいな。

「フィンチがどうするつもりかわからないわ。彼自身もわかってないみたい」

ライアンはうなずいて、本を反対側の手に持ち替えたので、空いたほうの手がわたしのとなりにくる。歩いていると、彼の手がときどきわたしの手に触れる。わたしたちが一歩進むごとに誰かがライアンに手を振ったり、〝よお〟と声をかけてくる。そのあと視線はわたしに移る。彼らの目にわたしはどんなふうに映っているんだろう。

「兄貴がパーティーを開くんだけど、一緒に行かない？」

ライアンは、わたしとエレノアが事故に遭ったのが、彼のお兄さんのパーティーの帰り道だったことを忘れているんだろうか。そしてちらっと考える。ライアンとよりを戻したらどんな感じだろう。セオドア・フィンチと付き合ったあとで、ライアンみたいな好青年のところに戻れるものだろう。のだろうか。ライアン・クロスのことを悪く言う人はいない。誰もライアンを変なやつと呼んだりする陰でこそこそうわさしたりしない。誰も誰から見てもまともな服を着て、まともなことを言ったり、て、なんだかんだ言ってもまともな大学に行くんだろう。

地理の授業。教室にフィンチはいない。退学したのだから当然だけど、わたしはブラック先生の言うことに何ひとつ集中できない。チャーリーとブレンダも、ここ二日間フィンチから連絡がないと言うが、心配しているようには見えない。いつものことさ、フィンチはそういうやつなんだ、とか言って。

ブラック先生は通路を歩きながら、ひとりひとりにプロジェクトの進み具合を確認している。先生がわたしの席まで来たとき、わたしは言う。「フィンチはいません」

「わかっておるよ……フィンチはいない。もう学校へは……戻らない。わたしが聞きたいのは……君自身の……進み具合のことだ、ミス・マーキー」

先生に言いたいことはたくさんある。セオドア・フィンチは、クローゼットのなかで暮らしているんです。深刻な問題を抱えていると思うんです。地図には、行き残したところがまだ四つか五つ残っているのに、最近はどこにも出かけていません。

だけど、そんなことは口に出さずにわたしは言う。「このプロジェクトで、インディアナ州についてたくさんのことを学びました。これまでは自分たちの州のことをよく知りませんでした。でもプロジェクトを通して理解が深まったと思います」

ブラック先生は満足げにうなずいて、次の席に行く。わたしは机の下でフィンチにメールを打つ。**お願いだから、無事でいるか教えて。**

火曜日になっても、フィンチからは連絡がない。わたしは自転車に乗って彼の家まで行く。玄関に出てきたのは小学生くらいの女の子だ。黒い髪をおかっぱにして、フィンチやケイトと同じブルーの目をしている。「あなたは、デッカね」その言い方が、よくある大人みたいで自分でいやになる。

「誰なの？」

「ヴァイオレットよ。お兄さんの友達なの。セオドアはいる？」彼女はドアを大きく開けて、わたしを通してくれる。

二階に上がり、フィンチの写真が並ぶ廊下を通りすぎ、ノックの返事を待たずにドアを押しあける。部屋に駆けこんですぐ直感する。ここには誰もいない。部屋は空っぽなだけじゃなく、空気が死んだように止まっていて、まるで生き物が脱皮したあとの抜け殻のようだ。

「フィンチ？」心臓の鼓動が激しくなる。クローゼットのドアをノックして開ける。ここにもいない。床の上掛けがなくなり、ギターもアンプも、五線譜のノートも、ポストイットの束も、水差しも、ノートパソコンも、わたしがプレゼントした本も、ナンバープレートも、わたしの写真も消えている。わたしたちの書いた言葉は壁に残っている。彼の描いた星や惑星も残っているけど、もう光ってはいない。

フィンチが行き先のヒントを何か残していないか、あてもなく部屋を行ったり来たりする。携帯を出して彼に電話をかけるが、直接留守番電話につながる。「フィンチ、わたしよ。今、あなたの部屋のクローゼットにいるの。ねえ、どこに行ったの？　お願い、電話をちょうだい。あなたが心配なの。あなたを愛してるの。このあいだのことは後悔してる。だけど、あなたを好きになったことは後悔していないわ。後悔なんてできっこない」

部屋の引き出しをひとつずつ開けてみる。バスルームのキャビネットも開けてみる。残されたものはあるけど、彼が帰ってくるつもりなのか、もういらないから置いていったのかわからない。廊下に出て、壁に並んだ写真の彼の視線を感じつつ、階段を転げ落ちそうになりながら駆け下りる。心臓が音をたてて激しく打ち、耳のなかで鳴り響いている。居間でテレビを見ているデッカを見つけて、声をかける。「お母さんは？」

「まだ帰ってない」

「お母さんは、うちの母からのメッセージを聞いたかしら？」

「母さんは、留守電をチェックしたりしないわ。ケイトが聞いたんじゃない」

「ケイトはいる？」

「まだ帰ってない。セオはいた？」

「いないわ」

「よくあることよ」

「いなくなることが？」

「そのうち帰ってくるわ。いつもそうだもん」いつものことさ、そういうやつなんだ。

デッカにも、チャーリーにも、ブレンダにも、ケイトにも、彼のお母さんにも言ってやりたい。フィンチがそんなふうにいなくなったりすることを、どうして誰も心配してあげないの？何か変だと考えたことはないの？

キッチンに行って、冷蔵庫のドアとカウンターの上をさがす。ひょっとしたら置き手紙があるかもしれない。だけど何も見つからない。ガレージに続くドアを開けると、そこも空っぽだ。リトル・バスタードは消えている。

もう一度デッカのところへ行き、フィンチから連絡があったら知らせてくれるように頼んで、電話番号を渡す。通りに出て、彼の車がないかあたりを見まわすが、どこにも見あたらない。

携帯を取りだしてかけると、また留守番電話につながる。「フィンチ、いったいどこにいるの？」

フィンチ

80日目（どうでもいい最長記録）

詩人のロバート・ローウェルは、自身の詩『エピローグ』のなかで、こう問いかけている。〝ありのままを言葉にするのは、なぜこれほどむずかしいのだろう？〟

はっきり言って、ミスター・ローウェル、僕にはわからない。きっと誰にも答えられない。僕にわかるのは、どれが本当の感情なのか、どれが本当の自分なのか、自分でもわからないってことだ。そしてひとつ言えるのは、僕が本当に好きな自分はたったひとりで、それは眠りに落ちることなくずっと起きていられる自分だということだ。

僕はあの鳥が死ぬのを止められなかった。それを自分のせいだと感じた。僕は――僕たち家族は、あの鳥を見殺しにするべきじゃなかった。だって、もともとあの鳥が棲んでいた場所に僕たちの家が建って、鳥はそこへ戻ろうとしていたんだから。でも結局は、誰にも止められなかったのかもしれない。

〝君であれ誰であれ、しょせん同じことだ……誰かがわたしを助けられたというなら、それは君であったかもしれないのだ〟

大いなるマニフェストの信奉者であるチェーザレ・パヴェーゼは、死ぬまえにこう書いた。

〝人は日々を記憶しているのではない、瞬間を記憶しているのだ〟

僕は、花屋に向かって駆けだしていった瞬間を覚えている。

僕が最高の僕だったときに彼女が向けてくれたほほえみや笑い声と、僕をどこも欠けたり壊れたりしていない人間のように受けいれてくれたあのまなざしを覚えている。

そうでないときの僕にも変わらないまなざしを向けてくれたことを覚えている。

僕の手に包まれた彼女の手と、何かを僕のものだと感じさせてくれたあの感触を覚えている。

ヴァイオレット

3月の残り

メールが届いたのは木曜日だった。：**はっきり言って、毎日が完璧な日だった。**

すぐにフィンチに電話をかけるが、電源は切れていて留守番電話につながる。伝言は残さずメールを送る。：**みんなすごく心配してるわ。もちろんわたしもよ。ボーイフレンドが失踪しちゃうなんて。とにかく電話して、お願い。**

何時間かたって、またメールが届く。：**失踪なんてしてないさ。ちゃんとここにいる。**

速攻で返信する。：**ここってどこ？**

返信はない。

パパはわたしに話しかけるのをためらっているが、ママはすぐフィンチのお母さんに電話をかける。ミセス・フィンチの話によると、フィンチからは何度か連絡があったらしい。あの子は、心配しなくてもだいじょうぶだと言ってます。毎週連絡すると言っていますし、しばらく留守にするつもりなんでしょう。だから、ドクターにも、警察にも連絡する必要はありません。お気づかいは感謝します。ただ、あの子はときどきこういうことをするんです。

つまり、わたしのボーイフレンドは失踪していない、というわけだ。いなくなったのは事実なのに。

「どこにいるのか言ってたって?」ママにたずねる。ママの顔は心配と疲れで曇っている。いなくなったのが、もしフィンチじゃなくてわたしだったら、今ごろどんなことになっているだろう。きっとうちの両親は、周辺五州の警察官を総動員してわたしをさがさせていただろう。

「居場所のことはおっしゃらなかったわ。ご両親が心配していないんじゃ、どうしようもないわ。彼がだいじょうぶだというのを信じるしかないんでしょうね」ママの心の声が聞こえてくるようだ。もし、自分の子どもだったら、すぐに出かけていって連れもどすのに。

彼がいなくなったことに気づいているのは、学校ではわたしひとりだ。結局のところ、フィンチは退学になったただのトラブルメーカーなのだ。先生も、クラスメイトも、みんなとっくに忘れてしまっている。

みんな何ごともないように、ふつうに過ごしている。だから、わたしも授業に出たり、オーケストラのコンサートで演奏したりして過ごす。そしてはじめての〈ジャーム〉のミーティングを開く。メンバーはぜんぶで二十二人。ブリアナ・ブードローの彼氏のアダムと、リジー・ミードの弟のマックス以外は全員女子だ。ふたつの大学から通知が届く。スタンフォード大学は不合格で、UCLAは合格。フィンチに知らせようと電話をかけるが、留守番電話はいっぱいになっていて録音できない。もうメールを送る気にもならない。送ったところで、返事が返ってくるのはどうせずっとあとだし、その返事にしたってわたしの送った内容とはまったく関係のないことが書いてあるだけだ。

いいかげん、頭にくる。

二日後、フィンチからメールが届く。**:僕はいちばん高い枝にいる。**

そしてその翌朝にも。**:僕らのことをペンキで書いた。**

その日の夜遅くにも。**：大看板のサインを信じる。**

その次の日の午後にも。**：ウルトラヴァイオレットの輝き。**

そのまた翌日にも。**：湖。祈り。プライベート。素敵《ラブリー》な場所でひっそり過ごすのは、とても素敵だ。**

そのあと、メールはぷっつりと途絶える。

第三部

ヴァイオレット

4月

四月五日、復活祭《イースター》の日曜日。両親とわたしはAストリート橋まで車で行き、干上がった川に下りて、エレノアが死んだ場所に花を供える。見覚えのあるナンバープレートが地面に埋めこむように立てられ、その周りに花が植えられて小さな花壇のようになっている。フィンチだ。体じゅうがひんやりするのは、湿った空気のせいだけじゃない。あの日から一年。両親は何も言おうとはしないけれど、わたしたちはエレノア抜きでどうにかやってきた。

家に帰る車のなかで考える。フィンチはいつあそこに行ったんだろう――最初にナンバープレートを見つけたのはいつで、もう一度行ったのはいつなんだろう。両親が花壇のことをきいてきたり、エレノアの名前を口にするのを待つが、何も言わないので、わたしから口を開く。「春休みにボーイ・パレードを見に行こうと言いだしたのはわたしなの。エレノアはそれほど夢中じゃなかったけど、こう言ったわ。『ボーイ・パレードを見たいんなら、とことん見なくちゃ。中西部のコンサートをぜんぶ追っかけちゃおうよ』って。エレノアは、何でもないことを、わくわくするイベントやサプライズにするのがすごく得意だった」そう、誰かさんみたいに。

わたしは、ボーイ・パレードのお気に入りの曲を歌う。エレノアがいちばん好きだった歌だ。ママは、まっすぐ前を見てハンドルを握るパパをちらっと見てから、わたしと声をあわせて一緒に歌う。

家に帰り、自分の部屋の机の前で、ママに質問されたことを考える。どうして新しいウェブマガジンをはじめたいと思ったのか。

壁のコルクボードを見つめる。メモはそこには収まりきらず、壁にはみ出し、クローゼットのほうまで続いている。わたしは見て歩きノートを広げてページをめくり、最初の空白のページに書く。**ジャーム：［名詞］芽、物事のはじまりとなるもの。成長または発展の可能性を秘めているもの。**

書いたものを読み直して、つけ加える。**ジャームはみんなのための……**

線で消して、もう一度書く。**ジャームのコンセプトは、おもしろくてためになる情報を発信することで、読者が自分を守り……**

これも線で消す。

フィンチとアマンダのことを考える。クローゼットのドアに目をやると、そこには、カレンダーを留めていた画びょうのあとが残っている。日付の上に並んでいた黒い大きな×印のことを考える。あのころは、ただ毎日が過ぎることだけを望んでいた。

新しいページをめくって書く。**ジャーム・マガジン。ここから新しい一歩がはじまる。**そのページを破って壁に貼る。

あれ以来、フィンチからは何の連絡もない。だけど、もう心配なんてしていない。わたしは怒っている。何も言わずに姿を消したフィンチにも、ずっとそばにいたいと思わせることができず、あっさり捨てられた自分にも腹が立つ。わたしは、失恋した女の子がやるようなことをひととおりやる。アイスクリームをカートンごと食べたり、あなたがいなくても生きていける的な音楽を聴いたり、フェイスブックの新しいプロフィール写真を選んでみたり。前髪がようやくのびて、見た目は元のわたしに戻りつつあるけれど、以前と同じような気持ちにはなれない。四月八日、わたしが持っている数少ないフィンチの持ち物をまとめて箱に入れ、クローゼットの奥にしまい込む。わたしはもうウルトラヴァイオレット・リマーキアブルじゃない。元のヴァイオレット・マーキーに戻る。

フィンチは地図を持ったまま消えてしまった。四月十日、わたしは新しい地図を買う。彼がいてもいなくても、レポートは仕上げなくちゃいけない。今のわたしに残されたのは、ひとつひとつの場所にまつわる記憶だけだ。数枚の写真と見て歩きのノート以外、人に見せられるようなものは何もない。これまで見てきたことややってきたことを、どうすれば自分以外の人にとって意味のあるものにまとめられるのか見当もつかない。あの〝見て歩き〟にどんな意味があったのか、自分自身にさえわからないのに。

四月十一日、ママの車を借りる。ママはどこへ行くのかはきかないけど、キーを渡すときに「目的地に着いたときと、向こうを出るときには、電話かメールをするのよ」と言う。

クローフォーズビルに向かい、そこで何の期待もせずに旧監獄博物館に行ってみるが、意外と観光気分を楽しめる。着いたことをママに電話で知らせ、そのあと車を走らせる。暖かい土曜日で、日差しが降り注いでいる。まるで春みたい。じゃなくて、もう春になったんだ。車で走りながら、わたしの目はサターンをさがしている。同じ車を見つけるたびに心臓が喉元まで跳ねあがるけれど、そのたび自分に言いきかせる。もう終わったんだ。彼のことは忘れて、前に進まなくちゃ。

フィンチがドライブについて話していたことを思い出す。前へ前へと進んで、どこにでも行ける気がするところが好きだと言っていたっけ。わたしが今、こうしてハンドルを握っているところを見たら、彼はいったいどんな顔をするだろう。フィンチの声が聞こえる気がする。「ウルトラヴァイオレット、いつかこんな日がくるとずっと思ってたよ」

スーズと別れたライアンからデートに誘われる。わたしは、友達としてならと答える。四月十七日、わたしたちはバートレットでいちばんシックなレストラン〈ガス灯〉でデートをする。ディナーのあいだ、わたしは精一杯ライアンに気持ちを向けようとする。大学はどこに行くのかとか、もうすぐ十八歳になるねとか（ライアンは今月が誕生日で、わたしは五月だ）、会話はとりたてて刺激的とは言えないけれど、ノーマルな男の子とのノーマルなデートはわたしを癒してくれる。ひょっとしたら、わたしはライアンにラベルを貼っていたのかもしれない。みんながフィンチにラベルを貼ったみたいに。そう考えると、ライアンの堅実で地に足の着いたところが良く思えてくる。表も裏もなく見たまんまで、いつだって予想を裏切らない。盗癖だけは予想外だけど。

玄関まで送ってもらい、わたしはライアンにキスを許す。そして翌朝に電話をくれたとき、わたしは交際をオーケイする。

日曜日の午後、アマンダが遊びに行かないかと誘いにくる。引っ越してきたてのころみたいに通りでテニスをして、そのあと〈デイリークイーン〉まで歩いて、アイスクリームパフェを注文する。夜はアマンダとふたりだけで〈クオリィ〉に出かけ、メールでブレンダとシェルビーとララとブリアナ三人組を誘いだす。一時間後には、ジョーダン・グリペンウォルドと、ほかの〈ジャーム〉のメンバーも合流する。わたしたちは門限ぎりぎりまでダンスを楽しむ。

四月二十四日、金曜日。ブレンダと映画を見たあと、泊まっていってと誘われて彼女の家に泊まる。ブレンダはフィンチの話をしたがったけど、わたしはもう忘れたいと言う。彼女のところにもフィンチから連絡はないらしい。ブレンダは言う。「忘れたいならそうすればいいよ。でも、わかってると思うけど、あんたのせいじゃないからね。どんな理由だったにせよ、どうしようもない理由があったに違いないんだから」

わたしたちは〈ジャーム〉についてあれこれ話しながら、明け方の四時まで起きている。わたしがノートパソコンに打ちこむ横で、ブレンダは床にあお向けに寝ころがり、壁に両脚を上げている。「エベレストの登頂を助けるシェルパみたいに、大人への道案内になるようなものにしようよ。セックスとか、大学生活とか、恋愛とか、本当のところはどうなのってみんなが疑問に思ってることについて書くの」ブレンダはため息をつく。「あとは、相手がサイテーのクズ男だったときの正しい対処法とか」

「自分たちでさえわからないのに？」

「たしかに」

学校の女の子たち十五人から、ぜひ記事を書かせてほしいとメールが届いている。そのうちの何人かはこう書いている。「ベル・タワーのヒーローで、あのジェンマ・スターリングのお気に入りのサイト EleanorandViolet.com の主催者、ヴァイオレット・マーキーが新しいウェブマガジンをはじめるのなら、ぜひ仲間に入りたいんです」声に出して読みあげると、ブレンダが言う。「人気者はつらいねー」

ブレンダは、今となってはわたしのいちばんの友達だ。

ヴァイオレット

4月26日

日曜日の朝、十時半、フィンチのお姉さんのケイトがとつぜん訪ねてくる。何週間も寝ていないような顔をしている。なかに入ってと声をかけると、ケイトは首を振る。「セオの居場所に心当たりはない？」

「ずっと連絡はないわ」

「そう」ケイトは何度もうなずく。「わかった、ごめんなさい。ただ、なんというか……あの子、毎週土曜日には必ず、母さんかわたしにメールか留守電で無事を知らせてきてたのね。毎週よ。それがきのうは連絡がなくて、今朝になってこんなおかしなメールが届いたの」ケイトやお母さんには連絡があるんだ。でもやっかむのは間違っている。結局のところ、ケイトやお母さんは家族で、わたしは彼の人生のほんの一時期、いちばん重要だった他人にすぎないのだ。フィンチは別の道を進んでいる、そういうことだ。わたしも自分の道を進みはじめたように。

ケイトは一枚の紙を差しだす。メールをプリントアウトしたもので、送信時間は9：43とある。

昔、インディアナポリスのピザの店に行ったことがあったよね。あのでっかいオルガンのある店だよ。たしかケイトが十一歳で、僕が十歳、デッカは赤ん坊だった。母さんがいて、父さんも

いた。テーブルが揺れるくらい大きな音でオルガンが鳴りひびいて、光のショーがはじまった。まるで、オーロラみたいだったな。覚えてる？　だけど、僕の心にいちばん残っているのは、家族みんなのことだ。僕らは幸せだった。いい家族だった。みんな満ち足りていた。幸せなときは、ここしばらく姿を消してたけど、また戻ってくるよ。母さん、四十一歳はまだ若い。デッカ、とっつきにくい言葉のなかにも美しさはある。大切なのはおまえがどう読むかだ。ケイト、そっちこそあんまり思いつめちゃだめだよ。これだけは言っておく、姉さんはどこかのろくでなしにはもったいない。もっと自分に自信を持ったほうがいい。母さんも、デッカも、みんな最高だよ。

「これがどういうことか、あなたならわかるんじゃないかと思って。それに、ひょっとしてあなたにも連絡がきているかもしれないと思って」

「わからないし、連絡もないわ。ごめんなさい」わたしは紙を返し、もし奇跡でも起きて彼から連絡があったときには必ず知らせると約束する。ケイトは帰っていき、わたしはドアを閉める。ドアにもたれかかって、気持ちを落ち着かせる。

ママがやってきて、眉間にしわを寄せる。「だいじょうぶ？」

「もちろん」とか「ええ」とか「だいじょぶよ」とか言おうとしたが、崩れ落ちそうになるのを感じ、ママに抱きついてその肩に顔をのせ、しばらくのあいだぬくもりに身をゆだねる。それから二階へ行き、パソコンを立ちあげて、フェイスブックにログインする。

新しいメッセージが9：47に届いている。家族にメールを送った四分後だ。

フィンチ：これは『波』のなかに書かれた言葉だ。〝あの青さがいつまでも変わらぬものなら、あの窪みが永遠にとどまるものなら、この瞬間がいつまでも続くものなら……暗闇のなかで自分

が輝くのがわかる……わたしは身支度を整え、準備ができている。これは束の間の休止、暗いひととき。さあ、ヴァイオリン弾きたちが弓を持ちあげた……これがわたしの使命。ここがわたしの世界。すべては決まり、準備ができている……わたしは根を下ろしているけれど、自由に流れてもいる……『おいで』わたしは呼びかける。『おいで』〟

考えられるたったひとつのことを書きこむ。〝**『行かないで』わたしは言う。『行かないで』**

五分おきにチェックするけれど、返信はない。電話をかけてみても、留守番電話はいっぱいのままだ。あきらめて、ブレンダに電話をかける。最初の呼び出し音で彼女が出る。「今かけようと思ってたんだ。今朝、フィンチから変なメールが届いてさ」

ブレンダへのメールは9：41に届いていて、内容は簡潔だった。

チャーリーへのメールは9：45だった。

ありのままの君を愛してくれる男は必ず現れる。あきらめるな。

元気でやれよ、スケコマシ。

何かがおかしい。

さよならも言わずにフィンチが姿を消したことを受けいれられないだけだと自分に言いきかせる。

ケイトにかけようと携帯を手に取ったが、考えてみると電話番号を知らない。すぐに戻るとママに言って、フィンチの家に車を走らせる。

ケイトとデッカとミセス・フィンチはそろって家にいた。お母さんはわたしの顔を見たとたんわっと泣きだし、止める間もなくわたしにしがみついてくる。「ヴァイオレット、来てくれてうれしいわ。あなたが頼りなの。セオがどこにいるか、あなたならきっとわかるってケイトに話してたのよ」

ミセス・フィンチの頭越しに、ケイトに〝なんとかして〟と目で訴える。

ケイトが「母さん」と言って、母親の肩に触れる。ミセス・フィンチは体を離し、取り乱してごめんなさいと言って目を拭く。

ふたりきりで話したいとケイトに言うと、彼女は引き戸を開け、わたしを連れてパティオに出て煙草に火をつける。ふと思う。フィンチがカーディナルを見つけたのはこのパティオだろうか。

ケイトは眉を上げる。「何かあった?」

「メッセージが届いてたの。今日、あなたのところにメールがあった数分後に。わたしだけじゃなくて、ブレンダ・シャンク＝クラヴィッツと、チャーリー・ドナヒューにも届いてた」本当は見せたくないけどそういうわけにはいかず、わたしはバッグから携帯を出す。木陰に立って、フィンチのメッセージを見せる。

「あの子がフェイスブックをやってたのも知らなかった」ケイトは黙ってメッセージを読む。読み終えたとき、ケイトは途方に暮れた顔をする。「で、これはいったいどういう意味?」

「ヴァージニア・ウルフの小説の一節なの。わたしたち、その小説についてあれこれ話したり、フェイスブックでやりとりしたりしていたの」

「その本、今持ってる?　前後の文章に、何かヒントがあるかもしれない」

「持ってきたわ」バッグから取りだす。フィンチが引用した箇所には印をつけてきたので、それをケイトに見せる。別々のページからとった文章が、話の脈絡とは関係なくばらばらにつなぎ合わされている。ポストイットで作詞するときみたいに。

煙草のことを忘れて読むケイトの指先には、爪と同じくらいの長さの灰が垂れ下がっている。

「ここに書かれた人たちがいったい何をやってるのか、さっぱりわかんないわ。まして、あの子の居場所とどう関係があるかなんてわかりっこない」そして急に煙草のことを思い出したのか長くひと吸いして、煙と一緒に言葉を吐きだす。「NYU《ニューヨーク大学》に行くつもりだったの、知ってるよね」

「誰のこと?」

「セオよ」ケイトは煙草をパティオに落とし、靴で踏みつぶす。「早期出願して入学許可をもらってたの」

もちろんあのNYUだ。ふたりとも行こうと思っていたのに、今となってはふたりとも行かないだなんて、そんな皮肉なことってあるだろうか。

「知らなかった。大学のことは何も話してなかったから」

「わたしにも、母さんにも話してなかったのよ。この秋に、NYUからセオに何度も電話があって、たまたまわたしが先に留守電を聞いたからわかっただけで」ケイトは無理やり笑顔を作る。

「あの子、今ごろニューヨークにいるんだったりして」

「そういえば、あなたのお母さんは留守電を聞いていたかしら。うちの母とドクターがメッセージを残してたはずだけど」

「お医者さんから電話があったことはデッカから聞いたけど、母は留守電を聞いたりしないわ。だけどもしメッセージがあれば、わたしが聞いているはずなんだけど」

「なかったのね」

「ええ」

フィンチが消したんだ。

わたしたちが家のなかに戻ると、ミセス・フィンチはソファーに横になって目を閉じている。デッカがそばにすわって、床に散らばった紙きれを並び替えている。その様子はフィンチがポストイットを並び替えるのとそっくりで、思わずまじまじと見てしまう。ケイトが気づいて言う。「何をしているのかって、わたしに聞かないでね。デッカのアート作品のひとつなのよ」

「彼の部屋を見せてもらってもいい?」

「どうぞ。あの子が出ていったままにしてあるから。つまり——いつ帰ってきてもいいように」

帰ってくることがあれば、の話だ。

二階に上がり、彼の部屋のドアを閉めて、しばらくそこに立つ。まだ彼の匂いが残っている——石けんと煙草の混じりあった、まぎれもなくセオドア・フィンチの匂いだ。淀んだ空気を入れ替えようと窓を開けるが、石けんと煙草とフィンチの匂いが消えてしまうのが怖くてすぐに閉める。ケイトやデッカやお母さんは、彼がいなくなってから一度でもこの部屋に足を踏み入れたことがあるんだろうか。それくらい、部屋は手つかずのままで、このまえ来たときに開いていた引き出しは今も開けっぱなしだ。

もう一度、チェストと机の引き出しをさぐり、バスルームもさがしてみる。けれど、手がかりになるようなものは見つからない。携帯電話が震え、わたしは飛びあがる。ライアンだ。放っておく。クローゼットに入ると、ブラックライトはふつうの電球に取り替えられている。ラックには彼が置いていった服が残されている。ハンガーから黒いTシャツをはずし、匂いをかいでバッグのなかに滑りこませる。うしろ手にドアを閉め、すわりこんで、声に出して言う。「オーケイ、フィンチ。ヒントをちょうだい。あなたのことだから、きっと何か残していったんでしょ」

クローゼットに閉じこめられ、押しつぶされるような気がしてくる。パトリック・ムーア卿がブラックホールにのみ込まれて消えたというマジックのことが頭をよぎる。ひょっとしたら、フィンチのクローゼットはブラックホールなのかもしれない。彼はのみ込まれて消えてしまったのかも。

天井を見上げる。フィンチの描いた夜空をどれだけじっくり眺めても、夜空以外の何ものでもない。それから、わたしたちの書いたポストイットが貼られた壁に目を向け、ひとつひとつ読んでいくが、このまえから新しく足されたものはない。ドアの向かい側の短い壁には空っぽのシューズラックがあって、以前はそこにフィンチのギターが掛かっていた。ふと、もたれている壁のほうをふり返ってみる。今はじめて気づいたが、そこにもポストイットが貼られている。

ポストイットに書かれた単語が、二行に並べられている。一行目の単語は、

なんて、でき、みち、こと、なかった、救う、どっち

二行目は、

水を、応じ、であろう、求めに、目指す、その

救うという単語をはずし、床にあぐらをかいてすわり、そこに並んだ言葉について考える。どこかで聞いたことのある言葉なのは確かだが、順番が違っている。

一行目の単語をぜんぶはずし、順番を入れ替えながら貼っていく。

——なんてことなかった
——救うみちなんてなかった
——どっちみち救うなんてなかった
——どっちみち救うことなんてできなかった

二行目に移る。

「であろう」をはずして、最後に持ってくる。その前に「目指す」を置く。そして次々と並べていくと、こんな文章になる。**その求めに応じ水を目指すであろう。**

階下に下りると、いるのはデッカとお母さんだけだ。ケイトはセオをさがしに出て、いつ帰るかわからないという。そうなると、お母さんに話すしかない。一緒に二階に来てほしいと言う。お母さんが年を取った人みたいな足どりで階段を上るのを、わたしは階段の上で待つ。

彼女は踊り場で足を止める。「何があるの、ヴァイオレット。サプライズには耐えられそうにないわ」

「居場所のヒントがあるんです」

お母さんはわたしのあとから部屋に入って、一瞬立ちつくし、はじめて見るように部屋を見まわす。「いつのまに、こんな青い色に塗ったのかしら」

それには答えず、クローゼットを指す。「このなかです」

クローゼットに入り、フィンチの持ち物が空っぽになっているのを見て、お母さんは両手で口を押さえる。わたしは壁の前にしゃがんで、ポストイットの文章を見せる。

お母さんは言う。「一行目は、カーディナルが死んだときに、あの子が言っていたことだわ」「彼はわたしたちが見て歩いた場所のうち、どこか水に関係のある場所へ行ったんだと思います」〝これは『波』のなかに書かれた言葉だ〟というメッセージをフィンチが送ってきたのは9:47。木星・冥王星重力効果が起こるという時間だ。水のある場所は、エンパイア採石場かもしれないし、セブン・ピラーズや、高校の前を流れる川かもしれない。ほかのどこかかもしれない。ミセス・フィンチは、ぼうぜんと壁を見つめていて、話を聞いているのかいないのかわからない。「彼の行った場所に心当たりがあります。どう行けばいいかはお教えします。ほかにも行きそうな場所はあるけど、行ったのはきっとそこだと思うんです」

フィンチのお母さんはふり返って、わたしの腕をつかみ、あざができるかと思うほど強く握りしめる。「あなたに頼むことじゃないのはわかってるわ。だけど……行ってもらえないかしら。わたしにはとても……もしあの子が……もしそうだったらと思うと……」お母さんはまた泣きだす。あまりにも激しくて、醜くて見ていられない。泣きやんでくれるなら何でもするという気になってくる。「お願い、あの子を家に連れて帰ってやってほしいの」

ヴァイオレット

4月26日(つづき)

わたしが行くのは、フィンチのお母さんのためじゃない。お父さんやケイトやデッカのためでもない。自分のためだ。何を見つけるか心のどこかでわかっているから。何を見つけたとしても、そうなったのはわたしのせいだと知っているから。フィンチをクローゼットから追いだしたのはわたしだ。わたしが彼の信頼を裏切って両親に話したりしたから、いられなくなってしまったんだ。わたしがよけいなことさえしなければ、ずっとクローゼットに閉じこもっていられたのに。それに、フィンチはほかの誰かじゃなく、わたしに来てほしいと思っているはずだ。

家に電話をかけて、用事をすませてから帰ると話す。パパが何か言いかけるけれど電話を切って車に乗り、ふだんよりスピードを出して走る。地図を見なくても道は覚えている。自分でも気味が悪いほど落ち着いている。誰か別の人が運転しているみたいだ。音楽もつけず、目的地に着くことだけに神経を集中させる。

〝あの青さ《ブルー》がいつまでも変わらぬものなら、あの窪み《ホール》が永遠にとどまるものなら〟

どっちみち救うことなんてできなかったんだ。

最初に目に入ったのは、道ばたにとめられたリトル・バスタードだった。右のタイヤが前後とも土手に乗り上げられている。そのうしろに車をとめて、エンジンを切り、しばらくすわったままでいる。

このまま引き返すこともできる。そうすれば、セオドア・フィンチは今もこの世界のどこかにいて、わたし抜きで旅を続けていると思っていられる。イグニッションキーに指をかける。

帰ってしまおうか。

わたしは車を降りる。インディアナ州の四月にしては、めずらしく日差しが暖かい。一日だけ暖かかったあの日以外、何か月もずっと灰色だった空は、真っ青に晴れわたっている。上着は車に残していく。

〈立入禁止〉の看板と、道のはずれにある家を通りすぎる。土手をのぼって斜面を下り、木立に囲まれた丸い湖にたどり着く。水の色はまるでフィンチの瞳みたいなブルーだ。最初に来たときは、どうして気づかなかったんだろう。

ひっそりとしたのどかな風景だ。あまりにも平和そのもので、来た道を車まで引き返そうと思う。

けれどそのとき、それが目に入る。

湖の岸に、彼の服がきちんとたたんで重ねられている。いちばん上はカラーシャツ、その下にジーンズ、その下に革のジャケットと黒いブーツ。どれもフィンチのお気に入りのアイテムだ。ここは湖で、クローゼットじゃないのに。

わたしはその場に立ちつくす。こうしてじっとしているかぎり、フィンチはまだどこかにいると思っていられるから。

たたんだ服のそばに行き、ひざまずいてその上に手を重ねる。そうすればフィンチがいつここに来て、どこへ行ったのかがわかるような気がして。服は日差しを浴びて温かい。片方のブーツのなかに携帯電話が入っている。だけど充電は完全に切れている。もう片方のブーツには、おたくフィンチの眼鏡と車のキーが入っている。革ジャケットの内側には、〈見て歩き〉の地図が服と同じようにきちんとたたまれて入っている。その地図をバッグにしまう。

「マルコ」合言葉をつぶやく。

返事を待つ。

「マルコ」もう少し大きな声で言う。

上着と靴を脱ぎ、車のキーと携帯電話をフィンチの服のとなりに置く。そして、湖に突きだした岩に上がって水に飛び込む。とたんに息が止まりそうになる。外は暖かいのに、水は驚くほど冷たい。しばらく顔を上げて泳ぎ、冷たさに慣れると息を吸いこんで、不思議なほど澄んだ水に潜る。

まっすぐ底に向かって、できるだけ深く潜る。深く行けば行くほど、水はよそよそしくなる。あっという間に肺が空っぽになり、急いで水面に戻る。潜ったり上がったりを何度も繰り返して、そのたび息が続くかぎり深く潜る。湖のこっちの端からあっちの端まで行ったり来たりしながら潜り、潜るたびに少しずつ息が続くようになるけれど、フィンチにはかなわない。彼なら何分も息を止めていられる。

いられた。

わたしにはわかる。彼はもういない。どこかへ行ったんじゃなく、もうどこにもいない。そうわかったあとでも、わたしは潜っては泳ぎ、浮かんでは潜りを繰り返し、これ以上泳げなくなるまで湖をあちこちさがしまわる。最後の力をふり絞って岸に泳ぎつくころには、肺は空気を求め、体はくたくたで、手はぶるぶる震えている。

警察に電話をかけながら考える。彼はどこにもいないんじゃない。死んでもいない。きっと別の世界を見つけたんだ。

ビゴ郡の保安官が、消防隊と救急隊をともなって到着する。わたしは誰かにもらった毛布にくるまって岸にすわっている。そして、フィンチのこと、パトリック・ムーア卿のこと、ブラックホール、ブルーホール、底なしの湖、星の爆発、事象の地平線、そして一度入ったら光さえ出てこられないほどの暗い場所のことについて思いをめぐらせる。

ふと気がつくと、知らない人たちがあたりをうろついている。たぶん、あの家とこの土地の所有者だろう。女の人が子どもたちの目を手でふさいで、「家に入ってなさい。いいと言うまで出てきちゃだめよ」と言って家に追い返している。夫らしき人が言う。「まったくどうしようもないガキどもだ」自分の子どもたちのことを言っているんじゃない。フィンチやわたしみたいな分別のない若者のことを言っているのだ。三人か四人のダイバーが繰り返し水に潜る（みんな似たような格好だから、正確な人数はわからない）。もういいです、彼はここにはいないし、どうせ何も見つからないんだから、そう言いたい。別の世界にたどり着けるのは、セオドア・フィンチだけなんだから。

ダイバーたちが、水にふやけて青白く膨らんだ遺体を引き上げたときも、こんなことを考えている。あれはフィンチじゃない。誰か別の人だ。あんなにふやけて、青白く膨らんで動かないものが、わたしの知っている誰かであるはずがない。保安官に、遺体を確認する勇気があるかとたずねられる。「あれは彼じゃありません。あんなふやけた、青白く膨らんで動かないものは見たことがありません。だから確認なんてできません」わたしはそう言って顔をそむける。

保安官は、かがみ込んでわたしと視線を合わせる。「彼のご両親に連絡を取る必要があるんだ。連絡先を教えてもらえるね」

わたしは言う。「わたしが連絡します。わたし、彼のお母さんに頼まれてここに来たんです。電話はわたしがかけます」

でも、あれは彼じゃない。どうしてそれがわからないんだろう。セオドア・フィンチみたいな人間は死んだりしない。彼はただ、別の世界を旅しているんだ。

フィンチの家族がふだん取ることのない家の電話にかける。最初の呼び出し音でお母さんが出る。まるで待ちかまえていたみたいに。なぜかそのことにすごく腹が立ち、電話をたたき切って湖に投げ込みたい衝動に駆られる。

「もしもし……もしもし?」甲高い声には、期待と怯えが入り交じっている。「どうしたの? ……もしもし?」

「ミセス・フィンチ。ヴァイオレットです。彼が見つかりました。思っていた場所にいました。でも彼は――残念ですが」自分の声が、水の底かとなりの町から聞こえてくるような気がする。急に感覚がなくなったような気がして、腕の内側を赤くなるまでつねってみる。

電話の向こうから、これまで聞いたことがないような低くしわがれた醜い声が聞こえてくる。その声を聞かずにすむように、また電話を湖に投げ込みたくなる。それをこらえて言う。「残念です。ごめんなさい」何度も何度も、まるで録音テープのように繰り返す。保安官がわたしの手から電話を無理やり引きはがすまで。

保安官が話を引き継ぎ、わたしは毛布を体に巻きつけて、地面にあお向けになる。そして、空に向かってつぶやく。「あなたの眼は太陽となり、魂は風となる……あなたのなかにはすべての色がつまっている。どの色もまぶしいほどに輝いている」

ヴァイオレット

5月3日

鏡の前に立って、自分の顔をじっくり眺める。黒いスカートと黒いサンダルを履き、フィンチの黒いTシャツを着た、黒ずくめのわたし。いつもと同じ顔に見えるけれど、いつものわたしじゃない。どう見ても、四つの大学から入学許可の通知が届き、優しい両親といい友人に恵まれた、希望に満ちた天真爛漫《らんまん》な十代の女の子の顔じゃない。不幸に見舞われ、悲しみに沈んだ孤独な女の子の顔だ。いつか以前のわたしに戻れる日がくるんだろうか。それとも、これからもずっと鏡のなかに見続けるんだろうか――フィンチを、エレノアを、失ったものを、胸の痛みを、罪悪感を、死の影を。

だけど、ほかの人にこの違いはわかるんだろうか。作り笑いを浮かべ、ポーズをとって、携帯で写真を撮ってみる。画面にはいつものヴァイオレット・マーキーが写っている。今すぐフェイスブックに投稿したとしても、これがビフォーじゃなくアフターの顔だとは誰にもわからないだろう。

両親はお葬式についていきたがるが、わたしはひとりで行くと言う。両親はわたしの周りをやたらとうろちょろしていて、ふり向くたびに心配そうな顔や、目配せしあう姿が目に入る。だけど、そこには別の感情も見てとれる――怒りだ。わたしに怒っているんじゃない。両親は口には出さないが、フィンチのお母さんに、そしてたぶんフィンチにも猛烈に腹を立てている。ふだんからママよりもずけずけものを言うパパが、〝あの女〟にひと言文句を言ってやらないと気がすまないと話すのが聞こえてくる。そしてママが制する声も。しーっ、ヴァイオレットに聞こえるわ。

フィンチの家族が最前列に立っている。雨が降っている。彼のお父さんを見るのははじめてだ。背が高くて、肩幅が広くて、映画スターみたいにハンサムだ。となりにいる地味な女の人は、きっと奥さんだろう。すごく小柄な男の子の肩を抱いている。そのとなりには、デッカと、ケイトと、フィンチのお母さんが立っている。全員が泣いている。お父さんさえも。

ゴールデン・エーカーズは町でいちばん大きい共同墓地だ。わたしには、一年ちょっとのあいだで二度目のお葬式になる。フィンチは火葬がいいと言っていたけど、棺は丘の上に置かれ、わたしたちはそのとなりに立っている。牧師が聖書のなかの一節を読みあげると、家族も、ほかの参列者もすすり泣く。アマンダ・モンクや、チアリーダーの女の子たちも泣いている。ライアンや、ローマーや、ほかの二百人ほどの生徒たちも参列している。ワーツ校長やブラック先生、スクールカウンセラーのクレズニー先生やエンブリー先生の顔も見える。わたしと両親（結局、行くと言ってきかなかった）と、ブレンダとチャーリーは、みんなから少し離れて立っている。ブレンダはお母さんに肩を抱かれている。

チャーリーは体の前で手を組んで、棺をじっと見つめている。ブレンダは冷たい怒りをたたえた目で、ローマーやほかの泣いている生徒たちをにらんでいる。何を考えているかはわかる。フィンチのことを〝変なやつ〟と呼んだり、からかったり、うわさしたりするだけで、ちゃんとかかわろうとしなかったのは、ここにいるこの子たちだ。それなのに今は、台湾や中東の国で葬式のときに雇われて、泣いたり、地べたにつっ伏したりするというプロの泣き屋のように泣きわめいている。フィンチの家族も同じだ。牧師の話が終わると、参列者は次々に家族のもとへ行き、手を握ったり、お悔やみの言葉をかけたりしている。家族はそのたびに涙声で対応している。わたしに言葉をかける人はいない。

わたしはフィンチの黒いTシャツを着て、黙って立っている。牧師は説教のなかで自殺という言葉を口にしなかった。遺書が見つかっていないので、彼の家族は事故だと言っている。だから牧師は、若くしてとつぜん奪われた命について、閉ざされてしまった将来の可能性について追悼の言葉を述べる。わたしはぼんやり考えている。どうしてこれが事故だなんて言えるんだろう。そしてふと思う。よく言われる〝自殺の犠牲者〟というのはなんておかしな言葉なんだろう。犠牲者というと選択の余地がなかったというニュアンスがあるのに。だけど、フィンチに選択の余地はなかったのかもしれない。それとも、本当に自殺するつもりなどまったくなく、ただ湖底を探検に行っただけなのかもしれない。本当はどうなのか、わたしが知ることはない。これから先も。

わたしは思う。どうしてわたしをこんな目に遭わせるの？　わたしに生きることを教えてくれたのはあなたじゃなかったの？　自分の殻から出て、目の前にあるものをしっかり見て、それを最大限に活用しろと言ってくれたじゃない。時間を無駄にせずに、わたしを待っている山を見つけろと言ってくれたじゃない。それはつまり生きるってことでしょ。それなのにあなたは行ってしまった。ひどいじゃない。わたしがエレノアを失ってどんな思いをしたか知ってるはずなのに。

わたしが最後に彼にかけた言葉を思い出してみる。だけど思い出せない。ただわかるのは、腹立ちまぎれに口にした、何の意味もない言葉だということだ。もし、最後の言葉だとわかっていたら、わたしはどんな言葉をかけていただろう。

式が終わり、みんなが散り散りに歩きはじめたとき、ライアンがやってきて声をかける。「また連絡しようか？」質問なんだ。わたしはうなずく。ライアンもうなずいて、帰っていく。

チャーリー・ドナヒューが口のなかでつぶやく。「どいつもこいつも、ろくなもんじゃねえ」それがクラスメイトたちのことなのか、フィンチの家族のことなのか、参列者全員のことなのかはわからない。

ブレンダは冷たく言い放つ。「フィンチがどこかで見てて『そんなのはじめからわかってただろ』なんて言ってるよ、きっと」

遺体を公式に確認したのは、フィンチのお父さんだった。鑑定書によると、発見されたときには、死後数時間が経過していたということだ。

わたしは言う。「フィンチがどこかにいるって本当に思ってる？」ブレンダは目をしばたたく。「姿は見えないけどわたしたちを見守ってる、みたいに。わたしはこう思いたいの。フィンチがどこかにいるとしても、わたしたちのことは見てないんじゃないかって。ここよりもっといい世界——もしフィンチが思いどおりに世界を作れたら、作ったような世界にいるんじゃないかって。そんな世界にわたしも住んでみたい」ほんの短いあいだ、わたしはそこに住んだ。

ブレンダが返事をするまえに、フィンチのお母さんがとつぜんそばにきて、赤い目でわたしの顔をのぞき込む。そして、わたしを抱きしめ、ぜったい離さないというようにしがみつく。「ああ、ヴァイオレット」泣きながら言う。「あなた、だいじょうぶ？」

わたしは小さい子どもにするみたいに、背中をとんとんたたく。フィンチのお父さんもやってきて、太い腕でわたしを抱き、あごをわたしの頭にのせる。わたしは息ができなくなる。誰かの手がわたしを引き離す。「娘を離してください」パパがぶっきらぼうに言う。そしてわたしは車へと連れられていく。


家に帰り、夕食の席で、両親がわたしを刺激しないように言葉を選びながら、フィンチの家族のことを低い声で話すのを聞く。

「あの連中に、ひとこと言ってやりたかった」

「ヴァイオレットにあんなことを頼むなんて、どうかしてるわ」

ママがこっちを見て、明るすぎる声で言う。「サラダをもう少しどう？」

「ありがとう、でもいらない」

両親の非難の矛先《ほこさき》は、次はフィンチに移るんじゃないだろうか。自殺をするなんて、なんて自分勝手なんだ。エレノアは有無を言わさず命を奪われたというのに、自分の命を粗末にするなんて。愚かで憎むべき行為だ——両親がそんなことを口にするまえに席を立つ。夕食にはほとんど手をつけていないけれど。片づけはいいと言われたので、まっすぐ二階へ行って、クローゼットのなかにすわってみる。隅っこに、カレンダーが押しこまれている。広げてしわをのばし、印のついていない日付を見る。×印が付いていない日は、数えきれないほどあって、それがわたしがフィンチと過ごした日々だ。

わたしは思う。

どうしてこうなったの？

わたしがもっとわかってあげていたら。
もっと何かしてあげていたら。
何もできなくてごめんなさい。
できることがあったはずなのに。
手を差しのべるべきだったのに。
こうなったのはわたしのせい？
どうして何もできなかったの？
お願い、戻ってきて。
愛してる。
ごめんなさい。

ヴァイオレット

5月の1週目、2週目、3週目

学校では、生徒の全員が喪に服しているように見える。みんな黒い服を着て、教室のあちこちで、鼻をすする音が聞こえる。中央廊下の校長室脇にある大きなガラスケースに、誰かがフィンチのための祭壇を作っている。彼のポートレート写真が拡大して飾られ、ケースの扉は開けたままになっていて、たくさんの彼を悼む言葉が寄せられている。

親愛《ディア》なるフィンチ。

どれもそんな言葉ではじまっている。

あなたがいなくて寂しいわ。大好きよ。みんながあなたのことを思っているわ。

どれもこれもビリビリに引き裂いて、いやな言葉の山の上に投げ捨てたい。こんな言葉はそこへ行くのがお似合いだ。

先生たちは口々に、君たちの高校生活はあと五週間だと言って聞かせる。本当ならうれしいはずなのに、わたしは何も感じない。あれからいろんなことを感じなくなっている。何度か泣いたけど、心のなかは空っぽで、わたしのなかの傷ついたり、笑ったり、愛したりする部分が無理やりもぎ取られて、空洞になっているみたい。

ライアンには、友達以上になれないと伝える。彼はほっとした顔をする。わたしには触れようともしない。ほかのみんなも同じだ。わたしに触れると何かが伝染するとでも思っているんだろうか。これも自殺がもたらす副作用のひとつだ。

ランチの時間は、ブレンダ、ララ、ブリアナ三人組と一緒に過ごすようになっている。フィンチのお葬式のあとの水曜日、アマンダがやってきてトレイをテーブルに置き、ほかの子たちのほうは見ずにわたしに話しかける。「フィンチのお悔やみが言いたくて」

ブレンダがアマンダに殴りかかるんじゃないかと一瞬思う。内心それを期待している。どうなるか見てみたい。だけど、ブレンダがすわったままなので、わたしはうなずく。「ありがとう」

「彼のことキモいなんて言って後悔してる。それと、わたしローマーとは別れたの」

ブレンダがつぶやく。「今さら、遅いっつーの」そしていきなり立ちあがってテーブルにどんと手をつくと、その勢いで食器がガチャンと音をたてる。ブレンダはトレイをつかみ、あとでねと言って、つかつかと歩み去る。

木曜日、わたしはエンブリー先生と面談をする。ワーツ校長と教育委員会の決定により、セオドア・フィンチの友人とクラスメイトの全員が、少なくとも一度はスクールカウンセラーとの面談を受けることになったのだ。とはいえ、〝あの親たち〟（パパとママはフィンチの両親のことをこう言う）は、フィンチの死が事故だと言い張っている。彼の死を大っぴらに悲しんでも問題はないと言いたいんだろう。自殺じゃないんだから、うしろめたさを感じたり恥じたり遠慮したりする必要はないというわけだ。

わたしは、クレズニー先生ではなく、フィンチのカウンセラーだったエンブリー先生のカウンセリングを希望する。先生は、デスクの向こうから眉を上げてわたしを見る。先生はわたしを責めるだろうか。わたしが自分自身を責めているように。

Aストリート橋を渡ろうなんて言うべきじゃなかった。もし別の道で帰っていたら、エレノアは今でもここにいたはずなのに。

エンブリー先生は、咳ばらいをする。「フィンチのことは、気の毒なことだった。彼は問題を抱えていた。誰かがもっと手を差しのべるべきだった」

わたしははっとして目を上げる。

先生はつけ加える。「わたしは責任を感じている」

机の上のコンピューターや本を、床に払い落としたい衝動に駆られる。先生に責任を感じる権利なんてない。責任はわたしにあるの。わたしから盗らないで。

先生は続ける。「ただ、責任を感じるのと、責任があるのは違う。わたしは自分にできることはやったつもりだ。もっとできることがあっただろうか？　そうかもしれない。きっとあっただろう。どんな場合でも、もっとできることはある。しかし、それを求めるのは酷だし、どれだけやっても悔いは残るものだ。君もそんなふうに感じて、自分を責めているんじゃないかね」

「でも、実際もっとできることがあったんです。もっとちゃんと彼に目を向けるべきだったんです」

「他人が見せたくないと思っているものを見ることはできないよ。本人が必死に隠そうとしていた場合はなおさらだ」エンブリー先生は、机の上にあった薄い冊子を手に取って読み上げる。「〝遺された者《サバイバー》であるあなたは、そのつらい言葉のとおり、これからは遺された者として生きていかなくてはなりません。精神的に立ち直れるかどうかは、自分の身に起こった悲劇とどう向きあうかにかかっています。厳しいことを言うと、これを乗り切ることはあなたにとって人生で二番目につらい経験になります。けれど安心してください。最悪の経験はもう終わっているのですから〟」

先生は、その冊子をわたしに渡す。『ＳＯＳ：大切な人を自死でなくしたあなたへ』

「これを読んでもらいたい。大事なのは人に話を聞いてもらうことだ。わたしのところに来てもいいし、ご両親や友達と話してもいい。とにかく、いろんなことをひとりで抱えこまないでほしい。君は彼にいちばん近い存在だった。ということは、人が死に直面したときに感じる怒りや喪失感や自己否定や悲しみを、誰よりも強く感じるということだ。このような死の場合はなおさらだ。だから自分につらくあたってはいけないよ」

「彼の家族は、事故だったと言っています」

「ご家族はそう思おうとしているんだろう。人は誰でも、自分にできるやり方で気持ちに折りあいをつけるものだ。わたしが気がかりなのは君のことだ。君は誰に対しても責任を感じる必要はない。お姉さんに対しても、フィンチに対しても。お姉さんに起きたことは、どうすることもできなかった。フィンチの場合は、彼自身がどうすることもできないと思いこんでしまったんだろう。そうならない道もあったはずなんだが」先生はわたしのうしろの一点をじっと見つめる。わたしにはわかる。先生は、フィンチと面談で話したことのひとつひとつを頭のなかで思い返しているんだ。わたしも同じことをしているからわかる。

先生に言えなかった(言わなかった)ことがある。それは、いろんなところでフィンチを見るということだ。学校の廊下でも、通りを歩いているときも、家の近くでも。誰かの顔や歩き方や笑い声を見たり聞いたりするたびに、そこに彼の面影を見てしまう。まるで無数のフィンチが周りにいるように感じる。これってふつうのことなんだろうか。ききたいけれど黙っておく。

家に帰り、ベッドに寝ころんで、先生にもらった冊子を読む。たった六十ページだから、あっという間に読んでしまう。読み終えたとき、心に残ったのはこんな言葉だ。〝永遠に変わってしまった人生をありのまま受けいれることから、新しい一歩ははじまります。それができれば、あなたの心が求める平穏はあとからついてくるのです〟

永遠に変わってしまった人生。

わたしの人生は、永遠に変わってしまったんだ。

夕食時、先生にもらった冊子をママに見せる。ママが食べながら黙ってそれを読むあいだ、わたしとパパは大学のことでなんとか会話をもたせる。

「大学はどこに行くか決めたのかい、ヴァイオレット」

「UCLAにしようかな」どこだって同じだ。なんならパパが選んでよと言いたい。

「そろそろ返事をしておかないとな」

「そうね。明日にでも返事しておく」

パパは助けを求める視線をママに投げるが、ママは食事そっちのけで、まだ読んでいる。「NYUの春学期入学の願書を出すつもりは？」

「考えてないけど、調べてみようかな。部屋に行ってもいい？」冊子からも、両親からも、将来についての会話からも逃げだしたい。

パパはほっとした顔をする。「もちろんいいとも」パパも、わたしもほっとしている。このほうがいい。わたしと両親が一緒にいるかぎり、エレノアとフィンチに起きたことに向きあわなきゃならないから。わたしが親じゃなくてよかった。いつかわたしも親になるんだろうか。大事に思っている誰かを助けられないのは、どれだけつらいことだろう。

わたしにはその気持ちが痛いほどわかる。


フィンチのお葬式が終わって二週間後の木曜日の全校集会で、インディアナポリスから来た護身術の専門家が、安全と自分自身の身を守る方法について話をする。道を歩いているときに自殺が襲ってくるわけじゃないのに。そのあと、ティーンとドラッグについての映画を見せられる。場内が暗くなるまえ、ワーツ校長はかなり生々しい場面もあるが、薬物使用の現実をしっかり見ることは大切だと話す。

映画がはじまると、チャーリーが耳打ちしてくる。「こんなものを見せるのは、フィンチがドラッグをやっていて、それが原因で死んだといううわさが流れているからだ」そんなことはぜったいにないとわかっているのは、チャーリーとブレンダとわたしだけだ。

生徒役の俳優が薬物中毒になる場面で、わたしは席を立つ。ホールを出たところにあるゴミ箱のなかに吐く。

「だいじょうぶ?」アマンダが床にすわって壁にもたれている。

「なかにいなかったのね」わたしはゴミ箱から離れる。

「五分と見てられなかった」

アマンダから少し離れて、わたしも床にすわる。「そのことを考えるときって、どんな感じなの」

「そのこと?」

「自殺。どんなことを感じて、何を思うんだろうと思って。どうしてそんなことを考えるのか知りたいの」

アマンダは自分の両手をじっと見る。「どう感じるかなら言えるわ。自分が醜くて、最低で、愚かで、ちっぽけで、見捨てられたように感じるの。死ぬこと以外考えられなくなる。そうするのがいちばん正しくて、ほかに道はない、みたいな。自分がいなくなっても誰も悲しまない。それどころか誰も気づかない。わたしがいなくなっても、世界は何も変わらないんだ。いなくなったほうがいいんだって思えるの」

「でも、いつもそんなふうに感じているわけじゃないでしょ。あなたは人気者だし、ご両親やお兄さんにも大事にされてるし」みんなにもちやほやされているし。そうしないと怖いから。

アマンダがわたしを見る。「その瞬間は、どうでもよくなるの。そんなことは、ほかの誰かに起きてることだと思っちゃう。心のなかは真っ暗で、その闇にのみ込まれる感じ。自分のことで精一杯で、あとに残される人たちのことなんて考えもしない」アマンダはひざを抱える。「フィンチは診察を受けてたの？」

「わからないわ」フィンチのことで知らないことは、まだたくさんある。今となっては、知る術《すべ》もない。「でも、彼が問題を抱えていることを、ご両親が認めようとしたとは思えない」

「フィンチは、あなたのために自分を立て直そうとしていたんだと思う」

わたしをなぐさめようとしているのはわかるけど、よけいにつらくなる。

翌日、地理の授業で、ブラック先生は黒板に〝六月四日〟と書いてその下に線を引く。「いよいよ……プロジェクトのレポートの……提出期限が……迫ってきた。ここからは……さらに集中して……取り組むように。何か質問があれば……遠慮なく聞きに来なさい。ただし……くれぐれも……提出期限に……遅れることのないように」

終業のベルが鳴り、先生がわたしに声をかける。「ヴァイオレット、少し……話がある」わたしは、いつもフィンチがすわっていた席のとなりにすわる。最後の生徒が教室を出ていくと、ブラック先生はドアを閉めて、椅子にどっかり腰を下ろす。「残ってもらったのは……何か困っていることがないか……たずねたかったからだ。もしなんなら……これまでできた分だけ……提出するのでもかまわない。君に……考慮すべき事情があることは……重々承知している」

〈考慮すべき事情〉、それがわたしのラベルだ。考慮すべき事情を抱えた、かわいそうなヴァイオレット・マーキー。永遠に変わってしまった女の子。ほかの生徒と同じように扱うと壊れてしまうかもしれない、取扱注意の壊れもの。

「お気づかいには感謝します。でも、だいじょうぶです」それくらいできる。わたしはそっと扱うべき磁器の人形なんかじゃない。ただ、フィンチと見て歩いた場所については、もう少しきちんと記録を残して、まとめておけばよかった。いつも、その瞬間を味わうことに忙しくて、今手元にあるものといえば、半分埋まった大学ノートと、少しの写真と、印のついた地図だけだ。

その夜、つらくなるのは承知のうえで、フェイスブックのメッセージを最初からぜんぶ読む。それから、見て歩きノートを広げて書く。フィンチがもう読まないのはわかっているけれど。

自分で自分の命を奪った誰かさんへ。

今どこにいるの？　どうして行っちゃったの？　その答えがわかることは、永遠にないのね。わたしがあなたを怒らせたから？　助けようとしたから？　あなたが窓に小石を投げてきたとき、出ていかなかったから？　もし出ていってたらどうなったんだろう。あなたは何を伝えたかったんだろう。わたしはあなたを引きとめることができた？　あんなことが起こらないようにできた？　それとも、どうやっても、止めることはできなかった？

わたしの人生が永遠に変わってしまったのを知ってる？　こうなるまえも、人生が変わったと思っていた。それは、あなたがわたしの前に現れて、部屋から連れだして、インディアナ州をあちこち見せて世界に目を向けさせてくれたからだと思っていた。あなたの部屋のクローゼットの床からでさえ、わたしにいろんなことを教えてくれたからだと思っていた。そのときは知らなかった。わたしの人生が変わるのは、あなたがわたしを愛してくれて、そのあと永遠に消えてしまうからだなんて。

大いなるマニフェストなんて、結局なかったのね。あなたから聞いたときはあると信じた

けど。わたしたちのしたことは、ただの学校のプロジェクトだったのね。

わたしを置いていってしまったこと、わたしは許さない。でも、あなたには許してもらいたい。あなたはわたしの命を救ってくれたから。

最後に書く。**なぜわたしには救えなかったの？**

椅子にもたれる。机の前のボードには、〈ジャーム〉のためのアイデアを書いたポストイットが貼られている。新しいカテゴリーがつけ加えてある。〝専門家にきいてみよう〟。ウェブマガジンのコンセプトについて書いた紙に目を移す。いちばん下に貼られた紙にはこう書いてある。**ここから新しい一歩がはじまる。**

すぐに椅子から立って、地図をさがす。一瞬、どこへやったのか思い出せない。頭のなかが真っ白になり、パニックになりそうになる。あの地図をなくすことは、フィンチの分身を失うことだ。

三度さがしてようやく、バッグのなかから出てくる。まるでどこかからふいに現れたみたいに。地図を広げて、丸印のついた場所を確認する。残るはあと五か所。わたしがひとりで見にいく場所だ。丸印の横にはフィンチの字で、番号が書きこまれている。ということは、行く順番が決まっているんだ。

ヴァイオレット

残りの目的地1と2

人口八百十五人の町、ミルタウンは、ケンタッキー州との州境にある。途中で車をとめて、〈靴の木《シュー・ツリー》〉へはどう行くかたずねる。マイラという女性が、デビルズ・ホローのほうへ行けばいいわと教えてくれる。少し行くと舗装された道は未舗装の細い道になり、マイラに言われたとおり、上を見ながら走る。道を間違えたかと思いかけたころ、木々に囲まれた十字路に着く。

車をとめて降りる。遠くで子どもたちが叫んだり笑ったりする声が聞こえる。十字路の四隅に立つ木の枝からは、鈴なりの靴がぶら下がっている。おびただしい数の靴だ。ほとんどが太めの枝に靴ひもでかけられていて、まるでクリスマスツリーのオーナメントみたい。誰が何のためにはじめたのかはわからないけど、この木に靴をかけるためだけに、たくさんの人があちこちからやってくるのよとマイラは言っていた。バスケットボールのスター選手、ラリー・バードの靴もどこかにあるらしい。

やることはいたって簡単で、靴を木にかける、ただそれだけだ。わたしは緑色のコンバースと、エレノアの黄色のケッズを持ってきている。木を見上げる。どの木にかけようか。いちばんたくさん靴がかかっている木がいいだろう。雷に打たれたのか、幹が焼け焦げたように黒くなっている。

ポケットから油性ペンを出して、コンバースに**ウルトラヴァイオレット・リマーキアブル**のサインと日付を書く。登ったりしたら折れそうだから、少しジャンプして手近な枝にひっかける。スニーカーはぶらぶら揺れて、やがて動かなくなる。エレノアのケッズもそばにかける。

任務完了。ほかには見るものはない。こんなところまで車を運転してきて、見るものは古い靴の木だけ。でもそんなふうには考えないでおこう。もしかしたら、何か魔法があるのかもしれない。太陽に手をかざして木を見上げ、その何かをさがしてみる。もう車に戻ろうかと思いかけたとき、それは目に飛び込んできた。わたしが靴をかけたのと同じ木のずっと上のほう、高い枝にぽつんとひと組ぶら下がっている。蛍光色の靴ひものスニーカーだ。両方に黒々と**TF**の文字が見える。片方からは、アメリカンスピリットの青いパッケージがのぞいている。

フィンチはここに来たんだ。

今もここにいるような気がして周りを見まわしてみるが、わたし以外は誰もいない。子どもたちの笑い声や叫び声がどこかから聞こえてくるだけだ。フィンチはいつ来たんだろう。いなくなったあとだろうか、それともまえだろうか。

何かがふと頭をよぎる。〝いちばん高い枝〟どこかで聞いたことがある言葉だ。はっとして携帯をさがす。車のなかだ。走って戻り、運転席のドアを開けて携帯に手をのばす。車から片脚を出したまま、フィンチからのメールをスクロールする。最近届いたメールは少ないから、すぐに見つかる。

僕はいちばん高い枝にいる。

日付を見る。いなくなった一週間あとだ。

本当に来たんだ。

ほかのメールも読み返してみる。

僕らのことをペンキで書いた。

大看板のサインを信じる。

ウルトラヴァイオレットの輝き。

素敵《ラブリー》な場所でひっそり過ごすのは、とても素敵だ。

地図を広げ、次の場所までのルートを指でたどる。そこはマンシーの北西で、ここから数時間かかる。時間を見て、エンジンをかけて車を出す。目的地には心当たりがある。まだ間に合うといいけど。

世界最大のペイントボールは、マイク・カーマイケルの家の敷地にある。靴の木《シュー・ツリー》とは違って観光地化されていて、専用のウェブサイトがあるのはもちろん、ギネスブックにも登録されている。

アレクサンドリアに着いたときには、四時を過ぎていた。途中で電話をしておいたので、マイク・カーマイケルと奥さんは待ってくれているはずだ。有名なボールがあると思われる納屋風の建物のそばに車をとめ、ドキドキしながらドアをノックする。

誰も出てこない。ノブを回してみて、鍵がかかっているので家のほうへ行ってみることにする。ドキドキがいっそう早くなる。誰かに先を越されていたらどうしよう。フィンチが書いたものの上に、もう別のペンキが塗られているかもしれない。そうなったら、彼が何を書いたのか、そもそもここに来たのかどうかさえわからなくなる。

思ったより強くノックしてしまう。ここにもいないのかと思いかけたとき、白髪の男の人が歓迎の笑みを浮かべてドアを開ける。握手の手をのばし、マイクと呼んでくれと言う。

「どこから来たんだね、お嬢さん」

「バートレットです」さっきまでミルタウンにいたけど、それは言わないでおく。

「いい町だね、バートレットは。〈ガス灯〉にときどき食事に出かけるよ」

心臓の鼓動が耳のなかで響いている。大きすぎて相手に聞こえるんじゃないかと思うくらいだ。マイクのあとについて、納屋風の建物に向かう。「わしがペイントボールをはじめたのは、かれこれ四十年まえのことだ。そもそものきっかけは高校時代、ペンキ屋で働いていたことだった。お嬢さんが生まれるまえ、いや、おそらくご両親も生まれるまえだろう。店のなかで友達とキャッチボールをしていたときに、ボールがペンキの缶に当たってひっくり返っちまったんだ。そのときふと思った、ボールにペンキを千回かけたらどうなるんだろうと。で、実際にやってみることにした」マイクはそのボールをナイツタウンの子ども博物館に寄贈し、一九七七年には別のボールにペイントをはじめた。

彼が建物の鍵を開け、わたしたちはペンキの匂いのする広く明るい部屋に足を踏み入れる。部屋の中央には、小惑星くらいある巨大なボールがぶら下がっている。床や壁にはペンキ缶がところ狭しと並び、別の壁にはさまざまな段階のボールの写真がずらりと並んでいる。毎日塗るようにしているんだ、とマイクが話すのを途中でさえぎる。「すいません、友達が最近ここに来たと思うんですけど、その人のことを覚えているかおききしたいんです。それと、彼がボールに何か書いたかについても」

フィンチの特徴を話すと、マイクはあごを撫でてうなずく。「ああ、覚えているとも。感じのいい若者だった。それほど長くはいなかったな。そこにあるペンキを塗っていったよ」マイクは缶のところに案内してくれる。指さした紫色の缶のふたには、こう書かれていた。〝スミレ色《ヴァイオレット》〟

ボールは今、スミレ色じゃない。太陽のようなまっ黄色だ。がっくりして、床に視線を落とす。沈んだ気持ちがそこに落ちているわけでもないのに。

「もう別の色に塗られていますね」遅かった。また間に合わなかった。

「文字を書いた人には、上からペンキを塗って帰ってもらっているんだ。次に来た人のためにリセットするってわけだ。お嬢さんも塗ってみるかい」

結構ですと言いかけたけど、置きみやげは用意していないので、ローラーを受け取る。何色がいいかと聞かれ、澄んだ青空のようなブルーがいいと言う。マイクが缶をさがすあいだ、わたしは動くことも息をすることもできずに立っている。もう一度フィンチを失ったような気分だ。

マイクはフィンチの目の色など覚えているはずもないのに、持ってきたペンキはフィンチの瞳の色そのものだった。ペンキを入れたトレイにローラーを浸し、黄色いボールにブルーの色を塗り重ねる。何も考えずにただ手を動かしていると、しだいに気持ちが落ち着いてくる。

塗り終えて、うしろに下がってできばえを見る。「何か文字を書くかい」マイクがたずねる。

「やめておきます。また塗らなくちゃいけなくなるから」わたしがここに来たことも、誰にも知られないまま終わるんだ。

一緒に缶を片づけたり、そうじを手伝ったりするあいだ、マイクはボールには二万回以上ペンキが塗り重ねられていること、重さは二トン近くあることを話してくれる。そして、赤い表紙のノートとペンを差し出す。「サインしていってくれ」

ノートをぱらぱらとめくり、空白のページを見つける。名前と日付とコメントが書き込めるようになっていて、四月の日付は同じページに数行しかない。前のページをめくると――あった。

そこに彼がいた。**セオドア・フィンチ、四月三日、今日という日は、きみのもの。さあ行こう、すばらしい世界へ！　旅立とう、はるか遠くへ！**

文字を指でなぞる。ほんの数週間まえ、彼はここに来てこれを書いたんだ。何度も何度も読み返し、それからページをめくる。名前を書き、そのあとに書く。**きみの山が待っている。さあ、進むんだ、きみの道を！**

バートレットに帰る途中、フィンチが歌っていたドクター・スースの歌を思い出して歌ってみる。インディアナポリスの郊外を走っているとき、フィンチが冬に花を買った花屋をさがしてみようかとふと思うが、そのまま車を走らせる。行ったところで、フィンチのことがわかるわけじゃない。なぜ死んだのか、ボールに何を書いたのかもわからない。だけど、ひとつだけ言えるのは、ペンキの層の下には、フィンチの書いた言葉がずっと残りつづけるということだ。そう考えると、少し救われた気持ちになる。

家に帰ると、両親は居間にいる。パパはヘッドフォンで音楽を聴き、ママはレポートを採点している。

「エレノアのことをちゃんと話したいの」パパがヘッドフォンをはずす。「平気なふりをしてごまかしつづけるのはいやなの。わたしは、エレノアのことを忘れないでいたいの。エレノアがいなくて寂しい。自分がここにいるのに、エレノアがいないのが信じられない。あの日、出かけたことを後悔しているってこと、パパとママに知っていてほしいの。あの橋を渡ろうなんて言わなきゃよかった。エレノアは渡るつもりはなかったのに」

何か言おうとする両親をさえぎって、さらに大きな声で言う。「時間は巻き戻せないし、起こったことは変えられない。エレノアもフィンチも帰ってこない。わたしがママたちに隠れてフィンチと会っていたことも変えられない。そんなことぜんぶにふたをして、ごまかしておくのはいやなの。そんなことを続けていたら、忘れたくないことまで思い出せなくなっちゃう。ときどき、エレノアの声を思い出してみるの。機嫌のいいときの〝ハーイ〟という声や、怒ったときの〝ヴァイ・オ・レット〟という声がどんなだったか一生懸命思い出して、思い出せたら頭のなかで何度も何度も繰り返すの。ぜったいに忘れたくないから」

ママは声を出さずに泣いている。パパはつらい顔をしている。だけどわたしたちが忘れないかぎり、エレノアは本当にはいなくならないと思うの。フィンチのこともそう。わたしがセオドア・フィンチを愛した事実は変わらない。たとえパパとママが彼をよく思っていなくても、彼の両親を嫌いでも、彼に二度と会えないのはわたしのせいかもしれなくても、それでもわたしは彼と出会えてよかったと思ってる。フィンチがいなくなったことを、わたしがうそだと思いたくても。いいことも、悪いことも、つらいこともあるけど、わたしは彼のことを考えていたい。わたしが彼のことを考えているかぎり、フィンチは本当にはいなくならないと思うの。誰かが死んだからといって、その人の記憶まで消し去る必要はないと思うの」

パパは大理石の彫像みたいに凍りついているけれど、ママは立ちあがって、よろけるようにわたしのほうに近づいてくる。ママに抱きすくめられてわたしは思う。以前のママは、きっとこんなふうに感じていたんだ。竜巻がきてもだいじょうぶなくらい動じない、しっかりした強い気持ちを持っていたんだ。ママはまだ泣いているけれど、まぎれもなくここにいる。念のためにちょっとママの腕をつねってみるけれど、ママは気づかないふりをする。

「あなたのせいじゃないわ、なにひとつ」

それを聞いてわたしも泣く。パパもこらえきれないように涙をひと筋流し、両手に顔をうずめて泣く。ママとわたしはパパに駆け寄り、三人で抱きあって、体を揺らしながら口々に言う。

「だいじょうぶ、わたしたちはだいじょうぶ、みんなだいじょうぶ」

ヴァイオレット

残りの目的地3と4

ペンドルトン・パイク・ドライブインは、当時作られたドライブインのなかで最後まで残っていたもののひとつだ。その残骸は、インディアナポリスの町はずれの雑草だらけの原っぱにある。今は廃棄物置き場のようだけれど、一九六〇年代にはあたり一帯でいちばんにぎわった場所だった。ドライブイン・シアターだけでなく、子ども用の遊園地も備えていて、ミニコースターやほかのアトラクションもあったらしい。

当時の名残をとどめるのは、映画のスクリーンだけだ。わたしは道ばたに車をとめて、スクリーンのうしろから近づいていく。空は曇に覆われ、太陽は分厚い雲のうしろに隠れている。暖かい日なのに、ぞくっとする。なんとなく不気味な雰囲気だ。雑草を踏みしめて歩きながら、わたしが車をとめたのと同じ場所にリトル・バスタードをとめ、今のわたしと同じように、地平線をさえぎる幽霊みたいにそびえ立つスクリーンに向かって歩いていくフィンチの姿を思い浮かべる。

大看板のサインを信じる。フィンチのメールにはそう書いてあった。

たしかに、このスクリーンは巨大な看板に見える。裏側は落書きだらけで、地面には割れたビール瓶や煙草の吸い殻が散らばっている。わたしは足元に気をつけながら歩く。

とつぜん、身近な人を失ったときのあの感覚が襲ってくる。みぞおちを蹴られて息がつまり、二度と息ができなくなるような感覚。ゴミが散乱した汚い地面にへたり込んで、今すぐ声をあげて泣きたくなる。

だけどそうはせずに、スクリーンの横をまわり込む。何もないかもしれないと言いきかせて、そのまままっすぐ歩く。三十歩数えたところでうしろをふり向くと、大きな白いスクリーンに書かれた赤い文字が目に飛び込んでくる。**ぼくはここにいた。T・F**

それを目にしたとたん、ひざの力が抜け、わたしはゴミの散らばった雑草だらけの地面にへたり込む。フィンチがここにいたとき、わたしは何をしていたんだろう。授業を受けていたんだろうか、アマンダやライアンと一緒にいたんだろうか、それとも家にいたんだろうか。彼がスクリーンによじ登って、この置きみやげを書いていたとき、わたしはいったいどこにいたんだろう。

立ちあがり、スクリーンの写真を携帯で撮ってからまっすぐ歩み寄る。近づくにつれ、文字の大きさに圧倒される。どれくらい遠くから見えるんだろう。ずっと離れたところからでも見えるんだろうか。

ふと見ると、きっちりふたの閉まったスプレーペンキが地面に置いてある。もしかしてフィンチからのメッセージがあるかもと期待して手に取るが、それはただのスプレーペンキだ。

彼はきっとスクリーンを支えるスチールの支柱を上って書いたんだろう。わたしはスプレーペンキを脇の下に抱え、格子状の支柱に足をかけて登っていく。左側を書き終わると、今度は右側に登って書きあげる。**わたしもここにいた。V・M**

支柱から下り、うしろに下がってスクリーンを眺める。フィンチほどうまく書けていないけど、ふたつ並ぶといい感じに見える。やっぱりそうだ。これはわたしたちのプロジェクトだ。ふたりではじめたんだから、ふたりで終わらせよう。最後にもう一枚写真を撮る。ずっと残っているとはかぎらないから。

モンスターの町は、インディアナ州の北西の端に位置している。シカゴのベッドタウンと呼ばれているように、ほんの五十キロも行けばイリノイ州のシカゴだ。町の四方が川に囲まれていて、フィンチの好きそうな雰囲気だ。マウントカーメル男子修道院は、うっそうとした木々に囲まれた広い敷地のなかにあって、一見すると、森のなかにあるごくふつうの教会に見える。

あたりをうろうろしていると、茶色のローブを身につけた髪の薄い男の人がなかから出てくる。「何かおさがしですか？」

学校のプロジェクトのために来たけれど、どこを見たらいいかわからなくてと言うと、彼はなるほどというようにうなずき、教会から離れたところにある〝神殿〟と呼ばれる場所に案内してくれる。道中にはアウシュヴィッツの聖職者や、〝イエスの小さき花〟の名で知られる聖人、リジューのテレーズの木像や銅像が並んでいる。

修道士は、教会や銅像を含め、今歩いているこの敷地のすべてが、インディアナ州に男子修道院を作る夢をかなえるために、第二次世界大戦後アメリカにやってきたポーランドの従軍牧師たちにより設計され、建てられたと説明してくれる。こんなときフィンチがいたら、「何を考えてインディアナに男子修道院なんて作ろうと思ったんだろうね」と言いあえるのに。

でもそのとき、フージャー・ヒルでのフィンチを思い出す。わたしのとなりに立って、つまらない木々や、つまらない原っぱや、つまらない子どもたちに笑いかけていた。まるでオズの国で魔法使いに出会えたみたいに。彼は言っていたっけ。「まさかと思うだろうけど、ここをきれいだと思う人だって実際にいるのさ」

わたしもフィンチの目を通して見てみることにしよう。

神殿というのは、実際には海綿状の岩や水晶でできた洞《ほこら》で、それがいくつも並んで、外壁に照明が当たってきらきらしている。ごつごつした岩はカキの殻のようで、洞は歳月を経たもののようにも、フォークアートのようにも見える。上部に王冠と星の描かれたアーチ型の入り口からなかに入ると、修道士はわたしをひとりにして出ていく。

進んでいくと、なかは地下トンネルのような通路になっていて、同じような海綿状の岩と水晶が埋めこまれ、何百ものろうそくで照らされている。壁に飾られた大理石の彫像や、ステンドグラスや、石英やホタル石がろうそくの光に浮かびあがり、通路全体が光を放っているように見える。きれいだけど、どことなく不気味だ。

いったん外に出て、別の洞窟のなかに入っていくと、またトンネルのような通路があり、そこにも同じようにステンドグラスと水晶が岩壁に埋めこまれ、頭を垂れて祈りをささげる天使の彫像が並んでいる。

通路の途中に教会のような部屋が現れる。座席が並んだ前に祭壇があり、きらめく水晶の台座の上に、死の床に横たわる大理石のキリスト像がある。さらに進むと、もうひとつ大理石のキリスト像があり、こちらは柱に磔《はりつけ》にされている。そして次に足を踏み入れた部屋は、天井から床まで光に浮かびあがっている。

大天使ガブリエルとイエス・キリストが天に向かって両手を掲げ、死者を甦らせている。その手の先には、無数の黄色い十字架が星か飛行機のように天井を埋めつくしている。ブラックライトで蛍光色に浮かびあがった壁には、愛する者たちの冥福と永遠の生命を祈るために、死者の家族が寄贈した飾り額がずらりと並んでいる。

キリストの手のひらに、光っていないただの石が置かれていて、それだけひどく場違いに見える。わたしは石を手に取り、代わりに持ってきた置きみやげ――蝶をかたどったエレノアの指輪――を置く。しばらくその部屋にいてから、外のまぶしい日差しの下に出て目をしばたたく。そこには階段が二列並んでいて、こんな看板が立っている。〈お願い　聖なる階段の上を歩かないでください。ひざを使って上るのはかまいません〉

数えてみると、階段は二十八段ある。周りに人はいない。歩いて上ってもたぶん誰にも見られない。だけど、フィンチがここに来たときはきっとズルをしなかったはずだ。だからわたしはひざまずいて、階段を上っていく。

いちばん上まで上ると、さっきの修道士がいて、立ちあがるのに手を貸してくれる。「神殿はいかがでしたか？」

「すごくきれいでした。とくにあのブラックライトの部屋が」

修道士はうなずく。「あれは〈ウルトラヴァイオレットの間〉と呼ばれていて、遠くから見にくる人もいるんですよ」

ウルトラヴァイオレットの間。修道士にお礼を言って車に戻る途中、手に石を握ったままなのを思い出す。手のひらを開けて石を見る。最初にフィンチがわたしにくれて、そのあとわたしがフィンチに渡したあの石が、またわたしのところに戻ってきた。フィンチの声が聞こえてくる。〝君の番だ〟

その夜、ブレンダとチャーリーとわたしは、ピュリナ・タワーの下で落ち合う。わたしが誘っておいたライアンとアマンダも合流して、みんなでてっぺんまで上る。それぞれがキャンドルを持って輪になってすわり、そのキャンドルにブレンダが火をつけるときに、ひとりずつフィンチへの思いを言葉にしていく。

ブレンダの番になったとき、彼女は目を閉じてこう言う。「〝跳べ！　跳び上がって空を舐めよ！　わたしはおまえと共に跳び、おまえと共に燃える〟」そして、目を開けてにやりとする。「ハーマン・メルヴィルよ」彼女が携帯を操作すると、スプリット・エンズ、ザ・クラッシュ、ジョニー・キャッシュ――ほかにもたくさんのフィンチが好きだった音楽が夜空に流れていく。

ブレンダは勢いよく立ちあがって、踊りはじめる。腕をゆらゆらさせて脚を蹴りあげ、やがてかんしゃくを起こした子どものように両脚でぴょんぴょん跳びはねる。ブレンダが知るはずはないのに、それはフィンチとわたしが〈ブックマークス〉のキッズコーナーで跳びはねていたのとそっくりだ。

音楽にあわせて調子はずれの大声で歌うブレンダを見て、わたしたちは笑う。わたしはあお向けに寝ころがって脇腹を抱える。自分でもびっくりしている。もうずっと長いこと、こんなふうにお腹の底から笑ったことはなかった。

チャーリーがわたしを引っぱり起こし、自分もぴょんぴょん跳びはじめる。アマンダも跳んでいる。ライアンはおかしなステップを踏んだり、腰を振ったりしている。わたしも仲間に加わって、夢中になって屋上じゅうをぴょんぴょん跳ねまわる。

家に帰っても目がさえて眠れず、地図を広げてじっと眺める。残る目的地は、あと一か所だ。できることなら行かずに取っておきたい。最後の場所に行ってしまったら、プロジェクトは終わり、フィンチの足跡もそこで終わってしまう。彼がわたし抜きでいろんな場所を見て歩いたということ以外、フィンチからはまだ何のメッセージも受けとっていないのに。

最後の場所は、ファーマーズバーグにある。ブルーホールのあるプレーリートンとは二十キロちょっとしか離れていない。わたしたちは、そこで何を見ようと言っていただろう。フィンチから届いたメールには、それぞれの目的地のことが書かれていた。だとすれば、最後のメールがその場所のことだろう。

湖、祈り、プライベート。素敵《ラブリー》な場所でひっそり過ごすのは、とても素敵だ。

ファーマーズバーグについて調べてみる。だけど、いくら調べても見どころらしいものは何もない。人口はわずか千人で、テレビやラジオの電波塔の数が多いこと以外、これといった特徴もない。

ここはふたりで選んだ場所じゃない。

首のうしろがぞわっとする。

この場所は、フィンチがあとからつけ加えたんだ。

ヴァイオレット

最後の目的地

翌日は朝早く起きて家を出る。プレーリートンに近づくにつれて、気分は重く沈んでくる。ファーマーズバーグに行くには、ブルーホールのそばを通らないといけない。わたしが世界でいちばん行きたくない場所だ。とても耐えられない気持ちになり、思わず引き返したくなる。

ようやくファーマーズバーグに着いても、今度はどこへ行っていいかわからない。さほど大きくない町を車でぐるぐる回って、フィンチがわたしに見せたかったものをさがす。

素敵な場所ってどこなんだろう。祈りと関係のある場所というと教会だろうか。ネットで調べてみると、こんな小さな町でも〈教会、礼拝堂〉は百三十三もある。だけど最後の目的地に教会を選ぶのは、なんだかフィンチらしくない気がする。

でも、フィンチらしくないなんてどうして言えるんだろう。フィンチのことを何も知らないくせに。

ファーマーズバーグは、よくあるインディアナの田舎町で、静まりかえった小さな家々と、静まりかえった小さなダウンタウンがあり、街路は区画整理されていて、中心部を離れると何の変哲もない畑と田舎道が続いている。

それらしい場所が見つからないので、いつものようにメインストリート（どんな町にもひとつある）に車をとめて、教えてくれそうな人をさがす。けれど今日は日曜日で、店やレストランはどこも閉まっている。通りを行ったり来たりしても、まるでゴーストタウンのように誰にも出会わない。

しかたがないので車に戻り、手当たりしだいに教会を回ってみるが、どこもとりたてて素敵とも思えず、近くに湖も見あたらない。最後に、ガソリンスタンドでたずねてみると、わたしと変わらない年格好の男の子が、一五〇号線をもう少し北に行ったところに湖があると教えてくれる。

「その近くに教会は？」

「いくつかあるよ。だけど、教会ならこの近くにもあるけどね」男の子は取ってつけたような笑みを浮かべる。

「ありがとう」

言われたとおり一五〇号線を北に向かう。ラジオをつけても聴こえてくるのはカントリーミュージックか雑音ばかりだ。しばらく雑音を聞いてからスイッチを切る。道沿いに一ドルショップを見つけて車をとめる。ここで聞けば、湖がどこにあるかわかるかもしれない。

わたしはガムと水を買って、カウンターの女性にこのあたりに素敵な感じの教会と湖はありませんかとたずねる。

彼女はレジを打ちながら、ちょっと考える。「この道を少し行ったところに、エマニュエル・バプテスト教会があるわね。すぐ近くに湖もあるわ。湖というほど大きくないけど、子どもたちが小さいころにはよく泳ぎに行ったものよ」

「個人の持ち物《プライベート》ですか？」

「湖が？　教会が？」

「どちらでもかまいません。わたしがさがしているのはプライベートな場所なんです」

「湖は、プライベート・ロードの先にあるわ、そのことを言ってるんだったら」

肌が粟立つ。フィンチのメールで〝プライベート〟は大文字だった。「そこです、さがしているのは。どうやったら行けますか？」

「このまま一五〇号線をずっと北へ行くと、まず右手にエマニュエル・バプテスト教会があって、その先に湖が見えるわ。湖のほうに曲がる脇道がプライベート・ロードよ」

「右ですか、左ですか？」

「右に曲がる道しかないわ。短い道で、つきあたりにＡＩＴ技術研修センターがある。手前に看板があるはずよ」

わたしはお礼を言って、走って車に戻る。近くまで来ている。もうすぐそこだ。そこに行けばすべてが終わる。見て歩きも、フィンチも、わたしたちも、何もかも。運転席にすわり、深呼吸して気持ちを落ち着ける。このまま引き返して、あとに取っておくことはできる――それが何であったとしても。

だけど、そんなことはしない。わたしは今ここにいて、車は走りだしている。あれが、エマニュエル・バプテスト教会だ、思ったよりも近い。それからあれが湖。脇道もある。その道に入る。ハンドルを持つ手がじっとり湿り、鳥肌が立ち、気がつくと息を止めている。

ＡＩＴ技術研修センターの看板がある、ということは、この道がそうなんだ。つきあたりに建物があり、道はそこで行き止まりだ。わたしは沈んだ気持ちで建物の前をのろのろ走る。素敵と言えるようなものは何もない。ここが目的地であるはずがない。でもここでないとすれば、いったいどこに行けばいいんだろう。

今来たプライベート・ロードを引き返す。そのとき、来るときには見えなかった分かれ道が目に入る。その道を進むと、湖と立て看板が見えてくる。看板にはこう書かれている——〈テイラー・プレイヤー・チャペル〉。

看板の少し手前には、人の身長くらいある大きな木の十字架があり、その向こうに、小さな白い尖塔のある小さな白い教会がある。さらにその向こうには、家が何軒かと湖が見える。

エンジンを切って、しばらくそのままでいる。どれくらいの時間そうしていたかわからない。彼は死んだ日にここに来たんだろうか。それとも、そのまえに来ていたんだろうか。だとしたらいつ来たんだろう。どうやってここを見つけたんだろう。

車を降りて、教会に向かって歩く。心臓の鼓動と、どこか遠くから鳥のさえずりが聞こえてくる。空気はすでに夏の気配でむっとしている。

ノブをまわすと、ドアは簡単に開く。なかに入ると、空気を入れ替えたばかりのように新鮮で清潔な匂いがする。わたしの部屋より小さな空間に、わずかなベンチ席と、木の祭壇がある。祭壇の奥の壁にはイエス・キリストの絵が飾られ、絵の両側に花の活けられた花瓶と、鉢植えが置かれている。祭壇には開いた聖書がある。

細長い窓から日差しがさしこみ、わたしはベンチ席に腰かけて周りを見まわす。で、何を見ればいいの？

席を立って祭壇まで行くと、教会の歴史がタイプで打たれ、ラミネート加工して花瓶に立てかけてある。

テイラー・プレイヤー・チャペルは、立ち寄った旅人が疲れを癒す休息の場として開放されています。もともとは、自動車事故によって命を落とした人たちの魂をなぐさめるために建てられました。あまりにも早く天に召された人たちは、わたしたちの心のなかに生きつづけています。このチャペルは昼も夜も休日も開いています。いつでもご自由にお越しください。

フィンチがこの場所を選んだ理由がやっとわかった。エレノアとわたしのためだ。そしてフィンチ自身のためでもある。だって彼は休息を求める疲れた旅人だったから。ふと見ると、聖書から何かがのぞいている。白い封筒だ。そこのページを開くと、一節に線が引かれている――〝あなたは空の星のように、その場所で光り輝くだろう〟。

封筒を手に取ると、そこにはわたしの名前がある。〝ウルトラヴァイオレット・リマーキアブル〟

車に持って帰って読もうかとも思ったが、やはりこの場所で読もうと決めて、ベンチに腰かける。わたしの体をしっかり支えてくれる木の感触がありがたい。

彼のメッセージを受けとる準備はできているだろうか。どれだけ彼のことを傷つけたか知る準備はできているだろうか。もう少し注意していれば、サインを見逃さなければ、ひどいことを言わなければ、もっと彼の気持ちに寄りそっていれば、そしてたぶんもっと愛していれば、彼を助けることができた、そうするべきだったと知る準備はできているだろうか。

封筒を開く手が震える。厚手の五線紙が三枚入っている。一枚には音符がびっしり書きこまれ、あとの二枚には歌詞のようなものが書かれている。

君は僕を幸せにしてくれる
君の笑顔はいつも僕を優しく包んでくれる
鼻がちょっと丸すぎると感じるときでさえ
ハンサムだと思わせてくれる
君は僕を特別にしてくれる
ねえ、知ってるかい？
君と一緒だと、僕はずっと思い描いていた
理想の自分になれるんだ
君は僕に愛することを教えてくれる
それって僕の心がずっと求めていた
最高に素晴らしいことなんだ……

わたしは泣いている……大声で泣きじゃくっている。これまでずっと長いことためていた息を、今ようやく吐きだせたみたいに。

君は僕を素敵《ラブリー》にしてくれる
愛する人の前で素敵でいられるのは、
なんて素敵なことだろう……

わたしは何度も何度も読む。

君は僕を幸せにしてくれる
君は僕を特別にしてくれる
君は僕を素敵にしてくれる

繰り返し、繰り返し読み、言葉をすっかり覚えてしまうと、紙をたたんで封筒に戻す。涙が止まるまでそこにすわっている。やがて日がかげりはじめ、やわらかいピンクのたそがれがチャペルのなかを満たす。

家に帰るころには、あたりは暗くなっている。自分の部屋に入り、封筒から五線紙を出して、音符をフルートで吹いてみる。曲は頭のなかに自然に入ってきて、そこにとどまる。この曲はもうわたしの一部だ。ずっと先になっても、きっと口ずさんでいられるだろう。

見て歩いた場所を写真に撮らなかったことを悔やむ必要はない。行った場所から何も持ち帰らなかったことや、誰にでもわかるようにまとめておかなかったことを気にする必要もない。

大切なのは何を得たのかではなく、何を残したかなんだ。

ヴァイオレット

6月20日

日差しが照りつける夏の日。空は青く澄みわたっている。車をとめて土手をのぼり、斜面を下りて、ブルーホールの雑草だらけの岸に立つ。フィンチがふと現れそうな気がする。

靴を蹴り、水に飛び込んで深く潜る。いないことはわかっているけれど、ゴーグルのなかの目をしっかり見開いて彼の姿をさがす。やがて水面に出て、大きく広がる空の下で息継ぎをして、今度はもっと深く潜っていく。彼は別の世界を旅しているんだ。ほかの誰も想像できないような見方で、いろんなものを見ているんだ。

一九五〇年、詩人のチェーザレ・パヴェーゼは文学者としてのキャリアの絶頂にあり、同業者だけでなく国じゅうから、同時代のイタリアで最高の詩人だと称えられていた。その年の八月、彼は致死量の睡眠薬を飲み自ら命を絶った。日記を毎日つけていたにもかかわらず、なぜ彼が死を選んだのかを説明できる者はいなかった。作家のナタリア・ギンズブルグは、パヴェーゼの死後、こう回想している。〝彼の抱える悲しみは少年のものだった。何にも縛られず、憂鬱を謳歌するさまは、まだ現実の世界に足を踏み入れていない少年のようだった。そしてそのまま、孤独な夢の国へと旅立ったのだ〟

まるでフィンチのために書かれた墓碑銘のようだ。だけど、彼のためにわたしが書いた墓碑銘はこうだ。

〈セオドア・フィンチ——僕は生き、鮮やかに燃え、そして死んだ。だけど本当は死んではいない。僕のような人間が、ほかの人たちと同じように死ぬことはない。僕はブルーホールの伝説のように、いつまでも生きつづける。残した置きみやげと、残していった人たちのなかに〉

わたしはどこまでも広がる空と太陽の下で立ち泳ぎをする。澄みきったブルーの空はセオドア・フィンチの瞳を思い出させる。ほかの何を見ても思い出すように。わたしは、まだ書かれていない自分自身の墓碑銘と、これから見て歩くすべての場所に思いをはせる。

わたしはもう根を下ろしてはいない。金色の光が体じゅうに満ちあふれている。数えきれないほどの可能性が、わたしのなかで芽吹きはじめている。

著者あとがき

四十秒ごとに世界のどこかで、誰かが自らの命を絶っている。
四十秒ごとに世界のどこかで、残された誰かがその死と向きあっている。

わたしが生まれるずっとまえ、祖父の父は自分を銃で撃って亡くなりました。いちばん上の子どもだった祖父が十三歳のころです。事故なのか、自殺なのかは誰にもわからず、南部の田舎町で生まれ育った祖父とその母や姉妹は、そのことを話しあったりしませんでした。けれど、その死は何世代にもわたりわたしたち家族に影を落としてきました。

何年かまえのこと、わたしの親しくしていた男の子が自ら命を絶ちました。見つけたのはわたしです。その経験は人に話そうと思えるものではなく、今も家族や友人の多くはそのことを詳しくは知りません。長いあいだ、そのことを考えるだけでもつらく、まして話すことなどできませんでした。けれど、何が起きたかを話すのは大切なことです。

本著『僕の心がずっと求めていた最高に素晴らしいこと』のなかで、フィンチは自分につけられた〝ラベル〟に苦しみます。残念なことに、自殺や心の病にはそれを取り巻く多くの差別や偏見があります。祖父の父が死んだとき、世間はあれこれうわさをしました。祖父の母も三人の子どもたちも、何があったかについては口をつぐんでいましたが、いつも誰かにうしろ指をさされているように、ある意味で排除されているように感じていました。

わたしのボーイフレンドが自殺した十四か月後に、父ががんで亡くなりました。ふたりとも亡くなった原因は病気だったにもかかわらず、その病気と死に対する周囲の反応は大きく違っていました。自殺した人に花が届けられることはありません。

この本を書くことになってはじめて、わたしは自分につけられたラベルを知りました。〝自殺者の遺族《サバイバー》〟というラベルです。幸いなことに、起こってしまった悲劇や、そのことがわたしに与える影響について理解する手助けとなる情報はたくさんあります。同じように、激しい感情の変化や、鬱状態、不安障害、情緒不安定、自殺願望に悩まされている人には、その人が十代であれ大人であれ、手助けとなる情報はたくさんあります。

精神や感情に関する病気は、診断されないままになることが多いものです。本人が人に相談するのをためらうからであり、家族や身近な人もその兆候に気づかないか、見て見ぬふりをしがちだからです。アメリカ精神保健協会によると、およそ二百五十万人のアメリカ人が双極性障害と診断されていますが、実際のところその数は二倍とも三倍とも考えられています。この病気を持つ人の実に八十パーセントが診断されないままか、誤った診断を受けているからです。
もし何かがおかしいと感じたら、声をあげてください。
あなたはひとりじゃない。
あなたは悪くない。
ためらわず、助けを求めてください。

〈相談窓口〉

＊心の健康について	こころの健康相談統一ダイヤル 0570-064-556 厚生労働省 http://www.mhlw.go.jp/stf/seisakunitsuite/bunya/0000117743.html
＊死にたい気持ちについて	いのちの電話（地域ごとの電話番号があります） 一般社団法人 日本いのちの電話連盟 http://www.inochinodenwa.org/
＊さまざまな悩みについて（18歳までの子ども対象）	チャイルドライン 0120-99-7777 （月曜日〜土曜日 16:00〜21:00） 特定非営利活動法人 チャイルドライン支援センター http://www.childline.or.jp
＊いじめについて	24時間子供SOSダイヤル 0120-0-78310 文部科学省 http://www.mext.go.jp/ijime/
＊虐待について	児童相談所全国共通ダイヤル189 厚生労働省 http://www.mhlw.go.jp/bunya/koyoukintou/gyakutai/
＊自傷行為（リストカット等）について	地域の保健所、精神保健福祉センター、 医療機関の専門家、スクールカウンセラー
＊自死遺族相談	自死遺族相談ダイヤル 03-3261-4350 （木曜日11:00〜19:00） 特定非営利活動法人 全国自死遺族総合支援センター http://www.izoku-center.or.jp/bereaved/

（掲載データは2016年10月現在のものです）

謝辞

二〇一三年の六月、自分にとって七冊目の本を書き終えてニューヨークの出版社に送った二日後、ふと新しい小説のアイデアが浮かびました。二年ほどのあいだ途切れ目なく執筆を続けてきて、心身ともに燃え尽き、切実に休息を求めていたにもかかわらずです。

ただ、このアイデアはこれまでのものとは違っていました。ひとつには、個人的な経験をもとにしていること、そしてもうひとつには、若い読者向けのものだということです。それまでは一般読者向けのフィクションやノンフィクションを書いてきましたが、そろそろ何か違うものを書く時期だと感じていました。

何か尖ったもの。

今の時代を映すもの。

シリアスでせつないけれど、どこかコミカルなもの。

語り手が若い男の子のもの。

そんなものを書いてみたいと思いました。

そして七月には、支援者として、編集者として、パートナーとして、これ以上望むべくもない出版エージェントと契約を結びました。ケリー・スパークス、最初の五十ページとわたしを信じてくれてありがとう。あなたの確信と熱意が、わたしの人生のあのタイミングでどれほど意味のあることだったか、誰にもわからないでしょう。朝、目を覚ますたびに、ケリーをはじめとする、レヴァイン・グリーンバーグ・ロスタン社の素晴らしいメンバー（とくにモニカ・ヴェルマとエリザベス・フィッシャー）に出会えた幸運に感謝せずにはいられません。彼らはわたしを素敵《ラブリー》にしてくれました。

担当編集者のアリソン・ウォーチャ。博識と洞察力に加えて温かな人柄で、わたしに負けないくらいフィンチとヴァイオレットに力を注いでくれました。彼女がいなければふたりの物語はまた違ったものになっていたでしょう。彼女とクノップ／ランダムハウス・チルドレンズ・ブックス社のチームは、わたしが最高に輝ける場所を作ってくれました。社長であり発行人であるバーバラ・マーカス、副社長であり出版部の責任者であるナンシー・ヒンケル、執行役員で副発行人のジュディス・ホート、そしてデザイン部のイザベル・ウォレン＝リンチ、アリソン・インピー、ステファニー・モス、整理部のアーティー・ベネット、ルネ・カフィエロ、キャサリン・ウィンク、編集長のシャスタ・クリンチ、企画部のティム・タヒューン、バーバラ・チョー、副次権利部のパム・ホワイト、ジョスリン・ラング、それからフエリシア・フレイジャー、ジョン・アダモ、キム・ローバー、リン・ケスティン、ステファニー・オケイン、エイドリーニー・ワイントローブ、ローラ・アントナッチ、ドミニク・シミナをはじめとする営業部、広告宣伝部のメンバーにも心から感謝します。彼らと仕事ができたことは、わたしにとって最高の喜びです。

また、映像著作権エージェントであるシルヴィー・ラビノーと、RWSG出版エージェンシーと一緒に仕事ができたこともうれしく思います。

それから、家族と友人たちにも感謝。仕事にかまけてみんなを放ったらかしにしたときも（そんなときばかりだけど）、ずっと応援してくれてありがとう。みんなの支えなしではこの作品を書き上げることはできませんでした。とくに従妹《いとこ》のアナリース・フォン・スプレッケン。ティーン関連全般についてアドバイスをくれて、そのうえ〝なんとかは命〟のアイデアを提供してくれてありがとう。

そして、わたしのパートナーであり、人生の伴走者であるルイスに感謝。執筆中ずっとわたしのことを気にかけてくれて、アイデアを出したり、ストーリーを整理したり、自殺関連のデータを調べて教えてくれたり、いろんなひらめきを口にしてくれてありがとう（「ヴァイオレットとフィンチがベル・タワーで出会うとしたら？」「フィンチとローマーが以前は仲が良かったとしたら？」「アマンダが命の会に行っていたとしたら？」）。ワン・ダイレクション（わたしにとってのボーイ・パレード）を流しっぱなしでも、文句を言わずにいてくれてありがとう。あなたはこの物語の世界を誰よりも深くわたしと共有してくれました（文学好きな三匹の猫とともに）。

〈青い閃光《ブルー・フラッシュ》〉と〈青色二号《ブルー・ツー》〉のジョン・アイヴァースと、世界最大のペイントボールのマイク・カーマイケルにも感謝。最高にユニークでクールなアトラクションを作ってくれて、そのうえ実名の使用を承諾してくださったこと、感謝します。

わたしの最初の編集者だった作家のウィル・シュワルビ。今もわたしの良き指導者であり、大切な友人でいてくれてありがとう。アマンダ・ブラウアーとジェニファー・ガーソン・ユーファラッシー、ケリーとの出会いのきっかけを作ってくれてありがとう。

ブリアナ・ハーレー、ヤングアダルト小説の読者傾向について教えてくれてありがとう。ララ・ヤコービアン、世界一のアシスタントでいてくれてありがとう。

ウェブマガジン〈ジャーム〉メンバーのみんな、プロジェクトへの参加と執筆に感謝。とくに、ルイス、ジョーダン、ブリアナ・ベイリー、シャノン、シェルビー、ララ、みんな最高にキュートな仲間たちです。

それから、心の病や鬱症状や自殺未遂について、個人的な経験を話してくれた匿名希望のみなさん、本当にありがとう。米国自殺学会、メイヨー・クリニック、米国国立精神保健研究所の専門家のみなさんにも感謝します。

そして誰より、作家としての先輩である美しい母、ペネロペ・ニーヴンに感謝。あなたはこの世界を特別な場所にしてくれました。あなたはわたしの親友であり、かけがえのない人でした。いつもお互いを〝最高の相棒《マイ・ベスト》〟と呼び、それは心からの言葉でした。その気持ちはずっと変わりません。子どものころから母はわたしに、わたしの山が待っていることを教えてくれました。そして山に登るわたしを応援し続けてくれました。二〇一四年八月二十八日、その母が突然亡くなったことは、わたしの人生に起きた最も悲しいできごとです。この作品と、これから出るすべての作品を母に捧げます。セオドア・フィンチの言葉を借りると、あなたのなかにはすべての色がつまっていて、どの色もまぶしいほどに輝いています。
最後に、わたしの曾祖父、オーリン・ニーヴンと、あまりにも早くこの世を去ったかつてのボーイフレンドにも感謝。彼はわたしにこんな歌を残してくれました。

二週間たったら、また空を飛ぼうよ
チャイニーズ・ディナーもいいね
君は僕を幸せにしてくれる
君は僕を笑顔にしてくれる

訳者あとがき

「ジェニファー・ニーヴンは、自身にとって初のヤングアダルト小説で、新鮮で風変わりなラブ・ストーリーを創《つく》りあげた。悲しみを抱え、それをのり越えようとするふたりの旅は、ロマンチックでせつなく、読者は主人公たちともに絶望と喜び、人を愛することの希望――そして心の闇を抱えて生きることの現実を知ることになる」――パブリッシャーズ・ウィークリー誌

アメリカで若い読者たちの熱い支持を得たベストセラー青春小説『僕の心がずっと求めていた最高に素晴らしいこと』（*All the Bright Places*）をお届けします。

主人公は、インディアナ州の田舎町に住む高校生のフィンチとヴァイオレット。フィンチはクラスメイトから「フリーク（変なやつ）」と呼ばれる浮いた存在。生きづらさを抱え、いつも死ぬことを考えています。ヴァイオレットは、姉を自動車事故で失った喪失感と自分だけが生き残った罪悪感から抜けだせず、卒業までの日だけを数えて毎日を過ごしています。

そんなふたりが、学校のベル・タワーの上で出会い、お互いがお互いを救うとこ

ろから物語ははじまります。地理の授業の課題でペアを組み、インディアナ州のさまざまなスポットを一緒に見て歩くことになったふたり。ヴァイオレットは〝変人〟と呼ばれるフィンチが、じつはユニークな感性と物事の本質をとらえる鋭い目を持っていることに気づきます。フィンチも自分を色眼鏡で見ないヴァイオレットといるときだけは、ありのままの自分でいられると感じるようになります。

冒頭から印象的なシーンではじまる物語は、主人公のふたりの視点で交互に語られ、生き生きとした会話とリアルな感情描写で読者を引き込んでいきます。なかでも光るのが、フィンチのキャラクターでしょう。皮肉屋で、ユーモアがあり、独特の視点で物事をとらえるフィンチは、ヴァイオレットの、そして読者の世界の見かたを変えていきます。けれど、フィンチの抱える心の闇はしだいに大きくなり、物語は中盤から一転、シリアスな色彩を帯びはじめます。

物語は、心の病、親子間の葛藤、いじめや偏見といった問題を扱いながらも、上質のユーモアに彩られ、ポップな語り口も相まって、さわやかな読後感と、深い余韻を残します。

本書は、ニューヨーク・タイムズをはじめとする数々のベストセラー・リストに名を連ね、Ａｍａｚｏｎ・ｃｏｍには七百件を超える読者レビューが寄せられるなど、発売直後から注目を集めてきました。四十か国語への翻訳が決まり、全米図書館協会ヤングアダルトサービス部会（ＹＡＬＳＡ）の二〇一六年版、ティーンのための小説トップテンでは二位にランキングされています。また、すでに映画化も決定しており、ヴァイオレット役には、『マレフィセント』でオーロラ姫を演じたエル・

ファニングの起用が決まっています。相手役のフィンチは誰になるのか、インターネット上でさまざまな名前が飛び交っていたり、小説のファンが作った映画の予告編（！）がすでにユーチューブに公開されていたりと、期待の大きさがうかがえます。映画の公開は二〇一八年の予定です。

著者のジェニファー・ニーヴンは、インディアナ州で高校時代を過ごし、ニュージャージー州とロサンゼルスで創作や脚本を学び、ライターや編集者などを経て、二〇〇〇年に作家としてデビュー。これまでノンフィクションや一般向けの小説を発表してきました。二〇一五年に刊行された本作は、著者にとってはじめてのヤングアダルト小説であり、日本で紹介されるはじめての作品となります。

この物語はジェニファー・ニーヴンの個人的な経験が下敷きになっていることがあとがきで明かされています。彼女はあるインタビューでこう語っています。「この物語をきっかけに、心の問題についてもっとオープンに語り合える環境ができ、問題を抱える人が安心して助けを求められるようになることを望んでいます。読者には、助けを求める手段はいくらでもあること、病気は治療できること、高校生活が永遠に続くわけではなく、人生は長く可能性に満ちあふれているということを知ってほしいのです」

舞台となるアメリカ中西部は保守的な土地柄で、〝死ぬまで町から出ない〟ということがごくふつうにあり得る環境です。公共交通機関がほとんどないため、高校生になると車で通学するのは当りまえ。都会へのあこがれを持ちながら、多くの高校生は卒業後も町に留まり続けるのが現実です。そんな閉塞《へいそく》した環境のなかで、スポーツ選手やチアリーダーといった〝勝ち組〟生徒を頂点としたスクールカーストと呼ばれる序列が自然発生的に生まれ、いじめや排除の温床になっています。（ただし、他人をいじめるのはありのままの自分を受け入れられないことの裏返しだということを、著者はある登場人物を使って見事に描いています）。背景は違えども、閉塞感から生まれるいじめや排除は、まさに今の日本でも起こっていることであり、さらに心の病を取り巻く偏見は、世代を超えた問題でもあります。そういった意味で本書は、魂の通じあう相手と出会って世界が変わった若い男女の物語であると同時に、現代社会の切実な問題を映しだした作品であるといえるでしょう。

著者の二作目のヤングアダルト小説となる「*Holding Up the Universe*」が二〇一六年十月にアメリカで刊行されました。主人公の女の子が、「元・アメリカ一太った女の子」という設定とのことで、どんな物語なのかこちらも楽しみです。

本書に登場する小説のうち、『ナルニア国物語／さいごの戦い』の一節は、瀬田貞二氏の訳（岩波書店）を引用させていただきました。

最後になりましたが、本書の訳出にあたっては、多くの方のお力添えをいただきました。この場を借りて心より感謝いたします。

二〇一六年十月

石崎比呂美

僕の心がずっと求めていた
最高に素晴らしいこと

二〇一六年一二月一〇日　初版第一刷発行

著者　ジェニファー・ニーヴン
訳者　石崎比呂美
発行人　廣瀬和二
発行所　辰巳出版株式会社
〒一六〇-〇〇二二　東京都新宿区新宿二-一五-一四　辰巳ビル
電話　〇三-五三六〇-八九五六（編集部）
　　　〇三-五三六〇-八〇六四（販売部）
http://www.TG-NET.co.jp
編集協力　日本ユニ・エージェンシー
印刷・製本　図書印刷株式会社

本書へのご感想をお寄せ下さい。また、内容に関するお問い合わせは、お手紙かメール（otayori@tatsumi-publishing.co.jp）にて承ります。恐縮ですが、電話でのお問い合わせはご遠慮ください。

落丁・乱丁本はお取り替えいたします。小社販売部までご連絡ください。

ISBN978-4-7778-1662-0 C0098 Printed in Japan